U0479828

跨媒介叙事研究丛书

从IP到影视：
年度综述与案例分析
（2023）

储小毛 陆嘉宁 ◎ 主编　陈庆予 崔嘉美 ◎ 副主编

中国国际广播出版社

序

在百年未有之大变局下，讲好中国故事、提升国际传播能力、为推动人类命运共同体的构建做出积极贡献，是中国大叙事的重要使命，更是中国影视叙事的根本任务。在影视剧讲好中国故事的具体领域中，影视剧的改编，尤其是文学作品的影视剧改编，是重中之重。随着文化事业和文化产业不断发展繁荣，文化新质生产力不断释放，以文学为首的多种文艺形式与影视事业在传承与创新、交叉与融合中蓬勃发展，多种媒介样态的 IP 文本与影视媒介携手共进、双向赋能，产生了一大批优秀的影视作品，引发了全民追剧的热潮和重回阅读的"文学热"。真人漫改等新质文艺生产领域也有所突破，不仅向市场证明了当代中国 IP 跨媒介内容产业链趋于成熟，还体现了新时代各文艺领域 IP 赋能影视的强大潜力。

纵观这些热度、口碑较高的影视作品可以发现，除了原著作为 IP 为影视改编提供了较好的创作基础和热度保障，改编过程能否既尊重原著作品又尊重影视创作规律，能否在叙事需要、艺术规律、观众期待的统一中实现对原著的创新与超越，也是决定改编作品成败得失的关键。为了对年度影视剧改编的经验与教训进行总结，为业界和学界提供必要的借鉴，中国传媒大学戏剧影视学院及中国故事研究院计划从 2023 年起，对年度影视改编的总体情况进行研究，对年度影视改编的具体案例进行分析。相信随着时代的发展，中国的影视市场将进一步提高专业化水平，提高讲好中国故事的能力，更好地传播中国声音。

作为本研究计划的第一次尝试，本书主要对2023年度中国的剧集改编进行分析。本书中的"改编"，主要指基于文学原著改编的真人剧集，包含个别改编自动漫等新兴文艺形式的真人剧集作品，但不包括动画剧集和微短剧。未来我们将逐渐扩展研究范围：从剧集到电影，从中国到世界，从文学向影视的改编到所有重要的跨媒介叙事年度案例。

本书从2023年度百余部有效播放的改编剧集中选取了20部有代表性的作品进行文本细读和案例分析。这些作品各有所长，涵盖了严肃文学改编、"男频"权谋冒险、"女频"生活情感等多种垂类，有的在娱乐性和收视率方面表现突出，有的在小众圈层获得较高口碑评价。案例选择主要兼顾各种改编类型与改编效果，以此保障年度改编分析的完整性与典型性。而案例分析的重点一是在于IP选择中的斟酌，二是在于剧集改编中的变通。无论是相对忠于原著的改编模式，还是大刀阔斧改造原著的改编模式，都可以提供宏观、中观与微观层面的成功经验与反思余地。希望我们的这种努力能为未来的影视剧改编提供有益的启迪，为讲好中国故事、提升国际传播能力贡献力量。

由于时间和能力有限，本书中还存在一系列不尽如人意之处，我们将在2024年度的影视改编梳理中进一步总结经验、提高水平。

李胜利

目录

上编　2023年度文学改编影视作品综述

一、榜单：热度口碑综合排行榜　　002

二、榜首：改编剧入榜前20　　017

三、类型：细分赛道、深度耕耘　　024

四、生产：文学原著来源与影视作品制作　　029

五、经验：讲好中国影视故事　　036

结　语　　049

下编　2023年度剧集改编案例分析

第一部分　严肃文学IP的剧集改编

《人生之路》：从中篇反思小说到长篇进取史诗　　052

《三大队》：从短篇纪实文学到长篇网络剧集　　070

《显微镜下的大明之丝绢案》：从历史到历史剧　　086

《三体》：从硬科幻小说到真人版剧集　　104

第二部分　现代言情IP的剧集改编

《偷偷藏不住》：青春初恋情绪的影像化呈现　　126

《三分野》：行业爱情题材改编的平衡之道　　　　　　　　　139

《装腔启示录》：从职场生活流到强情节剧集　　　　　　　158

《以爱为营》："古早"公式的当下翻新　　　　　　　　　173

《我的人间烟火》：消防行业剧与虐恋故事的调性错位　　　188

《西出玉门》：灵异传奇与浪漫爱情的兼容尝试　　　　　　206

《曾少年》：青春怀旧文学的戏剧化演绎　　　　　　　　　222

第三部分　古装传奇 IP 的剧集改编

《莲花楼》："悬疑武侠风"的忠实遵循与创新改写　　　　234

《云襄传》改编分析：赋热血冒险以人间情长　　　　　　　249

《九义人》：以古说今，书写女性社会议题　　　　　　　　263

《长相思》：从诉诸想象的言情故事到生动细腻的女性传奇　278

《长月烬明》：以文化深度提升传奇品位　　　　　　　　　295

《长风渡》：以家国意识升华儿女情长　　　　　　　　　　314

《田耕纪》：得人得意留主线　　　　　　　　　　　　　　332

第四部分　动漫 IP 的剧集改编

《异人之下》：打破次元的东方玄幻　　　　　　　　　　　349

第五部分　从剧集到小说：跨媒介叙事的扩展案例

《漫长的季节》：先剧后书　　　　　　　　　　　　　　　365

后　记　　　　　　　　　　　　　　　　　　　　　　　385

上编 2023年度文学改编影视作品综述

在党的二十大精神和习近平文化思想的科学指引下，文学与影视事业在传承与创新、交叉与融合中蓬勃发展，文化事业和文化产业不断发展繁荣，文化新质生产力不断释放，人民群众对精神文化的需求和对美好生活的向往不断被满足。

2023年，文学与影视携手共进、双向赋能，产生了一大批思想精深、艺术精湛、制作精良的影视作品，不仅引发了全民追剧的热潮和重回阅读的"文学热"，还反复向市场证明了文学IP蕴含的巨大价值，证明了新时代文学能够赋能影视的强大力量。

本书中的"改编"，指基于文学原著改编的真人剧集，不包含基于影视作品、动漫游戏等既有媒介文本的改编作品，也不包括动画剧集。

2023年，主要平台播放的剧集约237部[①]（改编剧126部+原创剧111部），内地223部（改编剧125部+非改编98部），香港10部（全部非改编），台湾4部（改编1部+非改编3部）。

仅看内地的223部剧集，改编剧占56%，原创剧占44%。改编目前还是剧集内容的重要生产路径。2023年文学改编电影的数量相比剧集要少很多，本书共收录33部。

一、榜单：热度口碑综合排行榜

在当下的剧集生产领域中，除了传统的收视率/播放率情况，网络交流反馈也成为剧集市场成功程度的重要指标。与此同时，剧集热度（播放

[①] 根据德塔文数据，2023年，约有336部长剧首次播出，上线短剧符合相应数据指数统计标准的约273部。本报告从中筛选出在主要平台播放且属于有效播放的长、短剧集共237部。

情况、声量情况）与剧集口碑（文化品位评价）呈现为多样态关联，有正相关，也有热度口碑倒挂的情况。无论是单独计算播放热度还是统计口碑评分，均不能全面涵盖剧集在市场和文化方面的综合表现。因此，本书在衡量各项市场热度指数和口碑评分的基础上，综合得出"剧集热度口碑综合榜单"作为分析基础。

（一）数据来源

"2023年度剧集热度口碑综合榜单"和"2023年度改编剧热度口碑综合榜单"根据云合热播期的集均有效播放霸屏榜、云合集均30天有效播放霸屏榜、灯塔市占率榜单、猫眼全网热度榜单、德塔文景气指数、豆瓣网分数等综合生成。

云合热播期集均有效播放霸屏榜、云合集均30天有效播放霸屏榜两项数据指数能够体现剧集播放期间的有效播放情况。

灯塔市占率榜单根据剧集全网正片播放市占率得出，相当于剧集播放指数/全网所有节目播放指数大盘，能够反映剧集收视影响力和传播力。

猫眼全网热度榜单、德塔文景气指数能够体现剧集播放反馈、网络声量等综合热度情况。

豆瓣网分数和评分人数能够在一定程度上体现剧集口碑和剧集受众圈层情况。

本书"2023年度剧集热度口碑综合榜单"（含原创剧与改编剧）取前100部进行分析。"2023年度文学改编剧集热度口碑综合榜单"取前70部进行分析，剔除了部分播放量、影响力不够有效的作品，且尽量综合考虑热度和口碑情况，将本年度在审美品质或娱乐吸引力方面有突出特色的文学改编剧集涵盖进来。

（二）文学改编剧集热度口碑综合榜

2023年度，由文学作品改编、进入剧集热度口碑综合榜单前70的改编剧集排名见表1。

表1 2023年度文学改编剧集热度口碑综合榜前70部名单

序号	剧集名称	文学原著
1	长相思	长相思
2	莲花楼	吉祥纹莲花楼
3	宁安如梦	坤宁
4	三体	三体
5	长月烬明	黑月光拿稳BE剧本
6	偷偷藏不住	偷偷藏不住
7	长风渡	长风渡
8	玉骨遥	朱颜
9	星落凝成糖	星落凝成糖
10	少年歌行	少年歌行
11	云襄传	千门
12	好事成双	双喜
13	归路	归路
14	三分野	三分野
15	向风而行	云过天空你过心
16	他从火光中走来	他从火光中走来
17	骄阳伴我	骄阳似我
18	田耕纪	重生小地主
19	护心	护心
20	西出玉门	西出玉门
21	浮图缘	浮图塔
22	曾少年	曾少年
23	乐游原	乐游原
24	很想很想你	很想很想你
25	当我飞奔向你	当我飞奔向你
26	神隐	神隐
27	照亮你	时光如约

续表

序号	剧集名称	文学原著
28	夏花	他站在夏花绚烂中
29	尘封十三载	黯夜之光
30	你给我的喜欢	你给我的喜欢
31	人生之路	人生
32	我要逆风去	我要逆风去
33	三大队	请转告局长，三大队任务完成了
34	以爱为营	错撩
35	安乐传	帝皇书
36	南海归墟	南海归墟
37	听说你喜欢我	听说你喜欢我
38	显微镜下的大明	显微镜下的大明
39	为有暗香来	洗铅华
40	花琉璃轶闻	造作时光
41	灼灼风流	灼灼风流
42	春闺梦里人	春闺梦里人
43	南风知我意	南风知我意
44	重紫	重紫
45	闪耀的她	奔三那年
46	一路朝阳	大城小室
47	我的人间烟火	一座城，在等你
48	治愈系恋人	治愈者
49	君子盟	张公案
50	回响	回响
51	熟年	熟年
52	花戎	误长生
53	七时吉祥	一时冲动，七世不祥
54	梅花红桃	梅花四，红桃五

续表

序号	剧集名称	文学原著
55	纵有疾风起	纵有疾风起
56	龙城	西决、东霓、南音
57	薄冰	薄冰
58	消失的十一层	黯夜之光
59	无间	无间
60	雪鹰领主	雪鹰领主
61	暮色心约	只因暮色难寻
62	择君记	两只前夫一台戏
63	花轿喜事	上错花轿嫁对郎、请你将就一下
64	装腔启示录	装腔启示录
65	九义人	九义人
66	平原上的摩西	平原上的摩西
67	尘缘	尘缘
68	无眠之境	邪恶催眠师
69	岁岁青莲	清宫熹妃传
70	风起西州	大唐明月

在2023年度所有剧集——包括原创与改编——的热度口碑综合榜前100名中，年度较有影响力的文学改编剧集位次情况见表2。

表2　2023年度剧集热度口碑综合榜前100部名单

序号	作品名	序号	作品名
1	**狂飙**	4	宁安如梦
2	长相思	5	三体
3	莲花楼	6	长月烬明

续表

序号	作品名	序号	作品名
7	**偷偷藏不住**	32	浮图缘
8	长风渡	33	曾少年
9	**去有风的地方**	34	鸣龙少年
10	**一念关山**	35	**父辈的荣耀**
11	**梦中的那片海**	36	乐游原
12	**漫长的季节**	37	很想很想你
13	**云之羽**	38	当我飞奔向你
14	**玉骨遥**	39	神隐
15	**爱情而已**	40	**新闻女王**
16	*异人之下*	41	照亮你
17	**问心**	42	夏花
18	星落凝成糖	43	尘封十三载
19	少年歌行	44	你给我的喜欢
20	**他是谁**	45	人生之路
21	云襄传	46	**故乡，别来无恙**
22	好事成双	47	我要逆风去
23	归路	48	**不完美受害人**
24	三分野	49	三大队
25	向风而行	50	以爱为营
26	他从火光中走来	51	安乐传
27	骄阳伴我	52	**追光的日子**
28	田耕纪	53	南海归墟
29	护心	54	**后浪**
30	平凡之路	55	听说你喜欢我
31	西出玉门	56	**公诉**

续表

序号	作品名	序号	作品名
57	显微镜下的大明	79	九霄寒夜暖
58	*破事精英2*	80	熟年
59	**兰闺喜事**	81	花戎
60	**温暖的，甜蜜的**	82	**打开生活的正确方式**
61	**特工任务**	83	七时吉祥
62	为有暗香来	84	**我们的日子**
63	花琉璃轶闻	85	梅花红桃
64	灼灼风流	86	纵有疾风起
65	春闺梦里人	87	龙城
66	**欢颜**	88	**灿烂的转身**
67	南风知我意	89	薄冰
68	*大宋少年志2*	90	**心想事成**
69	重紫	91	消失的十一层
70	**无所畏惧**	92	无间
71	**女士的品格**	93	*欢乐颂4*
72	**黑白密码**	94	*妻子的新世界*
73	闪耀的她	95	流光之下
74	一路朝阳	96	*虎鹤妖师录*
75	我的人间烟火	97	雪鹰领主
76	治愈系恋人	98	暮色心约
77	君子盟	99	择君记
78	回响	100	花轿喜事

注：黑体字为原创剧，斜体字为动漫真人版或续集。

部分影响力和品质不如原创剧集的改编作品未进入 2023 年度剧集热度口碑综合榜单前 100，故文学改编剧集热度口碑综合榜单前 70 的改编剧中有 6 部未列入此榜单。

在全部剧集（改编＋原创）热度口碑综合排名前 20 的作品中，有 10 部文学改编作品、9 部原创剧、1 部漫改真人。50% 为改编，50% 为非改编。原创作品主要集中在 9—20 名次段，见表 3。

表 3　2023 年度剧集热度口碑综合榜前 20 部名单

序号	作品名	故事来源
1	狂飙	原创
2	长相思	改编
3	莲花楼	改编
4	宁安如梦	改编
5	三体	改编
6	长月烬明	改编
7	偷偷藏不住	改编
8	长风渡	改编
9	去有风的地方	原创
10	一念关山	原创
11	梦中的那片海	原创
12	漫长的季节	原创
13	云之羽	原创
14	玉骨遥	改编
15	爱情而已	原创
16	异人之下	漫改
17	问心	原创
18	星落凝成糖	改编
19	少年歌行	改编
20	他是谁	原创

由表3可以看出，改编剧中出现热度口碑综合排名头部的作品概率更大，客观上体现出业界头部资源向文学IP改编项目倾斜的现状，同时也体现出优秀文学原著对成功剧集的重要支撑作用。

如果排除热度因素，单独看豆瓣网口碑，年度文学改编剧集豆瓣网评分从高到低前50名可见表4。

表4　2023年度文学改编剧集豆瓣网评分榜前50部名单

序号	作品名	豆瓣网分数	序号	作品名	豆瓣网分数
1	三体	8.7	23	宁安如梦	6.8
2	莲花楼	8.6	24	向风而行	6.8
3	少年歌行	8.3	25	西出玉门	6.8
4	尘封十三载	8.1	26	乐游原	6.8
5	装腔启示录	8.1	27	夏花	6.8
6	当我飞奔向你	8	28	偷偷藏不住	6.7
7	九义人	7.9	29	三分野	6.7
8	长相思	7.8	30	很想很想你	6.7
9	显微镜下的大明	7.8	31	浮图缘	6.6
10	平原上的摩西	7.6	32	熟年	6.6
11	曾少年	7.5	33	长风渡	6.5
12	云襄传	7.3	34	田耕纪	6.5
13	我要逆风去	7.3	35	梅花红桃	6.4
14	星落凝成糖	7.2	36	玉骨遥	6.3
15	骄阳伴我	7.2	37	闪耀的她	6.3
16	护心	7.2	38	花琉璃轶闻	6.2
17	你给我的喜欢	7.2	39	君子盟	6.2
18	他从火光中走来	7.1	40	七时吉祥	6.2
19	照亮你	7.1	41	好事成双	6.1
20	三大队	7.1	42	神隐	6.1
21	人生之路	6.9	43	南海归墟	6.1
22	灼灼风流	6.9	44	为有暗香来	6.1

续表

序号	作品名	豆瓣网分数	序号	作品名	豆瓣网分数
45	一路朝阳	6.1	48	回响	5.9
46	龙城	6	49	归路	5.8
47	听说你喜欢我	5.9	50	安乐传	5.8

将纯口碑榜单与热度口碑综合榜单对照，能够看到部分剧集口碑与热度倒挂的现象。《装腔启示录》《九义人》《平原上的摩西》等较高口碑的剧集，出圈程度较为有限；相应地，一些"转赞评"高位作品凭热度跻身综合榜单前列，但评分较低。这种现象凸显了娱乐性与文化品位之间的不平衡，"好酒巷子深"和"黑红"都并非理想生态，此类现象给创作者提出了新的挑战和更高的要求，需要在文化品位和娱乐性方面做出更多平衡，吸引更多观众入场的同时提升观众审美。

（三）文学改编电影票房口碑综合榜

这里的电影包括院线电影、网大（用斜体字表示）以及两部电影节电影。《但愿人长久》为东京国际电影节电影（2024年在香港上映），《瞧一桥》为北京国际电影节电影。

表5　2023年度文学改编电影票房与口碑榜单（33部）

排名	影片名称	豆瓣网评分	票房情况①	文学原著	原著作者	垂类
1	流浪地球2	8.3	40.29亿	流浪地球	刘慈欣	冒险
2	封神第一部：朝歌风云	7.8	26.34亿	封神演义	许仲琳	冒险
3	三大队	7.6	7.05亿	请转告局长，三大队任务完成了	深蓝	冒险

---

① 无特殊标注即以人民币（元）计算。院线电影按总票房计算，网大按分账票房计算，节展电影未公映无票房数据。

续表

排名	影片名称	豆瓣网评分	票房情况	文学原著	原著作者	垂类
4	河边的错误	7.3	3.09 亿	河边的错误	余华	冒险
5	涉过愤怒的海	7.2	5.49 亿	涉过愤怒的海	老晃	冒险
6	这么多年	6.3	3.01 亿	这么多年	八月长安	言情/生活
7	再见，李可乐	6.2	2.41 亿	爸爸是只"狗"	王小列	言情/生活
8	刀尖	5.2	5182.6 万	刀尖	麦家	冒险
9	回廊亭	4.9	2.05 亿	长长的回廊亭	东野圭吾	冒险
10	念念相忘	6	7647.2 万	我与世界只差一个你	张皓宸	言情/生活
11	我爸没说的那件事	5.9	421.1 万	闻烟	辛西	言情/生活
12	暗杀风暴	5.7	8065.9 万	死亡通知单：暗黑者	周浩晖	冒险
13	但愿人长久	7.7	电影节展[1]	但愿人长久	祝紫嫣	言情/生活
14	三线轮洄	5.8	2468.3 万	三线轮回	尾鱼	冒险
15	天龙八部之乔峰传	4.9	2443.4 万	天龙八部	金庸	冒险
16	河神·诡水怪谈	5.4	1015.6 万	河神 1·鬼水怪谈	天下霸唱	冒险
17	介子鬼城	4.6	1612.9 万	盗墓笔记	南派三叔	冒险
18	黑楼怪谈	4.3	348.4 万	凶宅笔记	贰十三	冒险
19	黄河守墓人	4	697.2 万	黄河禁地	牛南	冒险
20	月光武士	4.5	203 万	月光武士	虹影	言情/生活

---

[1] 后上映票房 56.2 万美元。

续表

排名	影片名称	豆瓣网评分	票房情况	文学原著	原著作者	垂类
21	瞧一桥	6.8	电影节展	狗夫200天	陈紫莲	言情/生活
22	斗破苍穹·止戈	3.7	268.4万	斗破苍穹	天蚕土豆	冒险
23	斗破苍穹·觉醒	3.3	464.8万	斗破苍穹	天蚕土豆	冒险
24	封神：祸商	3.2	1405.3万	封神演义	许仲琳	冒险
25	大鱼3汉江鱼怪	—	773.1万	御窑之下	戴金瑶	冒险
26	飞天神鼠白玉堂	—	16.8万	三侠五义	石玉昆	冒险
27	亮剑之血债血偿	—	525.1万	亮剑	都梁	冒险
28	聊斋画壁	—	532.7万	聊斋志异"画壁"篇	蒲松龄	冒险
29	我们的岁月	—	1022.3万	水击三千里	裴蓓	言情/生活
30	洗屋大师	—	260.2万	凶宅笔记	贰十三	冒险
31	远山花开	—	130万	花开有声	王洁	言情/生活
32	重紫之雪仙情	—	88.6万	重紫	蜀客	冒险
33	化劫（中国台湾）	3.8	—	化劫	笭菁	冒险

注：《封神演义》与《三侠五义》小说原著的作者有争议。

2023年文学改编电影按照冒险（含暴力涉案等）、言情/生活两大垂类统计，属于冒险大类的有24部，占比73%；属于言情/生活大类的有9部，占比27%。可见与剧集领域不同，当下无论是院线电影还是网络电影，仍普遍强调动作性和奇观性，据此选择文学改编原著，涉案推理、玄幻武侠等题材文学作品更多被大银幕转化。而言情／生活类文学作品改编电影普遍成本不高，票房成绩中等或偏低。原著扎实，具备视觉奇观且投资巨大的改编电影更有可能票房口碑双丰收，如《流浪地球2》《封神第一部：朝歌风云》等。

除了两大垂类集合，按照电影标签化分类惯例，年度改编电影细分类型标签统计见表6。

表6　2023年度文学改编电影细分类型数量统计

序号	类型	数量
1	剧情	22
2	悬疑	9
3	动作	8
4	奇幻	6
5	爱情	6
6	犯罪	6
7	古装	5
8	惊悚	5
9	冒险	2
10	战争	1
11	家庭	2
12	武侠	2
13	科幻	1
14	灾难	1
15	恐怖	1
16	历史	1

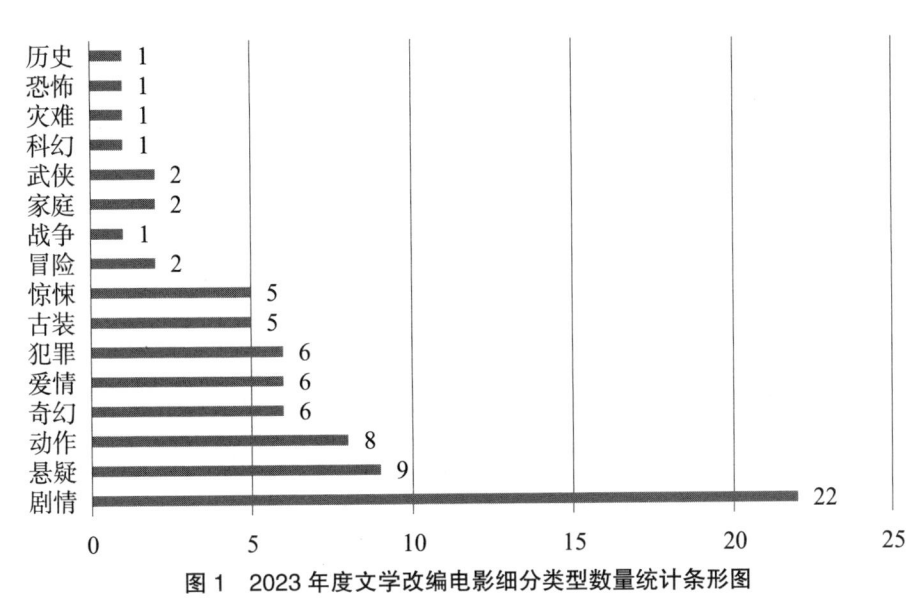

2023年度文学改编电影细分类型数量统计见图1。

```
历史    1
恐怖    1
灾难    1
科幻    1
武侠    2
家庭    2
战争    1
冒险    2
惊悚    5
古装    5
犯罪    6
爱情    6
奇幻    6
动作    8
悬疑    9
剧情    22
```

图1　2023年度文学改编电影细分类型数量统计条形图

注：由于部分电影兼具多种类型，数量之和可能大于总电影数量。

由于部分电影同时包含多种类型，现统计出现较多（两次以上）的两两类型组合，见表7、图2。

表7　2023年度文学改编电影两两类型组合次数

序号	类型组合	次数
1	剧情—动作	4
2	剧情—悬疑	4
3	剧情—犯罪	3
4	剧情—爱情	3
5	剧情—奇幻	3
6	剧情—古装	3
7	剧情—惊悚	3
8	悬疑—犯罪	3

续表

序号	类型组合	次数
9	剧情—家庭	2
10	动作—武侠	2
11	悬疑—惊悚	2

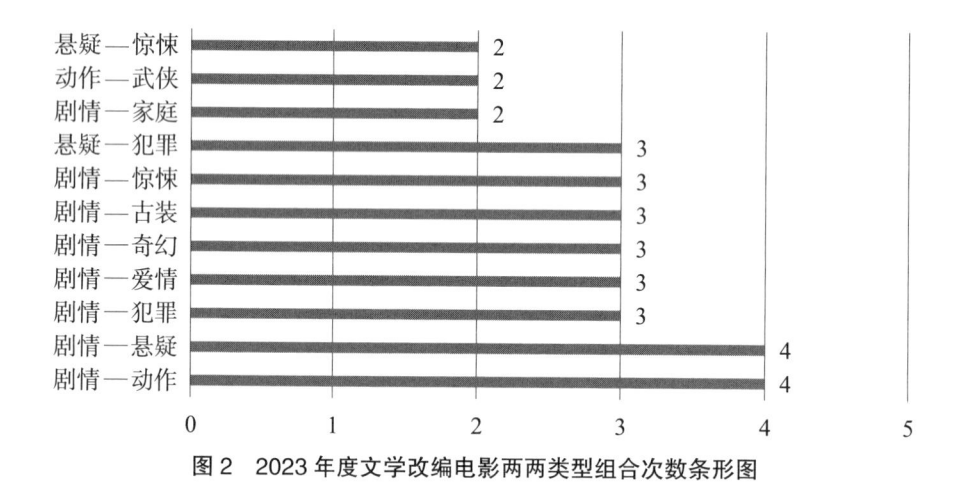

图2 2023年度文学改编电影两两类型组合次数条形图

33部电影中包括14部网大，1部北京国际电影节电影，1部东京国际电影节电影。具体占比如图3所示。

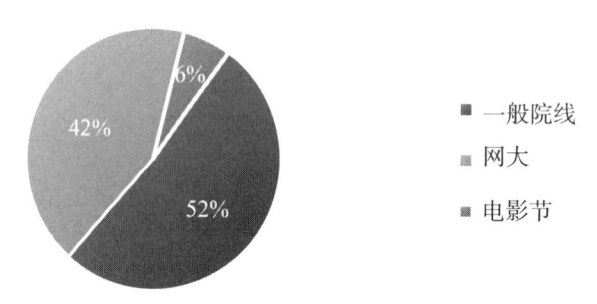

图3 2023年度文学改编电影网大占比

在所有网大电影中，各类型分布如表8、图4所示。

表8 2023年度文学改编网大中类型分布统计

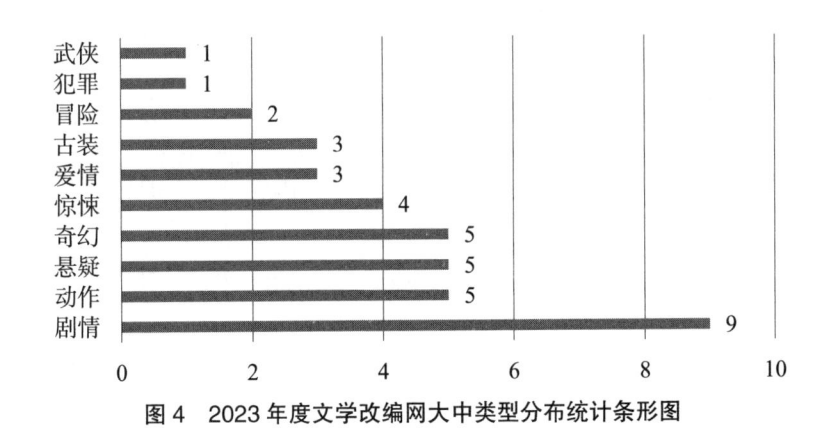

序号	电影类型	数量
1	剧情	9
2	动作	5
3	悬疑	5
4	奇幻	5
5	惊悚	4
6	爱情	3
7	古装	3
8	冒险	2
9	犯罪	1
10	武侠	1

图4 2023年度文学改编网大中类型分布统计条形图

二、榜首：改编剧入榜前20

（一）热度口碑综合排名前20的垂类分布

表9中的"落地"属于写实度方面的特殊情况，通常用于描述无超自然力情节的古装剧。事实上，此垂类虚构性、传奇性较强，不含以真实

历史人物为主人公的严肃历史题材。相对于现实性更强的现实题材作品，这种"落地"标签在写实性方面标准很低，在有些评论者看来近乎"戏称""反讽"。

表9　2023年度文学改编剧集热度口碑综合榜前20部之垂类分布

序号	作品名	写实度	故事背景	故事主线
1	长相思	幻想类（仙侠玄幻）	古装	言情＋冒险（权谋）（偶像剧）
2	莲花楼	"落地"（武侠）	古装	冒险（推理探案）
3	宁安如梦	"落地"（架空＋重生）	古装	言情＋冒险（权谋）（偶像剧）
4	三体	幻想类（科幻）	现代	冒险
5	长月烬明	幻想类（仙侠玄幻）	古装	言情＋冒险（偶像剧）
6	偷偷藏不住	现实	现代	言情/生活（偶像剧）
7	长风渡	"落地"（架空）	古装	言情＋冒险（权谋）（偶像剧）
8	玉骨遥	幻想类（仙侠玄幻）	古装	言情＋冒险（偶像剧）
9	星落凝成糖	幻想类（仙侠玄幻）	古装	言情＋冒险（偶像剧）
10	少年歌行	"落地"（武侠）	古装	冒险
11	云襄传	"落地"（武侠）	古装	冒险
12	好事成双	现实	现代	言情/生活
13	归路	现实	现代	言情/生活（偶像剧）
14	三分野	现实	现代	言情/生活（偶像剧）
15	向风而行	现实	现代	言情/生活
16	他从火光中走来	现实	现代	言情/生活

续表

序号	作品名	写实度	故事背景	故事主线
17	骄阳伴我	现实	现代	言情/生活（偶像剧）
18	田耕纪	"落地"（架空+穿越）	古装	言情/生活（偶像剧）
19	护心	幻想类（仙侠玄幻）	古装	言情+冒险（偶像剧）
20	西出玉门	幻想类（奇幻）	现代	言情+冒险

前20全部为通俗文学改编作品。泛言情类作品（所有含言情标签作品，含言情为主但叠加冒险标签的作品）共16部，非言情的泛冒险类作品（以涉案、暴力动作元素为主）有4部。泛言情类与泛冒险类作品数量比为4∶1，可见泛冒险类作品总体数量虽少于泛言情类，但投入的头部资源并不少，不乏综合水平高位作品。

泛言情类的16部作品中，纯粹言情/生活类作品（无任何涉案、暴力动作元素）有8部，除了《田耕纪》，其余7部均为现代言情作品（广义现代言情，含都市生活剧、行业剧等）。此类作品集中在14—20名次段，只有《偷偷藏不住》进入了前10名。

"言情+冒险"标签叠加作品有9部，均为古装，其中5部进入前10名，《星落凝成糖》居第11名，《护心》居第19名，《西出玉门》居第20名。目前大部分古装言情类作品都属于"言情+冒险"，需要与冒险元素相配合（多为仙侠玄幻、宫斗权谋题材）。《田耕纪》这类主打"种田"，暴力冒险元素不突出的作品是特例，是否能成为未来增长点还有待观察。古装言情作品中5部进入前10名，印证了业界观念，此类作品容易收获高热度，并且因演员粉丝、剧粉等粉丝群体基数大，头部作品通常能够得到尚可的口碑。

"偶像剧"作为一种对于言情类型特定风格的描述，强调浪漫爱情，与较为现实的都市生活剧、行业剧有差别。进入前20名的泛言情类作品中，典型偶像剧作品有 12 部（古装偶像剧 8 部，现代偶像剧 4 部），都市生活剧/行业剧有 3 部。这 3 部都市生活剧/行业剧（《好事成双》《向风而行》《他从火光中走来》）均未能进入综合榜单前 10 名，客观上印证了偶像剧更符合通俗观众和下沉市场需求，尤其叠加了古装、幻想标签（带有超自然力因素，如仙侠玄幻，幻想标签绝大部分时候会与冒险标签绑定）的偶像剧格外受欢迎。远离现实的剧情，让观众沉浸到类似游戏、二次元的世界之中，满足娱乐需求。8 部古装偶像剧中，仙侠玄幻古偶有 5 部，"落地"古偶有 3 部。仙侠玄幻古偶有 3 部进入榜单前 10 名，1 部为第 11 名。"落地"古偶 2 部进入榜单前 10 名，其中《宁安如梦》虽然有重生情节，但除了重生设定，主体内容为宫斗权谋，不再有超自然力情节，此类仍归为"落地"标签。《田耕纪》的穿越设定同理。《田耕纪》在幻想、冒险类剧情方面不突出，主打"种田"的"言情/生活"内容，虽有新意，但仅排在第 19 名，显得不如具有较突出冒险（宫斗权谋）要素的《宁安如梦》《长风渡》热度高。

　　进入综合榜单前 20 名的泛冒险类（以涉案、暴力动作元素为主）的 5 部作品中，古装泛冒险作品有 3 部，《莲花楼》《少年歌行》《云襄传》均为武侠剧。其中，只有《莲花楼》进入前 10，且位居第 2。与前 10 名中带有鲜明女性向色彩的古偶剧相比，古装武侠作为传统的男性向垂类，热度难敌古偶剧。而《莲花楼》比起《少年歌行》《云襄传》，个性化特色在于，原著小说作者藤萍与改编总编剧刘芳均为女性创作者，《莲花楼》相对一般武侠叙事，在情感关系方面用了更多笔墨——并未强调爱情，而是让伙伴友情更加细腻动人，人物设定、人物关系相对传统男频武侠更符合女性受众审美，加上涉案元素和单元剧形式，悬念迭出、节奏轻快，这也许是《莲花楼》超出一般武侠剧表现的原因，算是全性向作品。这一年，另一部比较突出的创新型作品是《西出玉门》。该剧在女性动作冒险方面有所开拓，在现代背景中融入了奇幻元素，言情故事线与动作冒险故事线平分秋色，堪称现代武侠。但这也导致部分观众不适应这种"混搭"风格，偶像剧受众和玄幻冒险受众都感到不满足，该剧评分和收视不及更纯粹的冒险类作品。

科幻改编剧《三体》作为现代泛冒险作品是极具特色的"孤品"，综合排名第4，是中国科幻剧集的里程碑，填补了空白，口碑优异。

通过2023年度文学改编剧集热度口碑综合榜单能够看出，在改编领域，带有古装、言情、幻想标签的垂类更易排名靠前。幻想标签本身通常都会与冒险标签关联，但即便具备冒险元素，在榜单前列的作品中，言情标签仍大概率是第一垂类标签。古装、言情、幻想三大热门垂类标签并非一定叠加，但叠加后往往有合力优势。

（二）热度口碑综合排名前20的网络热度

2023年度文学改编剧集热度口碑综合榜前20部作品的全网转评赞数量见表10。

表10　2023年度文学改编剧集热度口碑综合榜前20的全网转评赞

序号	作品名	全网总转评赞（亿）
1	长相思	1.97
2	莲花楼	1.66
3	玉骨遥	1.34
4	骄阳伴我	1.28
5	长月烬明	0.95
6	长风渡	0.42
7	宁安如梦	0.37
8	偷偷藏不住	0.35
9	三体	0.28
10	向风而行	0.21
11	星落凝成糖	0.2
12	少年歌行	0.18
13	护心	0.14

续表

序号	作品名	全网总转评赞（亿）
14	他从火光中走来	0.13
15	田耕纪	0.11
16	云襄传	0.1
17	好事成双	0.09
18	三分野	0.09
19	归路	0.08
20	西出玉门	0.08

全网总转评赞中的前10名基本是古偶剧，说明古偶剧的市场潜力仍旧不减。而尾部第17—20名全是现代剧，也证明网民对现代题材的关注度与讨论度还需提高。

（三）热度口碑综合排名前20的口碑评分

2023年度文学改编剧集热度口碑综合榜前20部作品的豆瓣网评分见表11。

表11　2023年度文学改编剧集热度口碑综合榜前20的豆瓣网评分

序号	作品名	豆瓣网评分
1	三体	8.7
2	莲花楼	8.6
3	长相思	7.8
4	云襄传	7.3
5	星落凝成糖	7.2
6	骄阳伴我	7.2
7	护心	7.2
8	他从火光中走来	7.1
9	宁安如梦	6.8
10	向风而行	6.8

续表

序号	作品名	豆瓣网评分
11	西出玉门	6.8
12	*偷偷藏不住*	6.7
13	三分野	6.7
14	浮图缘	6.6
15	*长风渡*	6.5
16	田耕纪	6.5
17	玉骨遥	6.3
18	好事成双	6.1
19	*归路*	5.8
20	*长月烬明*	5.6

注：黑体字剧集为同等热度情况下排名上升较大的剧集，斜体字为同等热度情况下排名下降较大的剧集。

单看口碑分数情况，与综合热度相比，部分剧集排名成绩出现较大差异。首先，《骄阳伴我》（排名上升10名）、《他从火光中走来》（排名上升8名）、《云襄传》（排名上升6名）等均属于口碑较高而热度不够的剧集。《骄阳伴我》属于现实题材，聚焦中年女性的事业和家庭，剧情紧凑，价值观输出引发观众共鸣，收获不俗口碑。《他从火光中走来》是现代言情偶像剧，聚焦消防领域，剧情没有刻意煽情，而是于平凡生活中见证该职业的伟大动人瞬间，与同年播出豆瓣网评分仅2.8分的同类题材作品《我的人间烟火》相比，质量较高。而且由于《我的人间烟火》播出在前，所以给观众营造出一种"珠玉在后"的印象。武侠题材的《云襄传》通过男女主人公的爱情推进武侠脉络走向，在充斥着国恨家仇的江湖大背景中加入轻快诙谐的台词和充满反差的人物关系，极具张力。

现代剧虽然在热度和曝光度方面不如古装剧（尤其是加入冒险、幻想元素的仙侠类古装偶像剧），但现代剧更容易聚焦社会现实，实现正向价值观输出，也更能直面社会痛点，引发观众共鸣，制作精良的作品更容易收获高口碑。可见，被古偶剧霸榜的市场并不是密不透风的，现实题材若潜心深耕内容，提升质量，依旧可以冲出重围。

反之，一些热度较高而口碑不尽如人意的作品，主要集中在言情偶像剧中，其中大部分为古装"落地"偶像剧和增加幻想设定的仙侠偶像剧。古偶剧一直占据着庞大的市场，遗憾的是高质量精品仍然较少，垂类内部良莠不齐、同质化严重。服化道也许能够做到精美出圈，但剧情足够扎实的不多，需要继续提升品质。低口碑的现实，说明观众对言情垂类产品的审美在逐步提高，对千篇一律的情节套路和缺乏逻辑的人物行动越发排斥，好的产品不是仅靠煽情就能获得成功，未来的言情剧需要在价值观输出、人物关系、情节脉络等方面加强，以获得更好的播出效果。

此类型中也有在各个数据榜单都位于头部并且得到观众普遍认可的作品，如《莲花楼》和《长相思》。《莲花楼》和《云襄传》两部武侠剧均进入综合榜单前10，说明观众对武侠剧的期待得到了满足。武侠剧在经历了数年的冷清之后有了东山再起之势，与单元探案形式的结合，让传统武侠叙事节奏变得更紧凑，更易获得当下观众的喜爱。

《向风而行》《偷偷藏不住》《三分野》《好事成双》《归路》等现代言情剧，即使热度口碑综合情况较好，仍未进入前10，停留在10—20名的位置。这说明现代言情剧的市场在收缩，迎合女性观众塑造大女主或者制造"工业糖精"刻意煽情，都不是吸引观众的绝对法宝。聚焦私人生活世界里小情小爱的甜宠剧集，即使精致打造，也很难突破观众认可度的天花板。

三、类型：细分赛道、深度耕耘

如今，剧集的类型日益细化多元。相比以往，一部作品杂糅的类型元素更加复杂，但主要类型特征也更为突出。其在垂直领域内力求极致，深度满足特定受众群体的需求。

综观2023年度IP改编剧的类型分布，有四组鲜明的垂直类目。

（一）原著风格：通俗类型文学改编与严肃传统文学改编

本组两种垂类根据原著风格趣味划分。"2023年度改编剧热度口碑综合榜单"前70部作品中，改编自通俗类型文学的作品有68部，占比97%；改编自严肃传统文学的作品有2部，占比3%。通俗文学目前仍是IP改编产业链的主要母矿。

严肃文学改编对创作者而言是不小的挑战。内容上，既不能"辱没"原著，又须雅俗共赏。表现形式上，影视与小说媒介不同，本没有可比性，但观众天然期待改编后的影视作品在观感上有与原著大致相匹配的高度。改编自路遥经典小说《人生》的电视剧《人生之路》以及改编自东西同名小说的电视剧《回响》，与一众通俗流行文学改编作品同伍，更显难能可贵。

（二）现实之距：泛幻想类与泛现实类

本组两种垂类根据剧集题材是否现实而划分。

泛幻想类，简称幻想类。幻想类特指主体情节含超能力或超自然元素（如神话精怪、魔法等）的作品，如科幻、奇幻、魔幻、玄幻等。若作品包含时间地点架空、穿越设定、浪漫武侠元素等，但主体情节无其他超自然力介入，则不计入幻想类。例如，开头结尾人物穿越，但主体情节中无穿越剧情及其他超自然力情节，按照现实类计算。若剧情中人物反复穿越，主体情节为时间旅行，则计入幻想类。

泛现实类，简称现实类，包含特定标签"落地"。

"2023年度改编剧热度口碑综合榜单"中幻想类作品有15部。进一步细分，则有仙侠11部、科幻1部、盗墓1部和创新幻想类（现代奇幻/玄幻）2部。

仙侠剧仍是热门。除此之外，《三体》实现了电视剧领域的科幻创作，令观众眼前一亮，但作为类型来说仍是冷门。《南海归墟》作为富有中国特色的盗墓奇幻 IP"鬼吹灯"系列新作，继续收获关注。2023 年的创新幻想类作品有《西出玉门》，改编自尾鱼的言情奇幻小说，世界观富有想象力。

榜单中的现实类作品有 56 部。其中，叠加"泛言情"标签的有 42 部（"言情/生活"27 部，"言情+冒险"15 部，"言情+冒险"均为古装"落地"偶像剧），叠加"泛冒险"标签的有 14 部（现代涉案 5 部，古装"落地"武侠 3 部，古装"落地"探案 2 部，古装"落地"微观历史 1 部，年代谍战 3 部）。现实类作品中，古装"落地"作品传奇色彩浓重，若除去古装"落地"标签作品，2023 年符合狭义"现实题材"的 IP 改编作品并不多，再剔除涉案类作品，所余更少。能够摆脱偶像剧色彩的都市生活剧很少，行业剧还有待加强。

（三）故事背景：古装剧、现代剧、年代剧

本组垂类按照剧集故事时代背景划分，包括古装剧、现代剧和年代剧。其中，年代剧并无统一的时间规定，本报告中所说的"年代"的时间范围，是指从清末到新中国成立前，以民国为主。

"2023 年度改编剧热度口碑综合榜单"中的古装剧有 31 部，现代剧有 36 部，年代剧有 3 部。古装剧中数量最多的是古装偶像剧，即叠加了"言情"及相关标签的古装剧，共 25 部，占古装剧的 80%。这印证了古偶剧仍然是产业热门，在通俗观众群体和下沉市场中的影响力巨大。

古偶剧《长相思》位列"2023 年度改编剧热度口碑综合榜单"榜首。该剧不但有多位外形出众的偶像型演员出演，有"仙侠"标签关联的高水平特效，还在剧情中加入了一定比重的"权谋"元素，在宫廷权谋斗争、异族战争等情节方面比一般仙侠剧更复杂。这些泛冒险情节的加入更好地突出了女主人公的偶像光环，局部创新有效，使作品从同质化的仙侠古偶品类中脱颖而出。

其余 6 部古装剧，有 3 部为"落地"风格的古装武侠，2 部为"落地"古装探案，1 部为根据史实改编的小人物历史传奇故事。在中国电视剧历史上，武侠剧曾经是古装剧主流类型，但如今其在数量上难敌古偶剧。2023年算是武侠剧大年，虽数量不多，但综合表现较好，《莲花楼》《少年歌行》《云襄传》均进入热度口碑综合榜单前20名。其中，《莲花楼》以单元剧的形式表现推理探案，伴之对友情、亲情的细腻刻画，其热度口碑综合排名仅次于《长相思》，是近年来武侠剧最好成绩。

现代剧除了个别如《西出玉门》《南海归墟》叠加泛幻想垂类，大部分与泛现实垂类重合。

2023年度年代剧入榜作品均属于谍战剧，数量较少且口碑平平。由此可见，谍战剧需要寻求新的突破。

（四）故事主线：泛冒险类与泛言情类

本组垂类按照故事主线调性，即人物行动的激烈程度及相应的情节强弱划分。上文的各组垂类，总体而言还是依作品风格而分。而剧集作为叙事艺术作品，其根本应在所叙之事，以及相关的叙事方式上。因此，本组垂类是较为本质的、可统筹其他风格的概念。

泛冒险类作品，指包含暴力、犯罪、意外危险元素较多的作品，可能与"幻想类"垂类标签有交集，也可能与"现实类（落地）"标签有交集，视具体情况而定。其中，较为典型且覆盖面较广的垂类标签为"冒险涉案"。"冒险涉案"垂类作品不可能完全没有情感故事线，但除非情感线非常突出、比重较大，与冒险故事线并驾齐驱，才标注"冒险+言情"（冒险标签在前），否则不特意附加"言情"标签。

泛言情类作品，即叙事主线围绕爱情、友情、亲情等人际关系展开的作品，主要标签为"言情/生活"。"言情/生活"垂类下，按照风格可进一步标注，风格较写实的都市生活剧、行业剧计入"言情生活"垂类，仅标注"言情/生活"。偶像剧属于"言情生活"垂类中的特定风格。偶像剧色彩突出的作品，进一步标注"言情/生活（偶像剧）"。根据当前业态，古装偶像剧大多包含冒险故事线，但仍以言情故事性为主，此类作品标注为"言情+冒险"剧，"言情"标签在前。使用"言情+冒险"垂类标签时，不特意标注为偶像剧。泛冒险（冒险涉案）和泛言情（言情/生活）两大基本垂类大致分别对应男性向/男频与女性向/女频的受众画像，少数作品能够相对兼容两个垂类标签。"2023年度改编剧热度口碑综合榜单"中泛言情类（所有"言情/生活"标签相关，含"言情/生活""言情+冒险"）作品共52部，占75%，泛冒险类（所有"冒险涉案"标签相关，含"冒险""冒险+言情"）作品18部，占25%。泛言情类与泛冒险类比例为3:1，印证了当下创作领域仍以女性向情感类作品为重的客观现实。

入榜作品中，纯正的泛冒险垂类作品（不含"冒险+言情"标签）共17部，纯正的"言情/生活"垂类作品（不含"言情+冒险"）共27部，冒险和言情叠加的作品共26部。其中冒险为主、言情为辅的"冒险+言情"作品1部，言情为主、冒险为辅的"言情+冒险"作品25部。"冒险+言情"作品的孤例是《雪鹰领主》，该剧改编自男频小说，为了吸引更多女性观众，加重了言情的成分。

属于泛言情（含"言情+冒险""言情/生活"）垂类的52部作品大部分属于偶像剧。带有鲜明偶像剧色彩的作品（由年轻偶像演员出演，主人公无常规婚姻家庭牵绊，专注于恋爱）有38部，古装偶像剧有24部，现代偶像剧有14部。其余偶像剧色彩相对不明显的作品有14部，其中13部为行业剧或都市生活剧。创新特例是《西出玉门》，奇幻冒险情节占据很大比重，削弱了偶像剧色彩，属于少见的"现代+言情+冒险"垂类标签组合。

在故事主线的选择方面，女性向泛言情垂类仍旧是IP改编的主力军，偶像剧风格的作品是主流，相对淡化偶像剧风格的作品较难进入热度口碑综合榜单前列。可见既没有甜宠爱情作为卖点，又没有涉案冒险情节的行业剧、生活剧市场较狭窄，声量有限。泛冒险垂类中大部分为推理探案类，这种类型容易产生较广大的社会影响，也面临较严格的过审风险，但在许多创作者的精耕细作下，2023年度出现了许多精品。

四、生产：文学原著来源与影视作品制作

（一）文学原著来源

70 部入榜改编剧作品中，有大量改编自晋江文学城签约作品的剧集，共计 31 部。其中，榜单排名较前列作品，如《长月烬明》《长风渡》《宁安如梦》《偷偷藏不住》《归路》《护心》《浮图缘》《神隐》等，皆为晋江文学城签约作品改编剧，见表 12。

表 12　2023 年度文学改编剧集热度口碑综合榜前 70 名之晋江签约作品（31 部）

序号	剧名	综合排名	剧集豆瓣网评分	原著名称	原著豆瓣网评分
1	宁安如梦	3	6.8	坤宁	6.8
2	长月烬明	5	5.6	黑月光拿稳 BE 剧本	6.3
3	偷偷藏不住	6	6.7	偷偷藏不住	6.4
4	长风渡	7	6.5	长风渡	上 7.4
				长风渡·终结篇	下 6.9
5	归路	15	5.8	归路	7.1
6	三分野	16	6.7	三分野	6.4
7	向风而行	17	6.8	云过天空你过心	6.0
8	他从火光中走来	18	7.1	他从火光中走来	6.7
9	护心	21	7.2	护心	7.4
10	西出玉门	22	6.8	西出玉门	上 8.7
					下 8.3
11	浮图缘	23	6.6	浮图塔	7.0
12	乐游原	26	6.8	乐游原	上 7.0
					下 6.1
13	很想很想你	27	6.7	很想很想你	7.1
14	当我飞奔向你	28	8	当我飞奔向你	7.5

续表

序号	剧名	综合排名	剧集豆瓣网评分	原著名称	原著豆瓣网评分
15	神隐	29	6.1	神隐	6.7
16	照亮你	30	7.1	时光如约	无
17	夏花	31	6.8	他站在夏花绚烂里	6.5
18	你给我的喜欢	33	7.2	你给我的喜欢	7
19	我要逆风去	35	7.3	我要逆风去	无
20	以爱为营	37	4.3	错撩	6.2
21	安乐传	38	5.8	帝皇书	7.4
22	听说你喜欢我	40	5.9	听说你喜欢我	6.8
23	花琉璃轶闻	44	6.2	造作时光	6.9
24	灼灼风流	45	6.9	灼灼风流	6.4
25	南风知我意	47	5.7	南风知我意	5.7
26	重紫	48	4.4	重紫	7.1
27	我的人间烟火	51	2.8	一座城在等你	7.2
28	君子盟	53	6.2	张公案	7.8
29	七时吉祥	58	6.2	一时冲动，七世不祥	7.0
30	纵有疾风起	60	5.8	纵有疾风起	无
31	暮色心约	69	5.3	只因暮色难寻	7.8

其他网络文学作品大多来自起点、红袖添香、豆瓣阅读、番茄小说等较有影响力的网络文学网站。进入榜单前列的《田耕纪》，原著《重生小地主》连载于起点网，最高播放市占率达17.41%，豆瓣网评分6.6分。

网络文学IP中，原著在原连载网站平台站内的热度能够侧面佐证该IP改编剧播出后的效果，且一些作品曾经被漫画化，助推了该作品的"路人缘"。比如，晋江文学城签约作者竹已的作品《偷偷藏不住》，此前长期在快看漫画App连载，晋江文学城站内有诸多读者打赏、收藏竹已作品，该小说阅读人数过万。根据同名小说改编的剧集《偷偷藏不住》，灯塔App显示其最高播放市占率达到19.16%，在"灯塔市占率前30榜单"中排名第11，在"云合热播集均霸屏前20榜单"中也排名第11。竹已所著的同"故事宇宙"作品《难哄》也于2024年投拍。

《长月烬明》改编自晋江文学城作品《黑月光拿稳BE剧本》。据晋江文学城平台数据统计，该网络小说原著收藏量达90万次以上，章均点击数破百万，但其在豆瓣网评分不高，仅为6.1分。改编剧播出后，热度非凡，灯塔App显示其最高播放市占率高达29.26%，在"云合30天集均霸屏前20榜单"中排名第3，德塔文景气指数多次破2。然而和小说一样，剧集平均口碑较低，吸引了34万观众在豆瓣平台评分，分数仅5.6分。

原著作者方面，2023年度IP改编剧的原作者中很多人已是IP产业链中的重要存在，曾撰写过较多热门原著，多部作品曾被改编为剧集。比如，桐华、匪我思存、墨宝非宝、马伯庸、天下霸唱等作者，其作品的IP质量已经得到验证，曾获得极高热度或口碑。桐华小说改编剧《步步惊心》（2011），豆瓣网37.8万人评分8.4分；墨宝非宝小说《一生一世美人骨》改编剧《周生如故》（2021），豆瓣网评分7.3分；匪我思存小说改编剧《东宫》（2019），豆瓣网评分7.6分；马伯庸小说改编剧《长安十二时辰》（2019），获得豆瓣网8.1高分；天下霸唱"鬼吹灯"系列改编剧以原班人马演绎多部作品，积累了有黏性的一批剧粉……前作的成功，让这些作者在2023年度继续产出IP改编剧集，并获得较大影响。

总体来看，改编后口碑评分低于原著IP的电视剧作品有30部，约占43%。鉴于小说原著读者和评分人数较大程度少于电视剧评分人数，体现的是特定读者群的评价，仅将其作为参考。2023年度入榜改编剧与原著豆瓣网评分对比情况见表13。

表13　2023年度入榜改编剧与原著豆瓣网评分对比情况

排名	剧名	剧集豆瓣网评分	原著名称	原著豆瓣网评分	原著作者
1	长相思	7.8	同剧	8.0	桐华
2	莲花楼	8.6	吉祥纹莲花楼	8.4	藤萍
3	宁安如梦	6.7	坤宁	6.4	时镜
4	三体	8.7	三体	9.3	刘慈欣
5	长月烬明	5.6	黑月光拿稳BE剧本	6.3	藤萝为枝
6	偷偷藏不住	6.7	偷偷藏不住	6.4	竹已
7	长风渡	6.7	长风渡	7.5	墨书白
8	漫长的季节	6.8	凛冬之刃	6.2	于小千
9	玉骨遥	6.3	朱颜	5.6	沧月
10	星落凝成糖	7.2	星落凝成糖	三部平均6.7	一度君华
11	少年歌行	8.3	少年歌行	五部平均7.4	周木楠
12	云襄传	7.3	千门	7.5	方白羽
13	好事成双	6.1	双喜	8.2	郎朗
14	归路	5.8	归路	7.1	墨宝非宝
15	三分野	6.7	三分野	6.4	耳东兔子
16	向风而行	6.8	云过天空你过心	6.0	沐清雨
17	他从火光中走来	7.1	他从火光中走来	6.7	耳东兔子
18	骄阳伴我	7.1	骄阳似我	7.9	顾漫
19	田耕纪	6.5	重生小地主	—	弱颜
20	护心	7.2	护心	7.4	九鹭非香
21	西出玉门	6.8	西出玉门	8.5	尾鱼
22	浮图缘	6.6	浮图塔	7.0	尤四姐
23	曾少年	7.5	曾少年	7.3	九夜茴
24	乐游原	6.8	乐游原	两部平均6.5	匪我思存
25	很想很想你	6.7	很想很想你	7.1	墨宝非宝

续表

排名	剧名	剧集豆瓣网评分	原著名称	原著豆瓣网评分	原著作者
26	当我飞奔向你	8.0	当我飞奔向你	7.5	竹已
27	神隐	6.1	神隐	6.4	星零
28	照亮你	7.1	时光如约	—	筱露
29	夏花	6.8	他站在夏花绚烂里	6.5	太后归来
30	尘封十三载	8.1	黯夜之光	7.1	娄霄鹏
31	你给我的喜欢	5.8	你给我的喜欢	7.2	施定柔
32	人生之路	6.9	人生	8.8	路遥
33	我要逆风去	7.3	我要逆风去	7.3	未再
34	三大队	7.1	请转告局长，三大队任务完成了	7.8	深蓝
35	以爱为营	4.3	错撩	6.2	翘摇
36	安乐传	5.8	帝皇书	7.4	星零
37	南海归墟	6.1	南海归墟	7.2	天下霸唱
38	听说你喜欢我	5.9	听说你喜欢我	6.8	吉祥夜
39	显微镜下的大明	7.8	显微镜下的大明	8.7	马伯庸
40	为有暗香来	6.1	洗铅华	6.2	七月荔
41	花琉璃轶闻	6.2	造作时光	6.5	月下蝶影
42	灼灼风流	6.9	灼灼风流	6.4	随宇而安
43	春闺梦里人	5.8	春闺梦里人	6.1	白鹭成双
44	南风知我意	5.7	南风知我意	5.7	七微
45	重紫	4.4	重紫	7.1	蜀客
46	闪耀的她	6.3	奔三那年	—	无非就是这样
47	一路朝阳	6.1	大城小室	7.1	姜立涵
48	我的人间烟火	2.8	一座城，在等你	7.2	玖月晞
49	治愈系恋人	5.8	治愈者	7.7	柠檬羽嫣
50	君子盟	6.2	张公案	7.8	大风刮过
51	回响	5.9	回响	6.1	东西

续表

排名	剧名	剧集豆瓣网评分	原著名称	原著豆瓣网评分	原著作者
52	熟年	6.6	熟年	7.4	伊北
53	花戎	5.2	误长生	5.4	林家成
54	七时吉祥	6.2	一时冲动，七世不祥	7.0	九鹭非香
55	梅花红桃	6.4	梅花四，红桃五	—	倪学礼
56	纵有疾风起	5.8	纵有疾风起	—	茶走
57	龙城	6.0	西决 / 东霓 / 南音	三部平均 8.0	笛安
58	薄冰	5.6	薄冰	8.7	海飞
59	消失的十一层	8.1	黯夜之光	7.1	武和平
60	无间	5.3	无间	6.9	九方楼兰
61	雪鹰领主	4.8	雪鹰领主	4.6	我吃西红柿
62	暮色心约	5.3	只因暮色难寻	7.8	御井烹香
63	择君记	4.2	两只前夫一台戏	7.2	电线
64	花轿喜事	4.1	上错花轿嫁对郎 / 请你将就一下	7.2 / 6.9	席绢
65	装腔启示录	8.1	装腔启示录	7.8	柳翠虎
66	九义人	7.9	九义人	9.2	李薄茧
68	平原上的摩西	7.6	平原上的摩西	8.2	双雪涛
69	岁岁青莲	3.5	熹妃传	两部平均 6.5	解语
70	风起西州	5.6	大唐明月	五部平均 8.5	蓝云舒

注：黑体字为改编后口碑评分低于原著IP的电视剧作品。

（二）影视制作机构

70部IP改编剧集的网络播出平台主要集中在爱奇艺、腾讯视频、优酷平台，分别占比37.5%、45.8%、20%，芒果TV占比只有7%。除这四家平台，还有更加小众的咪咕视频平台，占比仅有 4%。2023 年，爱奇艺平台播出的 IP 改编剧集最多；优酷平台开播作品均为优酷独播，占比约为 19.4%；另有 11 部作品在多平台开播，占比 15.2%。

其中，部分参与剧集出品的影视公司会为重要的 IP 改编剧集提供比常规制作更多的资源支持。比如，由演员成毅主演的《莲花楼》《南风知我意》，演员所属的经纪公司欢瑞世纪（东阳）影视传媒有限公司，作为出品公司深度介入项目。《鸣龙少年》为教育题材，湖南教育电视台作为联合出品参与了制作。

截至 2023 年底，IP 改编剧上星率达 44.4%，有近一半的作品在电视台开播。从电视端收视情况来看，中央广播电视总台收视率明显高于地方电视台。

（三）口碑突出主创

在进入"2023 年度改编剧热度口碑综合榜单"的 70 部 IP 改编作品中，年产两部及以上作品的导演或编剧很少。也有个别创作者非常高产，如《莲花楼》《神隐》编剧均为刘芳和王威，《以爱为营》《莲花楼》导演均为郭虎。

2023 年度入榜作品中豆瓣网评分 8 分以上的作品、导演、编剧见表 14。

表 14　2023 年度入榜作品中豆瓣网评分 8 分以上的作品、导演、编剧

排序	作品名	导演	编剧	联合编剧	豆瓣网评分
1	三体	杨磊	田良良	孟扬 胡晓曦	8.7
2	莲花楼	郭虎	刘芳 王威	李惠敏	8.5
3	少年歌行	尹涛	周木楠 马佳妮 穆静文	—	8.3
4	尘封十三载	刘海波	娄霄鹏	—	8.1

五、经验：讲好中国影视故事

严肃文学改编影视作品虽少但精。这类作品艺术价值高、社会效益优，并且汇聚了业界的关注，承载了讲好中国影视故事的期许。在这个高度上，总结这些作品的成功改编经验，往往有事半功倍的效果。

（一）讲好中国故事

如实反映并正确思考社会现实，是严肃文学的优长，也是必须承担的社会责任。由严肃文学改编而成的影视作品也承接了这份使命。从期许和目标而言，"讲好中国故事"是包含影视作品在内的所有叙事艺术作品的追求。真诚的创作态度和高远的艺术追求是改编创作最根本的经验。

1. 关注当下，选取时代题材

现实题材原创影视作品直接自由取材于无限的现实生活，而文学改编影视作品则取材于文学原著，原著相比于现实相对有限。此外，原著文本的产生时间虽可与改编的时间节点无限接近，但总是先于改编。有些原著的文本产生时间可能距当下较远，所写是彼时的"当下"。从改编精品可以看出，最终呈现到观众面前的影视作品不仅能勾起观众对过去的记忆，还融入了"当下"视角中的现实元素，有当下对过去的理解，给今人看亦无门槛。这些作品与现实题材原创影视作品一样，为时代画像，为时代立传，为时代明德。

路遥小说《人生》更侧重于剖析人性，解构高加林在同时面对机遇与变故、处理现实和梦想时的心理处境与行为选择，讽刺了存在于人性中的脆弱面，表达了人生在种种意外发生时，不得不做出选择以应对现实的无奈与被迫之情。总之是写具体特定年代中的独特事，笔调也有成文年代的烙印。而电视剧《人生之路》则侧重展现小人物的奋斗史，通过将人物置于"人生"这一更加宏观的现实大背景下，展开叙述其各自对于人生变化所做出的选择和行动，集中体现人物拼搏历程，注重展现人物是如何通过积极乐观的人生态度，改变扭转人生现实，突破实现人生转机的。电视剧整体色彩更加昂扬、积极，紧贴大时代背景下小人物故事的创作命题，符合当下时代语境和主旋律特征。

剧集《装腔启示录》旨在通过揭露都市白领的"装腔"，启示青年人探究生活的真谛。在影视化过程中，剧集充分地保留了原著中对"装腔"的极致刻画，从职场生活里的"装腔"、爱情中的"装腔"、生活理念上的"装腔"等方面形神兼备地还原"装腔"人生。这些情节实际反映了个体在社会中的角色扮演和真实自我之间的矛盾。电视剧也保留了原著中唐影、刘美玲和林心姿等角色的爱情观和行为，展现了现代社会中人们在爱情关系中的虚荣心和表面的装腔行为，并通过情节间的对比，探讨了真诚与虚伪在建立亲密关系过程中的重要性。因非常贴近都市生活现实，该剧在青年职员观众群体中获得较多好评。

剧集《曾少年》在保持原著精神的同时，增加了故事的深度和观众的共鸣。观众不仅能在故事中看到青春成长的烦恼和快乐，也能感受到剧集对现实社会中压力和挑战的表现。优秀的改编使得该剧能在一定程度上激励观众，思考如何在复杂的社会环境中找到自己恰如其分的状态，如何勇敢地面对生活的挑战，追求自我价值的实现。

2. 古今相通，把握时代精神

一切历史都是当代史。优秀的影视作品，无论是现实题材剧，还是古装剧，乃至于科幻剧，都是当代精神的某种折射，这是一种无意识的行为。除此以外，改编创作者也需主观能动地在作品中体现出时代精神。

就古装类改编影视作品而言，要为今人看，在改编时就得先考虑原著文本的两个方面：一是原著文本产生的时代与当下的距离，这点前文已述；二是文本内故事的时代背景、故事时代背景和文本产生之时代的距离。譬如，《封神演义》是明朝人写的商周易代的历史与神话传说，本身带有明朝的时代痕迹。而今天，随着史学、考古学等学科以及科学技术的发展，我们对商周时期的认识要远比明朝人开阔明朗，改编时就需考量，原著中的哪些内容是需要用今天的认识来颠覆的。不论商周还是明朝，男尊女卑都是残酷却不可否认的事实。在电影《封神第一部：朝歌风云》中，这一点既没有避讳，又清楚地透露出创作者的否定态度。而且，这种态度并不是用否定性的情节直接批判的，而是采用了还原某种意义上属于被遮盖的"真相"的方式表现出来。被狐狸精附身的苏妲己不再是背负一切罪过的妖妃，充其量只是"从犯"，真正的"幕后黑手"是纣王。另一种方式是用怜悯去表现、放大女性受父权迫害的惨剧，如姜王后，这一角色也不再是原著中寥寥几笔带过的边缘人物，她也有着家国大义，甘愿为了国泰民安而献出生命。

再如，《长相思》是一部具有现实主义色彩的古装剧，依据中国历史神话故事改编，使观众在欣赏剧情的同时能感受到中华文化的博大精深，是对中华优秀传统文化的传承和弘扬。这种对民族文化的深入挖掘和展现，有助于增强民族自豪感和凝聚力，对于促进社会和谐、推动文化繁荣具有积极意义。

一般的武侠作品，通常都不会为故事背景规定具体的历史时期（少数影视作品反之，如以明朝天启、崇祯年间为故事背景的"绣春刀"系列电影），但在其发展历程中，这类作品会尽力证明，自己足以承载起优秀的传统文化精神。推而广之，所有背景架空的古装剧，要想出类拔萃、禁得起历史和人民的检验，就应该或者说必须蕴含那些有着深厚历史传统积淀的时代精神。

武侠剧《云襄传》对中国传统文化精神——"舍小我为大我"——的表现就十分出彩。小说中，云襄以"叛逆谋反、率众弑君"被定罪，"千门公子襄"的名头大到令朝廷不安。使用一番计谋之后，云襄假死脱身逃亡，恢复原名骆文佳，与妻女团聚。虽是大团圆，但总归多了些波谲云诡、尔虞我诈。电视剧《云襄传》基本上沿袭了大团圆结局，但格局更为开阔。剧中，云襄在南宫放去见关海主的同时，独自跑到了福王的府邸，让福王放弃谋反。福王知道大势已去，也不愿再生灵涂炭，便放火自焚、烧尽家产、了断一切。太子登基，天下太平。皇后荣升为太后，要重赏柳公权和云襄，柳公权自请镇守海防，继续为朝廷效力，而云襄亦不愿再卷入朝堂，婉拒皇后封赏，和柳公权一起镇守海防。这一改动给人的观感可谓光明磊落、堂堂正正。

另一部年度好评武侠剧《莲花楼》创新性地融入了探案元素，以"江湖"和"探案"为主线，塑造了"病侠"李莲花的特色形象，人物品行高洁又潇洒不羁，富有魅力。

在武侠剧逐渐式微的大环境下，《莲花楼》的出现成功地为武侠剧市场注入了全新的活力。《莲花楼》在传统武侠叙事中融入了悬疑元素，李莲花化身江湖侦探，解开了一个又一个迷局，伸张正义。这些特色创新成功吸引了观众的注意力，在发扬武侠剧传统优势基础上，增加了新的叙事可能性。随着创作者们不懈的努力和创新，《莲花楼》为武侠剧的复兴开辟了一条新的道路，为观众带来了一场剧情的盛宴。

过去虽不可全知但仍有史料可查，未来则全然无法预测。因此，科幻类作品虽有科学理性支撑，却总要有天马行空的想象。不过，这不能成为对衡量科幻类作品价值标准含糊其词的理由。在现实积极意义上，优秀的科幻作品，就是能把握当下时代精神，并坚信自己走在正确道路上，以此为基础，发挥合理又奇绝的想象，描摹出充满希望与光明的未来愿景。

人类命运共同体意识已深入人心，但目前，来之不易的和平的日常生活往往让人们难以想象没有人类命运共同体意识将会怎样（必要性）。电视剧《三体》和电影《流浪地球2》就通过艺术手法，创造了人类最大威胁存在于人类之上的故事世界。观众在艺术的感染力中，完成了一次思维实验、头脑风暴，进而能从更高的维度思考人类命运共同体意识，并加深对它的理解。

（二）重塑原著情节

2023年的文学改编影视，其文学源头依旧以小说改编为主。这些小说多区别于散文与诗歌，有一般意义上的情节；又不似传统戏剧那般格外强调集中、动作外化的情节。正因如此，小说改编影视作品对情节的处理，仅从必要性上说，是一种介乎重写和照搬之间的状态，暂且称之为"重塑"。当然，文学改编影视作品，本就不应也不能完全挪用原著情节，随着媒介的转化，相应的原著情节或删除或保留，甚至要创造原著中没有的情节，保留者则又可能调整了表现出来的样貌。总之，重塑原著情节要能扬长避短，并且不失原著真意。

1. 扩充内容，增设矛盾冲突

内容的扩充可分为"小扩"与"大扩"，二者都是基于原著文本生发出来的，区别在于"无中生有"的方式与体量不同。如果望文生义一番，小扩更接近于"改编"中的"改"，大扩则更接近于"改编"中的"编"。小扩是在原著已有内容基础上对某些具体情节进行延展，在完整故事中所占比例并不大，一般是主要情节线的分支。大扩可看作故事的延展，也就是原著主线的扩充，原著故事并没交代的"前史"可能会以确定的形式加入改编后的作品，成为故事的新起点；原著故事已经闭合的结局也可能被打开，成为改编作品的主线。

小扩在文学改编影视作品中不胜枚举，关键在于是否合理，以及在合理的基础上是否精彩。合理不仅要合常理，还要不与原著相悖。精彩则是要有趣味性、戏剧性，并将原著的优秀特质在影视作品中增强放大。在2023年的改编作品中，电视剧《装腔启示录》和电影《河边的错误》较为典型。比如，唐影在接受"网文抄袭案"时，接到来自律所和当事人南辕北辙的诉求，她不盲从任何一方，认真调查研究，最终支持当事人促进网络知识产权的健全。又如，许子诠在投行工作高压状态下会面临不择手段与尔虞我诈，通过与下属的"双簧"表演，他成功迷惑了竞争对手，赢得了主动权。这些扩展的情节都集中在许子诠和唐影的职场压力和挑战上，可以说保留并发扬了原著的精神，拉近了剧情与现实生活的距离，最终让观众能够更加真切地感受到都市职场人的生存状态。小说《河边的错误》不是没有传统意义上的情节，只是被隐藏在了心理描写之下，被着重表现的事件环节拆解，完整的情节需要读者自行想象，且指向多义，没有确凿的"答案"。尽管影视也有开放的情节，但终归没有文学那般的自由度，人物主观方面的描写必须外化成视觉听觉能感受到的元素。电影中，马哲在社会上的两种身份——警察和父亲，都受到了威胁。"集体荣誉"在电影中反复被公安局局长提到，而刑警大队队长马哲是否荣立过"三等功"，也以亦真亦幻的形式在他本人的潜意识和领导、同事的口中多次闪现。另外，他作为父亲，孩子也存在着成为"疯子"的风险。这些情节在原著小说中是没有的，原作中马哲的焦虑心理通过这些情节表现了出来。

较为典型的大扩有电视剧《人生之路》。电视剧《人生之路》在不改动原著人物关系和总体情节走向的基础上，扩充了原著。一是延长时代背景跨度。原著聚焦于20世纪80年代的改革时期，剧集则将时代背景从20世纪80年代初扩展至21世纪20年代；在人物成长阶段上，也从主人公高中时代一直叙述至人生中年。二是扩展地理空间，将主人公从故乡陕北推向广阔的中国，一众主人公的人生道路走得"越来越远"。从高加林到上海领青年作家奖开始，故事陆续加入刘巧珍夫妇带女儿到上海看病、刘巧珍单打独斗留在上海从开面馆到中央厨房创业、黄亚萍在上海舞团创作独立作品追求艺术理想等一系列剧情，详细叙述了主人公们在上海这一新天地上开启的新生活、历经的新变故、收获的新成长。加入上海这一坐标，不仅拓宽了故事发生的场域，更为后续剧情的展开提供了更多的可能性。若说陕北是故事中人物的前半生，那么上海便是他们的后半生。《人生之路》在路遥原著的基础上开创性地续写了陕北人在上海的故事，为探索故事可能性而在时空背景上做出大胆突破尝试，无疑实现了情节线索更为丰富、逻辑链条更显完整的良好改编。

还有一种更具开拓性的大扩形式，如《流浪地球2》的改编。该片主体剧情算是电影《流浪地球1》的"前传故事"，与小说《流浪地球》相差甚远，某种意义上称为原创也未尝不可。但该作品故事世界的设定保留了小说的精华，而故事世界对一些"硬科幻"作品来说是一切情节、人物、主题价值的基石。换言之，没有原故事世界，此故事就不复存在。从这一层关系上讲，《流浪地球2》也算是改编，只不过不是移植式的改编。

小扩与大扩也会在文学改编影视作品中并存。电视剧《显微镜下的大明之丝绢案》不仅延展了原著中的封闭线索，将丝绢案的前发现人设置成主人公帅家默的父亲，给予了帅家默展开调查丝绢案的合理性和必要性，而且将原著中未展开的重要情节拓展开来。剧集拓展了原著中未展开的第一次公堂审理，还明晰了刺杀主人公的杀手身份为幕后黑手范渊安排的手下鹿飞龙等人，增加了刺杀次数。这些拓展一方面传递出更为清晰的各利益方的明争暗斗，另一方面也能以紧张刺激的刺杀过程吸引观众。

2. 聚合内容，集中矛盾冲突

有扩就有收，收则可先粗分为删减与捏合。删减是原著中的部分情节直接舍弃不用，捏合则是将原本分散的内容集中起来，提升叙事效率，增强矛盾的冲击力。收，要考量的也是合理以及在此基础上的精彩。原著中部分内容若有无法自圆其说的明显逻辑漏洞，调整又牵一发而动全身，则不如直接删除。小说中可以有相对较多的闲笔，这些内容甚至可以成为读者不愿跳过的精华。而影视作品，虽也要节奏张弛，但推进情节总是首要。再者，小说中精细准确又洋洋洒洒的全方面描写，在影视作品中可能只用一个几秒的镜头就交代完毕了。此外，影视作品相比小说，还要注意减少用对话交代情节的叙事手法。

超长的网络小说改编成电视剧时，需要收。《云襄传》原著有6本，改编成电视剧时也有所收敛。哪怕是不那么长的小说，改编成体量相当的影视作品，也一样需要删减。《莲花楼》原版小说中，李莲花和方多病共破获了十五桩江湖疑案。电视剧在情节上进行了明显的压缩和提炼，重点选取了十个案件进行影视化改编。原著中一些旁枝末节的线索和人物被简化或省略，使得整个故事更加紧凑和集中。这种改编策略有利于突出主要矛盾和冲突，增强故事的戏剧性，同时也符合电视剧观众对于节奏明快、信息量大的作品的期待。

捏合的代表作品有《封神第一部：朝歌风云》。原著小说《封神演义》的体量要改编成电影，势必会压缩许多情节。纵然"封神"系列电影计划拍三部曲，也肯定要捏合原书章回小说的许多内容。因为，三部曲电影虽是一个完整故事的三部分，但作为电影，也需独立成章。也就是说，在三部曲的连续性（如需要在下一部解决的悬念伏笔）之外，每部电影也得是个完整的故事，不能让观众在没看过上一部的前提下欣赏得太过困难，各自都要有完整明晰的开端、发展、高潮、结局。原著小说可以草蛇灰线，三部曲电影则不可。所以，多半会出现原著中许多情节提前参与到影片情节之中的现象。

（三）强化人物塑造

故事虽有所谓的"情感驱动"和"情节驱动"之分，但这也不是严谨的分类，只是习惯用法，很难说是为人物而情节，还是为情节而人物。影视作品的人物与情节在某种意义上是同义反复，人物的外在动作和内在转变就是情节。从创作层面来说，情节势必需要有足够说服力的人物和人物关系方能合情合理。从接受层面来说，观众对影视作品的欣赏和认同往往建立在代入人物、与人物共情的基础之上。

1. 丰富人物形象

小说中的主要人物一般为圆形人物。只不过，小说对人物的描写有多种方式，有时不必将人物复杂的两面性全都写明，可以只明表一面，暗示另一面；或是用"春秋笔法"，寓褒贬于叙事。但在影视作品，尤其是电视剧中，需要将人物形象明确地向细处推演。另一种情况则是要考虑到影视作品大众传媒的特点，小说中主人公的一些负面特征不宜在影视作品中太过放大。《人生之路》就放大了高加林的优点品质，削减和隐匿了其性格中存在的缺点。路遥的《人生》将高加林更多塑造成一个"精致利己主义者"的形象。《人生之路》则让高加林化"利己"为"执着于自我"，赋予其更多传统意义上的"好人"特征。剧集开篇被同窗好友冒名顶替读大学的戏份为高加林取得了天然的观众同理心，于情与法都为主人公设置了一层"保护屏障"。对于高加林和刘巧珍、高加林和黄亚萍分别的两组情感关系，《人生之路》的态度更公允，不存在明显的情感偏向和道德站位。《人生之路》将更多篇幅着眼于高加林和黄亚萍的这条爱情线，从高中时代起便为两人的相处作铺垫。感情基础建立在精神层面的志同道合上，两人虽存在家世上的不对等，却在价值观和兴趣爱好等方面平等一致。小说中，作者对于高、黄二人的情感态度略显消极，在道德站位上指出黄亚萍"挖墙脚"，并在后续着笔上也流露出对这段感情的不看好；而在《人生之路》中，剧集的态度则对这一情侣更显友好，剧集更支持高、黄二人间的"灵魂之交"，这是更符合观众对于现代爱情观的理解和认同的一大改编做法。

像科幻小说这类假定性较强的作品，人物的优先度与重要性有时会让位于故事世界的设定。但在影视作品中，故事世界的设定固然重要，但也要尽可能地让人物形象饱满、关系紧密。汪淼、史强二人的情义在原著中不甚明显，尽管二人贯穿了《三体：地球往事》现实线的始末，但汪淼始终在作战中心的相关行动中作为一个较为理智的旁观者出现。剧中的汪淼则作为作战中心技术作战的核心，深度参与了各项行动，起到了至关重要的作用，也因此被史强严格保护。基于此，二人在日常相处中产生了深厚的"战友情"，关系也从互无好感逐渐发展为亲密无间。关于汪淼与叶文洁，原著中明确写出，由于叶文洁的慈祥和循循善诱，汪淼感受到了非常强的温情，可以说原著中在前期很长一段时间里，叶都起到了导师的作用，叶引导汪进入三体。然而剧中显然是想让二人的关系在师生之外，于是给了汪淼一些推理和选择的空间。由于剧中史强对叶文洁的调查和怀疑从未中断，即使比较尊重，汪淼本质上对叶文洁还是有所防备的。

2. 增设、整合人物

文学若用叙述交代情节，则可只写主要人物。而影视作品则要增设人物，与主要人物互动。比如，《请转告局长，三大队任务完成了》，书中有名有姓的人物仅程兵、王大勇、王二勇几人。程兵的经历近乎一半是老张告诉"我"的，一半是"我"翻阅案卷得出的。书中程兵尽管是独自追凶，但可以合理想象，他必然会和其他人打交道，只不过这些在书中没必要塑造。电影《三大队》就增设了三大队其他警察作为程兵追凶路上的同伴，并用几人陆续离开来塑造程兵这一人物形象独特罕见的崇高品质。

《人生之路》在原有小说情节上增添了全新人物——高双星。电视剧开篇第3集，他便在父亲高明楼的安排下冒名顶替高加林，这在原著中对应高明楼之子高三星顶替高加林民办小学教师的情节设置。剧中，高双星虽是作为高加林这一正面形象的对立面出现，但依然具有许多值得肯定的性格品质。首先，高双星并非主动选择顶替高加林，他本与高加林是同窗，友谊关系纯真，但双星本就学习天赋不如高加林，于是在压力之下填写了和高加林同样的高考志愿，却在高考结果出来后意外"中榜"，被父亲安排改名换姓从此替代高加林去上海上大学。

高双星在这一过程中并非完全被动，他在接到消息后感到震惊异常，本性的善良让他淹没在愧疚中，因此在上海拼命充实自己，不惜到工地上卖力气赚取生活费。第10集中，高双星将自己的名字改回真名，一方面证明人物实现"成长"，生活即将迎来全新发展阶段；另一方面则便于观众区分理解剧情。

人物在影视作品中整合有时也是必要的。一种情况是原著中的人物太多，头绪不清，人物用完即弃。较为高明的叙事作品往往用最少的人物解决最多的矛盾，而不是当矛盾冲突无法由已有人物解决时一味引入一次性的工具人。通常，几个较为丰满的人物胜过许多个单薄的人物。小说《凛冬之刃》中的一次性人物较多，如闽商卢文仲的妻子蒋林、拉二胡的智力残疾人二毛、钢厂子弟曲波、福利院院长吴文慈、沈墨的大爷沈鹏、房东区伯、溜门撬锁的老冯等。比较纯粹的功能性人物也很重要，但尽量不要太多。剧集《漫长的季节》便将诸多仅一次推动情节的角色删除、合并，剧中当下时间线几乎没有过去没出现过的角色，使书中一些简单的人物关系变得复杂。

整合的另一种情况是，原著中某个比较复杂的人物，其部分特点被拆分到影视作品中的其他人物身上。通常，与文学作品相比，影视作品中的人物要更加极致。人物的某一性格特征极致了，其对立面的性格特征就很难再彰显出来，若强行保留，则可能难以自洽，难以令观众信服。《显微镜下的大明之丝绢案》将原著中精通数学、情商高、深晓官场之道的帅嘉谟改编成患有阿斯伯格综合征、不善言辞但非常执着的算学天才帅家默，并增加了活泼、通晓人情世故的丰宝玉替主角开口发言。这样的改编使人物既有优点也有短处，落地成"人"后的帅家默虽然不通人情世故，不善于言辞表达，但更专注于算数，身上的那股对数字的偏执推动着丝绢案的一步步调查，奠定了其本人在丝绢案中的主导地位。因此，电视剧通过赋予帅家默行为主动性，使其人物形象更加鲜活。此外，新增的丰氏姐弟、陈氏父女、鹿飞龙、方县令等角色使得人物关系更加紧密，也增加了戏剧冲突。

（四）重视视听表现

文学作品以语言为主要媒介，需要读者通过联想与想象将语言转化为形象；影视作品则以包括语言在内的视听形象为主要媒介，观众可以直观地感受到视听形象，因此，从文学作品到影视作品的改编，必须高度重视从文学语言向视听语言的转换，凸显影视作品的视听特色。

1. 服化道真实可信，虚拟技术更加成熟

有时，引人入胜的情节、生动丰满的人物，会让观众降低对画面的要求，如早期网剧《毛骗》，第一季的美术和镜头语言都很粗糙，评分却比较高。但这种"偏科"佳作毕竟是少数，也不能以此就错误地估计观众对服化道的容忍度。影视作品终归是以"看"为主要欣赏方式的作品，若故事过关，服化道的真实可信绝对能起到锦上添花的作用。

如今，观众对历史古装类影视作品的服化道水平要求较高。《显微镜下的大明之丝绢案》真实地还原了明中后期底层民众的衣食住行，以主人公为代表的普通百姓所穿皆为裋褐与麻鞋，方便日常劳作。丰碧玉所穿则为明代普通女子服饰，以布袄、布衫、布裙为主，梳包头发型，从细节处还原明代民众的面貌。且镜头皆为实景拍摄，以徽派老宅为拍摄地，弘扬中国传统文化，最大程度还原时代风貌。

若说其他类型题材影视作品的服化道可以视作仅为故事服务的存在，那么对科幻类影视而言，服化道水平则可能决定其成败。作为一部以科技为参照的艺术想象作品，《流浪地球2》始终秉持"尊重科学"的创作理念。在细节设置上，影片对月球车、潜水服、宇航服等道具进行了精细推演和设计，甚至连太空电梯等科幻元素也进行了严谨的科学论证。通过构建符合大众审美和心理认知的世界观，影片实现了科幻叙事与科学普及的完美结合。为确保电影中的道具、故事细节和情节设定更加真实可信，创作团队还特别邀请了专业科学家共同参与世界观的设定工作。在太空电梯等关键场景的打造上，创作者通过设计创作草图，运用MOCO影视机械臂操作系统、3D打印等先进技术，以精细化的方式完成了叙事场景的生动搭建，为观众呈现出一个既充满想象力又极具真实感的科幻世界。

有些视听内容可以用真实的物理手段实现，其效果可能更震撼人心，但这也不是万能的。虚拟特效能拓展视听表现的各种可能性，最终带来的是更为丰富的审美表达。电影《流浪地球2》聚焦于末世危机主题，深入探讨了虚拟数字世界与现实文明之间的冲突与融合。在叙事过程中，影片不仅细腻地展现了源自生活的丰富细节，更以"史诗质感"的美学形式，将科幻场景转化为可视化、沉浸式的观影体验。在电影的创作表达过程中，为更好地呈现主角人物的年轻化特质，主创团队历经一年多时间，深入探索并实验了多种年轻化手法。经过反复比对和筛选，最终选择采用基于人工智能的算法技术，依托面部捕捉及人工智能等数字技术的前沿优势，系统收集并分析演员年轻时的表演素材，构建出与演员面部表情姿态和反应相契合的模型。经过精细制作，团队成功打造出784个数字减龄镜头，使人物形象与年龄设计完美契合。此外，影片在拍摄过程中引入"虚拟化"预演技术，不仅为演员提供了直观可视的剧本参考，更使他们深刻理解和体验了虚拟世界的奥妙。影片以叙事内容和题材属性为核心，注重展现人物形象的人文情感内涵，通过审慎且合理地运用新技术，营造出沉浸式的观影场景，为观众带来前所未有的视觉体验。从电影《流浪地球2》的视觉呈现来看，影片巧妙地将大众熟知的飞天武士、鬼谷子等形象元素融入叙事场景，通过运用新技术和新想象，为观众展现了充满未来科技感和文化底蕴的城市场景。影片不仅为观众带来新颖唯美的视觉享受，更形成了具有鲜明中国特色的科幻电影美学风格。

虚拟技术的纯熟运用自然不是电影专享，电视剧《三体》也多次运用数字虚拟特效，如剧中的三体游戏。特效不是最终目的，观众看的还是特效所表现的、物理手段难以实现的想象力。汪淼在三体游戏中来到秦始皇所在的时代，目睹冯·诺伊曼利用秦始皇的军队实现了计算机的构想。剧集将计算机的运行原理与人工列队相结合，把人类计算机的列队阵容以计算机元件的形态表现出来，观众最终看到千军万马组成巨大的电路阵容，然后再看着每一个士兵举起手上的红白小球所形成的主板闪烁。创作者还特意从文化的角度，将华阴老腔和秦朝背景文化做了结合，再把它融入科幻主题，呈现出了一种带有独特反差感的科幻感。

2. 符号输出，构建在地感

视听形象是可以瞬间传递高密度信息的形式，它能在一定程度上打破各种语言文字之间的隔阂，这使得视听表现优秀的作品在宣传上能胜过众多文案的言说。

《西出玉门》原著描写了大量的地理风貌、地域人情与历史传说，改编剧充分利用原著中的空间，将沙漠探险、都市怪谈、《山海经》异兽传说、汉武帝巫蛊之祸等巧妙融合，塑造了一个神秘莫测的奇幻世界，尽最大可能从视觉美学上重塑了原著架构的两重世界。剧集中的现代社会落地在西北某处较为偏僻的小城——历城。历城没有高楼大厦，没有高科技现代设备，随处可见的是低矮平房，门面小饭馆，简陋的小旅店，略显陈旧的皮影馆、典当铺，街道熙熙攘攘并不开阔，往来行人穿着朴素，有些灰扑扑的色调，是比较典型的西北小城镇。这样的环境设计较为落地、接地气，让传奇故事的发生背景显得真实，引人遐思。当叶流西与昌东出发前往沙漠腹地，剧集展现的场景是一望无际的沙漠。黄金流沙、龙头雅丹、风蚀地貌，神秘又壮丽，埋葬着皮影人的皮影棺、有历史根源的司马道等历史逸闻，令人视野一新。这样的场景，与现代快节奏都市场景、古装典雅场景、仙侠特效场景完全不同。实景带来实感，观众仿佛与剧中主角一同畅游，实现线上西北风光"云游"。

电视剧《长月烬明》巧妙地将中国古典美学与国际化的视觉效果相结合。通过使用先进的特效技术和摄影手法，以及对色彩、布景和构图的精心设计，剧集不仅展现了中国传统的美学魅力，也契合了国际观众对于高质量视觉作品的期待。例如，剧中的神魔大战场面，既有中国古代神话的恢宏大气，又不失现代电影的视觉冲击力，成功地吸引了国际观众的目光。在跨文化传播的过程中，《长月烬明》深谙如何将中国独有的文化符号与全球观众能够共鸣的主题相结合。剧集中的文化符号，如龙、凤、乌鸦等传统图腾，不仅仅是视觉装饰，更是承载了深厚文化意义的象征。通过对这些符号背后故事的巧妙解读和再创造，剧集为国际观众提供了一扇了解中国文化的窗口，同时也激发了他们对于中国传统文化的好奇心和探索欲，提升了中国电视剧在全球市场的竞争力，也为中国文化的国际传播注入了新的活力。

结　语

2023年的影视作品在不同维度和不同方面尝试着创新与突破。文学改编作品仍然备受青睐，尤其是网络文学作品，依旧是改编的主力军。综观这些热度、口碑较高的影视作品可以发现，除了原著作品为影视创作打下了较好的创作基础和热度保障，最终决定影视作品成功与否的关键，在于改编能否既尊重原著作品又尊重影视创作规律，能否在叙事需要、艺术规律、观众期待的统一中实现对原著的创新与超越。我们欣喜地发现，2023年已经出现了这样一批能够在原著与改编之间达到平衡，具有独特影视美学的剧集作品。相信随着时代的发展，中国的影视市场将进一步实现专业化能力和水平的提升，使文学转化影视的过程更加顺畅，形成良性的文学影视循环生态。

党的二十大报告对"推进文化自信自强，铸就社会主义文化新辉煌"做出重要部署，要求"繁荣发展文化事业和文化产业"。在新征程上，文学必将继续发挥"母本"作用，为影视产业的高质量发展贡献文学力量，文学与影视将在双向赋能、融合共生中，共同创造出更多具有社会影响力和艺术价值的精品力作，推动文化事业全面繁荣、文化产业快速发展，不断丰富人民精神境界、增强人民精神力量，为铸就社会主义文化新辉煌贡献力量。

下编
2023年度剧集改编案例分析

第一部分　严肃文学 IP 的剧集改编

《人生之路》：从中篇反思小说到长篇进取史诗

摘要：电视剧《人生之路》前 20 集主要改编自路遥的小说名作《人生》，后 17 集是对原作主要人物日后命运的扩写。因此，《人生之路》并非对《人生》的普通改编，而是融改编与扩编于一体的特殊改编。基于此，电视剧对原著情节和人物进行了大刀阔斧的改写：将原著时间线拉长，从 20 世纪 80 年代一直讲到 21 世纪 20 年代，涵盖了主人公自高中直至中年的漫长生命历程，为原著增添了史诗气质；地域空间扩大到东南沿海，将长距离的地域迁徙作为中国社会现代性进程的缩影，呈现出更宏阔的时代面貌；将原著中工作被顶替的情节，改为曾经的热点社会议题"冒名顶替上大学"，增强了两个男主人公之间的戏剧冲突与人生对比；将主人公在特定年代背景下的人生悲剧，改写为改革开放与城镇化进程大潮下从逆境中奋起的范本。这样的改编方式在中国电视剧文学名著改编史上并不常见，堪称"同人文"式的改写，满足了许多读者的好奇心与"意难平"；但原著中令人百味杂陈的人生悲剧变成大众通俗叙事中的逆袭故事，存在争议，个中得失需要仔细衡量。年代细节的一些失真之处，也影响到作品的整体艺术质量与传播效果。

电视剧《人生之路》以"改编+扩写"的方式将作家路遥的小说名作《人生》搬上荧屏，对原著情节和人物形象进行了大刀阔斧的新编。《人生之路》作为严肃文学改编的正剧,在严肃文学改编剧和现实题材剧集品类中属于收视率较高的作品,最初在中央广播电视总台综合频道首播,爱奇艺平台同步播出,后续又在中央广播电视总台电视剧频道及多家地方卫视播出,国民度较高。灯塔 App 显示,该剧播出期间 18 次获得爱奇艺平台日冠,全网播放市占率最高达到 8.59%。然而在热播的同时,《人生之路》的口碑却不够理想。与《人生》小说的其他影视剧改编版本相比,其观众评价不高,豆瓣网评分仅为 6.9 分[1],而电影《人生》(1984)豆瓣网评分为 8.5 分[2],电视剧《人生》(2014)豆瓣网评分 7.7 分(141 人)[3]。当然,也应看到此前作品在互联网受众语境中传播广度不够,打分人数远少于《人生之路》,受众群体广泛众口难调多少影响了本剧的口碑。作为大幅扩写原著的新型改编作品,如何在扩写时延续原著精神意蕴,《人生之路》提供了经验和教训。

一、原作的可改编性

(一)改编目标:从中篇个体反思到长篇时代画卷

作家路遥在中国当代文学史上的地位举足轻重,其代表作长篇小说《平凡的世界》于 1991 年获得茅盾文学奖,中篇小说《人生》则获得了 1981—1982 全国优秀中篇小说奖,于 2018 年入选"中国改革开放四十周年最有影响力小说"。路遥笔下的文字鼓舞了中国亿万农村青年,使其发奋图强投身改革开放,从黄土地走向更高远的世界。

从改编结果看,原著《人生》共 14 万余字,改编成为 37 集电视剧,

---

[1] 豆瓣网数据显示,该剧评分为 6.9 分 /48818 人,数据来自 https://movie.douban.com/subject/35597525/,统计时间为 2024 年 9 月 30 日。
[2] 豆瓣网数据显示,该剧评分为 8.5 分 /12588 人,数据来自 https://movie.douban.com/subject/1299042/,统计时间为 2024 年 9 月 30 日。
[3] 豆瓣网数据显示,该剧评分为 7.7 分 /141 人,数据来自 https://movie.douban.com/subject/25847342/,统计时间为 2024 年 9 月 30 日。

改编目标首先在于扩充原著篇幅，将中篇叙事改为长篇叙事，将原作中主人公特定人生阶段的经历，改写为更为宏阔的时代史诗。同时，史诗化意味着要将原著中的个体反思融入更丰富的多视角群戏，并结合当下观众的成长经历与审美需求，为原著故事注入更多关于改革开放和奋斗进取的内容，主题立意和故事气质都需做出较大幅度的调整。新版改编剧《人生之路》在剧集开头特别注明"部分取材于"原著，突出强调该剧的新型改编形式，扩写部分与对原著进行细微改编的部分，共同构成了这一新的故事文本。这一改编目标意味着要在原作基础上，结合当下语境进行再创作、再想象，吸纳原作精华，使其持续焕发新的魅力。

（二）改编基础

作家路遥的分量和原著小说《人生》的文学价值高度，决定了电视剧《人生之路》必然是备受瞩目的改编剧项目，也很自然被纳入"现实主义精品剧集"的视野被审视和评判。《人生》以改革开放为背景，通过对书中主角高加林高考失利后回到土地又离开土地、最终再次回到土地的跌宕人生经历，勾勒出20世纪80年代中国社会现实的一种图景。城市现代文明对一直困守在土地上的农村青年有强烈的吸引力，许多农村青年渴望走出农村。路遥深刻把握住当时青年的心理状态，结合自身在农村的生活经历及感受，为作品注入细腻的情感体悟。《人生》对中国社会现代性状况与症候的揭示，笔力深刻且历久弥新，小说中描写的城乡差别，对于当下中国城市化进程仍具阐释力，对一代又一代读者产生影响。

《人生》的主人公在城乡夹缝中的挣扎，其遭遇的不公与其人性的弱点，皆具备跨越时代的普适性。首先，小说《人生》的主人公高加林"被顶岗"的遭遇，兼具戏剧性与共情力，此类不公现象一直是社会热点话题。读者或观众希望故事中的主人公能够沉冤昭雪，实现己志，所有人都期盼着正义的最终降临。其次，高加林作为兼具现实感与"偶像"魅力的经典角色，并非"高大全"式的第一主角或"完美受害者"，读者能清晰看到其自身性格缺陷，而他的性格与其命运息息相关。人物是故事成立的决定性要素，正是高加林这样非白纸、不扁平的人物形象，才能够凭借鲜活饱满、立体可感的质感成为人们心目中的经典。最后，小说中"三起三落"的情节曲线十分跌宕，高加林与黄土地分分合合，具有鲜明的结构感，为相对文学更讲究结构性的影视剧改编提供了抓手。

2022年6月，在国家广播电视总局召开的迎接党的二十大重点电视剧创作暨现实题材电视剧创作工作推进会上，中宣部副部长、国家广播电视总局局长徐麟提出，"要坚持现实主义创作手法，写出生活味、烟火气，以真实、平实、朴实的艺术风格描绘人民群众的智慧和创造，真情讴歌新时代人民群众的新风貌、新奋斗"[1]。现实主义创作得到国家的大力倡导与支持，如何实现高质量的现实主义表达，从已经获得时代检验的名著中汲取灵感是一条可行的路径。要借助原著的强大影响力，讲述当下的中国故事。对当代文学经典名著《人生》的再改编正响应了国家文化管理部门的号召，原著作为优秀现实主义题材作品，曾经激励数辈青年在现实的洪流中找寻自我理想的航道，提醒人们反思社会、反思自身。此前，路遥作品改编剧在收视上亦有不俗成绩，电视剧《平凡的世界》（2015）尤其受到欢迎，豆瓣网评分高达8.8分[2]，是严肃文学改编的标杆作品之一。这足见路遥作品的故事性和冲突性符合娱乐审美需求，有潜质获得收视口碑双丰收。榜样在先，时隔多年，《人生》再次被搬上荧屏，意义重大。

（三）改编难点

小说《人生》无论在主题、人物还是情节方面，都经过了文学史和作品传播史的检验，将其搬上荧屏的价值毋庸置疑。原著作为坚实可靠的叙事基础，能够令改编创作者借力原著作者的深刻见地进行延伸和扩写。同时也必须意识到，当下文本接受语境较20世纪80年代变化巨大。21世纪

---

[1] 国家广播电视总局.徐麟出席迎接党的二十大重点电视剧创作 暨现实题材电视剧创作工作推进会［EB/OL］.（2022-06-08）［2025-01-20］.https://www.nrta.gov.cn/art/2022/6/8/art_112_60632.html.

[2] 豆瓣网数据显示，该剧评分为8.8分/84690人，数据来自 https://movie.douban.com/subject/25851665/，统计时间为2024年9月30日。

20 年代，中国社会的物质生活条件相较作家路遥描写的年代已有显著提升。在精神生活方面，严肃文学热潮已退，影视作品对娱乐的追求热情高涨，然而排除资本的喧嚣和商品化倾向，广大观众仍渴望在电视荧屏上看到饱含真情实感，具有现实主义力量的精品剧集，这样的剧集需要兼具现实批判力度与符合当代主流价值的正能量。

落实到《人生》的改编扩写，需要让主人公从原著结尾的逆境中奋起，需要调整原作的主题，柔化冷峻的反思调性，更突出"道路是曲折的、前途是光明的"时代颂歌气质。高加林的故事曾经是一代人的心声，新时代的改编肩负着与作家路遥同样的责任。继续为时代发声，要将新一代人面临的现实问题与解决路径纳入视野，用更新的叙述手法、优化的故事结构刻画"人生之路"。摆在创作者面前的难题是：首先，需要大幅扩展原著主要情节，设想原著中并未提及的人物未来道路；其次，原著的整体基调较为厚重沉郁，需要调整故事气质，在保证人物精神内核前后一致的情况下，凸显建设性和希望，赋予主人公的人生更多亮色和朝气。

二、重要改编分析

（一）对原作主线的改扩并举：调整叙事重心，淡化人性弱点，肯定自强不息

1. 增加情节容量：对原著进行大尺度扩写

电视剧《人生之路》在小说《人生》的基础上进行了大尺度的原创扩写，剧集对此定位明确，在片头标注"部分取材于"，与通常意义上的文学改编相区别。

在情节体量方面，剧集增加了篇幅，将原著共 23 章 14.4 万字的内容扩展为 37 集的剧情；在时代背景方面，原著仅聚焦 20 世纪 80 年代改革时期，剧集将时间线拉长，延长了叙事时间跨度，从 20 世纪 80 年代一直

讲到 21 世纪 20 年代；在人物形象成长方面，原著仅讲述了高加林 20 多岁时短短数年的经历，剧集则涵盖了主人公从高中少年时代直至中年的漫长生命历程，为原著增添了史诗气质；在地域空间方面，剧集不再仅限于陕北村镇，而是将远方的东南沿海大都市纳入视野，将长距离的地域迁徙作为中国社会现代性进程的缩影，呈现出更宏阔的时代面貌。

2. 淡化主人公利己色彩，强调逆天改命的奋斗精神

《人生之路》放大了原著中主人公高加林的优点品质，削减甚至隐匿了其性格中存在的缺点。路遥的《人生》中的高加林更偏向"精致的利己主义者"的形象，堪比《红与黑》中的于连，他对待父母没有耐心，对待感情朝三暮四、见异思迁，一心只顾实现个人理想目标，不太顾及他人心理感受。

《人生之路》试图讲述小人物逆袭的正能量故事，故在改编时将高加林这一人物塑造得更具情感说服力，化"利己"为"执着于自我"，赋予其更多传统意义上的"好人"特征。剧集开篇便为高加林赢得天然的观众同理心：品学兼优的尖子生被同姓同窗冒名顶替，高考"落榜"。这就为高加林建立了贯穿全剧始终的天然可同情性，于法于情都为主人公设置了一层"保护屏障"。剧集还加强了高加林为人正直、全心全意为社会公义和他人谋福祉的一面，如去报社工作后，他发现高考冒名顶替事件后，不依不饶调查到底，为受害者讨公道，浓墨重彩地表现了他兢兢业业投身乡村办教育，凡事为学生考虑的品质。通过优化高加林的人物设定，故事主题从原著相对消极的主题转向更加积极的立意，小说《人生》对命运无常变幻的慨叹，在剧集中化作了对个人奋斗逆天改命的赞美。

3. 情节主线从现实批判叙事置换为奋斗创业叙事

《人生之路》在小说《人生》原有的故事结构基础上，在时空方面大幅延展，不再仅仅表现高加林"回到土地—离开土地—回到土地"，更大胆设想了高加林远走他乡之后发生的故事。

原著中高加林高中毕业回到故乡村庄，当上了民办小学的教师，不料好景不长，很快他的教师岗位就被大队书记高明楼的儿子高三星顶替了。消沉的高加林在淳朴村姑刘巧珍的鼓励下重新振作起来，两人相恋。巧珍向往高加林这样的"文化人"，对其无限崇拜，这给两人的情感关系埋下了不平等的阴影。此时高加林在外从军多年的叔叔高玉智衣锦还乡，当上了劳动局局长，之前害高加林丢了教师工作的"幕后黑手"高明楼和劳动局副局长马占胜惴惴不安，生怕高加林在叔叔面前告状。又为了拍局长高玉智的马屁，两人搞小动作给高加林安排了更好的工作——在县委通讯组做干事。进入县城的高加林如鱼得水，开始嫌弃巧珍，转而接受了高中同学、军队干部子弟黄亚萍的追求，还梦想着能随黄亚萍一家去南京。不料他的"横刀夺爱"激怒了黄亚萍此前定亲的人家，黄亚萍未婚夫张克南的母亲不依不饶，将马占胜拍领导马屁给高加林安排工作一事告到纪委，高加林背上"走后门"的罪名又被贬回了乡村，与黄亚萍的恋爱亦告吹。重回农村的高加林得知巧珍已嫁作人妇，只能独自咀嚼内心的愧疚与苦涩。

改编剧集首先结合社会热点"高考冒名顶替案"，将高加林工作被顶替情节改编为上大学名额被顶替。对当代观众而言，陕北天才少年靠聪明才智考上上海著名高校，却被本村干部子弟偷走了改变命运的机会，这一"偷换人生"的情节设置在烈度和戏剧性上都比原著大幅提升，且这样修改相当于将主人公高加林的个人能力也拔高到了新的层次。原著中高加林高中毕业未能如愿考上大学，虽然小有才华，但也只是相对村民而言的"文化人"，谈不上"才高八斗""人中龙凤"。而剧集将当下通俗文艺中流行的"美、强、惨"特质赋予了这个角色：他考上大学却被恶意顶替，十几年蒙在鼓里；此后凭借出众的才华开启逆袭之路，在经历了民办教师编制转正无望、遭人恶意举报失去县城记者工作等挫折后（这些与原著情节相似），他借创作的文学作品获奖之机，来到上海打拼，进入报社，并一路荣升杂志主编扎根上海、扬眉吐气；人到中年终于查得当年高考被顶替真相，他一度为自己被迫经历的坎坷弯路纠结愤怒，待昧良心者受到惩治之后，他逐渐释怀，历经沧桑之后更加珍惜人生赐予的宝贵经历。

4. 融入地域发展与人才流动议题

原著《人生》的地域空间仅限于陕北农村和县城。对小说中的高加林而言，县城就是他心目中的"城市"，代表着更现代先进的生活方式。在原著诞生的年代，中国各地城镇化程度与现在不可同日而语，已经经历过城市化加速期的观众们，难免与小说中的高加林有隔阂。彼时高加林感到遥不可及的理想，当下观众未必能感同身受。鉴于此，由上海出品的剧集《人生之路》大幅拓展了地域叙事空间，不再仅仅将陕北村庄与县城进行对比，而是将小说中遥远的南方发达都市（小说中是南京）也引入叙事。小说中的南京仅仅是个概念，剧集将其置换为中国改革开放重点城市上海，这里的上海不再仅仅是个概念，而是主人公人生后半段生活和奋斗的具体空间。

将主人公及主要人物从故乡陕北推向更遥远的东南沿海地域，人物群像的"人生之路"走得"越来越远"。前20集剧情主要发生在陕北，上海作为对比空间已经出现。第1—4集讲述"高考冒名顶替"事件，高加林意外落榜，学习成绩不如他的同村好友高双星则金榜题名，进入上海高校学习；第5—9集讲述高加林在家乡成为民办教师，兢兢业业工作，却因意外错过了转正机会，而冒名顶替者高双星良心不安；第10—20集相对遵循原著主线情节，高加林因叔叔的关系被调往县城，与巧珍渐行渐远，移情黄亚萍，却再次因举报丢掉工作，落回谷底。

从第21集开始，剧集的主要地域空间从陕北转到了上海。第21—37集是本剧"纯原创"情节，相当于他人撰写的《人生》续篇。高加林擅长文学写作，笔耕不辍终被文坛发现，他来到上海领青年作家奖，被贵人提携进入报社，成为报社骨干，与高双星再度相逢。高双星惊讶于高加林的逆袭，虽心怀愧疚，却为了维持如今体面的生活隐瞒真相，表面上仍与高加林称兄道弟。高加林为报社撰写高考冒名顶替报道，对社会公义被漠视的情况感到愤怒，开始深入调查相关事件，竟意外发现自己也遭遇了类似的"人祸",与高双星反目。除了高加林奋斗、讨回公道的主线,剧集还加入了刘巧珍夫妇带女儿来上海看病,丈夫因意外去世后巧珍留在上海单打独斗开餐饮店创业;黄亚萍在上海舞团创作独立作品、出国追求艺术理想等一系列剧情,大胆想象了主人公们来到上海之后开启的新生活、历经的新变故、收获的新成长。

在地域叙事方面加入上海这一坐标,不仅拓展了故事发生的空间,增加了可看性,更重要的是为几位主人公的个人奋斗史提供了更多可能性,更加凸显了本剧作为中国现代性寓言的一面。上海相比陕北黄土高原,现代化程度高得多,潜藏着更多机遇和可能性。高加林在上海见到当年来村里做社会调查的沪上青年陈方明,并在陈方明的指引下打开了眼界和思路。得知自己也能够报考报社记者,他便不断努力,成功进入报社,一路成长为媒体主编。上海医疗资源发达,因此刘巧珍夫妇才背井离乡,放弃了在故乡红火的小日子,来到上海为孩子治病。淳朴的巧珍痛失丈夫后,意外继承了上海阿婆的别墅遗产,在上海思维活络的大环境下,原来的村妇巧珍开起了面馆,自主创业成功……总之,上海作为充满机遇的梦想之地,为剧中人物提供了自我实现的机会,而这在他们的陕北故土是不可想象的。就连昧着良心上大学的高双星,都在上海经历了现代化的洗礼,在学习、工作和家庭生活中感受着地域差异的冲击。高双星冒充别人来到梦想之地,一度以为梦想已经实现,当他看到高加林越过重重万难,全凭个人本事也来到此地的时候,越发被良心谴责折磨。而标志着这个人物重新找回良知、从头再来的,便是他在自首受罚后返回陕北故乡,选择重新从乡村教师做起,培养下一代的情节点。

若说陕北代表故事中人物的前半生,那么上海便代表他们的后半生。《人生之路》在路遥原著基础上开创性地续写了"陕北人在上海"的故事,弥补了小说中主人公的遗憾,呈现出善恶有报、因果有终的结局。不仅安排冒名顶替高加林的高双星前去自首,获得应有惩治,更令始终奋斗在人生路途上的高加林、刘巧珍、刘巧玲等人收获了理想结局,获得了心理与情感上的圆满。通过拓展地域叙事空间，该剧也引入了一系列有关地域差异、南北思维方式差异、不同阶层价值观念差异的议题探讨，触及了家暴、女性创业等性别议题，还延伸出对养老、就医等社会议题的反思，试图超越原著的个体微观叙事，以小见大折射中国社会众生相。

（二）新作副线的大量扩充：加强对比，强化戏剧冲突，否定偷换人生

1. 强化女性角色，借情感叙事塑造新时代女性

（1）平视两段情感关系，不做"单极管"式的道德判断

原著中高加林与两位女性角色的感情纠葛是最牵动读者情绪的人物关系。虽然巧珍的纯真、黄亚萍的现代气息，对观众而言亦是"鱼与熊掌""红玫瑰与白玫瑰"的两难选择，但高加林抛弃巧珍的行为、自我安慰给自己找合理借口的心理活动，又让读者没办法无视他的道德瑕疵。《人生之路》相比小说《人生》，对高加林"移情别恋"的情感变化做了改动，平等对待高加林和刘巧珍、高加林和黄亚萍这两组情感关系，叙事上没有表现出明显的情感偏向和道德站队。

选择这样的改写策略，也许是因为剧集考虑到当下观众感情价值观方面的变化。随着时代的进步与性别观念的变迁，观众希望看到更加独立的女性形象，期待女主角能够独立思考，具有自我意识。基于原著时代背景，剧集在改编时仍需要尊重当时背景下的典型人物特征，很难将刘巧珍、黄亚萍等女性形象塑造成当下观众心目中的新时代理想女性。但改编者的确尝试着尽可能优化人物，使本剧的女性形象兼有时代性和进步性——巧珍不只是倒追高加林的"迷妹"，黄亚萍也不再是趁高加林春风得意时献殷勤、落难时便放弃他的功利女子。

原著《人生》将更多笔墨放在刘巧珍对高加林的崇拜与安慰上，写到黄亚萍与高加林的情感线时略带讽刺，相对简省。《人生之路》则大篇幅铺垫高加林和黄亚萍的感情基础，强调两人自高中时代起就互有好感（这

一笔在原著中体现得不明显），之后经历了高中毕业后陕北县城再遇—高加林回村二人暂别—高加林来到上海，两人团聚重拾旧情—黄亚萍出国再度天各一方等情感波折。高、黄的感情是基于精神层面的志同道合，虽然两人在阶层、家世、事业等方面起点不完全对等，但剧集始终强调他们在认知、价值观、兴趣爱好等方面十分契合，在精神上是平等的，这种关系更符合现代人的爱情观——追求灵魂的契合。这些在原著中主要以高加林的心理活动体现，带有较强烈的主观色彩，如"他有时也闪现出这样的念头：我要是能和亚萍结合，那我们一辈子的生活会是非常愉快的；我们相互之间的理解能力都很强，共同语言又多……这种念头很快就被另一处感情压下去了——巧珍那亲切可爱的脸庞立刻出现在他的眼前。而且每当这样的时候，他对巧珍的爱似乎更加强烈了"[1]。高加林在心里如此反复权衡和品鉴两位女子，对读者来说，像是将两位女性角色他者化，比较条件、挑来选去。剧集则天然依靠影视视听媒介所长，客观展现高加林与黄亚萍的交流互动。

和小说中描写的类似，高加林和刘巧珍的感情更多与现实和物质相关。高加林和刘巧珍同出生在陕北农村，拥有相似的家庭背景、成长环境，在高加林经历现实重创时，刘巧珍用自己朴实真挚的爱情给予他鼓励，让他重拾信心，帮助他渡过难关。可刘巧珍却因文化水平不高无法在价值观上与高加林保持一致。也正因如此，她不可能与她心爱的加林哥长远地走下去。当爱情双方存在需求上的不对等，情感便难以维系下去。在刘巧珍隔三岔五给在省城里当记者的高加林送农村特产，成日只知聊田间地头家长里短的事情时，另一旁的黄亚萍却以一副全然不同的姿态走进高加林的生活。黄亚萍才情样貌均出众、品位追求皆不一般，这给内心怀有无限憧憬和追求的高加林带来了全新的、激动人心的情感体验。二人成日探讨文学艺术，畅聊理想情怀，彼此懂得对方，也能够给予对方超越物质现实、于精神灵魂层面的滋养成长。

---

[1] 路遥. 人生［M］. 北京：北京十月文艺出版社，2013：120.

当剧集以同样的笔墨展现了两种相处模式之后，高加林对黄亚萍的倾心显得更加顺理成章了，不像原著给读者留下的印象。原著中的高加林似乎明明喜爱巧珍，满足于她的温柔体贴和陪伴，但又出于前途功利考量和虚荣心才选择黄亚萍。剧集改动之后，相对更重视高、黄二人的感情线，加入了更多原创的情节和细节，集中体现为二人上海重聚之后的感情戏。小说对于高、黄二人的情感态度暗含道德批判，黄亚萍明知高加林有对象仍赤裸裸"挖墙脚"，出言贬损巧珍是"不识字的农村女人"，在高加林落魄之后又出于现实功利原因放弃了他。《人生之路》淡化了黄亚萍性格中任性刻薄的一面，支持高、黄二人的"灵魂之交"。

（2）黄亚萍形象：从任性的干部子弟改为城市独立女性代表

小说中的黄亚萍是军队干部子弟，性格较为任性，自我优越感很强，动辄就对父母恋人撒娇使气，是个不达目的便哭闹的娇小姐。她唯独折服于高加林的才华风度，任性争吵之后又会讨好高加林。"他当然也有不满意和烦恼。他和亚萍深入接触，才感到她太任性了。他和黄亚萍在一起，不像他和巧珍，一切都由着他，她是绝对服从他的。但黄亚萍不是这样。她大部分是按她的意志支配他，要他服从她。"[①]

剧集前20集遵照小说基本情节，讲述高、黄二人"同学—知己—恋人—分手"的情感关系变化历程，小说中二人感情线至此告一段落。从第22集起，剧集脱离原小说，再度续写起二人的情感故事，安排高、黄在上海重遇，两人各自经历成长之后再度燃起爱情火花，而此时似乎已经不再有身份差距和外在阻力；到了第33集，黄亚萍为了事业打算出国，两人再度面临爱情抉择，最终两人大洋相隔，天各一方。表面上，剧情重复演绎了小说情节，黄亚萍总比高加林先一步奔向更好的生活，但剧集对黄的态度并非如小说一般带有讽刺意味，反而强调黄是依靠个人能力，奔向更广阔的天地，是符合独立女性价值观的选择。两人是平等的关系，出国是为了事业发展，而不是崇洋媚外或嫌贫爱富。

---

① 路遥. 人生[M]. 北京：北京十月文艺出版社，2013：145.

剧集花许多笔墨塑造了黄亚萍父女亲情线和黄亚萍进入舞蹈团追梦的事业线，重新设定了黄亚萍的原生家庭情况。黄亚萍的母亲因对其父黄沪生缺乏感情而离开，母亲离开后，黄亚萍在单亲环境中长大，与父亲情感深厚，心思敏感。不同于原著中父母双全、一味被娇惯的大小姐形象，剧中的黄亚萍作为现代独立女性代表，敢于追求个人的艺术理想，勇于表达对高加林的热烈爱情，面对舞蹈团宁老师欲占其作品为己有的恶劣行为，不畏惧权威压迫，敢于同规则抗衡。这些性格和品格让黄亚萍既区别于刘巧珍，又并非作为简单的反面反衬巧珍的淳朴美好。她作为城市女性代表展现出独立风貌，其行动符合当时进步女性心态，她与高加林的分分合合不再被道德眼光评判，更符合人情世态。

（3）刘巧珍形象：从传统糟糠贤妻改为自强不息的打工妹

剧集对刘巧珍形象的塑造，前半部分基本遵照原著，着重表现巧珍的温柔体贴，对高加林的无限包容。但与原著不同，剧集中的巧珍在求知、自我提升方面更积极进取，不只是依赖男性"嫁鸡随鸡"的村妇，这为此后她来到城市，走上自主创业之路做了铺垫。当剧集进展到第24集，巧珍开启了脱离原著小说的全新故事线。她与村民马栓结合，剧集中的马栓也受过教育、有见识，是村里的"万元户"能人，比小说中没有多少文化的生产队队长马栓更有光彩。婚后的巧珍过上了红红火火的小日子，也逐渐移情马栓。剧集将乡村经济转型、乡村人口进城打工的时代议题浓缩在这组人物关系上。巧珍和马栓夫妇本来过着安逸的生活，然而好景不长，女儿身患重病，于是两口子带女儿莹莹去上海治病，与高加林再次相逢。除了三人的情感波澜，续写巧珍在上海的生活还引出了付阿婆与巧珍之间的"主仆故事"、巧珍与小勇等人开面馆创业的"事业线"，乃至巧珍帮助妹妹巧玲走出丈夫高三星家暴困境的"姐妹互助"情节等，涵盖了不少社会热点和影视剧热门题材。

原著仅仅凸显了巧珍的温柔敦厚，剧集则丰富了巧珍性格的更多侧面，将她塑造得比原著更聪慧活泼、乐观向上。结束了与高加林的恋情之后，巧珍嫁给了同村的马栓，她能够发现丈夫身上的优点，真心欣赏对方，再次获得了幸福。她会在马栓自卑不安时，说出充满朴素智慧的言辞鼓励他。这些设计与原著中巧珍"退而求其次"的婚姻悲剧差别很大。剧集较具争议的设计是，在巧珍夫妇来到上海打拼之后，马栓猝然因车祸离世，这种"死亡"处理，将巧珍情感世界中唯一的寄托和倚靠抽走，令其在本就艰难的生活处境之上，不得不再面临一重生活磨难和难以走出的精神困境，也致使她瞬间孤立无援。

如此设计剧情，的确能够让巧珍得到观众的更多同情，但通过反复折磨女性角色制造为虐而虐的传统情节也饱受诟病。剧集为了凸显刘巧珍的坚韧而刻意落下的痕迹，使情节略显俗套、刻板，巧珍变成了《渴望》中的刘慧芳，这使部分观众产生逆反心理，给角色打上了"圣母"之类的讽刺性标签。

2. 重写辅助人物，突出二元对比，强调叙事伦理

《人生之路》在原有小说的基础上重写了与高加林命运相关的辅助角色，并塑造了更多原创角色，使故事的人物关系网更加复杂且富有张力。剧集一方面丰富了原著中"反派"顶替者的形象，另一方面又坚持伦理原则，提醒观众"偷来的幸福不是幸福"，冒名顶替上大学、偷窃他人的人生，哪怕一时侥幸获得好处，最终仍将失去原本便不属于自己的一切。

男二号高双星相当于电视剧对原著人物高三星的改写、扩写。原著中的高三星顶替了高加林的民办教师岗位，剧集中也有一个名叫"高三星"的角色，但该角色作为村主任高明楼三个儿子中的老三，与高加林并无直接对立关系，剧中顶替高加林上大学的角色是高明楼的二儿子高双星。可见剧集在将顶替教师岗位改为顶替上大学时，也将原著中的顶替者高三星改写成了剧中的顶替者高双星。剧集中的高三星更像是个原创人物，主要作用于巧珍、巧玲的姐妹互助故事线，是家暴巧玲的反派角色。

原著对于顶替者的后续未多做交代，而剧集将高双星塑造成了与高加林对位的"双子星"式人物，突出了两人之间各方面的对比。高双星体现了中国城市化进程的另外一条路径，如果排除他冒名顶替上大学的前提，他通过高等教育融入城市，在求学择业、婚姻家庭、事业发展等方面经历的城乡差异洗礼是极具代表性的。

剧集对于高双星这一人物的塑造并非单一化、扁平化的。虽然高双星作为高加林的对立面存在，但这个角色也具有许多值得肯定的品质，且一直良心未泯、心存愧疚。首先，高双星并非主动阴谋顶替高加林，他与高加林是同窗好友，无奈学习天赋不如高加林，只得被父亲安排改名换姓，顶替高加林去上海上大学。高双星也曾质疑父亲的行为，从父亲口中得知此事后他异常震惊，善良的本性和罪恶感令他冲出家门，找到加林欲告知其真相。但这个人物的复杂性体现在他最终未能战胜私欲。他性格中有软弱和妥协的一面，好不容易鼓起勇气去坦白，但在父亲高明楼的阻拦下，就产生了侥幸心理和私心，最终在父亲的劝说下默许了父亲的安排。高双星的妥协，既来自长期以来对父权的习惯性认可，也出于现实功利企图。

对中国现代性状况的深刻揭示是路遥原著至今仍具生命力的重要原因。虽然时代不同，城乡差距或许比以往缩小，城乡人口流动也更加自由，但地域差距以及人们对改变命运的渴求，在21世纪20年代的中国依然是时代话题。从某些角度看，甚至更加突出。剧集中，"顶替上学"的原罪成了高双星正面奋斗的动力。正因为内心怀有名不副实的羞愧和屈辱，高双星才在上海高校中拼命充实自己。他去工地打工，卖力气赚取生活费，追逐高加林的脚步刻苦学习文学。在第10集中，高双星将自己的名字改回了真名，剧集以此作为人物"成长"的重要标志，此后高双星的生活迎来了全新的发展阶段。

上海女子陈秀礼是纯粹的原创角色。她作为高双星的"官配"出现于剧中，是一个心地善良单纯，对待爱情理想化的上海本地女孩。第4集中，她在餐馆帮助付不起账单的高双星解围，对眼前这个一表人才的文学系青年一见钟情，两人也就此相识开启爱情故事。陈秀礼的人物形象，打破了人们对上海女孩精致利己、势利排他的刻板偏见。她的形象定位介于刘巧珍和黄亚萍之间，身上既具有巧珍单纯善良、对待爱情真诚乐观的可爱女孩特点，也具有黄亚萍积极争取爱情、不断追求进步的现代城市女性特点。

高双星和陈秀礼的这一组人物关系也成为全剧中较为重要的一条感情线。一个是从西北农村来的"上进"英俊青年，一个是物质条件优渥的上海"土著"女孩，两人出身差异巨大，在情感道路上也面临众多现实因素的阻挠。但凭借高双星性格中奋进、不轻易放弃等品质，以及陈秀礼重精神轻物质、单纯善良的性格特点，两人的爱情最终修成了正果，高双星用自身实力证明了自己，赢得了岳母的青睐。这段情感关系体现了北方与南方、陕北与上海、农村与城市的碰撞与融合，除了塑造人物私人情感，更包含了对阶层跃迁、物质与精神等多方面人生议题的探讨。虽然高双星的角色因现实质感也获得了观众的部分认同，但其冒名顶替上大学的行为是不可忽略的原罪。最终在真相大白后他无地自容，无颜面对妻子。此前高双星过得越顺利幸福，之后遭遇的打击便越沉重，这是剧集坚持的伦理底线。

三、改编反思

（一）改编之得

《人生之路》的"改编+扩写"方式在中国电视剧文学名著改编史上并不常见，借用网络上流行的说法，这几乎是一种"同人文"[①]式的改写，满足了许多读者的好奇心与"意难平"——高加林还能否再度崛起？高加林后来怎么样了？剧集后半部分呈现的高加林奋斗成功之路，情调与小说迥异，显得十分昂扬励志，也赢得了部分观众的认同。剧集将原著小说从

[①] "同人文"即"同人文学"，是"同人创作"的主要形式之一，指的是借用既有文本（如漫画、动画、小说、影视作品）中的人物角色、故事情节或背景设定等元素，以读者或粉丝的身份进行二次创作，以文字形式续写、扩写甚至自创新的故事。

个人反思的微观叙事，扩展为宏阔的改革开放史诗画卷，群像丰富，涵盖中国东西部城乡形形色色的社会切面，对年代变迁、中国社会变化有更宏观的全局描绘，带观众重返激情岁月。

（二）改编争议

《人生之路》的扩写式改编也被部分原著拥趸指责，认为这是对原著"庸俗化"和"一厢情愿"的改编，将原著中百味杂陈的人生悲剧变成了大众通俗叙事中的逆袭故事。

小说《人生》侧重剖析人性、直击现实，通过讲述高加林在面对机遇与变故时的徘徊、平衡现实和梦想时的艰难选择，展现人性的脆弱。主人公迈出的每一步，既有道德代价，又是人之常情。路遥的笔调是沉重的，对于社会与人心的批判非常直接、尖锐、辛辣。而电视剧将侧重点放在小人物的奋斗成长史上，将多位人物置于中国改革开放城镇化进程这一宏大背景下，集中体现人物的拼搏历程，展现人物如何依靠积极乐观的人生态度、吃苦耐劳的精神以及个体的聪明才智，扭转生存逆境、实现人生转机。如此处理表面上符合当下时代语境和主旋律特征，然而毕竟该剧未能完全脱离《人生》，并非纯粹原创剧，两相对比，"把美好的事物撕碎给人看"的悲剧风格客观上更振聋发聩。

剧集中男主人公高加林的奋斗历程、心路变迁及处境变化的确在改编之后相对原著更具通俗性及可看性。他凭借超强个人能力，每次遭遇打压后都很快再逢贵人和良机，这样的处理虽然更具"爽感"，但也削弱了原著的批判现实主义精神，对人性的讽刺与反思力度相对被削弱。这种刻意凸显"爽感"的改编策略甚至影响到了视听设计。例如，剧集开篇是高加林在骑自行车"飙车"的段落，如此"粗暴"对待在当年十分珍贵的"大件儿"，完全不符合生活现实，令人出戏。在年代剧的真实感营造方面，同样表现陕北乡村艰苦创业的高分剧集《山海情》在场景、道具、人物造型等方面完全接地，靠写实质感动人；创作于1984年的电影《人生》更是直接反映作品同时期生活现状，原汁原味还原陕北农村生活。与这些更注重细节真实性的作品相比,《人生之路》从叙事到视听仍存在悬浮之处。

剧集以逆袭成功、恶有恶报的团圆结局告终,这种改编策略使得改编剧与原著在作品气质方面差异巨大。原著结尾充满无奈与遗憾,剧集则通过续写扩写,将原著的悲凉沧桑气质置换为开朗、乐观、积极的情调。看似更具字面意义上的"正能量",但毕竟有蕴含深刻悲剧性与人性反思的原著在先,改编剧让所有主要人物都走出农村,化身改革开放城镇化进程代言人的处理方式,显得过于依赖巧合,过于理想化。剧中高双星冒名顶替高加林上大学、高加林赴上海迅速被报社录用等关键情节的偶然性大于普遍性,原著中乡土中国人情社会的微妙之处显然更贴近日常现实。

在叙事倾向性与戏剧性的关系把握上,《人生之路》的部分情节被认为过于刻意,如为了渲染陕北农民家庭来到城市后的悲惨命运,不仅安排巧珍的孩子重病,还设计巧珍的夫婿马栓意外惨死。此情节的必要性并不明确,更像是为了卖惨而卖惨。类似的情节还有条件优渥的上海老妇赠予巧珍别墅等情节,用"得遇贵人"的方式弥合贫富阶层差异,显得较为庸俗。

综合来看,《人生之路》融改编与扩编于一体,尝试全新改编策略的勇气与创造性值得肯定。但目前呈现出的改编难点和不足也清晰可见,个中得失需要仔细衡量,为今后的创作提供借鉴。尤其应注意年代细节的还原和主题置换过程中的价值观塑造,这些都对作品的整体艺术质量与传播效果有重大影响。

《三大队》：从短篇纪实文学到长篇网络剧集

摘要：改编剧《三大队》单集时长约45分钟，共24集。作为剧集，其篇幅中等，但与原著纪实文学七千余字的体量相比相差悬殊。经对比，剧集保留了原著的基本情节框架，并在此基础上增设了诸多内容，不仅有对原著中略写部分的详细展开，还有大量原著中本没有的剧集原创内容。总体而言，该剧集改编的重点在于从原著中的"无"生出剧集中的"有"，故本文分析重点放在剧集新增内容上，从人物与情节两方面进行细读，研判新增原创内容本身的质量，以及新增部分与剧中采用的原著内容之间的关系。

剧集《三大队》于2023年12月21日晚在爱奇艺平台开播，12月25日在东方卫视开播，会员收官日为2024年1月4日。该作品系爱奇艺视频网站自制悬疑剧栏目"迷雾剧场"推出的第14部作品。"迷雾剧场"自2020年开创以来，制作了诸多叫好叫座的悬疑类作品，已建立起广受观众认可的品牌口碑。该系列作品不求长而求精：单部12集的作品最多；单部作品集数最短为6集（2023年《平原上的摩西》），最长为24集（2023年《尘封十三载》，2023年《三大队》）。《三大队》豆瓣网评分为7.1分[①]，在"迷雾剧场"历年作品中评分不算高，但热度较高。该作品在爱奇艺平

---

① 数据来自豆瓣网 https://movie.douban.com/subject/36178641/，统计时间为2024年3月20日。

台累计有效播放量为10.86亿次，集均有效播放量为4528.8万次；电视最高收视率达0.2409%。[1] 该作品获得平台热度（爱奇艺）"日NO.1"及全端播放量"日TOP3"达10次（截至2024年1月15日）；自开播以来，在播放量前二十名周榜上分别获得过第9名（该周统计天数共4天）、第2名（持续两周）、第7名、第11名、第15名。[2]

相较于剧集播放热度，角色演员热度稍显逊色。作为现实题材涉案剧，《三大队》改编自严肃纪实文学，相对缺乏更加传奇化的本格推理小说、偶像化的言情+悬疑小说天然携带的流量潜质。酷云数娱平台显示，《三大队》仅程兵（秦昊饰）与潘大海（李乃文饰）两位角色进入角色前二十名周榜，入选时间为两周（2023年12月25日—2024年1月7日），且排名相对靠后。程兵两周均为第16名（首次上榜时较上周上升8名）；潘大海分别为第18名（较上一周上升11名）、第19名。[3] 从绝对排名来看，本剧男主角、男二号皆入榜已是不错的成绩，但从相对排名来看，本剧入围的角色数量较少，排名相对靠后。可见，本剧以情节见长而非人物，在当下观众热衷探讨配对人物的追剧舆论环境中，本剧似乎并未提供这方面的娱乐素材，这也侧面说明本剧未能提供具有独特张力的人物关系。

其原著作为纪实故事传奇性强、在互联网上流传广泛，不仅有改编剧，还有先于剧集上映的改编电影《三大队》（2023年12月15日上映）。电影先期上映具有一定的先入为主效应，成为参照基础，剧影比较一时成为话题。对影视两版改编效果的讨论多集中在豆瓣网《三大队》剧集词条和讨论小组内，观众评价两极分化较为明显。作为年度现实罪案类型改编剧典型案例，其改编值得分析。

---

[1] 数据来自猫眼专业版 https://piaofang.maoyan.com/dashboard/web-heat?date=2023-12-24&movieId=1488679，统计时间为2024年1月15日。

[2] 数据来自酷云数据平台 https://www.ky.live/pc.html，统计时间区间为2023年12月21日—2024年1月28日。

[3] 数据来自酷云数据平台 https://www.ky.live/?t=1727699761216#/pages/vote/index?id=336，统计时间区间为2023年12月21日—2024年1月28日。

一、原作的可改编性

（一）改编目标：从"孤军奋战"到"同仇敌忾"

原著《请转告局长，三大队任务完成了》叙述简约有留白，聚焦于主人公程兵多年独自追凶的故事。原著的留白即改编的空间，程兵的行动在原著中仅是概括叙述，就已足够震撼，若填补上真实合理的具体细节则更加精彩。剧集以原著为情节大框架，重塑了主要人物的形象，原创了诸多辅助主人公的同道中人，并在此基础上延伸出数条原著中没有的故事线，加工成24集每集45分钟的长篇剧集。总体而言，改编方向和基本目标是增加原著的戏剧性与剧情丰富度。

（二）改编基础

原著作者深蓝，自称主职为基层民警，真实身份未公开。深蓝专攻悬疑涉案类文学作品，广受社会好评。2018年，深蓝出版的第一本非虚构文集《深蓝的故事》，受到中央广播电视总台科教频道专题推荐，入选"豆瓣2018年度读书榜单"，位列豆瓣网"中国文学（非小说类）十大好书"第七名，为第二届"做書奖"获奖作品。深蓝的其他个人短篇作品集《深蓝的故事2：局中人》《深蓝的故事3：未终局》《深蓝的故事4：在人间》已出版，悬疑推理长篇文学作品《逆光的子弹》也已出版。其中，《报告阿sir，杀人犯想做刑侦特情》版权已售出，未来可能有改编影视作品问世。

原著《请转告局长，三大队任务完成了》首发于2018年"网易人间工作室"网络栏目，收录于《深蓝的故事2：局中人》（新星出版社，2020年7月）。原著在网络发表时，就有读者期待该篇被改编为影视作品，原因不难探寻。其一，该篇自称以真实事件为原型创作，主人公程兵的事迹并非空穴来风，现实中的传奇性注定引人注目。其二，该篇故事的价值观朴素且不乏正义。私德与法律在主人公身上相互作用，但故事并没有陷入对伦理难题探讨的窠臼。主人公出于个人良知而犯下罪行、违背规定，甘愿接受惩罚。服刑期满后，他独自追凶多年，终将逃犯绳之以法，随后"事了拂衣去，深藏身与名"。故事情绪既有忍辱负重，又有快意恩仇、酣畅淋漓。其三，原作情节结构清晰，人物目的明确、动作性强，并且情节内容相对简洁，具备改编成影视作品的基底又不会限制改编作品再创作。该纪实文学的改编电影《三大队》，票房、口碑也较为可观。

（三）改编难点

原著仅七千余字，就内容、体量而言，近似于剧集的故事大纲，人物也相对有限，主要人物有名有姓者仅程兵、王大勇、王二勇三人。原著所能提供的信息几乎只有起因、经过、结果，时间、地点、人物，且叙述方式不似常见剧集，改编时要做大量"无中生有"的合理想象。

二、重要改编分析

（一）人物：在原著基础上重塑并扩充

《三大队》剧集的人物关系如图 5 所示。

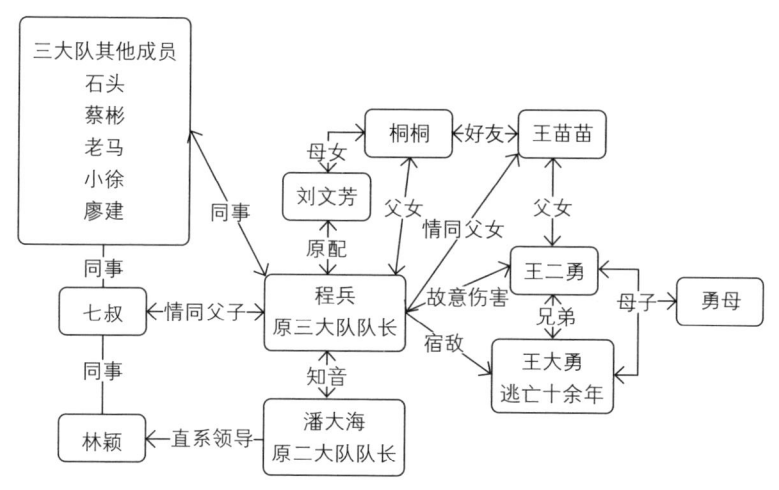

图 5　剧集《三大队》人物关系图

1. 重塑主要人物

（1）主角：由单纯坚定改为纠结踟蹰

原作篇幅很短，对程兵的性格描写不多，且以侧面描写为主。其形象相对单纯平面，而改编剧中的程兵风貌及内在，与原作中有较大差别。

原著中程兵的形象大致如下：男，1965年生。信仰正义，对自己的职业有极强的荣誉感，坚韧不拔、思维缜密。牢狱数年后独自默默追凶四年，其间辗转各地打过各种工，既是谋生，也是搜集信息，最终捉到嫌疑人。做事拿得起放得下，做一行行一行，了却心愿后回归正常生活，与妻女团聚，再不提往事。

改编剧给程兵增添了一些江湖气。他出场时较为洒脱恣意，查案讲究出奇制胜，不循固定章法，肢体动作也显得比较随性甚至散漫。这种风貌贯穿全剧，与其数年如一日默默追凶的正义行为并置，让人物显得更加多面。且程兵在追凶之路上也常有犹疑和踟蹰，并非一口气热血贯穿到底。

原著中的程兵则相对纯粹一些，其正义感表现为奋发向上的进取心，朝目标前进绝不动摇。改编剧让程兵的正义感多了几分迟疑，主人公是英雄，但也难免有多愁善感和迷茫的时刻。他内心充满忏悔导致其在行动时神色总是略带消沉，不似原著中积极。主人公弥补赎罪的心理在原著中并没有明确强调，而剧集为了增加人物的厚度，强化了外界环境对程兵的刺激，促使其向内反思。

这一改编思路是有一定道理的，不过从实际效果来看，某些用来刺激程兵的外在因素被设计得用力稍猛。例如，程兵的师父七叔去世后，程兵要帮七叔的儿子凑钱还债，来到夜总会当保安，偶遇曾经的队友小徐，小徐指责程兵不应该放弃追查凶犯。此处为了让观众体会程兵被指责的苦境，刻意渲染小徐对程兵的苛责，逻辑却不够顺畅。小徐自己也未能坚持追凶，有何面目詈骂程兵呢？倘若是为了表现小徐一角任性无理，那这样塑造辅助人物也并不能有力衬托程兵。剧情进展至此，程兵的颓废反复也许令观众感到难以捉摸。恩师七叔去世、亲生女儿与程兵断绝关系，这些对程兵打击很大，改编者似乎想用这些绊住程兵追凶的脚步，让观众体会其内心的苦涩。但这些外在因素与程兵放弃追凶之间仍然谈不上有必然的因果联系。

可见，改编剧在试图增加人物丰富度的同时，未能更妥善地处理好主人公追凶的内因，这让其多次动摇反复的内心戏与愧疚表达显得刻意。原作故事的灵魂是程兵知其不可为而为之的精神，平凡艰苦的追查有坚定的信仰支撑，这样的程兵问心无愧。当其朴素的私德与纪律法规发生冲突，他坦然认错受罚，承担后果。相比之下，改编剧尝试将程兵"复杂化"，这导致在某些时刻里，主人公形象变得模糊起来，与想看热血英雄、现代侠士的观众期望不甚符合。

另外，剧集设定程兵与最初误杀的嫌疑对象王二勇及其女儿、此后追踪的宿敌王大勇有一定的私人关系，这进一步将程兵追查王大勇的执念复杂化了。程兵追查的真正动机和情感支撑在原著中一句话便可说清，在改编剧中变得说不清、道不明，剧集试图引导观众思考复杂的人性，体会人物的痛苦，但目前看收效一般，评价反倒不如人物更加利落明快的电影版。

（2）反派：由庸人恶徒改为胆大妄为

近年的涉案剧集中有不少表现灰色地带的"反英雄"，不只要塑造反派强悍狡猾的一面，还常常要添加几分有情有义的特质。从创作技巧来看，这能够让反派摆脱"脸谱化"，变得复杂、立体起来。《三大队》也尝试了这种方式。不过既然主体剧情框架维持原作执着追凶的格局，对反派的修正或许应该更谨慎些。目前的改编剧试图塑造比原著更加立体的反派，但在一些细节上出现了不协调感。

在原著中，多年逃亡的是弟弟、更年轻的凶徒王二勇，程兵过失致死的是年长的王大勇。改编剧将原著中的逃亡者与丧命者调换，多年逃亡的变成了长兄王大勇，死者是王二勇。将头脑和成熟老辣气质归于更年长的犯罪者，从逻辑上讲，并不违和，这也许是改编时的考量，且也许跟演员选择有关。剧中饰演长兄王大勇的演员是近年演技颇受认可的金牌配角陈明昊，既然请演技过硬的演员饰演戏份重要的反派角色，剧情难免根据演员年龄和气质加以调整。目前剧集最终呈现出的作为主角对立面的反派角色，是一名反侦查意识极强、生存能力顶级、格斗技能突出的悍匪。

剧集试图给反派王大勇赋予一些灰度，而不是简单的品行恶劣，遂将其从强奸罪行中解脱出来，抹去原著中第一反派的淫欲，将起始案情设定为兄弟二人抢劫期间，王大勇暂离现场盯梢，王二勇起意强奸，情急时刻王大勇杀害被强奸者。

不过，将反派塑造为目前的人设，导致了一些情节方面难以自圆的问题。比如，原著中案件的告破完全仰仗程兵的多年民间暗访，犯案者王二勇多年来谨小慎微，再没有犯过案，依照现实生活逻辑，公安力量面对这样的凶犯很难持续查访，无法耗费那么多警力资源大海捞针，能做到大海捞针的只有程兵。在此情况下，程兵的坚持彰显了法网恢恢疏而不漏，即便是罪犯"金盆洗手"回归正常社会秩序，化身普通人，只要曾经触犯法律做出过伤天害理之事，终要付出代价。

而改编剧中的反派王大勇人设变成了自诩"超人"的逆天改命者，他对改变命运有一种执念，认为自己除掉挡路（主要是财路）之人是理所应当的，从不会对犯案有愧疚之情。这种自洽的扭曲价值观刺激他不断犯案，处处留痕。如此处理当然让反派显得更加"传奇"，但如此大胆嚣张的凶徒案例自然有公安机关对付，程兵多年来民间义务追凶的必要性与重要性都被削弱了。

2. 原创辅助人物

原著对程兵的伙伴几乎没有着墨，仅提及三大队中参与刑讯的警察也被判刑，再无后话。对剧集的一般故事体量而言，在原著基础上增加三大队其他成员戏份是必然选择。剧集不仅增设了身为三大队成员的几个主要配角，还原创了二大队队长潘大海一角；在构建程兵个人生活关系网时，改编加大了程兵妻女相关的情节比重。

此外，对原著基本人物关系做的最大变动是，原创了王家兄弟的母亲和犯罪嫌疑人王二勇的女儿两角。王家兄弟的亲人与程兵之间有复杂的情感关系，然而这一笔改编最终效果不尽如人意。

（1）设置三大队众人群像

原著中，原三大队成员里仅程兵一人在出狱后继续调查，改编剧安排三大队其他成员也参与了部分调查。改编后的三大队成员共七人。

石头（石磊），男，队伍中的年轻人，一根筋，是队里最讨厌二大队队长潘大海的人，桃花运不断。

林颖，女，队伍中的新人，任劳任怨，不断学习，程兵出狱时，已经成为大队长。

七叔（姚清文），三大队的老领导，程兵的领路人和精神支柱之一，与程兵情同父子。打电话听到王二勇死在审讯室后中风。

大彬子（蔡彬），男，下岗后成为连锁美容院老板，喜欢文玩。

老马（马志国），男，老同志，团队和事佬。

廖建，男，喜欢顺别人打火机，下岗后开餐馆，"妻管严"但嘴上不承认。

小徐（徐志平），男，队伍中的年轻人。农村出身，格外珍惜警察身份。下岗后在岳父公司当保险销售，常感自卑。

改编剧增设这几位程兵的伙伴，虽然有一定的查案功能，但最终呈现的效果更像是情感表达的载体，渲染"兄弟情""战友情"。在酒桌上追忆往昔，反复念叨"这是我心里的一根刺""不仅是你心中的一根刺，也是我心中的一根刺"，人物情感有些流于表面。

原著中除了程兵，其他参与刑讯的警察亦入狱服刑。改编剧突出程兵一人的困顿处境，仅设定"民警廖建、蔡彬、徐志平、石磊四人因有包庇、隐瞒的行为，被开除警籍；马志国被调离刑警队"（剧中字幕），而程兵入狱服刑近十年。剧情这样安排的效果是，在程兵出狱之后，三大队其他人在这十年中都开启了自己的新生活，凸显程兵一无所有。但这样也导致众人响应程兵号召重新调查的动机不足。在电影版《三大队》中，次要角色如原著所写，亦入狱服刑，因此出狱后与社会格格不入，怀念作为警察时身负正义使命的荣誉感，为了洗刷耻辱感，毅然追随程兵。相比之下，剧中三大队众群像的态度略显生硬，尤其石头一角，积极到夸张的程度，且该角色在面对他人的犹豫与苦衷时，缺乏同理心，表现得十分刻薄，是增添的辅助角色中问题较大的一个。

（2）增设正面阵营二号人物

改编剧为孤身民间查案的程兵设置了公安系统体制内的辅助人物、二大队队长（程兵出狱后已是支队长）潘大海一角。此人做事一板一眼，被别人误会也不辩解，常默默付出，此人设特质其实与原著中的程兵多有重合。程兵出狱后，潘大海向程兵展示他一直在搜集王大勇的线索，并劝阻程兵不要做无谓的牺牲。起初的规劝随着剧情的发展变成了执意阻挠，这样的设计固然为主人公程兵查案增添了另一重不被理解的障碍，但有时也会显得过于刻意。

剧中程兵出狱后，潘大海并没有主动关心问候程兵，两人的关系缺乏铺垫，这导致潘大海的阻挠不够自然。且剧情进展到一定时刻，当程兵从一段时间的迷茫中走出，重新调查王大勇时，潘大海又不再阻挠，认可程兵在"干正事"，这一转变也较为突兀，似乎潘大海就是正面阵营中负责给程兵制造压力的"工具人"。另外，程兵出狱后以寻常手段就能追查到种种线索，而潘大海在程兵服刑十年间以公权力追查却一无所获，未免有些牵强。

（3）家人形象与伦理关系

改编剧改造了原著相对简单的家庭关系。原著中，程兵入狱后的第二年与妻子协议离婚，案件告破后，程兵与妻子复婚，家人团聚。女儿的存在让程兵代入受害者，更加感同身受，也是他对嫌犯"上手段"的驱动力之一。在剧中，程兵妻子刘文芳与程兵一直感情不和，程兵出狱后，前妻刘文芳先是让程兵远离女儿，不要影响女儿学习，又指责女儿不该这般嫌弃程兵，这使得人物形象有些割裂，妻子的主要功能是在程兵和女儿之间制造矛盾，让程兵背负一定的心理负担。

除了程兵的家人，其他案件相关角色的家庭关系在改编剧中也进行了想象性的扩充，如强奸案受害者赵小麦的父亲被塑造得与原作完全相反。原著中，受害人父母得知程兵出事，向检察院求情；改编剧中，赵父变成了一个无理取闹的人，而当他得知程兵无法放下过去后，又表示悔悟，把自己搜寻到的证据交给了程兵。这一改动有些为了设置冲突而置寻常人伦和逻辑于不顾。无论程兵为何入狱，总归是在努力破案过程中发生意外，为此，大多数受害者家属应该不至于因此记恨破案人员。剧中，若要探究赵父的怨恨，只有一个解释，就是创作者设计了一个破案非程兵本人不可的律令；然而，这一律令又不太接近现实。相比之下，电影版《三大队》设计受害者家属多年后前来拜访出狱的程兵并表示感谢，更符合人之常情，令观众为程兵遭遇唏嘘。

对于涉案人物关系最大幅度的扩写莫过于对凶犯家庭的想象。改编剧原创了王大勇母亲（简称勇母）和王二勇女儿王苗苗这两个角色。勇母很溺爱两个儿子。剧中，在程兵案开庭之前，勇母在路上偶遇记者，立刻闯入镜头指控程兵，制造舆论压力。然而等程兵出狱后，勇母已经老迈糊涂，经常把程兵认作大勇或二勇，还要程兵去杀警察给二勇报仇。面对这个蛮不讲理的老人时，程兵的表情很难解读，与其说是震惊，不如说是一种莫名的愧疚。该人物的观感畸形又可怜，难以判断创作者的伦理认同倾向。

此外，程兵为寻找线索，接近王二勇之女王苗苗的故事线相对更超出生活常情。两人在接触的过程中，逐渐建立起超越血缘乃至超越仇恨的情感纠葛，嫌疑犯的女儿最终得到程兵身边所有人的喜爱和照顾，如此改写体现了角色对单极思维和私仇的超越，让人物情感更加复杂，但具体呈现时仍有些生硬。

总的来看，对于原著中极为简单的人物关系进行扩写改写固然有必要，但如果只求关系网复杂化、人物爱恨情仇复合化，不顾人物逻辑的顺畅，效果并不理想，反而过于刻意，人物心理显得难以自圆其说，且偏离追凶的故事重心。

（二）情节：时序／视角调整及对核心案件的改写

1. 调整时序与视角

原著叙事以 2002 年"8·22 案"及程兵入狱、出狱后追凶为主叙述层，"我"与老张的访谈及见闻构成超叙述层。

以下为原著情节大致脉络。

2013 年 9 月，送水工老程（程兵）与小区某业主（王二勇）厮打，并被带往派出所。业主经 DNA（脱氧核糖核酸）比对被认定为 2002 年"8·22 案"嫌疑人王二勇。

2014 年，多年悬案"8·22 案"宣判，采访人"我"向程兵当年同事老张打听程兵，开启回忆。

2002 年 8 月 22 日，王大勇、王二勇入室抢劫，遇害居民家中 17 岁少女被强奸且重伤成为植物人。两天后，兄弟继续作案，混乱中王二勇逃脱，王大勇在现场被受害人亲属抓获痛打，随即居民报警。王大勇接受程兵等人讯问，意外死于当晚 11 时 10 分。

2002 年 8 月，程兵因犯故意伤害致人死亡罪、渎职罪被判有期徒刑 8 年，入狱后，与妻子协议离婚。

2009 年 3 月，程兵减刑出狱，此后从事过各种工作。2009 年，贵州某市，快递员，时长半年。2009 年 9 月，重庆，夜班出租车司机，时长 5 个月。2010 年 2 月初，重庆，空调品牌售后服务部，依旧开车，时长两个星期。2010 年二三月，四川德阳，物业保安，时长 7 个月。2010 年 10 月，湖南益阳，湖南城市学院附近网吧做杂工，时长 6 个月。2011 年 4 月，湖南长沙，家具城送货、夜市摆摊。2011 年底，辞去送货司机的工作。2012 年，晚上摆夜市，白天送快递，时长接近一年。2012 年底至

2013年初，二入贵州，送水工，时长9个月。

2013年9月，贵州，以送水工身份查访的程兵最终确定王二勇的身份，并将其抓获归案。

插叙王二勇这些年的经历。

王二勇认罪，回忆陈述"8·22案"犯案时情况，"8·22案"告破。

2014年初，"8·22案"宣判。

最后，程兵与妻女团圆，在北京开兴趣班。2018年，"我"打电话问候程兵，程兵要开始新生活。

按照许多影视改编作品的处理方式，自身未深度参与事件的纯粹"旁观叙述者"不需要出现在故事中，可去掉原著中的超叙述层次。《三大队》剧集直陈其事，从程兵的视角讲述。原著中的情节笔法简省，对于追凶的每一步点到即止，这恰好是剧集扩充内容的空间。但扩充后，若逃犯迟迟不出现，又会让剧情显得拖沓，观众恐怕没有足够的耐心看主人公东奔西跑打零工，其追凶目标需要经常出现以提醒观众，吊住观众胃口。

剧集处理这个问题颇有巧思，即从第二集开始，每一集片头播放剧中逃犯王大勇（原著逃犯为王二勇）的闪回片段，内容与剧集正片呼应，为观众留下悬念，也在保证剧集连续性的同时，让观众不至于失去对反派的印象与关注。但也有牵强之处，如程兵入住一家边境小旅馆，注意到了墙上破碎的镜子。后续揭晓那个镜子是王大勇在偷渡境外前用头撞破的。同样是塑造反派对自己的狠毒，这一动作却远没有王大勇自毁指纹那般合理。

2. 核心案件改写

首先，案件起因改写。书中奸杀案为三大队侦察两兄弟的初始案件，大勇、二勇为随机犯案。程兵的愤怒既出于朴素正义感、警察荣誉感，也因自己有女儿，将心比心共情受害女孩家属。剧中的抢劫强奸案发生在两兄弟犯下枪击案后的逃亡途中，案发地与三大队近在咫尺，程兵因自己身为警察未能制止而愧疚。如此改写，将大勇、二勇的犯罪能力与犯罪烈度从普通抢劫盗窃的匪徒擢拔成了无法无天的悍匪。

其次，案件过程改写。原著受害人父母双全，案发当夜，父母走亲戚打牌晚归，受害人因身体不适独自在家。剧中受害人仅有父亲，当天值夜班不在家，此后其父也曾私下调查，并且因身为单亲父亲，格外为自己的疏忽所困扰，甚至迁怒程兵。上文人物改动部分已经论及，原著中死于审讯室的为哥哥王大勇，逃亡的是王二勇，致死凶器上同时有王大勇和王二勇的指纹，无法确定是谁下的死手，受害人体内的 DNA 检测为王二勇，王大勇只在案发现场留下指纹，不确定是否实施强奸，王大勇将所有罪都推到王二勇头上。在改编剧中，王大勇更有城府心机，不像弟弟色欲熏心。他与强奸行为无关，并非猥琐恶徒。

最后，审讯室"刑讯"的尺度更改，原著中，除值班的老张，包括程兵在内的所有审讯人员都参与了对嫌疑人"上手段"，且彼时没有同步录音录像的审讯条件，三大队成员多数被判刑。剧中弱化了"刑讯"的烈度，仅程兵一人动手打人，且只照着嫌犯的脸挥了一拳，这笔改动很可能是为了适应当下的涉案作品尺度规定，但也因此让人物的入狱显得处刑过重，逻辑上略刻意。

3. 原创剧情扩写

在剧情中段追凶部分，改编剧原创了四个支线单元，分别是境外察邦、广东揭城、西安与东北，以及程兵与王苗苗的相处。

剧集加入境外追凶情节的意图很明显，因剧集制作时，境外诈骗犯罪在互联网上很受关注，算是响应时事。境外犯罪者庞先生与王大勇因紫罗兰原石产生过节。庞先生喜怒无常、深险多疑，前一刻残忍处决自己的手下，后一刻得知程兵和王大勇并非朋友，也算是仇家以后，竟当即相信这番说辞，对程兵以礼相待。此段落的奇观性较突出，合理性则有待商榷：一是庞先生态度突转；二是王大勇既然有能力枪击庞先生，却不斩草除根，与人物设定不符。

广东揭城的故事关于王大勇的紫罗兰原石，此单元完成度相对较高，但在单元收尾部分，西安警方发现了王大勇所持的枪支。这个情节让察邦线和揭城线都成了仅供衬托程兵一路艰辛的障眼戏份，对案件的侦破意义不大，重要线索枪支的暴露与程兵追查没有因果关系。后续程兵与潘大海分头行动，潘大海有警方消息，经审讯后得到线索来到东北，恰好程兵也在东北，此类情节推进十分依赖巧合。

　　元凶在四川落网的戏份是全剧高潮段落。王大勇意识到程兵在调查自己，夜晚跟踪程兵到楼下。王大勇见程兵上楼后某层楼灯亮，便前往该楼层。此处用了平行蒙太奇：程兵在门后埋伏，拿出刀。另一边，王大勇用螺丝刀敲门，门开后见到的却不是程兵。户主问王大勇："刚才是不是你敲的？"可见敲门引发灯亮是程兵的计策。而程兵不能百分百确定楼下有人开灯且王大勇一定会中计，因此仍然在门后紧张持刀。随即程兵接潘大海电话，王大勇下楼打电话，与潘大海擦肩而过，潘大海叫王大勇名字，王大勇略停顿后作浑然不知状，出楼后便被警察包围。三大队众人此刻都在现场，追凶之旅至此结束。此类注重细节的视听化处理，是影视媒介所长，是改编文学作品时最需下功夫之处。

　　原著中的凶犯落网情景是程兵在小区认出王二勇，刻意"无故"殴打王二勇，引起居民注意，促使居民报警。当DNA检测结果得出后，王二勇伏法。改编剧设计潘大海、三大队成员等赶赴同一地点协助程兵，渲染气氛，将情绪推向高处。但改编剧虚构各地地名之后，注重严谨性的观众可能会感到地理空间的混乱。程兵、潘大海所在的城市宁州无鲜明地域特征，与王大勇落网的绵阳市相距几何又未曾交代。少了确切的信息，潘大海和三大队众人在千钧一发之际赶到绵阳与程兵会合堵住凶犯的巧合情节亦失去了一些力量和余韵。

　　类似的对仪式感和强情绪的营造在改编剧中不止一次出现。与原著冷静平实的描述不同，改编剧中，在王大勇案件审判后，三大队众人来到七叔墓碑前，程兵道："报告姚支，三大队完成任务。"众人敬礼，仪式感十足。原著中，程兵仅是在捉拿王二勇归案后，上车离开前对陌生的民警同志说道："请转告杨局长，三大队任务完成。"原著的写实质感在剧中改为煽情。

三、改编反思

豆瓣网的评分或多或少能反映出一部作品在观众群体中的受欢迎程度，但评分与作品本身质量的相关关系并不十分牢靠。改编剧《三大队》的评分尚可，但不能因此就先入为主认定它的艺术质量也居于中上，更不应将先入为主的观点设作前提，将作品的不足之处一概视为"与众不同"的优长加以辩护。这部改编剧，是策划的胜利而非剧作的成功。影视的符号媒介不只是纯粹的语言文字，用语言文字概括、描述影视作品给人的对视听形象的想象，势必与直观感受到的视听形象不同。策划的胜利，在宏观和中观层面，让一部影视作品具备了受众感兴趣的元素，有利于宣传和扩大口碑影响。但这无法保障各个元素与故事整体的契合度，也无法保证剧情的合理与精彩，这些须得观众亲自看过作品才能意识到。这部改编剧的许多优点只能停留在概括的话语中。若用概括的话语指出其缺点，很容易受到"主观臆断"和"个人审美偏好不同"的指摘，难以服众。因此，对这部剧的批评格外困难，但也不得不做。

（一）改编之得

剧集想象力丰富，将故事空间拓展到国外与原著中没涉及的国内地区，能一窥创作者的开阔视野，也让剧集的景观更加丰富多元。创作者在汲取警匪片诸多成熟元素的同时又大胆加入其他经典类型元素，面貌较之原著不可谓不新奇多元。创作者也应深知改编不是照搬的道理，剧中处处可见创作者的独到用心。

（二）改编争议

争议于影、剧相别之处现端倪。更欣赏电影一方的批评集中在：第一，剧集中与追凶无关的情节太多，有"注水"的嫌疑；第二，剧集杂糅悬疑与伦理情节，杂糅效果不够成功，一些情节生硬失真难以自圆其说；第三，改编剧中秦昊版本的程兵状态过于松弛，与原作中热血追凶的硬汉气质不甚相符（对演员表演的评价也部分解释了该剧角色热度一般的原因）。更认可剧集一方的观点是：第一，剧集篇幅较长，塑造人物更从容，人物在不同情境下的状态更多面；第二，电影中后段，三大队成员一个接一个离开追凶队伍，告别桥段过于工整同质化，且电影中的追凶关键线索交代得过于草率；第三，张译版本的程兵与此前他在剧集《狂飙》中饰演的安欣有些雷同，缺乏新意，观感上有些疲劳。众口难调，观众各有所爱很正常，但以上评价仍能感到，电影《三大队》在类型化和流畅度上相对优于剧集版本。对电影不满足的观众更多是对类型片美学形式的普遍评判，而对剧集不满足的观众的确说中了该纪实文学改编成24集剧集的难点所在，原著的篇幅体量、性格较为纯粹的一根筋主角、较单一的热血主题都更适合短时长的电影体裁。

文学改编成影视作品，尤其是改编成剧集，情节未必越长越好，要考虑到原著的故事体量。若原著情节量明显小于剧集所需，有必要在改编后的影视作品中合理原创一些内容，以填补原著的留白和故事的缝隙。但两者体量相差越大，扩写导致的对原著风格的稀释与偏离恐怕越明显。改编忙于将新创剧情"说圆"，补丁越打越多，想要增强戏剧性和人物复杂度，却可能迷失在"复杂化"的策略里，忽略了原著的核心特色（如纪实感、人物简单纯粹），搁置了最初选择此文学原作的初心，变成了为戏剧化而戏剧化。剧集《三大队》在全年度现实风格涉案剧和文学改编剧序列中，属于腰部之作，原著的底色和资源配置能够保证其基本质量，但过多的原创剧情扩写引发了争议，且观众对原创剧情的评价普遍不高。相对而言，更受欢迎的现实风格涉案剧（亦是文学改编剧）《隐秘的角落》《沉默的真相》以及艺术性更受肯定的《平原上的摩西》皆不过10集或12集左右，甚至更短，这或许能够说明一些原著与改编剧篇幅比例方面的规律。

《显微镜下的大明之丝绢案》：
从历史到历史剧

摘要：《显微镜下的大明之丝绢案》改编自著名作家马伯庸的历史纪实《显微镜下的大明》之第一卷。在真实之史与虚构之剧的统筹下，剧集坚持正剧风格，保留涉案主线，大刀阔斧调整人设，有效强化人物矛盾，新增情感支线，融入喜剧元素，实现了从严肃的历史纪实向戏剧性较强的历史正剧的转变，为今后历史向历史剧的改编带来了有益的启示。但结局的较大变动和角色的演绎之"失"也对其"高分低热"的结局产生了影响，颇值得反思。

14集电视剧《显微镜下的大明之丝绢案》改编自马伯庸的《显微镜下的大明》第一卷《学霸必须死——徽州丝绢案始末》（简称为《显微镜下的大明（第一卷）》）。该剧由潘安子执导，马伯庸、周荣扬编剧，张若昀、王阳、费启鸣主演，讲述了算学天才帅家默在查看县衙税册时无意中发现仁华县承担了周边七县此前长达百年的丝绢税赋，由此踏上了一条纠错证实之路的故事。此剧播出后，猫眼、灯塔等多个数据榜单[①]显示，其

[①] 猫眼专业版显示，该剧6次成为爱奇艺飙升榜日冠，2次成为猫眼悬疑网络剧热度榜日冠，1次成为猫眼网络剧热度榜日冠，数据来自 https://piaofang.maoyan.com/dashboard/web-heat。灯塔专业版App数据显示，该剧并未上榜。以上数据统计时间为2024年2月10日。

热度方面虽不尽如人意，但豆瓣网评分却高达 7.8 分[①]，成为"低热高分剧"的代表作品。整体来说，《显微镜下的大明之丝绢案》还算是一部比较成功的改编剧，但其对原著大刀阔斧的改编，特别是结局由悲剧到"大团圆"的改动，以及演员对角色的诠释等方面也引发了不少的争议。

一、原作的可改编性

（一）改编目标：从历史纪实到具有可看性的历史正剧

依照作者马伯庸对原著《显微镜下的大明》"历史纪实"类型特征的强调，加之原著真实详尽的史料支撑，结合当下的电视剧市场情况，在对其进行改编时，首先要考量的就是类型定位的转变与确定。具体来说，《显微镜下的大明（第一卷）》在进行电视剧改编时，是以历史正剧为创作方向，还是倾向于轻松化、娱乐化的历史古装剧定位，关系到电视剧的整体气质。

从剧集对历史的忠实度来看，《显微镜下的大明之丝绢案》的主要人物帅家默、税赋纠错事件、明朝背景、政治生态环境等都贴合原著中记载的真实历史。大事不虚，加上事件的部分细节也都相当强调历史真实，"历史正剧"的类型定位显而易见。

在语言学上，"历史剧"是一个偏正词组，虚构之剧是其主体，历史之真是其修饰，真实历史与虚构之剧可以有不同程度的结合。《显微镜下的大明之丝绢案》在锚定"历史正剧"的类型定位后，就要进一步思考做什么风格的历史正剧了：可以是相当忠于原著也忠于历史真实的视听演绎，成为整体风格严肃但戏剧性没有那么强的"史大于剧"的历史正剧；可以是总体上忠于原著，大事不虚、小事不拘，戏剧性比较强的"剧大于史"的历史正剧；至于理论上的"史剧统一"，在现实中很难覆盖全部剧

---

① 豆瓣网数据显示，该剧评分为 7.8 分 /135509 人，数据来自 https://movie.douban.com/subject/35465011/，统计时间为 2024 年 2 月 10 日。

集的全面细节。

很显然，基于历史事实、艺术审美和市场需求多方面的考虑，唯有坚持大事不虚、小事不拘，向戏剧性方向靠拢以追求较好的接受效果，才是《显微镜下的大明之丝绢案》的改编目标。基于这种考虑，在常规性的视听转译之外，剧集主要从以下方面进行了改编。

首先，保持主线不变。保持整体的历史真实性，保持历史正剧的风格定位，保持从小人物表现大历史的叙事特点。

其次，强化涉案线索。悬疑、涉案往往预示着剧情的紧张刺激，它像一把"钩子"，紧紧地牵引着大众的心。同样是对"丝绢案"进行提告，原著中一些线索之间存在着一定的中断或割裂，甚至有些情况处于模糊不清的状态，这些可能是符合历史真实但对戏剧呈现有负面影响的。剧集将线索重新梳理后进行调整，涉案线索环环相扣、逻辑严谨，不断增加的悬疑性和破案阻力，能够使观众产生强烈的好奇心和探索欲。

最后，融入喜剧元素。喜剧的通俗性，使其包含的外在或内在话语往往易于被大众理解和接受。剧集通过充实原著角色性格、改变人物行动、设计人物对话、添加原创新角色等多方面提升喜剧效果，力求在严肃的历史正剧中增加些许轻松幽默的氛围，强化对观众的吸引力。

通过以上梳理，我们可以得到电视剧《显微镜下的大明之丝绢案》改编主要目标之类型确立的过程，即历史（原著为历史纪实）—历史剧—历史正剧—融入喜剧元素的涉案历史正剧。

从理论上说，作品改编为历史正剧，其审美认识价值和电视剧史价值很大，但审美欣赏价值有限。因此，改编又向前走了一步：从历史向较强戏剧性、一定喜剧性的历史剧前进。这种改编路径，不仅给剧集进行人物变动、情节调整指明了方向，还可以在一定程度上照顾到市场。但它也是一把双刃剑，不可避免地会影响原著历史的真实性，在"史"与"剧"的交流互动中成为"成也萧何败也萧何"的二律背反式存在。

（二）改编基础

"改编是影视业的命根子"[①]，但这并不意味着所有的文学作品都适合影视化改编。考察一部文学作品是否适合影视化改编，主要看原著作者或原著本身的影响力。

关于原著作者的影响力。马伯庸的创作领域包括科幻、历史、推理等多个方面，其作品曾获2005年中国科幻文学最高奖项"银河奖"、2010年"人民文学奖"散文奖、2012年"朱自清散文奖"等，他本人也曾获得2021年第四届"茅盾新人奖"等。马伯庸作为畅销作家，其作品《风起陇西》《三国机密》《古董局中局》《古董局中局2》《古董局中局3》《长安十二时辰》等均被改编为电视剧作品播出，其中《风起陇西》和《长安十二时辰》经过影视化改编后，同名电视剧豆瓣网评分均达到了8.1的高分[②]。马伯庸的市场号召力由此可见一斑。值得强调的是，《显微镜下的大明之丝绢案》还是马伯庸的编剧"首秀"，他既是原著作者，也在电视剧改编中担任编剧。双重身份的加持，给大众带来了巨大的期待感。

关于原著本身的吸引力。原著《显微镜下的大明（第一卷）》集合了古装、悬疑、探案等多种元素，比较贴合大众的观剧需求。第一，《显微镜下的大明（第一卷）》基于真实的历史记载，"丝绢案"整个事件的始末完全能够做到有据可考，地方性事件能够做到原始材料保存全面完整的委实不多，稀有意味着故事的珍贵性。第二，深入文本内部可以发现，同样是根据明史资料的写作，《显微镜下的大明（第一卷）》不同于杨马林的《朱元璋惩贪》[③]、熊召政的《张居正》[④]等将目光锁定在帝王将

[①] 西格尔.影视艺术改编教程［J］.苏汶，译.世界电影，1996（1）：199-231.
[②] 豆瓣网数据显示，《风起陇西》评分为8.1分/114359人，数据来自 https://movie.douban.com/subject/26766214/；《长安十二时辰》评分为8.1分/485596人，数据来自 https://movie.douban.com/subject/26849758/。以上数据统计时间均为2024年2月10日。
[③] 《朱元璋惩贪》经影视化改编后，形成电视剧《洪武大案》，于2011年播出。
[④] 《张居正》经影视化改编后，形成电视剧《万历首辅张居正》，于2010年播出。

相等大人物上,也不同于刘和平的《大明王朝1566》[1]采用国与家休戚与共的宏大叙事手法,而是关注于小人物和小故事,以以小见大的手法,在抽丝剥茧的"破案"中强调于细微之处读懂明朝。2019年,《显微镜下的大明》一经出版,就位列当年"亚马逊中国Kindle年度付费电子书新书榜"的前三名[2],豆瓣读书评分高达8.7分[3]。从创意跃迁、市场销量和读者口碑上看,原作具备了一定的受众吸引力,彰显出了较大的改编价值。

(三)改编难点

虽说人生如戏,历史常常富于戏剧性,但又不尽是戏剧。依照影视特点、市场需求、受众心理等多方考量,历史作为电视剧的改编基础,需要向戏剧性靠拢。虽然原作以小人物为主角透视历史,笔法幽默,比古文写就的二十四史或现代文写成的学术性历史著作轻松好读,但故事毕竟属于历史钩沉,对普通读者来说并不友好。一是书中"附郭县""军户""夏税生丝"等历史语词带来了理解上的难度;二是历史演进的千头万绪与戏剧书写的集中较量全然不同,书中"丝绢案"的主人公帅嘉谟时隐时现,产生了一种叙事的断裂感;三是凡人正史书写,比起帝王将相、才子佳人的故事往往略失神秘感和戏剧性。

小人物的故事虽显现出一定的戏剧性,但深沉严肃是历史恒定的气质。历史的遥远、厚重给读者带来了一定的阅读阻力,与电视剧面向大众的受者定位并不一致,这在无形中透出了改编的难点,即如何根据改编剧的市场需求,在历史之真与虚构之剧的统筹下,创作出既能兼顾历史真实性和影视戏剧性,又能契合观众心理的"凡人正史"剧。

---

[1] 《大明王朝1566》经影视化改编后,形成同名电视剧,于2007年播出。
[2] 成一村.亚马逊中国发布2019年度Kindle阅读榜单[N].中华读书报,2020-01-08(2).
[3] 豆瓣网数据显示,该书评分为8.7分/42053人,数据来自https://book.douban.com/subject/30414743/,统计时间为2024年2月10日。

二、重要改编分析

（一）人物之改：或拆或合，强化人物关系

为了更符合既定目标，电视剧对原著人物的重塑可谓大刀阔斧，即在原著基础上或拆解，或合并，或删减，或新增，表现复杂。

1. 主人公一化为三强化反差，奠定矛盾基础

原著中的帅嘉谟精通数学，高情商，深晓官场之道，其他五县人骂他为"奸猾讼棍"。剧集之中，帅嘉谟相当于一化为三：帅家默、丰宝玉、程仁清。帅家默患有阿斯伯格综合征（属孤独症谱系），是算学天才，但情商极低，不善言辞且身上有种拧劲儿，还伴随着创伤性失忆，发挥核心技术作用；增加仁华县庠生丰宝玉一角为帅家默的好友，其活泼、通晓人情世故的性格，可以替主角开口发言，发挥执行作用；修改并挪动原著后期才出现的婺源县滋事生员程任卿[①]为揽溪县生员、讼师程仁清，与帅家默先敌后友，承接深谙官僚禀性的"奸猾讼棍"角色，发挥后勤作用。

这种人设方面的拆分与前置，让主要角色更专注也更专业，奠定了矛盾冲突的性格基础。原著中"三位一体"的帅嘉谟集诸多优点和特长于一身，过于全面却未免让角色显得"神"化感太强。而"丝绢案"追查的后期阶段，帅嘉谟对算学的偏执、深谙官场之道、能说会道等诸多方面均有所削弱，他的全面性带给大众一种"样样通但样样松"的感觉。加之原著中帅嘉谟似乎是被历史裹挟着前进的，他并没有主动要求参与"丝绢案"的审理核算，官方占据了主导性，帅嘉谟则显得被动。主角的主动性缺失，行为依赖于其他人物的推动并不利于影视化呈现，人物推动事件对剧作来说是基本原则，所以剧集选择拆解主人公，使其形象更富有专一性。

[①] 原著中，程任卿极力反对税赋均摊，组织百姓成立议事局，后被判"斩监候"。但他自带讼师光环，极力自辩，躲过死劫后经历二十年牢狱生活，最终在同乡官员帮助下发配充军，立功后荣归故里。

反观剧版，帅家默是鲜明的，他肩负重任，用纯粹映照着大明官场和市井人性，彰显出小人物的大深意。首先，落地成"人"后的帅家默虽然不通人情世故，不善于言辞表达，但更专注于算数，身上的那股对数字的偏执推动着"丝绢案"的一步步调查，奠定了其本人在"丝绢案"中的主导地位。其次，剧版的帅家默通过阿斯伯格综合征表达出至真至诚至善。主人公患病像是抛给观众的一团迷雾，所有的迷雾干扰都是对人性的预判，同心者自见本心，虚浮人无法共情。帅家默患有阿斯伯格综合征，让其种种行为比原著中的主人公更具有合理性。正常人懂得知难而退，而帅家默不懂，这个故事才能够进行下去。虽然有一部分书迷遗憾于原著中单枪匹马作战的勇士帅嘉谟被拆分成多个人，孤勇者变成了团队，"以匹夫而尘万乘之览，以一朝而翻百年之案"的气势被削弱，但整体上并没有影响对于剧版帅家默这一人物的认可。

　　人物的出场是定位角色形象的重头戏。为了使主人公更具立体感，无论是原著中还是剧集中都强调了帅嘉谟/帅家默这一角色颇具算学本领。但原著中的帅嘉谟擅长算学多体现在文字夸奖上，并无事件体现，而剧中帅家默通过割田术为两兄弟分田，为赌坊盘账，在公堂上更正借贷款等剧集原创事件，对其精于算学的特长介绍得更为精细和充分。"人物的实质是动作。你的人物实际上是他所做的事。"[①] 这种改编让观众看事识人，帅家默的人设更加深入人心，同时也为帅家默后期掀开"丝绢案"埋下伏笔，暗示观众帅家默并非像表面上那样"呆"。

　　原著《显微镜下的大明（第一卷）》中的主人公非常单一，只有帅嘉谟一人成为力掀"丝绢案"的孤勇者。他没有爱人，也没有朋友，连阻止他破案的对手都没有具体到个人，皆是以群体性面貌出现的，这种唯一性和模糊性不易在影视化后有效推动情节的开展。剧集采用的"三分法"改编策略，既照顾到了团队化后矛盾强化戏剧性必强化的需要，而且严格遵

---

① 菲尔德. 电影剧本写作基础[M]. 鲍玉珩，钟大丰，译. 北京：中国文联出版公司，1985：25.

循了电视剧创作规律，即不同于电影短时长要求主人公性格与行动高度集中化，剧集时长宽裕往往需要人物更加丰富一些。为此，不仅有必要将其一分为三，而且有必要改编周围人物，在更为复杂的人物网络中揭示人物性格，强化矛盾冲突。

剧集在对原著中帅嘉谟的人格进行分解后，新增了主要角色——仁华县庠生丰宝玉。其性格与帅嘉默形成了比较鲜明的对比，成为善于言辞的外向人格的承接者。丰宝玉，身为纨绔子弟，但正直勇敢、为人仗义，身上的憨气为剧集带来了许多喜剧色彩，一路陪伴帅家默推进"丝绢案"，一定程度上充当着他的嘴替，可谓帅家默最忠实可靠的朋友。这两人加上暗黑人格的承接者程仁清，三人后期的挚友关系将他们紧密连接在一起，肝胆相照的友情建构热血群像，让破案故事熠熠生辉。

2. 反派人物集团新增势力强大，明确阻碍力量

对某些弱情节的剧情类作品来讲，人物可以不分正反，皆为"正邪两赋而来一路"之普通人，互为羁绊的同时也互为支撑，如方方的小说《风景》、韩剧《请回答1988》、美剧《这就是我们》等，甚至如卡夫卡的小说《审判》一样，明明有对手存在却不知所踪。但对欲在市场有所追求的《显微镜下的大明（第一卷）》的改编来说，主人公缺乏明确和强大的对手是不现实之举。因此，剧集在改编时虚构了范渊、鹿飞龙等反派人物，把原作中散在的敌对力量集中、形象地呈现出来。

原著中乡绅对帅嘉默提告"丝绢案"的反对往往一言以蔽之，没有具体的人物代表，也缺乏详细的描述。抽象性带来了可塑性，剧集增加了鲜明的对立面，即以乡绅范渊及其手下鹿飞龙为代表的强大敌对方。范渊为人阴险狡诈、心狠手辣，对上贿赂官员，对下豢养打手，兼并百姓田地的同时又想方设法躲避税赋。其手下鹿飞龙对范渊唯命是从，两人横行乡里，鱼肉百姓，可谓无恶不作。范、鹿两人设计刺杀、阻拦主角团，甚至鼓动民众闹事，成为帅家默和丰宝玉联合破案的阻力。

人物本性只有当一个人在压力之下做出选择时才能得到揭示——压力

越大，揭示越深，该选择便越真实地表达了人物的本性[①]。剧集中，范渊、鹿飞龙等反派人物的明确，与帅家默和丰宝玉等正面角色形成了鲜明的"两极对抗"形势。"两极对抗"中压力的相互施加、动力与阻力的互相制衡，使冲突愈加激烈，人物本性愈加鲜明，人物形象愈加鲜活，剧情的发展更动人心魄。

3. 次要人物以一代多功能合并，降低配角数量

原著基于史料记载，由帅嘉谟提告的人丁丝绢问题涉及了刘世会、鲍希贤、宋仪望等多位巡按御史，段朝宗、崔孔昕、徐成位等多位徽州府知府，房寰和姚学闵等多位歙县知县。读者在阅读中逐步深入故事、走近人物，能够接受流官的设定。但是，在影视化改编中，这种"流官制"会造成一个问题，即人物牵扯过多、剧情混乱，让观众陷于杂乱的人物中难以厘清故事的逻辑，最终导致观众兴趣下降，从而弃剧。

面对这一问题，剧集压缩故事时间，未出现流官现象，整合"多人"为"一人"——巡按御史为刘景一人担任，金安府知府为黄凝道一人担任，仁华县知县为方懋珍一人担任。"以一代多"的改编，一是可以简明人物，使剧情前后联系更为清晰连贯，观众不至于彷徨在海量角色中不识人物、不明剧情。二是同一人物前期和后期的立场变化显得更具对比性，能够为剧集平添许多戏剧色彩。三是删繁就简后能够腾挪出更多空间去丰满配角的人物形象，使其富有生命气息，而非只充当一个工具人。这样一来，这些配角在和主人公产生交集时就不至失色，互动时才能够让观众感受到角色之间的契合感，不至于跳戏或出戏。

（二）主线之变：扩充调整，强化矛盾冲突

《显微镜下的大明之丝绢案》作为知名 IP 改编的网剧，其叙事策略受到平台付费观看设置、网生代观影忍耐度低等多方面的影响，当然也是文

[①] 麦基.故事：材质、结构、风格和银幕剧作的原理[M].周铁东，译.北京：中国电影出版社，2001：118.

字向视觉转向、叙事解码与再编码等多方较量的结果。基于此，剧集尝试强化情节的戏剧性，以扑朔迷离的剧情捕捉观众的兴趣点，主要体现为延展原著中的封闭线索、拓展未展开的重要场景、添加原创情节以及改变故事结局。

1. 延展封闭线索，强化涉案谜团

情节的编排是一个值得关注的动态问题，实际上就是事件"敞开"的程度。情节的详略分配、前后勾连、埋伏照应等影响着一部作品的事件精彩度。所以，文学作品在进行跨媒介改编时，必然会面临情节的改动。

深入原著可以看到，"丝绢案的前发现人"这条支线线索是封闭的，涉案情节是简略的。书中只是简要说明了早年两个歙县人程鹏、王相发现人丁丝绢有问题，并上书提告，后来两人莫名离世，以此强调上告是有一定难度的，并没有展开详细的叙述。而"丝绢案的前发现人"这条线索充满未知性，剧集牢牢抓住这条线并将其延展开来，形成了"案中案""案牵案"的效果。虽然"莫名离世"这种含混的表述对影视化改编来说呈现出一种抽象性，但另一方面也表现出一定的可发挥空间。两相对比，剧集改"丝绢案"的前发现人为主人公帅家默的父亲，并给予了"莫名离世"具象的表现：帅家默的父亲帅敦诚为仁华县户房的书手，嘉靖三十八年（1559），帅敦诚发现人丁丝绢税有问题，后来宋仁收取乡绅贿赂，指使帅敦诚丈田时篡改数字，因怕事情败露，便诬陷帅敦诚以修缮银（丈地缩绳好处费）之名挪用人丁丝绢税贪墨，最后与时任奉兴按察使司照磨的范渊联合灭口帅敦诚及其妻子柳月娥掩盖真相。

"丝绢案的前发现人"作为一条辅线穿插在破案主线中，以帅家默回忆的方式呈现。分散在每集中的这种片段式回忆带来的不确定性，让观众不断猜测帅父母亲的真正死因是什么，到底和"丝绢案"有没有关系，谁是杀害帅父帅母的凶手。这种处理方式不仅强调了调查的难度，更承担起了强化谜团、诱发观众观看欲的作用。

2. 拓展重要场景，强化主线叙事

文学作品改编电视剧并非将情节进行简单的编排组合，而是需要运用视听语言结合影视艺术的基本特征，进一步将抽象略写的主要情节重新建构扩充。毕竟故事只是向受众交代所发生的事件，而详细的情节才能让我们真正认识它。

无论是原著《显微镜下的大明（第一卷）》还是改编剧《显微镜下的大明之丝绢案》，"丝绢案"都是毋庸置疑的主线。或因史料的不足，原著中对主线叙事中的部分重要事件并未详细陈述。例如，原著中帅嘉谟第一次对人丁丝绢进行提告后，应天巡按和徽州府要求下级审理，但六县有意拖之，故而并未展开六县合议审查的情节，实属遗憾。而剧集则扩充了未展开的合议审查为第一次公堂审理，由金安府主导，多县参加了旁听与审议，各利益方唇枪舌剑、据理力争。这种详细铺陈，一则可以使对立双方的冲突感"活起来"，弥补原著粉的遗憾；二则为第二次、第三次公堂审理做合规[①]的铺垫；三则使整个叙事结构更加紧凑，避免重要剧集中情节的布局产生头重脚轻的不均衡感。

同样地，主人公被刺杀的情节在原著中也是一笔带过。书中刺杀帅嘉谟的是什么人，是谁指使的，具体是什么危险，都没有写出来，只有不过百字的记录，且原著中帅嘉谟全是靠好运气才侥幸逃脱截杀。而剧集明晰了刺杀主人公的杀手为幕后黑手范渊安排的手下鹿飞龙等人，并依靠程仁清相救才没有惨死他乡。这种拓展，一方面传递出更为清晰的各方利益集团的明争暗斗，不仅呈现在公堂的明面上，私下也是暗潮涌动，营造出的不安定感是原著三言两语所不能达到的；另一方面以紧张刺激的刺杀过程吸引观众，也是文字简要概括远不能比拟的。

---

① 原著中，帅嘉谟第一次越级提告为两院，第二次提告为级别更高的南京部门，属于跨越县、府和省城的越级提告。剧集中，帅家默和丰宝玉第一次在仁华县和金安府合并提告，第二次在省城按察使司提告无果，第三次找到按察使司的上一级巡按御史刘景提告成功，属于按层级的合规提告。

3. 增添原创情节，营造陌生效果

电视剧叙事的"高容量"，意味着需要大量情节参与内容的构建填充。原著《显微镜下的大明（第一卷）》共计4.8万字左右，核心事件仅涉及"丝绢案提告"、"六县大辩论"、"民变暴乱"和"秋后算账"四部分。对于这些事件的情节描述呈现出两极分化的状态，一部分娓娓道来、细致入微，一部分潦草几笔、简要带过，所以需要增加一些原创情节。在丰富内容的同时更重要的是，创新能够营造出一种陌生化效果吸引观众，尤其是原著粉的观看。

除了原著一些经典情节的还原，《显微镜下的大明之丝绢案》的原创情节利用观众的期待心理也创造出了许多悬而未决的名场面。例如，原著中"秋后算账"章节虽然讲明了帅嘉谟的结局，但平铺直叙略显枯燥。剧集改编后帅家默的结局并非惨淡收场，而是处于一个未知状态。在"最终的审判"事件中，剧集一面展示帅家默的推演，让其计算"逃出生天"的概率，一面展示程仁清如何实现"最后一分钟营救"，这些情节都给观众带来了新奇的陌生感。法场上，帅家默在面临斩首时推算出救其性命之人要五日半才能赶到，并非丰宝玉告诉他的五日，除非恩公已经提前出发，不然自己必死无疑。就在这千钧一发之际，程仁清请来的巡抚抵达法场，上演了经典的"刀下留人"勇劫法场桥段。倒计时悬念法注入情节，一是利用"炸弹"概念释放已知的危险信号，观众自然悬心担忧；二是强调五日的时间，限定时间斩首，营造出紧迫感；三是最终谁能救下帅家默，属于哪个阵营，究竟能否主持公道，牵动着观众的好奇心。

再如，增加诸多人物立场转变情节。原著中除了身为苦主县的歙县知县态度从反对转变为支持，其余各县均保持强烈的反对。而剧集则不同，剧集除了展现苦主县，即仁华县知县的态度扭转，也给予了其他人物态度变化的表现。首先是帅家默与同阳县知县邓思齐以算学交锋，赢得了邓知县的尊重，邓知县明面反对，私下则为支持帅家默推进"丝绢案"献策。其次是万成县主簿任意，在丰宝玉和程仁清的劝说下，他也从反对倒戈为

支持，并拿出重要物证《丝绢全书》。各方态度的"反水"是关键性的必要情节，一是因不同于原著的设定，剧情呈现出新的走向，为了使剧情顺利进行下去，不至于前后断裂，所以剧集详细呈现了各方的态度转变；二是凸显主要角色的人格魅力，帅家默、丰宝玉、程仁清各司其职，使多方态度转变，人物角色散发出独特的光芒；三是原著粉在观看剧集时接收到的内容与书中的信息并不完全对等，这种不同于原著的改变，使整部剧作呈现出一定的陌生感，整个"丝绢案"也因此显得更加扑朔迷离。

接受美学认为，作者在创作时要考虑到读者的期待视野。[①] 按照姚斯的理解，作为接受主体的受众，根据个体经验和审美趣味对于文学作品阅读或影视作品观看，都有着既定的心理图式，即潜在的期待视野。原著满足了读者对公平正义的追求、对小人物大英雄的肯定，满足了历史细节的探秘式钩沉等，改编后的剧集与小说产生互文性，吸引了大量的原著粉丝。他们在期待想象力转化的基础上又期待剧集超越自我的想象，再一次满足他们的期待视野。为此，剧集通过新增原创情节、丰富故事内容，在旧酒中加入新的调味剂，力求达到改编后的陌生化效果，给予观众新的故事期待和审美体验。

4. 改变故事结局，满足团圆心理

根据好莱坞经典叙事理论，大团圆的结局更易于观众接受。主人公由原著"流放戍边"的悲惨收场到剧集"万民敬仰"的"大团圆"结局的改编，满足了剧粉的团圆心理，但同时也招致原著粉观众的争议。针对这个问题，一部分观众认为改编力度之大是为了提升主旨，满足大众观剧心理，可以理解；一部分则认为改编力度过大，不贴合原著，属于魔改。这两种评价一定程度上反映了观众对改编的认知。就此争议，我们分别详细回看原著和剧集中主人公的结局。

书中帅嘉谟因为挑动"丝绢案"引起民众恐慌，被"杖一百流放三千

---

① 姚斯，霍拉勃.接受美学与接受理论[M].周宁，金元浦，译.沈阳：辽宁人民出版社，1987：8.

里，遣边戍军"[1]，帅嘉谟自此"踏上了漫漫的戍边之路……而后发生了什么，我们不得而知"[2]。剧中帅家默得益于官府主持公道，无罪释放后受仁华县百姓敬仰，并未受到什么处罚。这种两极反转的处理方式给原著粉带来了一种割裂感，从而引发争议。原著通过这种结局侧写明代官场生态的灰暗基调，但这与当下文艺作品应该肩负起弘扬正气的责任与使命的原则相悖，也与普通观众的伦理理想相悖。加之大众的心理特点，"公子落难，小姐养汉，状元一点，百事消散"[3]的结局充斥着大团圆的意趣，能够使观众于"柳暗花明又一村"中感受到转危为安、化险为夷的趣味与喜悦，所以剧集对结局进行了改写。

这种"大团圆"结局虽然满足了观众心理，但也一定程度上降低了批判现实主义力度。那么有无相对的两全之法？或许应该思考，既然剧集已然通过增加原创情节去展现基层官员经过一系列的询唤与感召，大多都转变立场，肩负起"在其位而谋其事"的担当，支持帅家默提告。那么，"丝绢案"侦破最大的阻力就不再是朝廷，而指向了心狠手辣的乡绅范渊。范渊最终被律法制裁，那么帅家默能否于"丝绢案"拨云见日后，被"动了蛋糕"的其他乡绅记恨上，于是无奈只能踏上出走之路，好在官府尽心护其周全呢？这样，既能凸显官府的正面形象，又能够满足大众的团圆心理，也不会丢失了现实凛冽感。

（三）辅线之加：新增情爱线索，增强观赏性质

无论是原著还是剧集，为了凸显男主人公帅嘉谟/帅家默异于常人的算学天才形象，都未有感情线的详叙。但人是情感动物，故事太严肃会给大众枯燥冗沉之感，所以剧集为了尊重历史，稳固历史正剧的类型定位，并未给主人公帅家默设定感情线，转向给其他重要角色如丰宝玉、程仁清等增设了感情线，以此提升剧集的观赏性。

---

[1] 马伯庸.显微镜下的大明[M].长沙：湖南文艺出版社，2019：68.
[2] 马伯庸.显微镜下的大明[M].长沙：湖南文艺出版社，2019：69.
[3] 齐裕焜.中国古代小说演变史[M].北京：人民文学出版社，2015：260.

丰宝玉和陈小枝、程仁清和丰碧玉之间显现出明确的情感连接。单纯呆萌的纨绔子弟丰宝玉和乐于助人、敢爱敢恨的农家姑娘陈小枝两人从陌生到熟悉，从欢喜冤家成为并肩同行的伴侣。小枝带领宝玉亲看百姓"不能承受的赋税之重"，宝玉为小枝父女乃至更多的穷苦百姓质问官府，两人渐渐被对方的胆识和魄力吸引，情感也在桩桩事件中得到深化。

程仁清和丰碧玉以见面争吵为开端，从陌生到敌对，最终有情人终成眷属。程仁清深谙世事，善于审时度势，能从细微之处按图索骥找到对手的薄弱之处，在与帅家默、丰宝玉的争辩中，逐渐被对方的赤子之心所感动，于是多次助力丰碧玉解救帅、丰二人。丰碧玉本就欣赏程仁清的聪明才干，因感谢而产生的情愫在多次相助下催化为浓郁的喜欢。丰碧玉用快意恩仇、敢于拼搏的姿态，吸引了程仁清的目光，也治愈了程仁清内心情感的缺失。

两对欢喜冤家，彼此深情救赎和双向奔赴。爱情跨越文化和历史，是人类永恒的话题，剧集新增设的爱情线是对原著搬上荧幕进行的影视化调味，无形中增强了电视剧的观赏性。

（四）风格微调：新增轻喜元素，中和正剧氛围

原著《显微镜下的大明（第一卷）》作为历史纪实文学，具有较强的严肃性，作品基调略偏灰暗。基于此情况改编的历史正剧，对于观众，特别是当下的网生代观众来说吸引力较弱。观众收看剧集往往是想达到放松身心的目的，过于严肃有可能会加重疲惫感。所以，剧集亟须融入轻喜元素，以中和正剧氛围。

《显微镜下的大明之丝绢案》融入轻喜剧元素，以平衡剧集的严肃感与轻松感。在人物性格上，首先通过帅家默"偏执狂"、丰宝玉"地主家的傻儿子"、程仁清"诡辩者"的差异性人设，碰撞出喜剧感。其次在爱情中形成性格互补，丰宝玉的乐乐呵呵与陈小枝的内敛沉稳，程仁清的机敏城府和丰碧玉的风风火火，欢喜冤家的故事颇具戏剧性。在故事情节上，帅家默无时无刻不上演的"众人皆辩我独算"的场景、方懋珍"反

水"后的装傻充愣、丰氏姐弟等人借力打力巧用民意闹事拖延救助帅家默的时间等情节显现出剧集的轻松诙谐气氛。加之幽默对白、轻扬音乐等的综合运用，严肃之余营造出一定的轻喜感，更符合当前网络语境下的大众审美和观影习惯。

三、改编反思

（一）改编之得

如果说《显微镜下的大明》能够被改编的原因为其具备的可改编性，那么剧集《显微镜下的大明之丝绢案》的改编并未引起大众的激烈讨伐，则在于对原著文本"不变"与"变"的把握上。

结合原著对比来说，剧集保留了原著历史故事中的主要人物、核心事件与时代环境，呈现出一种强烈的"民众历史正剧"风格。这种对历史真实的尊重，让最基层的明代政治生态图景被呈现到荧幕之上时，我们能够真切地看到历史鲜活的生命力，这就是"不变"的迷人之处。

但文学作品与戏剧原理、原作内容与观众喜好时有不契合之处。诸如原作中主要人物过分单一不利于剧集形成矛盾基础，"民乱"情节拖沓冗长不利于剧集彰显戏剧冲突，基调严肃灰暗不符合影视市场需求，"浓郁的个人英雄主义"等老套过时的元素不符合当下观众口味等情况客观存在。因此，剧集根据原著主要人物设定，增加具有反差性的新人物；厘清原作主次事件，凝练无关紧要的支线情节；在遵循原著合理性和逻辑性的前提下，加入有限的情感线与喜剧元素；根据当下的时代价值观，调整不合时宜的人物、情节等设定，以此在可能的限度内强化戏剧性与观赏性，增强作品的市场吸引力。这种大刀阔斧的改编充满着"变"的魅力。

（二）改编争议

改编之"变"为剧集带来了许多的高光时刻，也相应地带来了"变"

的风险,如大众争议的结局变动。当原著结局,抑或其他情节不能肩负起文艺作品应有的责任与担当时,电视剧对其改编是必要的。如何处理才能既不丢失原著气质,又符合当下需求,剧集《人世间》对原著诸多主人公结局的改编可以作为学习的典范。

还需要注意的是,演员的贴脸度和演技对改编剧的成功与否也是至关重要的。《显微镜下的大明之丝绢案》的争议之处还集中在观众认为张若昀把帅家默演绎得过于痴呆木讷,没有分辨出"傻"跟"呆"的区别,没有呈现其不呆的一面。加之张若昀在以往的影视作品中多出演古灵精怪、聪慧机敏的角色,观众在观看演员挑战这种大反差形象时,还是会潜藏着对其以往角色产生的固有印象,从而对观剧体验产生影响。

如今,影视化改编已屡见不鲜,那么到底什么样的原作适合追求市场的电视剧改编?《显微镜下的大明》是最优选项吗?就当前来说,或许未必,"低热"就是一种证明。从商业价值来说,于史书空白处以奇想与实验描绘的《长安十二时辰》较《显微镜下的大明》更适合电视剧改编。但从文化价值来说,《显微镜下的大明》与《朱元璋惩贪》等作品相比,因其于小人物的正史之中透视历史,展现出创新性、正确性的历史观,是值得充分肯定的,高分也是一种证明。因此,改编目的何在,决定了选择什么样的作品进行改编以及如何改编。

就剧集《显微镜下的大明之丝绢案》和原著《显微镜下的大明(第一卷)》的对比来看,此"丝绢案"也已非彼"丝绢案"。尽管新历史主义将历史与文本及其互释抬高到同一个维度,但历史与历史剧有着本质的区别。历史剧往往面临"史实"与"创作"难以两全的尴尬处境,历史记录越细、普及越广的内容,越难以在较大的改编中获得各方观众的全面认可。因此,只能针对既定的改编目标承接不同时代不同观众群体的批评与接受。"历史题材难为"成为业内的普遍共识,只有诸如《长安十二时辰》之类在历史的缝隙处进行创作的电视剧作品,才有可能获取更大范围的市场认可。

总体而言,《显微镜下的大明之丝绢案》能够做到"忘其形而得其神",称得上是较为成功的改编案例。在与原著比较的基础上,探讨剧集的改编策略与得失,相信其改编经验对其他的改编项目是有所裨益的。

《三体》：从硬科幻小说到真人版剧集

摘要：国产电视剧《三体》改编自刘慈欣创作的科幻小说"三体"系列第一部——《三体1：地球往事》。原著作为享誉世界的中国科幻文学名著，具有跨时代意义，其改编更加注重现实层面文学性的转化，国内外接受效果良好。科幻类型剧集在中国电视剧创作历史上并不发达，横空出世的《三体》填补了"硬科幻"市场空白，是中国电视剧多元化内容探索的重要标志之一。《三体》剧集的剧本改编、演员选角、视觉特效以及市场营销等各个环节，可以为后续的"硬科幻"作品提供经验和借鉴，这对于提升中国科幻类型剧集的整体制作水平和市场竞争力具有重要意义。

一、原作的可改编性

（一）改编目标：从"硬科幻"小说到真人版剧集

刘慈欣的"三体"系列小说自正式发表之后，在国内外都产生了巨大的影响，引发了影视改编的多次尝试。在真人版剧集的改编之前，已经有了电影改编版、动画改编版，但出于某些原因，电影改编版并未正式问世。因此，将这部闻名中外的科幻小说改编为真人剧集，是最为现实的一种选择方式。事实上，真人版《三体》确乎是朝这样的目标改编的。

在故事情节方面，电视剧版《三体》对原著进行了精心的改编。它保留了原著中那些引人入胜的科学设想和扣人心弦的剧情线索，如三体世界的奇异景象、地球人类与三体文明的交锋等。同时，电视剧版通过删减和整合，使剧情更加紧凑流畅，避免了原著中可能出现的冗长和晦涩的部分。这种转化不仅保留了原著的科幻元素，还使得故事更加易于观众理解和接受，更加符合电视剧的叙事节奏和观众的观看习惯，增强了故事的戏剧性和观赏性。

电视剧版《三体》开篇即以"红岸基地"的秘密实验为引子，迅速将观众带到那个充满神秘与紧张氛围的时代背景中。随后，随着叶文洁向三体世界发送信息的情节展开，人类与三体文明的首次接触被生动地呈现出来，紧张感与悬念层层递进。尤其是"三体游戏"的设定，不仅巧妙地展示了三体世界的奇异景象，还通过游戏内玩家的探索与对话，隐喻了人类对于未知的好奇与恐惧，以及对自我认知的深刻反思。

电视剧版《三体》还尤其穿插了现实与科幻的交织，如汪淼与史强在现实世界的调查与追踪，与三体世界的科幻设定形成鲜明对比，增强了故事的现实感和紧迫感。同时，通过科学理论与哲学思考的融合，探讨了人类文明的局限性、生存的意义以及宇宙观的构建，使得故事不仅仅是科幻的冒险，更成为一次对人类自身深刻反思的文学之旅。

原著角色众多且各具特色，电视剧版通过细腻的表演和丰富的细节描写，将这些角色塑造得更加立体饱满。观众可以清晰地看到每个角色的性格特点、成长历程以及他们在故事中扮演的角色。这种深入的人物刻画不仅可以让观众更加深入地了解角色，还使故事的情感表达更加真挚动人。观众可以更加容易地代入角色，感受他们的喜怒哀乐，从而与故事产生共鸣。

电视剧版《三体》深度挖掘并重塑了原著中的众多角色，使之跃然于屏幕之上，鲜活且立体。主角汪淼，一个物理学家兼纳米材料学家，在剧中被赋予了更多的情感色彩和内心挣扎。他的科学理性与面对未知时的恐惧、好奇交织在一起，展现了人类面对宇宙级文明冲击时的渺小与坚韧。叶文洁，作为连接地球与三体世界的关键人物，她的复杂性格与悲剧命运在电视剧中得到了更为细腻的刻画。从最初的绝望反抗到后来的冷静布局，每一步都充满了人性的光辉与阴暗。此外，史强这一角色的塑造尤为成功，他以粗犷的外表下隐藏的敏锐洞察力和对正义的执着追求，成为故事中不可或缺的正能量源泉，极大地丰富了剧情的层次，增加了剧情的深度。

（二）改编基础

国产科幻剧集《三体》[①] 于 2023 年 1 月 15 日在中央广播电视总台电视剧频道、腾讯视频全网首播，并在咪咕视频同步播出。于 2 月 19 日在中央广播电视总台电视剧频道收官，3 月 6 日在腾讯视频收官。该剧改编自刘慈欣创作的长篇科幻小说"三体"系列第一部《三体 1：地球往事》。"三体"三部曲由《三体 1：地球往事》《三体 2：黑暗森林》《三体 3：死神永生》组成。《三体 1：地球往事》于 2006 年 5 月起在《科幻世界》杂志上连载，2008 年 1 月首次出版，共 302 页，二十余万字。《三体 1：地球往事》经美籍科幻作家刘宇昆翻译后获得了第 73 届雨果奖最佳长篇小说奖，享誉国际。2019 年，"三体"入选"新中国 70 年 70 部长篇小说典藏"。2022 年 9 月，"三体"入选"2021 十大年度国家 IP"。

1. 原著 IP 的影响力

作为中国当代科幻文学的瑰宝，"三体"系列的影响力不容小觑。自 2006 年《三体 1：地球往事》连载以来，该著作便以深邃的科学想象、宏大的叙事结构和对人性的深刻探讨，吸引了大量读者。在国内读者尤其科幻迷心目中，"三体"系列是伟大的硬核科幻史诗。在海外，"从销售数据来看，自 2008 年首次出版以来，'三体'系列作品在全球范围内的销售量已超过数百万册，被翻译成 40 多种语言，在 100 多个国家和地区传播。

[①] 2024 年 3 月，Netflix（奈飞公司）制作的《三体（第一季）》在流媒体上线，如无特殊说明，本文中"电视剧版《三体》"仅指称国产《三体》改编剧。

英文版销售突破 100 万册，获得引人瞩目的销售佳绩。其在法国市场取得了显著的销售成就，在法国科幻文学整体销售市场中名列前茅。同样，德国、西班牙、日本等国家的市场对'三体'系列也相当青睐，这些数据充分显示了'三体'现象不仅是一部小说的成功，更是一种文化的跨国传播和交流"。

如此强大的 IP 影响力，意味着"三体"系列的影视化具有极高的市场潜力和观众基础。书粉们对于原著的热爱和期待，进一步转化为对影视剧的关注和期待，这一点，从社交媒体上关于"三体"影视化话题的讨论热度和关注度中就可见一斑。例如，在微博等社交平台上，关于《三体》电视剧的讨论话题经常能引发数万甚至数十万的互动量，这足以说明其粉丝基础的庞大。而对原著的庞大体量、史诗气质而言，长篇电视剧形式天然比电影形式更便于呈现原著的完整风貌。

2. 国产"重工业""硬科幻"电视剧的划时代突破

21 世纪以来，中国电视剧市场长期繁荣，在互联网媒介融合时代更是迈上新台阶。但科幻类型却很不发达，与欧美剧集市场长寿科幻剧集盛行、科幻占据类型生态显著位置的局面差距很大。《三体》作为一部真正以"重工业"制作方式完成的"硬科幻"剧集[1]，无疑具有里程碑式的意义。它不仅填补了国内科幻电视剧的空白，更有望引领一股科幻影视的热潮。《三体 1：地球往事》自 2006 年在《科幻世界》连载，至剧版《三体》立项已过了 16 年。没有在第一时间被视听化，是因为中国影视在科幻题材方面积弱，在技术层面面临瓶颈，以及科幻片投资较高、成本回收压力较大。直到刘慈欣另一个科幻 IP《流浪地球》在 2019 年被拍成了"重工业"大片并大获成功（影片席卷 46.8 亿元票房，位居中国电影总榜第五位），开启了"中国科幻电影元年"，方才为国产硬科幻影视创作打了一剂

---

[1] "硬科幻"（Hard science fiction）和"软科幻"（Soft science fiction）作为科幻类型文学划分，是约定俗成的概念。"硬科幻"强调科学技术细节，而"软科幻"仅仅把科学幻想作为背景，借此探讨哲学、历史、政治等人类社会问题。在影视剧制作方面，"硬科幻"往往比"软科幻"更依赖强大的资金与视听技术支持，属于"重工业"类型。

强心针。电视剧《三体》借此东风，应运而生。

作为首部国产"重工业""硬科幻"剧集，电视剧《三体》的成功与否将直接影响后续科幻类型在影视内容市场的发展前景，具有重要的战略价值。同时，随着中国科技的发展和国际地位的提升，科幻类型叙事作为能够展现国家文化软实力和科技想象力的通俗娱乐产品，寓教于乐，是对外宣传中国形象的重要载体，这一点在全球其他国家文化生产中已经反复被验证。"三体"系列以剧集形式完成视听化，还可以向世界展示中国影视行业的创新能力和制作水平。

原著《三体1：地球往事》留给读者大量的想象空间，如何将这些想象空间通过视听语言合理地展现出来，是改编过程中的一大挑战，也是一大看点。比起只有概念和框架的《流浪地球》，《三体1：地球往事》中的科学框架更需系统性地呈现。在特效制作的基础上，观众更加期待其逻辑性、概念性的弥合与延伸。由此，如何在制作水准之上构建科幻剧的场域和气质，正是其改编的内核所在。

（三）改编难点

兼顾"科幻性"和"文学性"，是重点也是难点。作品不仅需要在保留原著科幻精髓的基础上，进行符合电视剧叙事规律的改编，还需在人物塑造、情节推进、氛围营造等多个层面做出创新与突破，以满足广大观众对于文学深度与视觉盛宴的双重期待。

科幻设定的具象化是一大难点。《三体》原著中充满了复杂的科学理论与宏大的宇宙构想，如三体世界的物理规律、质子的超距作用、宇宙闪烁等，这些在文字描述中能够激发读者无限想象的元素，在电视剧中则需要通过具体的视觉特效与场景设计来呈现。如何在保持原著科学严谨性的同时，又能让观众直观感受到科幻的魅力，是制作团队需要精心考量的问题。

人物塑造的深度与多样性同样考验着编剧与导演的功力。《三体》中的人物性格鲜明、各具特色，如何在有限的剧集时间内，让每一个角色都能立体地呈现出来，且能与原著中的形象相呼应，是一大挑战。特别是那些在原著中笔墨不多，但对剧情发展至关重要的角色，如何在电视剧中赋予他们更多的生命力与情感色彩，使之成为推动故事发展的有力因素，需要编剧进行巧妙的改编与创造。

情节推进的节奏与张力也是科幻文学视听转化的关键所在。《三体》原著情节复杂、线索众多，如何在电视剧中厘清这些线索，使之既符合原著的逻辑，又能吸引观众的注意力，保持剧情的连贯性与吸引力，是制作团队需要解决的难题。特别是在处理原著中的科幻奇观与人性探讨时，如何找到两者之间的平衡点，使观众在享受视觉盛宴的同时，也能深入思考人类文明的命运与未来，是电视剧版《三体》在情节推进上的一大挑战。

此外，氛围营造与伦理共鸣也是实现科幻文学视听转化的重要方面。如何在电视剧中营造出原著那种既宏大又细腻的氛围，让观众能够身临其境地感受到三体世界的神秘与地球的危机，同时又能引发观众对于人性、科学、文明等深层次问题的思考，是制作团队需要不断探索与尝试的。

二、重要改编分析

（一）基本改编方向：复刻原著

电视剧版《三体》的主要剧情基本复制小说《三体1：地球往事》的叙事主线：全球顶尖科学家纷纷离奇自杀案件震惊世界，中国纳米物理学家汪淼与刑警史强联手调查，两人经历了视网膜倒计时投影、宇宙闪烁等宏观、微观"超自然"事件，据此对《三体》游戏、"科学边界"和ETO（地球三体组织，Earth-Trisolaris Organization）组织展开调查，钩沉特殊军事设施红岸基地的往事，揭开了地外未知文明"三体"世界的神秘面纱。从此，中国国防部门和科学家一道，联合全球人类，与即将入侵的外星生命"三体人"展开博弈。

该剧的改编堪称"亦步亦趋"追随原著，致力于对原著文学叙事进行

"视听转译",只在遵循原著情节脉络的基础上,设计了个别原创角色补充叙事,在人物形象、情节顺序等细节方面进行了微调。这样改编的优点是做到了"原汁原味",不足之处则是略显"束手束脚",放弃了优化原著的可能,原著较为缓慢的叙事节奏、某些较平面的人物关系未能在视听化的过程中得到充分改进。该剧的成功主要得益于选角和表演的精准,以及在视听语言、场景打造方面的匠心。

(二)人物形象与人物关系调整:增加厚度

在原著《三体1:地球往事》中,一些角色仅充当着推动部分情节发展的"工具人",这些"工具人"之间或联系不深,或丝毫没有关联。文学作品中"功能性"角色之间的互不认识对影视化呈现是十分不利的,电视剧是"动"的艺术,人物之间只有产生羁绊和牵扯,形象才能"立"起来,故事才能"活"起来。所以,剧中增加了很多关于人物关系的描述。剧中增加的关系线使人物形象更加丰满,也更容易引发观众共情。尽管如此,很多在书中只能单线联系的人物关系,在剧中也难以改动,因此仍有部分角色形象偏工具化。剧中主要增减删改的人物关系有以下几组。

1. 汪淼和史强:加强战友羁绊

科学家汪淼与刑警史强二人的私人友情羁绊在原著中并没有这么明显。尽管二人的互动贯穿了《三体1:地球往事》情节的始末,但关于二人在哪个具体的情节节点产生了相互信任的战友情谊,汪淼从何时开始对史强态度转变,这位科学家从拒绝合作到愿意以身涉险,人物弧线变化是如何一步步发生的……这些在原著中并没有清晰的结构性体现,但这些方面是影视剧作必须解决的结构问题。

原著中的汪淼在对抗三体人的行动中始终以一个较为理智的旁观者出现,人物性格显得较为模糊,读者认同感不那么强。剧中的汪淼则不同,他作为作战中心技术作战的核心专家,深度参与了各项行动,起到了至关重要的作用,也因此被史强严格保护。二人在日常相处中,逐渐产生了羁绊，关系也从互无好感变得亲密无间。

史强这个角色在剧中被赋予了更多喜剧色彩，演员于和伟的表演也凸显了这个角色粗中有细的直肠子特质，与科学家汪淼组成了一对欢喜冤家。例如，史强作为民警，行伍出身，不拘小节，他初次拜访汪淼，一副混不吝的样子，大刺刺地在楼道里抽烟。汪淼为人谨慎内向，甚至有点刻板，他立刻制止史强，说在楼道里吸烟也不行，还指了史强身后的牌子，这一点与后文史强负伤后再请汪淼时，汪淼用相同的动作打趣史强呼应。在原著小说中，只有汪淼的心理描写体现了他初见史强时对这位"大老粗"的反感。汪淼当时只是让史强不要在汪家吸烟，对对方在走廊吸烟未做制止。改编剧给汪淼增加的"不许在楼道吸烟"这一细节虽小，但赋予了人物更多个性，让汪淼更加血肉丰满起来，也完善了两人的关系发展弧线。

书中，在汪淼观看完宇宙闪烁后有一段心理描写："大史，要知道你一直跟在我后面，我至少会有些安慰的。汪淼心里说，但自尊使他没将这话说出口。"[1] 这一心理描写如果直接转换成台词恐怕是很生硬的，但又需要将人物之间关系的进展时刻告知观众，剧集为此原创了一处关键情节点——汪史对表。剧情进展到此处时汪淼已经彻底崩溃，其精神的涣散程度和原著中的清醒状态有很大差别。剧中的汪淼认为，三体人在地球的代理——"科学边界"组织力量深不可测，而无论汪、史等试图阻止者怎么做，到头来人类都不过是待宰杀的"火鸡"罢了，他强调自己经历的崩溃是史强永远无法体会的。而史强为了表达对汪淼的支持与鼓励，为了说服汪淼重建信心，也制作了一个简易倒计时器，将它穿在自己身上，这也符合刑警在行动前对表确定时间的习惯。从此史强用倒计时器与汪淼建立了同志关系，这种战友之间共同进退的情景让观众十分感动。

类似的细节还有：汪淼开车时第一次看到三体人制造的倒计时投影（投影出现在视网膜上，无论怎样都无法消除），此时他不得不急刹车。这

---

[1] 刘慈欣.三体：典藏版[M].重庆：重庆出版社，2015：95.

段相较原著增加了史强的戏份，从视听层面强调史强一直跟随汪淼。随后，又加入史强去纳米研究中心提出要保护汪淼的情节，解释了自己这些天为什么一直跟着汪淼。史强不止一次半开玩笑地跟汪淼说，希望他像哥白尼一样长命百岁，这一细节提前呼应了原著第二部《三体2：黑暗森林》中的情节——史强在冬眠醒来后了解了汪淼的生平，汪淼真的如他所愿活到了一百岁。这些细节表现出史强逐渐成为汪淼可靠的精神后盾。

剧集营造出一种生活化的人际交往氛围，增加了在原著中被忽略的日常生活细节，如史强在通讯录里修改了对汪淼的备注。史强初识汪淼时备注的是"汪淼纳米怂"，体现了他爱调侃的混不吝性格。此后随着关系走近，备注改成了口吻更郑重严肃的"汪淼"，这个小细节体现了史强逐渐将汪淼视为战友，接纳并认可了这个性格、专业迥异的同伴。

汪淼对史强的信任则体现在请史强帮自己接孩子的剧情中。改编剧原创了这段情节：汪淼妻子李瑶打电话给汪淼说自己有急诊工作要做，让汪淼去接一下两人的女儿豆豆，此时汪淼苦于"三体游戏"的通关，于是史强让汪淼留下来玩游戏，自己去替他接女儿——做好这种"后勤"工作。汪淼再三叮嘱史强不要在孩子面前吸烟，"大烟鬼"史强说到做到，真的忍住了没吸烟。他带着豆豆吃了卤煮、冰激凌，还要带她去滑冰。刑警变身奶爸、保姆，这段原创剧情充满人与人之间的温情，史强在这一刻被赋予了"守护天使"的身份。史强带娃与汪淼探索三体虚拟游戏的情节穿插，让观众更加认可其作为精神后盾和"最强辅助"的战友身份。

随着剧集走向高潮，汪史组合已经配合得非常默契了。喜剧效果来自二人一文一武的对比，表面上彼此不服，但这并不妨碍他们相互挂念、彼此理解。汪淼去参加三体崇拜者组织的ETO聚会之前，史强千叮咛万嘱咐让他小心谨慎，汪淼心事重重却还不忘和他开玩笑。在武警突袭ETO聚会时，史强的下属、女特工徐冰冰要带汪淼离开，汪淼却执意留在原地，一改之前给人留下的"贪生怕死""躲事"印象，此刻他愿意和史强同生共死。有关部门突袭并逮捕ETO成员之后，史强让汪淼专注叶文洁的审讯，汪淼却很担心史强的身体，叮嘱他检查身体之后要第一时间告知自己结果。而史强看到自己罹患绝症的检查报告之后，嘱咐知情的下属不要告知汪淼。此类人际交往细节不仅让人物成立，也用人际情谊提醒观众，主人公是在为何而战。

2. 汪淼和叶文洁：强化科学家之间的精神交锋

在原著中，汪、叶二人的交集主要源自自杀的天才女科学家杨冬（叶文洁之女）以及杨冬的未婚夫丁仪（叶文洁准女婿）。汪淼仰慕杨冬的才华，出于对杨冬的好奇和惋惜，他与丁仪有了交流，并在丁仪的委托下与叶文洁有了接触。原著里叶文洁对于汪淼提出的各种问题（包括叶的过往经历）基本知无不言，但她如此信任汪淼的原因却没有充分解释。刘慈欣这样安排有两种可能：一是表现叶文洁擅长伪装，为了吸收纳米人才汪淼加入 ETO，有意示好；二是表现叶文洁的思维方式已经"三体化"了，像三体人一样追求"思维透明"。但这样的设定显得过于直白，且逻辑不够符合生活常情。

改编剧中的叶文洁在语言和行为上相对遮掩，城府更深。综观全剧不难发现，汪淼每一次在调查时取得重大进展或遭遇变故，都与叶文洁密切相关。剧集铺陈了一条若隐若现的暗线，从汪淼第一次看到倒计时，到叶文洁最终对汪淼坦白三体人要阻止地球人发展纳米技术，这些情节构成了完整的叙事线索。

原著中汪淼第一次见叶文洁是受丁仪的委托，而改编剧将两人初见的场景改为杨冬的葬礼，汪淼把自己拍摄的杨冬照片交给叶文洁，此时发现照片上有莫名的倒计时字样，从而引出对神秘倒计时的追查。原著中汪淼咨询丁仪宇宙辐射问题，为此再次联系叶文洁，而改编剧中借由再次送照片让汪淼前往叶文洁家中拜访，做到了自圆其说。剧集的处理方式是省略丁仪这一中介，加强了汪、叶间的直接联系，丁仪的戏份则相对削弱，主次分明。

原著强调叶文洁面对汪淼时的慈祥和循循善诱，这让汪淼感受到了一种温情，对叶文洁产生了比较强的依赖感，叶文洁起到了精神导师的作用。但剧集中的汪淼不再只是迷茫的科学家，还有着一层地球保护者身份，作为史强的战友，汪淼与叶的关系不适合过近。既然史强对叶文洁的调查和怀疑从未中断，汪淼在尊敬叶文洁的同时，对其有所戒备，这让改编剧中的汪淼显得更机警，更有破案智慧了。

3.汪淼和杨冬：将隐秘情愫改为同行相惜

在原著中，故事开场时自杀的女科学家杨冬魅力巨大，而汪淼对杨冬有种说不清道不明的"情结"，他只是在良湘发射中心偶然见到杨冬，惊鸿一瞥之后就对她念念不忘，尽管自己已经有妻儿。这种感情即便谈不上精神出轨，也很难以用纯粹欣赏解释。

剧集面向大众，对汪淼的塑造应集中在他科学家和地球拯救者的身份上，内心情感过于复杂对塑造其形象反而是画蛇添足，因此剧集改编时淡化了汪淼对杨冬的执念。原著中，汪淼盯着杨冬久久出神，直到听到主任呵斥另一位工程师，才回过神，杨冬的身影在汪淼脑海中徘徊不去。"以前汪淼总觉得自己的摄影作品缺少灵魂，现在知道了：缺的是她。"[1] 剧集基本剔除了对暧昧情愫的直接描写，但保留了原著中杨冬给汪淼留下深刻印象的设定，将其呈现为汪淼摄影镜头中杨冬的定格以及汪淼愣神的片刻，点到为止。

为了赋予汪淼一种原动力，促使他参与调查科学家离奇自杀事件，剧集保留了史强对汪淼和杨冬关系的试探："认识？想认识？"剧中的汪淼没有对这个私人问题进行回应，在剧版的人物关系里，汪淼对杨冬的态度更多是欣赏和好奇。而原著中的心理描写承认了他内心的隐秘："这个外表粗俗的家伙（史强），眼睛和刀子一样。"[2]

汪淼第一次找杨冬的未婚夫丁仪谈起杨冬时，原著写道："他试图掩盖他真实的心迹。"[3] 剧中将这种私人隐秘情绪改写为汪淼作为科学家对

---

[1] 刘慈欣.三体：典藏版[M].重庆：重庆出版社，2015：8.
[2] 刘慈欣.三体：典藏版[M].重庆：重庆出版社，2015：6.
[3] 刘慈欣.三体：典藏版[M].重庆：重庆出版社，2015：15.

真理的渴望。原著中叶文洁给小孩子们做饭，让汪淼自己去杨冬房间看看，汪淼发现了杨冬房间中的很多细节。剧集改编者或许考虑到原著的描写有违人际交往常态，失礼且暧昧，遂改成汪淼等待叶文洁做完家务，由她引导着进入杨冬的房间，杨冬房间中的细节是由叶文洁讲解的。总之，原著中心思阴郁隐秘的汪淼在剧中被塑造得更加单纯正直，更富有魅力。

4. 史强和慕星：增加原创人物，外化主角心路

史强和公益自媒体记者慕星之间的人物关系属于单线交集，从改编效果看，这条线的主要作用体现在丰富史强人物性格、外化其行为动机上。二人若干次的交锋，使史强认识到慕星是被人利用的，出于一个人民警察的责任感，他想拯救她。常伟思意识到慕星是三体人狂热崇拜者潘寒的"棋子"后，授意史强保护慕星。史强试图限制慕星的行动自由，但慕星要求史强给自己一些时间，两人约定十点见面。史强最终还是没能及时保护好慕星，他因此感到懊悔和自责，在咖啡店用苦咖啡掩盖泪水。这样的细节凸显了史强作为普通人的一面，他作为一个意志坚定的战士，一个面对高维外星文明都无所畏惧的经验主义者，也会因为自己的失职而情绪崩溃。剧集原创的情节除了强调史强的责任感，也包含较周密的因果推理。史强和慕星曾经围绕着录音笔进行交锋，因此史强知晓慕星身上不会只有一支录音笔。他在悲痛的时刻不忘推理，找到线索，凸显了其过硬的专业能力。

同时，慕星的死也推动了史强和汪淼的人物关系发展。在随后的剧情中，所有线索都指向了叶文洁，而汪淼始终很困扰，他坚信叶文洁不会害自己的女儿。原著中对叶文洁母女关系的书写，一直被书迷们反复咀嚼，没有定论。剧集通过史强之口对此进行了更明确的交代。在慕星死后，史强情绪激动地指责汪淼，提醒他不要和敌人共情，否则情感会影响他的判断。汪淼即将参加 ETO 聚会，史强的紧张是源于对慕星的愧疚，他不想再看到同样的意外，因此更要保护好汪淼。

（三）情节定位：将科幻类型与犯罪悬疑类型融合

原著《三体1：地球往事》作为"硬科幻"作品，其目标受众以科幻爱好者为主。剧集改编势必要尽可能扩大受众群体，考虑到观众娱乐需求，电视剧《三体》在改编时更加注重悬疑感，有意采用科幻类型与犯罪悬疑类型融合的叙事策略，在剧中以连续发生的刑事案件作为核心情节线索，赋予以史强为首的刑侦团队更强大的行动力。剧中的案件谜题可按照大致时间顺序排列。

1. 杨冬自杀之谜

剧集以杨冬之死为起点，辅以叶文洁发射电波的回忆线，其背后隐藏的信息量是巨大的，后来剧中不止一次穿插使用这两段的内容。通过剧版与原著的对比可以看出，杨冬之死是史、汪行动的基本动因，杨冬为何自杀这个谜题贯穿了汪淼调查的始末，在与史强讨论案件的过程中以及与叶文洁探讨学术的过程中，汪淼也不止一次发问：杨冬为什么要自杀？

在最终审问阶段，常伟思询问叶文洁为什么不早点告诉杨冬真相，叶文洁的解释是，她所知道的一切也未必是真相。汪淼最后一次拜访了叶文洁，关于杨冬自杀的谜题，叶文洁始终没有给他回答。杨冬一直有一个信念，现实世界的终点一定会是美好的，在杨冬自杀之谜的解密过程中，汪淼理解了她做出的选择和努力。杨冬尝试过像普通人一样活下去，这对她来说是一种自救。可最终她还是不堪重负，选择了终结自己的生命。结合剧中原创的细节，叶文洁曾向陈雪请教文档恢复问题，杨冬应该是无意中看到了母亲的秘密文件，她无法相信和她相依为命的母亲竟然是一个她根本不了解的陌生人——是地球的背叛者。此刻观众清晰地意识到，杨冬的生命是被叶文洁摧毁的。杨冬自杀作为一条贯穿剧集始终的疑案，终于有了结果。

2. 科学家集体死亡案件

如果说杨冬之死串联起了汪淼和叶文洁的私人微观叙事线，那么包括杨冬在内的全球科学家自杀案则导向了"科学边界"组织与作战中心对决的宏观叙事线。原著也将科学家之死归因于"科学边界",但并没有强调推理情节。剧中润色了这条线索,史强不止一次提醒汪淼和作战中心,"和科学边界接触的科学家都出事了"。"科学边界"成了案件的首要嫌疑人。

神秘女性角色申玉菲作为"科学边界"的代表,其动机不明的行为加深了观众对"科学边界"阴暗面的好奇。在剧集中,申玉菲对汪淼的提醒启发和随之而来的诡异事件,成为剧集前半部分最重要的悬疑"钩子"。面对视网膜上的倒计时和宇宙闪烁奇迹,汪淼得到了看似合理的解释:申玉菲做了那么多事情无非是想让他认为自己是一只"火鸡科学家"(原著小说将低维文明的幼稚和高维文明的居高临下比喻为火鸡与农场主),如果他想知道自己"在哪个农场里","农场主又是谁",他只有加入"科学边界"。剧中汪淼与申玉菲的互动远较小说丰富,剧集把申玉菲塑造成了悬疑大棋局中的"小Boss",增加了剧情的紧张感。

例如,让观众得知曼费的自杀是因为申玉菲在杨冬实验前把实验结果给了他,曼费信仰崩塌选择自杀。至于杨冬,申玉菲并不了解她,她也不理解杨冬为什么自杀。她只是向这些物理学家展示了真相,但他们之后的选择也是申玉菲无法干预的。剧情交代了申玉菲所知的盲区,透过她的视角,杨冬之死也变得更加神秘。

3. 红岸基地雷志成、杨卫宁坠亡案件

电视剧版《三体》中,由于史强极其敏锐的刑侦嗅觉,他很早就发现了叶文洁的可疑之处。之后徐冰冰发现叶文洁档案记载,其上司、政委雷志成和丈夫杨卫宁二人在同一天坠崖身亡,剧情将悬疑矛头引向叶文洁。原著对于叶文洁的过往主要以平铺直叙的方式呈现,这些信息被改编剧改造成了悬疑情节。

4. 申玉菲遇害案件

剧集丰富了有关申玉菲的叙事线及其形象。

史强调查出申玉菲利用名义上的丈夫、数学家魏成和神秘企业红岸公

司的计算员计算天体运行公式，潘寒掏枪威胁魏成停止计算，申玉菲则拿刀威胁魏成不要停止计算。原著小说中，申玉菲威胁魏成用的是枪，剧中改为刀具。若按照原著，是史强查出她非法持枪，来其住处搜查，才发现申玉菲死于对射。剧集在时间线上做了调整，改动了这部分设定，申玉菲是因为在"三体"游戏中见证了单摆大撕裂，意识到她的"主"没救了，才信仰崩塌自杀。这样的改动，让剧版申玉菲从深入降临派的卧底，变成了直接与潘寒对抗的拯救派核心人物。她原本坚定相信可以拯救这两个文明，潘寒则坚定相信唯有三体降临毁灭人类才是正途。

在真正的"统帅"身份揭示之前，申玉菲和潘寒的对抗处于观众视野前景，两人作为ETO的"双子星"相互博弈。他们都属于偏执型人格，摧毁对方的方法也很简单，他们都关注魏成的模型能否解决三体问题。剧集丰富了申玉菲的人格立体性，让其执念更容易被观众理解，以补充细节的方式体现原著中叶文洁对申的评价："坚定的拯救派。"原著中申玉菲死于与潘寒的枪战，这样的剧情其实颇为潦草，剧版重写了这部分剧情，让申玉菲的信念被摧毁，最终自杀身亡，这与ETO消灭地球科学家的方式一致——诛心，增添了人物的悲剧性和深度。

申玉菲的死亡进一步引发了观众的好奇与震惊，为ETO内部两派斗争的高潮做了更充分的气氛铺垫。在其自杀之前，改编剧增加了一系列惊险桥段，渲染申玉菲的危险处境。在去往齐家屯见叶文洁的列车上，申玉菲就遭遇了刺杀，狭小的厕所空间内，面对门外的未知杀手，以及列车中不怀好意的眼神，惊悚感倍增。

5. 对ETO统帅身份的调查

对于统帅身份的解谜过程，剧集改编时增加了更多铺垫，吊足观众的胃口。

比如，不止一次表现申玉菲、潘寒与统帅使用在故事发生年代正流行的社交软件MSN交流，统帅的头像出现在画面中，但身份成谜；潘、申二人在争吵时多次提及统帅，通过两人的言谈，渲染统帅的神秘与强大。

最终，叶文洁统帅身份被揭露。这段情节发生在列车上，视听设计很精妙，报纸遮挡着统帅的面孔，悬念提升到顶点时，报纸放下，叶文洁的脸出现在观众面前，这一刻十分震撼。

（四）文学描写的视听转译

原著最初作为连载小说，章节感较明显，在时空的连续性上有局限。剧版试图将原著描写的科幻场景忠实合理且连续清晰地展现出来。此外，原著的写作时间距剧版创作时间较远，中间经历了时代更迭、社会文化变迁、技术变革等，当代视听技术的创新使改编具备了更加新颖丰富的表达可能，社会文化的发展也让原著中的一些场景有了新的解读空间。电视剧版《三体》对文学描写的视听转译处理大致可分为以下几个方面。

1. 以精确的视听语言还原原著中的名场面

剧集致力于以精确的视听语言还原原著中的名场面描写。例如，在与ETO组织最后决战时，陈雪启动了三枚核弹。原著给这个章节匹配了插图，让读者看到了直观的视觉符码，这给剧集创作指引了方向。两相对比来看，剧集场景在还原原著的基础上，细节上更加生动。

叶文洁生母邵琳在楼上偷窥远去的叶文洁，她授意后嫁的丈夫警告叶文洁不要翻历史旧账，母女之间的隔阂深不见底。这一段在原著中的描写是："叶文洁回头看，在那座带院子的高干小楼上，邵琳正撩开窗帘的一角向这边偷窥。"[1] 原著采用的是叶文洁的视角，而剧集从近乎冷酷的客观视角表现这个细节，在叶文洁尚未回头看时，观众就在背光的远景镜头中看到邵琳的影子突兀地立在窗口。观众看到，而叶文洁看不到，这个镜头产生了无形的压迫感，有种威胁意味，传递出人性的暗面，让人更理解叶文洁的愤怒。

叶文洁关于齐家屯的回忆。书中这样描写叶文洁对齐家屯宁静生活的美好印象："齐家屯的生活是没有空白的，像古典的油画那样，充满着

---

[1] 刘慈欣.三体：典藏版［M］.重庆：重庆出版社，2015：222.

浓郁得化不开的色彩。一切都是浓烈和温热的……"在表现这个时空场景时，剧集采用的摄影色调不同于过往叶文洁回忆充斥的灰黑色调，取而代之的是金色阳光般的滤镜和明亮星空般的清晰度。这让观众更加共情叶文洁此刻的心绪——叶文洁意识到人间仍存在善良淳朴的温情，人类不全是罪恶的，但这份善意来得太晚了。叶文洁目睹人性之恶，做出了极端的决定，此刻再面对迟来的治愈，她无能为力，只剩忏悔。

原著中有许多对科学现象的叙述，剧集需要将相对抽象的文字叙述具象化，用具体意象来表现。例如，汪淼离开丁仪家返回的路上，被"物理学不存在"的可能性震撼，他眼前出现了一系列幻觉，剧集通过两颗台球的意象，既渲染了汪淼当时的心理压力状态，也为质子监视地球埋下了视听伏笔。

又如汪淼第一次参加"科学边界"组织的活动。他在院子里看到了一幅质子图，这张图结构清晰，包含阴阳、太极，以及眼睛这三大元素，以图像学的方式体现了"量子纠缠"现象。前两个元素阴阳、太极图案说明了质子的作用原理，眼睛图案则强调了质子对人类社会的监视，这图画让汪淼感觉到了前所未有的窒息感。这两组跟质子有关的隐喻镜头，既有助于交代剧情，又利用视听语言渲染了汪淼的主观感受，让观众感汪淼所感。

原著讲述红岸向宇宙发送信息，是以书面信件的形式，电文带着人类最美好的愿景发出了。为了以视听方式交代此情节，剧集将电文书面内容置换成了杨卫宁口头表述。这封信出自叶文洁和杨卫宁之手，是叶文洁内心所想，她最初也曾怀有美好的愿景。

"虫子从来就没有被真正战胜过"[1]，类似的言语从书中科学家的内心思索变成史强的演说台词，体现出史强的人物光彩和来自现实的朴素智慧。"虫子"意象贯穿了全剧，将书中提到的细节作为重要的隐喻意象呈现。蚂蚁最开始出现在杨冬自杀、申玉菲登场等场景中，再到汪淼发现倒计时，一直延续到剧终罗辑登场。在杨冬的墓碑前，我们又看到了蚂蚁。在剧集结尾

---

[1] 刘慈欣.三体：典藏版[M].重庆：重庆出版社，2015：113.

第 30 集，史强带着汪淼和丁仪去乡下看蝗虫，情绪上再次达到了高潮。

结合剧情来看，"虫子"每次出现时的情境都是不同的。杨冬看到蚂蚁，是表现她在了解了宇宙终极奥秘以后，陷入孤独和绝望；申玉菲看到蚂蚁的时候，发现蚂蚁正试图找到进入人类世界的缝隙，而她愿意成为这个创造缝隙的人，隐喻她对三体人的态度；汪淼看到蚂蚁的时候，是他为倒计时焦虑的时刻，剧集用了对焦手法拍摄蚂蚁，蚂蚁是被监视的隐喻，提醒着质子的存在；当汪淼和史强得知三体舰队已经出征的消息时，镜头呈现了酒桌下面有一队蚂蚁正在悄然行进，比喻三体人的集体行动模式与他们即将带来的威胁。从更高的层次上，"虫子"意象指向了原著小说的核心隐喻——"黑暗森林"——三体人和地球人其实都像虫子一样，要为了生存而奋斗。在第 30 集情感高潮段落出现的蝗虫，表层比喻的是地球文明的生存精神，深层也可以理解为宇宙中各种生命的生存精神。影片用这个段落，完美还原并加强了原著的主题，史强等三人面对漫天飞舞的蝗虫，既昂扬着不屈的战斗精神，同时也是面对三体人，表达一份同为智慧生命的敬意。

2. 将原著中的概念性叙述具象化

关于红岸基地的工作人员，书中描写的是"大多数人都不安心工作，他们知道，在这种最高密级的项目里，一旦进入技术核心岗位，就很难调走。所以人们在工作中都故意将自己的能力降低很多，但还不能表现落后，于是领导指挥向东，他就卖力地向西，故意装傻"[①]。这句对红岸基地日常工作状态的较笼统评价，在剧中具象化为细节——红岸一位工作人员自导自演"操作失误"。而设计此细节为叶文洁此后的晋升做了铺垫：正因为大多数人都"摸鱼"，才让认真钻研业务的叶文洁获得了机会，既能很快进入技术核心圈，又能操作发射，也解释了为什么杨卫宁不愿意让叶文洁进入红岸技术核心。

---

① 刘慈欣. 三体：典藏版［M］. 重庆：重庆出版社，2015：294.

在叶文洁与起先欣赏她此后又背叛她的知青白沐霖的交流中，白沐霖说像她这样的知识分子留在这里屈才了，原著这里仅交代了叶的心理活动："她不想告诉白沐霖，自己能进入建设兵团已经很幸运了。"[①] 剧集将心理活动转化为台词，这让剧中的叶文洁显得更加单纯直率，不那么有城府，书中的叶文洁则更冷静，更心灰意冷。这小小的调整更突出了叶文洁被白沐霖背叛后的创伤。

剧集增加了对三体游戏的展示，原创了更多回合，如一百三十九号文明。这次的恒纪元很长，已经发展到了蒸汽时代。增设三体游戏回合次数，提供了更丰富的视觉奇观，从剧情方面也说明在调查三体事件的过程中，作战中心多次进入三体游戏，掌握了关键的线索，且让观众清晰了解到 ETO 利用三体游戏会面。

剧集将重场戏——ETO 第一次大型聚会的地点由原著中的咖啡厅改成了剧场空间，这是引起原著书迷热烈讨论的场景改编之一。原著描写的咖啡馆略显逼仄和庸常，只有七名参会人员坐在一起，而剧集中的剧场空间显得更加戏剧化，更富有仪式感。剧场里色调是阴沉的，大屏幕投影是人类想象中的"三体"世界概念图，应邀参会人员坐得较松散，像舞台表演的构图。云河剧场作为潘寒的主要活动场所，常年阴暗的场景也有助于塑造其邪气阴郁的人设。

3. 补充时代细节，加强现实感

剧集每集前穿插呈现的广播，以 2008 年北京奥运会的筹备作为现实时空的故事背景，与叶文洁回忆叙事中的新中国初期建设对应。截然不同的时代氛围既令人唏嘘，又增强了现实感，让观众感觉三体人入侵的威胁似乎就在身边。

剧集增设了叶文洁带汪淼参观红岸基地旧址的场景。往日戒备森严的红岸基地已然荒废，叶文洁一边引着汪淼向建筑深处走去，一边解释因为拆除

---

① 刘慈欣. 三体：典藏版 [M]. 重庆：重庆出版社，2015：74.

成本太高，红岸的基本框架还保留着，两人一直走到当年的监听部门旧址。破败的遗迹令人联想到现实中的老工业基地废墟，此类场景在表现"铁锈带"社会问题的现实题材剧中很多见。原著对于红岸的后续未多着墨，只写到红岸不再投入使用。但剧集将红岸旧址作为重要的空间意象加以呈现，从剧情因果关系角度，这一场景的增加是为了辅助剧集原创的"第三红岸"相关情节，从视听空间审美角度，这一场景让人联想到红岸曾经的辉煌，凸显新中国成立后不同时期价值观的巨大变化。在大胆的科幻叙事中融入中国人生存的现实感正是刘慈欣著作的特色与魅力所在，剧集准确把握了这一点。

4. 适当采用风格化的美学形式

电视剧《三体》在镜头语言、音乐运用、气氛营造方面借鉴了当代海外科幻影视剧中较流行的"赛博朋克"风格（代表作有"银翼杀手"系列等），以霓虹闪烁、暗调照明等风格化的形式渲染神秘的宇宙力量，或用于表现人物主观精神世界。这种带有超现实色彩的视觉风格，要求创作者在特效技术方面有较新锐的审美水平，为观众营造出富有震撼性和未来感的视觉体验。比如，质子作用下的催眠效果，以及汪淼在巨大精神压力之下脑海里产生的各种幻觉。当汪淼用特殊眼镜设备观察宇宙闪烁时，持强光手电靠近的工作人员让他受到了惊吓。类似的视听语言以往多出现在以"黑色电影"为代表的犯罪惊悚类型影视剧当中，电视剧版《三体》将其融会使用，取得了良好的情绪渲染效果，为原著小说中冷静甚至有些枯燥的描写，增加了犯罪惊悚类型影视剧特有的紧张感。

三、改编反思

（一）改编之得

电视剧版《三体》在改编时强化了对人物和人物关系的塑造：完善了剧集第一主人公汪淼的人物弧光，使其形象更加立体鲜活，具有人性温度；浓墨重彩地表现叶文洁的多重身份和坎坷的过往经历，角色复杂感层层加码，还原了原著的深度与悲剧意味；将史强形象塑造得更富喜感，相对中和了原著的沉重乃至沉闷气氛，剧中史强被赞"接地气""互联网嘴替"，角色人设受到观众欢迎。

（二）改编争议

复盘受众口碑反馈可发现，观众普遍对国产剧集《三体》高度认可，豆瓣网评分高达 8.7 分[①]，位居 2023 年国产改编剧口碑排名首位，但仍有一些问题值得推敲。

其一，作为科幻类型文学，《三体 1：地球往事》中有大量对物理学、天文学专业知识的科普介绍，这对受众来说，具有一定的理解门槛。剧集在改编时，仍有许多段落大段照搬原著中的科学原理阐释，未尝试在结构上进行更大幅度的调整和精简，客观上拖慢了剧情节奏，未照顾非科幻爱好者的普通观众的观剧体验，属于较为"偷懒"的改编。

其二，剧集在结构上遵循原著，多有闪回，但没有更有机、更高效地组织不同时空剧情线索，频繁闪回的剪辑方式进一步增加了观众的理解难度，易导致看了后面忘了前面，对未曾看过原著的观众不够友好，一部分观众吐槽"看不明白"。对于这种情况，我们应有所反思，面向普罗大众的剧集，创作时应尽量选择更为直观、信息披露效率更高的叙事方式，平衡内容丰富性和观众理解力。如果原著不符合这样的标准，改编剧应在布局谋篇和时空切换方面更下功夫。

其三，是原创人物设置方面，不应仅考虑功能性，也应按照原著的标准甚至更高标准追求原创人物的厚度。电视剧版《三体》在原著小说的基础上加入了女记者慕星这一原创角色，部分观众认为其角色设定不够饱满，像工具人，新增剧情生硬。该角色出场之初，放在一众原著经典角色中尤其"出戏"，直接影响了原著书迷观众对剧集改编的评价。随着剧情

---

① 数据来自豆瓣网 https://movie.douban.com/subject/26647087/，统计时间为 2024 年 8 月 4 日。

发展，该角色功能更加凸显，观众认可度有所提升，但前期评价带来的负面影响不可忽视，这也为今后的改编剧创作带来了一定的启示：不仅要加强对原著人物的还原，更要重视原创人物的塑造。

"硬科幻"鸿篇史诗"三体"系列改编初获成功，对于中国科幻类型电视剧的发展具有里程碑式的意义。该剧集的成功产生了规模效应，"三体宇宙"的全面开发被提上日程，剧集与"三体"IP 的各类衍生作品形成紧密呼应，未来中国科幻 IP 将以全新的姿态走向国际市场，谱写中国先进文化出海的新篇章。从行业制作水平提升与创新角度来看，《三体》以高标准践行了"高概念"剧集创作模式，为中国科幻影视的发展提供了最新经验，国产科幻剧集创作水平实现了质的飞跃。电视剧版《三体》是中国科幻类型电视剧前进的一大步，也是国产影视剧质量全面提升进程中的标志性一步。积跬步而致千里，"三体"原著三部曲的影视化不会停止，《三体》剧集的下一季值得期待。

第二部分　现代言情 IP 的剧集改编

《偷偷藏不住》：青春初恋情绪的影像化呈现

摘要：《偷偷藏不住》是一部热度甚高、评价较两极的改编作品。为了保证原著广大粉丝这一受众基本盘，剧集改编对原著中的情节进行了较为全面的还原，保留了大部分原著中的初恋心动名场面。在此基础上为了适应媒介转换，剧集在恋爱观、时间线以及涉及未成年少女对成年男子暗生情愫等争议性情节方面做了适当的调整。这样的改编虽然在剧情方面减弱了价值观争议，但也让成年演员偏幼态的表演风格受到诟病。总体来说，《偷偷藏不住》仍是比较成功的改编作品，可见充分放大原著优势，能够有效掩饰不足，以长板取胜。

25 集电视剧《偷偷藏不住》于 2023 年 6 月 20 日在优酷平台播出。该剧由李青蓉执导，欧思嘉和原著作者竹已编剧，陈哲远、赵露思、马伯骞主演。作为一部高热网文改编而来的剧集，《偷偷藏不住》播出热度较高，但口碑一般。根据网络评论抽样，网友对该剧的评价较为两极，一部分观众被剧中的纯真恋爱深深打动（包括相当多海外观众）[1]，另一些则对较特殊的恋爱关系设置感到不适。总之，该剧整体上是一部比较成功但也不乏

---

[1] TikTok 播放量显示，该剧在抖音海外版 TikTok 平台全球播放量达 40.28 亿次。数据来自骨朵星番微博 https://weibo.com/5754143538/4946291609049083，统计日期为 2023 年 8 月 2 日。该剧海外版权已被全球流媒体巨头 Netflix 买下。

争议的改编剧集。

一、原作的可改编性

青春偶像剧《偷偷藏不住》改编自晋江文学城签约作者竹已的同名小说，原著作品热度较高，粉丝量较大，加之青春校园题材的剧作在市场上一直都比较火热，因此《偷偷藏不住》的可改编性较强。

（一）改编目标：从言情网文到青春偶像剧

从改编结果来看，剧集的主要改编目标，是将一部高热言情网络小说，改编为一部成功的青春偶像剧。

《偷偷藏不住》作为高热网络小说，具有较为庞大的粉丝基础。为了增强原著粉丝的黏合性，改编的首要目标应为在保留名场面的前提下对剧情进行提炼和浓缩，还原原著中充满活力的校园环境和温馨的家庭氛围，在视觉上营造出青春飞扬的氛围和甜美的浪漫感以满足原著粉丝对剧情的想象，通过视觉化的镜头辅之以配乐展现原著中主角细腻且丰富的情感表达和心理活动，将主角暗恋阶段的小心思与情感变化通过精心设计以期触动观众的情感共鸣。此外，改编在还原的同时还要对原著人物的语言和行动加以修饰。《偷偷藏不住》作为一部言情小说，人物的部分对话往往只适合于文字阅读，剧集在改编时，应更加注重视听表达，将人物语言转化成较日常、观众容易接受的台词，以适应电视剧创作的需求。

（二）改编基础

《偷偷藏不住》原作不仅热度高，具有强大的市场号召力，其青春暗恋的题材内容在偶像剧中也具有较强的吸引力。加之原作在广播剧、漫画等跨媒介传播中已经取得了不错的成绩，其影视化改编具有很大的市场潜力。

1. 高热网文：市场号召力强

《偷偷藏不住》载于晋江文学城，发布于2019年1月。该作品一经问世，人气一直居高不下，收藏数接近 180 万（截至 2024 年 7 月 20 日），在晋江文学城的各大榜单上也是名列前茅，不仅情节讨论度高，作品人物也很出圈。该作品的作者对于青春校园题材的小说创作经验丰富，文笔成熟，粉丝量大，也具有影视化改编的创作经历。已经影视化的作品除了《偷偷藏不住》，还有改编自《她病得不轻》的《当我飞奔向你》以及改编自《奶油味暗恋》的《全世界最好的你》，《偷偷藏不住》姐妹篇《难哄》的同名剧集也在制作中。因此，《偷偷藏不住》作为近年来高人气的网络文学作品，其强大的市场号召力能够给改编作品带来良好的粉丝基础，可改编性较强。

2. 青春校园：题材吸引力强

青春校园题材在市场上一直有很高的话题度和吸引力，青少年时期的故事以其特有的活力与纯真唤起了观众内心深处的记忆。该类型剧集对学生时代中成长的烦恼、情愫的萌生以及未来的期待进行了真实且细腻的刻画，为观众提供了一些既反映现实又充满浪漫主义色彩的生活镜像。剧集《偷偷藏不住》以"暗恋成真"作为故事的切入点，增加了青春校园题材作品的戏剧性和张力。暗恋作为青春期最常见、最纯粹的情感体验之一，常常伴随着深深的悸动与无法言说的酸甜苦辣，这种隐忍与暗涌的情感更能激发观众的观看兴趣，唤起观众对初恋和青春的美好回忆。因此，无论是青少年观众渴望观看同龄人情感表达的需求，还是成年观众想要表达对青春岁月的怀念，青春校园题材都能满足不同群体的情感需求。这种情感满足所弥散出的强大吸引力凸显出《偷偷藏不住》的改编价值。

（三）改编难点

《偷偷藏不住》的改编难点在于对原著情感尺度的把握。网文改编为电视剧要更多考虑大众普遍的审美认知与趣味，婚恋伦理观应更为温和、保守，重视人文情怀的表达。《偷偷藏不住》原作在情感表达上更加大胆和开放,其恋爱伦理争议也由此产生。因此,《偷偷藏不住》的主要改编难点在于需要在不影响主要情节的基础上对恋爱观做出些许调整,在情感导向与价值导向之间做出应有的平衡。

二、重要改编分析

《偷偷藏不住》原著小说字数在 37 万字左右,改编后的电视剧集数共 25 集,改编前后叙事节奏基本一致。剧集基本按照小说的时序进行叙事,前三集设置回忆的情节,两个时空进行穿插。整体改编部分并不多,改编幅度较小,剧情主线没有变动,名场面也都基本保留了下来。主要改编集中在年龄差与易产生负面导向事件的变动上,剧集将原著中桑稚和段嘉许的年龄差由七岁改为五岁,并将原著中比较尖锐极端的部分和影响青少年成长的部分,如校园暴力、舆论暴力、抽烟等情节进行了删减。

(一)人物改编:优化还原

人物形象的设计是网文改编为剧集的一大难题,既要满足原著粉丝对人物的心理期待,又要兼顾大众的审美体验和社会上的价值导向。因此,《偷偷藏不住》剧集在保留原著人物特色的前提下对主要人物的设定和行为进行了一定的优化改编。

1. 增加男主视角,优化男主形象

剧集中段嘉许的人物设定与原著基本一致,表面玩世不恭,实则细腻温柔,认真负责,做事周到。该角色热度较高[①],对该角色的评价两极分化较突出,有关年龄差恋爱的舆情点使得角色的争议性较大。在改编方面,

---

[①] 猫眼专业版显示,该角色 2 次在猫眼剧集角色热度周榜排名第七,数据来自 https://piaofang.maoyan.com/dashboard/web-heat。酷云数娱显示,该角色在 2023 年 7 月月榜中位列第十七名,数据来自 https://www.ky.live/pc.html。以上数据统计时间为 2024 年 2 月 9 日。

剧集通过一些细节的增减在不改变段嘉许核心人设的基础上对人物实现了优化，也使得人物更加立体与鲜活。

首先，剧集中增加了很多原著没有的男主视角。原著主要是从桑稚的视角描写的，段嘉许的心思想法都只能通过桑稚的行为话语间接体现。而剧集在保留桑稚视角的基础上，在很多细节之处添加了段嘉许的视角。例如，为了凸显段嘉许的心思细腻，剧集中增加了段嘉许给桑稚家买灯泡和补课时段嘉许给桑稚简历的情节。在谈恋爱过程中剧集还增加了段嘉许询问江思云桑稚被开玩笑后生气的原因并进行反思、段嘉许深夜抢票和桑稚坐同一个航班、段嘉许拜托江思云向桑稚解释当年的误会等情节。这样改编不仅能显示出段嘉许的细心体贴，还为两人的感情进展做了铺垫，让观众更能感受到感情的"双向奔赴"，补充了原著中缺失的段嘉许的情感表现，丰富了段嘉许的形象。

除了增添视角，剧集更是将原著中一笔带过的段嘉许的工作内容具体化。段嘉许是一名游戏设计师，正在研发的游戏《一梦江湖》是市面上一款非常火爆的游戏，段嘉许正在优化升级的天衍系统与人工智能算法相联系。这些对段嘉许工作细节的描写不仅刻画了段嘉许在工作中认真负责的一面，也使人物更加真实立体和生活化，减弱了原著段嘉许人设的悬浮感与虚幻感。在删减方面，剧方考虑到此剧的受众多为年龄较小的青少年，便将原著段嘉许抽烟的情节，如段嘉许拿烟头威胁勒索女、桑稚让段嘉许戒烟等全部删除。

总体来说，剧集在还原原著人物的基础上进行了优化，改编之后的段嘉许更加立体和正面，感情线的走向更加清晰。《偷偷藏不住》剧集对男主人设的改编策略于大多数言情网文改编而言具有一定的参考性，即通过增添感情向视角、增加生活化细节等减轻此类型创作中男主的悬浮感，更加符合大众的审美需求。

2. 规范女主行为，丰富女主形象

剧集中桑稚这一角色设定与原著基本一致，即心思细腻，活泼可爱，性格阳光开朗，从小备受父母宠爱。该角色热度最高[①]，反响同样两极分化严重，一部分观众比较认可桑稚的改编和演绎，一部分观众（尤其是书粉）对95后偶像演员赵露思出演桑稚较为不满，认为演员较原著角色年龄偏大，刻意"扮嫩"。

剧中主要针对桑稚学生时期的行为进行了规范化的改编，以期减少男女主两人学生时期恋爱的争议和对青少年的不良影响。例如，剧集将原著中学时期段嘉许和桑稚玩游戏的部分调整为段嘉许带桑稚去科技馆丢画本的情节；将桑稚去宜荷找段嘉许质问的时间由上课的日子改成了假期；将原著中段嘉许经常陪桑稚上课还被专业课老师提问的情节改成了周末段嘉许陪桑稚听讲座。剧集中尽可能地在细节之处规范了桑稚作为一名学生的行为，将有可能引起学习方面争议的地方进行了改编。此种策略不仅提高了桑稚学习的积极性，具有更加积极的引导意义，还提前规避了有关桑稚不认真对待学习的讨论和主角因恋情故意逃课的行为所产生的负面影响，同时增加了段嘉许行为的正当性和合理性。

此外，桑稚的实习工作在剧集中同样也被具体化，不仅增加了桑稚在工作中提出自己的创意想法被公司采纳的情节，还将实习作为催化男女主感情的要素，以及桑稚实现自身价值、体现能力的地点，丰富了桑稚有责任心、工作能力强的形象。

总的来说，该剧集的人物设定与原著相比并没有明显改动，也并无新加入或者删减的角色，只是在细节之处对人物设定进行了优化设计以传递出正向价值。除了增加汪若兰和江铭的感情线以丰富剧情，剧集人物关系与原著人物关系基本吻合，全面还原原著剧情。《偷偷藏不住》人物关系图见图6。

[①] 猫眼专业版显示，该角色2次在猫眼剧集角色热度周榜排名第二，数据来自 https://piaofang.maoyan.com/dashboard/web-heat。酷云数娱显示，该角色在2023年7月月榜中位列第十四名，数据来自 https://www.ky.live/pc.html。以上数据统计时间为2024年2月9日。

图 6 《偷偷藏不住》人物关系图

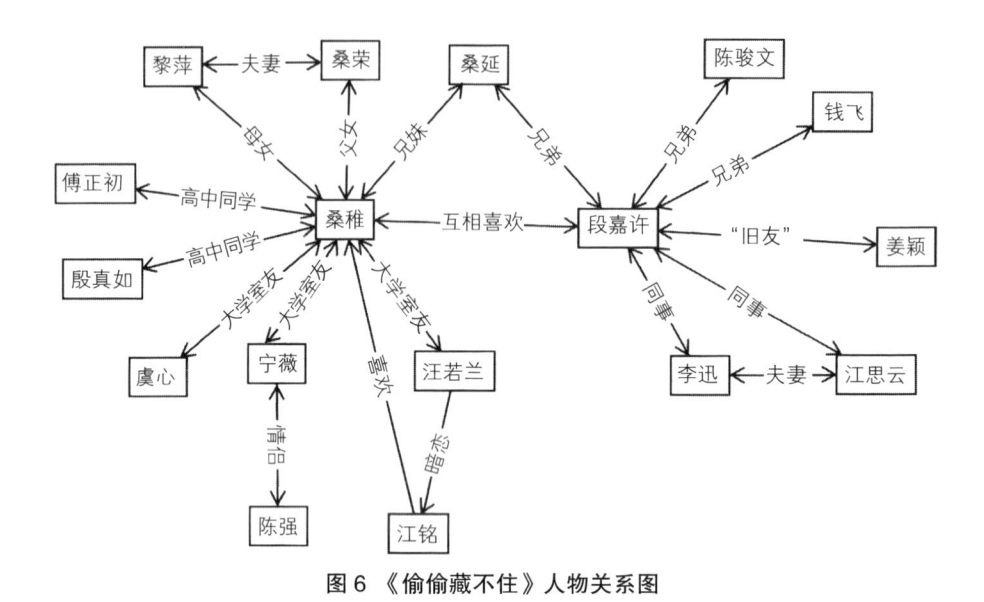

(二)情节改编:稍做改动

在情节结构方面,剧集改编在不影响主线情节的前提下主要在年龄差、时间线和尖锐情节方面做了调整。首先,剧集将年龄差由原著中的 7 岁改为 5 岁,尽量减弱男女主的恋爱争议。其次,收束时间线并将女主对男主动心的时间点调整至更高年龄,在减少争议的同时加快剧情节奏。最后,将原著中的尖锐情节做了更加温和的表述。

1. 缩小年龄差,减小恋情争议

从网文改编成网络剧会使原著中一些细节在视听语言中被放大,其中的一些设定也会被拓展成社会普遍问题,引起大众广泛讨论。因此,网文改编时需要对原著中较为开放,甚至带有亚文化色彩的伦理观做出调整,使其符合大部分观众的道德审美走向。《偷偷藏不住》的改编中最主要的改动就是将恋爱双方的年龄差缩小,以此减少有关年龄差方面的恋情争议。原著中女主桑稚和男主段嘉许的年龄差为七岁,桑稚从初二确定喜欢上了正在上大三的段嘉许。两人的年龄差比较大,而且桑稚对段嘉许动心时的年龄比较小,容易牵扯到中学生早恋的社会问题,引起不好的社会影响。因此，剧集将桑稚和段嘉许的年龄差缩减到了五岁，对桑稚和段嘉许的前两次见面进行穿插叙事，将原著中两人两次见面的时间差由两个月改成了四年，采用时间法将桑稚对段嘉许动心的年龄改到了高二，模糊了中间时间差发生的事情。将桑稚初中发生的故事改到了桑稚上高二之后，这样的改编一定程度上减小了由初中生早恋和年龄差过大带来的伦理争议，且出演的小演员也不必承担有关恋爱的戏份。

但这样的改编也产生了一些问题，将桑稚原本初中时期的行为直接移植到高二时期，会使得剧集中部分情节演绎有些幼稚和不合情理。因此，剧集中桑稚的高中部分出现了人物设定与情节设置之间的割裂现象，也让演员被贴上了"装嫩"的标签。例如，桑稚丢作文本写周记的情节在原著中是桑稚初一时期发生的事情，根据现实中的中小学教育情况，周记训练一般发生在小、初学习阶段，剧集中改成了桑稚在高中时期写短篇周记就略显不合理。此外，原著中频繁提及的年龄差在剧集中被刻意模糊了。年龄差是原著中桑稚和段嘉许频繁提及的话题，也是两人靠近彼此最主要的障碍，而由年龄差引起的低龄者的追逐和年长者的包容更是原著的看点。但为了规避高年龄差带来的社会争议，剧集将两人对年龄差的讨论进行了删减，一定程度上削弱了改编故事的可看性。

2. 缩短时间线，集中事件矛盾

受时长的限制，剧集在改编长篇网络小说时，很难将原著中的所有细节都展示出来。加之网络小说受更新规则的影响，通常完成速度较快，在节奏的把握上并不严谨。为了使文学描写更好地转化为影视表达，改编时需要对原著中细碎的事件进行必要的简化和集中，以突出主要矛盾。《偷偷藏不住》整体的时间线比较长，从桑稚的初一开始到大学毕业结束，整本书大约叙述了桑稚与段嘉许十年的故事线。虽然原著对桑稚的高中三年进行了简述，但整体时间跨度依旧较大。剧集在原著的基础上缩短了时间线，前三集将桑稚初二时期的回忆与高二时期进行交叉叙事，既将两位主角的年龄差改小，又集中地描绘了桑稚的成长过程和与段嘉许相识的经历，清晰地交代了桑稚对段嘉许产生爱慕情愫的原因。

同时，两人恋情进展的时间线也被凝练。桑稚中学时期去宜荷找段嘉许从原著中的段嘉许毕业一年后改成了毕业几个月后，段嘉许得知桑稚喜欢自己的时间被提前到钱飞婚宴，桑稚答应段嘉许的告白提前到段嘉许生日，段嘉许见家长从寒假提前到十一，同时也提前了桑稚告诉段嘉许自己暗恋其多年秘密的时间和段嘉许回到南芜创业的时间。时间线的缩短促使剧集删减了原著中两人暧昧以及恋爱阶段中的部分互动，但对名场面均有所保留。剧集在不影响两人恋爱节奏的情况下加快了两人的恋情进展，将事件的矛盾集中起来，节奏紧凑，剧情流畅。此外，剧集还增加了大学时期江铭和桑稚的互动以促进桑稚和段嘉许的感情进展。例如，剧中增加了桑稚和江铭一起看电影、江铭在酒吧为桑稚唱歌和江铭对桑稚告白送早餐等情节。这些改编都为加快剧情节奏、推动主角感情进展制造了充分的人物动机。

3. 删减尖锐情节，营造轻松氛围

网文改编为剧集需要考虑大众的接受能力，特别是一些有关青少年的敏感话题。《偷偷藏不住》原著中有关段嘉许的身世部分有着比较阴暗的表达，剧集中对这一部分做出了必要的删减，在保留原作框架的基础上进行调整。原著中段嘉许父亲肇事逃逸害死人后自杀未遂是在段嘉许的初中时期，自此段嘉许和妈妈就一直在打工还债，同时一直被受害人姜颖一家纠缠折磨，这也使得段嘉许变得自卑敏感，依赖酒精麻醉自己，这场车祸对他而言是极大的阴影。剧集将段嘉许家中发生变故的时间点从段嘉许初中时期改成了高中时期，还删掉了原著中许多渲染该事件对段嘉许产生恶劣影响的片段。例如，原著中段嘉许开车回家时遇到醉汉碰瓷，晚上做噩梦给桑稚打电话的情节在剧集中就没有体现。将家中变故发生时主角的年龄设置为更高年龄，这使得主角能够在事件发生时具备更强的行动能力，削弱事件的冲击力，减小事件对主角产生的恶劣影响，有意识地减轻了原著中段嘉许受到的伤害。

剧集除了对段嘉许的特殊遭遇进行了改编，还对有关姜颖的情节进行了整体调整，削弱了姜颖心理扭曲的程度，减少了其疯狂行为。剧集中删掉了一些尖锐、暴力的情节，如初中时的姜颖为了报复将段嘉许推下楼梯在剧中就没有体现。剧集还删减了姜颖找段嘉许要求娶她、偶遇桑稚时两人发生争执、段嘉许和姜颖电话对质、姜颖继父犯罪导致姜颖也被受害者家属打骂等矛盾冲突较为激烈极端的情节。剧集有关姜颖和段嘉许的叙述较为平和，降低了姜颖这一角色的癫狂程度，并且原著中一些由于姜颖的行为发生的改变在剧集中都有所调整。原著中桑稚是在与姜颖争执过后因为心疼段嘉许才答应了告白，而剧集中改成了直接在生日时答应告白。姜颖这种原著中的极端人设，情绪偏执、行为过激，在行为约束和价值观引导等方面都容易产生负面作用，因此剧集改编中将与此人物有关的尖锐情节都做了调整，使得剧集中呈现出来的姜颖更符合一个正常人的行为规范，避免出现过于阴暗和疯狂的情节，营造出较为轻松的氛围，走向美好的结局。

4. 调节剧情尺度，符合公序良俗

根据影视作品播出规范，网文的文字描写并不适宜全部直接转化成影视画面。以 IP 为中心的网络文学影视化通过改编将虚拟空间以影像的方式变现，一方面将网络小说中蕴含的虚拟社会现实和亚文化泛化，另一方面将网络文学的叙事方式和风格向光影渗透。[①] 作为一部网络言情小说，《偷偷藏不住》中的一些语言表达和叙事方式并不适宜直接搬上荧幕进行演绎，为了更加贴合影视艺术的表达，在改编过程中，需要对其进行适当的修改和删减。

原著中段嘉许这个人物的特征是"男狐狸精"。这样的人设在剧集中并不好呈现，需要审慎考量，原著中一些较为露骨或者带有鲜明性意味的对话都需要删改和弱化。对比原著来看，剧集进行了一定的调整。例如，

---

① 易文翔，王金芝. 网络小说影视改编研究［M］. 广州：南方日报出版社，2019：199.

台词方面修改了桑稚在大学宿舍中对段嘉许像"男狐狸精"的讨论、桑稚醉酒后对段嘉许的相关评价等。行动上删减了桑稚在出租车上帮段嘉许系安全带的情节，删掉了段嘉许家长会时被傅正初的姐姐搭讪的情节等。

三、改编反思

《偷偷藏不住》全网累计有效播放量为4.25亿次，优酷平台历史最高热度破万，全网总曝光383.79亿，总转评赞3552.5万次，23次成为优酷热度日冠,7次成为猫眼剧集热度总榜日冠和网络剧热度榜日冠。[①]《偷偷藏不住》作为一部高热网文改编剧，播出热度较高，但口碑一般，在国内争议性较大。根据网络评论抽样，网友对《偷偷藏不住》的评价两极分化较为严重。正面评价主要聚焦在赞美青春爱情、还原原著、演员颜值高等方面；负面评价则认为该剧价值观引导不当，剧情油腻尴尬、悬浮肤浅。由于受众群体的差异性，观众对此类青春小甜剧的接受程度不同，看剧的侧重点也有所不同，因此出现了评价褒贬不一的现象。

值得关注的是，《偷偷藏不住》在海外获得了广泛认可，也得到了国家文化机构的肯定。中美电视节是由中国国家新闻出版广电总局和中国驻美大使馆等共同支持的中美影视文化盛事，《偷偷藏不住》从数百部影视作品中脱颖而出，入围2023年中美电视节，获得"金天使奖"提名。《偷偷藏不住》通过Netflix、TikTok等平台在海外传播后，在MyDramaList中获得了约3.7万人评分，分数9.0分，属于高分。截至2023年底，该剧词条在TikTok的播放量总计超过60亿次，其中英文词条超过40亿个，成为2023年中剧TikTok播放量断层第一。截至2024年2月28日，《偷偷藏不住》在Netflix上播放量破3000万次。截至2024年4月3日，《偷偷藏不住》在YouTube上首集播放量已破4100万次。该剧不仅在英语地区和东南亚地区受到欢迎，更难得的是，在西语、葡语和阿拉伯语等地区也都产

---

① 数据来自猫眼专业版App，统计时间为2024年6月20日。

生了不错的反响。且由于文化差异和关注重点不同，该剧在国内观剧群体中引发的一些争议并非海外观剧群体在意的内容，IMDB 网站评分 8.6 分（本剧热播时一度达到 9 分以上），评分及留言评价反映出海外观众对《偷偷藏不住》剧情的态度以正面肯定为主，观众多评价该剧演员与角色的适配度较高，故事简单清晰又温暖人心，在友情、亲情、爱情和个人成长方面都做出了很好的表达。

（一）改编之得

首先，《偷偷藏不住》剧集的改编对原著中的情节进行了全面的还原，保留了大部分原著中的名场面。在当前粉丝经济和媒介融合的双重驱动下，还原原著能够最大限度地延续并深化"原著粉"的情感黏合，最大可能地吸引"路转粉"的审美投射。[1] 在原著高热度、多粉丝的基础下，最大限度还原原著能够让剧集保持高讨论度，一些原著粉丝因对名场面还原度的好奇而成为剧集的观众。其次，《偷偷藏不住》在改编的过程中在保留原著框架的基础上尽可能规避了一些原著中存在的争议，如恋爱年龄差等问题。虽然观众对剧集的评价还是将"年龄差"作为批判对象，但凸显出对伦理问题的思考意识和改编尝试不可否定。最后，《偷偷藏不住》改编剧集增加了一些男主视角。与原著中以女主视角为主不同，此处改编使得剧情更加流畅，而且一定程度上优化了男主负责任、能力强的人物形象，也更能从男主的视角感受这段恋情，明确段嘉许对桑稚动心的时间段、处理方式和心路历程，一定程度上增加了这段感情的正当性和合理性。《偷偷藏不住》对于男主人设的处理方式可供其他言情网文改编借鉴。

（二）改编争议

《偷偷藏不住》改编过程中也出现了一些问题。一方面，由于剧集对桑稚年龄的改编，原著中桑稚初一时期的行为直接被安排在了高二时期的

---

[1] 张晶，李晓彩. 文本构型与故事时空：网络文学 IP 剧的"跨媒介"衍生叙事［J］. 现代传播（中国传媒大学学报），2019，41（5）：78-84.

桑稚身上，没有对该部分的剧情进行适当的调整，造成了角色年龄与行为之间的文本缝隙，使角色的行为显得比较幼稚和做作。另一方面，在桑稚的选角上，剧方选择了一大一小两位演员，小演员负责演绎少部分有关桑稚初中的剧情，大演员负责演绎高中和大学时期的剧情。这样的安排虽然能够使小演员不必触及剧情中的恋爱情节，但演员年龄与角色年龄存在差异，小演员较角色年龄小，大演员又较角色年龄大，从而使剧集出现了有关年龄的争议，饰演桑稚的演员也被贴上了"装嫩"的标签。

总体来说，《偷偷藏不住》是一部改编较为成功的作品，它很好地承接了原著的热度，在海内外都收获了较好的收视成绩。不仅做到了充分还原原著剧情与场景，还在细节之处优化了两位主角的形象，对原著的争议之处在改编中也做了一定的调整。由改编产生的角色年龄和行为之间的文本缝隙虽是此剧的可惜之处，但也是追求情感导向与价值导向之间平衡的结果。

《三分野》：行业爱情题材改编的平衡之道

摘要： 改编自耳东兔子《三分野》的同名网剧作为 2023 年度都市爱情剧品类中收视较好、口碑中等的腰部作品，其改编成功实现了故事从文字到视听的叙述转换。在小说影视化改编过程中，剧集改写策略包括确立特色行业专业理想的鲜明主题、微调主要人物形象、增减配角、保留原著名场面等，便于观众理解剧情，发扬了原著长处。但也出现了剧情逻辑疏漏、配角支线过多、主题揭示略突兀等问题。该剧改编得失为现代都市言情小说 IP 改编剧创作提供了新借鉴。

32 集电视剧《三分野》由黄天仁执导，武瑶任总编剧，张彬彬、吴倩领衔主演，于 2023 年 5 月 22 日在腾讯视频独播。该剧豆瓣网评分 6.6 分，共有 43935 人评分[1]。全网正片播放指数 314665，灯塔舆情热度峰值 9921893，腾讯视频热度峰值 28221[2]。《三分野》整体上是一部比较成功的改编剧集，得到了原著粉丝认可。不过该剧在非原著粉丝群体中口碑偏低的情况也应当引起重视，为今后同类作品改编提供借鉴。

---

[1] 数据来自豆瓣网 https://movie.douban.com/subject/35480792/，统计时间为 2024 年 7 月 20 日。

[2] 数据来自灯塔专业版微博号 https://weibo.com/u/6858267513，统计时间为 2023 年 6 月 15 日。

一、原作的可改编性

（一）改编目标：从现代言情到行业爱情

每个具备改编潜力的网络小说 IP 均蕴含独特的商业价值，在改编中应着重保留 IP 的核心优势。只有抓住 IP 的精髓，才能有效吸引原著粉丝，进而实现剧集的商业价值。在明确小说亮点后，便能够寻找到一些改编方向，结合当下的市场，改编目标便清晰起来。《三分野》的改编，一定程度上展现出现代言情网络小说改编成为行业爱情剧集的核心要点。

作为万千现代言情小说中的一个，《三分野》的改编需要寻找到它不同于其他言情小说的独特之处。小说中大部分男女主之间的互动都与其职业、职场息息相关，因此，现代言情小说中常被人诟病之处，如主线情节易被支线情节所掩盖，过度聚焦于男女主人公的恋爱甜蜜场景，缺少事业展现等，在《三分野》小说中并不明显。因此，《三分野》独特的行业背景选择，以及职业线和情感线的紧密连接是小说的核心亮点，为剧集改编提供了丰富的素材与广阔的创作空间。结合 2023 年以前的剧集来看，市场上聚焦导航卫星领域的行业爱情剧几乎没有。因此将小说《三分野》的改编目标定位于行业爱情剧，是平衡原著小说内容特色与市场需求的一种合理的策略选择。

（二）改编基础

1. 原著作者具有个人品牌效应

电视剧《三分野》是根据耳东兔子所著的同名小说改编。作者耳东兔子知名度高，小说粉丝群体大。耳东兔子作为晋江文学城的知名签约作家，在站内作者收藏总榜中位居第 22 位，积分总榜中位居第 41 位[①]，在

[①] 数据来自豆瓣网 https://movie.douban.com/subject/35480792/，统计时间为 2024 年 7 月 20 日。

网络文学领域具有一定的影响力。她的创作主要集中在现代言情领域，擅长描绘纯真美好的爱情，文风细腻，善于营造青春浪漫的氛围。在人物塑造方面，她擅于赋予人物较为生动的情感和鲜明的性格。因此，她的作品质量水平较高，多部作品深受晋江读者喜爱，具有一定的知名度和粉丝群体。

此外，耳东兔子的作品在影视化方面具有较高的转化率。其2019年出版的作品《暗格里的秘密》已成功改编为剧集并于2021年8月10日在芒果TV播出。该剧在豆瓣网上获得了6.8分的评分，并吸引了80301位观众参与评分[①]。该剧的热播不仅提升了耳东兔子其他小说的知名度，也提高了她其他作品的商业价值。2023年下半年播出的另一部耳东兔子同名原著改编剧《他从火光中走来》，在豆瓣网上获得7.1分，口碑胜过近年其他消防题材IP改编剧，让作家和作品集合的IP品牌认知度进一步提升。

2. IP选材与时代贴合

《三分野》原著小说以导航领域及国家卫星事业为叙事核心，其独特的行业背景构成了该作品的一大创新亮点。

在以往的市场作品中，鲜有以导航卫星领域为主线的都市情感剧。《你是我的荣耀》作为2021年播出的作品，其剧情背景是与卫星相关的航天领域，这一行业领域选择上的创新，助力该剧获得了广泛的关注与热度。《三分野》在行业领域的选择上也展现了其特殊性。与航天航空领域相比，导航与卫星技术更加贴近民众的日常生活，是一个人们既熟悉又未知的领域。小说选择将叙事焦点置于导航领域，不仅能为观众带来新颖的感受，同时也避免了距离感的产生。

值得一提的是，导航卫星技术正是当今国家科技发展的重点。特别是，2020年作为北斗卫星发展的关键一年，中国的导航卫星技术已跻身国际先进行列，这一成就激发了国民对国家导航卫星发展的深刻认知和强烈

---

① 数据来自豆瓣网 https://movie.douban.com/subject/35087772/，统计时间为2024年7月20日。

自豪感。此外，随着2022年滴滴上市引发的社会热议，公众对导航领域的了解进一步加深。因此，选择导航卫星领域作为故事核心设定，不仅与国家发展方向高度契合，也反映了这一技术在人们日常生活中的普遍应用与高频需求。故事通过这一领域的描绘，充分体现了国家科技发展的自强与创新精神，传递了清晰、正确的价值观导向。

3. IP人物设计契合当下女性的价值观

原著小说中人物的成长路径与部分情节架构契合了当代女性观众的价值观，能够激发她们深层的情感共鸣与强烈认同，这是该作品另一个显著优势。

第一，原著小说中女主人公向园的成长历程满足了现代女性观众的情感期许。在小说中，女主向园从初入职场依赖性较强、经验不足的新人，逐步蜕变为一个独立、坚韧、能力卓越的职业女性。她的成长并非依赖于家族背景或男主人公徐燕时的援助，而是完全基于个人的不懈奋斗与自我实现。这一转变不仅彰显了角色本身的独特魅力，更传递出积极向上的价值观与正能量。不同于过去一些行业偶像剧中，女主人公的成功往往离不开男主人公的支持与帮助，如《一路朝阳》中的李慕嘉依靠黎光的经济扶持与职场机会，《幸福，触手可及！》中周放的成功得益于宋凛作为知名电商品牌创始人的商业资源与宣传渠道，向园的成长之路体现了鲜明的女性独立精神。尽管仍需对部分内容进行改动，但整体上已区别于其他作品。

第二，原著小说在情节设计上亦高度契合了现代观众的价值取向。比如，在公司面临破产危机时，女主向园拒绝男主徐燕时为拯救其公司而放弃理想事业的请求。在爱情和责任的矛盾冲突中，向园没有以爱情的名义，让徐燕时承担不属于他的责任。故事并未通过夸大爱情的纯粹性来彰显爱情至高无上的价值。同时，这样的选择也凸显了对个人理想的坚守与尊重。在异地恋期间，男女主人公虽然存在误会，但他们能够及时解决，互相体谅。他们并没有因为认为对方好回避问题，而是勇敢地面对并解决困境。这种处理问题的方式，既体现了人与人之间相互理解、尊重的重要性，也彰显了人与人之间的真诚与信任。原著小说在情节设计上贴合了现代观众的价值观，特别是女性观众在情感方面的价值观，但这并不意味着其价值取向完全正确，部分情节设计依旧存在严重的价值问题。

总而言之，原著小说的这些内容成为小说亮点，增加了其影视化可能性，同时为剧集改编提供了一定的空间和方向。

（三）改编难点

尽管小说具备较高的改编潜力，但改编过程中仍存在若干难点。这些难点既体现了《三分野》小说改编的个性特征，也反映了此类小说改编普遍面临的共性问题。

改编工作面临的首要挑战，在于如何在忠实于原著精神的同时，对故事进行适当的调整以适应影视媒介的需求，即在忠实原作与创新之间寻求平衡。这一问题牵涉到小说文字向视听语言的转化。小说能够借助细腻的文字描述、深入的心理描绘以及错综复杂的时间线索来展现故事和人物。作者可以利用大量篇幅的内心独白来揭示人物的情感和思想，同时在时间和空间上自由游走，叙述跨越多年甚至几代人的故事。相比之下，影视剧主要依赖画面、声音和演员表演传递信息，其叙事必须更为直观和简洁，时间线索也需相对明确，否则易使观众感到困惑。同时，在文字向视听语言转化的过程中，文字传达的魅力可能会有所减弱，这就要求创作者提炼原小说的核心魅力，并通过剧本语言重新塑造小说。若过分忠于小说内容，可能导致剧本过于文学化，给后续的创作和制作带来困难。

尽管对原著的忠实读者来说，重现小说的情节至关重要，但小说的情节容量往往难以满足一部长剧情节的需求，因此必须适当增加一些新的情节。《三分野》原著小说的情节容量显然不足，这就需要编剧进行有效的扩充。在增加新情节的过程中，需要考虑到与原著小说情节、人物设定之间的平衡问题。增加主角的情节，需要考虑与原小说情节的契合度，以及与主线情节之间的关系。增加配角的情节，则需要考量是否影响了主角的情节量，产生喧宾夺主的影响。在这样的情况下，恰如其分地掌握分寸显得尤为关键，过度则可能适得其反。不论是增加何种情节，必须以故事的主题和人物设定为出发点。若情节偏离主题，故事将变得散乱无章、缺乏中心；若情节与人物设定脱节，故事中的人物将变得空洞无实，失去其核心特质，从而丧失吸引力。

最后，编剧在创作过程中必须兼顾市场需求与受众偏好。将小说改编为影视作品，不仅是一种艺术创作活动，亦是一种商业行为。剧作家在维护艺术品质的同时，必须考虑市场的需求和受众的喜好，以确保作品在商业上取得成功。一部剧集从构思到最终放映，可能需要三至五年的时间，这就要求剧作家对未来的市场趋势和受众心理有一定的预见性和掌握能力，能够在创作中融入社会情绪和社会话题，以提升作品的吸引力。同时，也应避免过分迎合市场和受众，以免作品丧失个性和艺术价值，陷入平庸和模式化的窘境。

二、重要改编分析

网络小说改编作为当下影视剧创作的重要分支，其在将原著小说转化为剧集时，必须面对原著与剧集之间存在的创作规范和媒介差异。改编不仅需要兼顾作者和原著小说的粉丝群体，还需要将文字向视听转化。以《三分野》为例，从原著小说到剧集的成功改编，不仅实现了叙事媒介环境的转变，而且有效地转化了原有粉丝群体，吸引了大量新观众。这一转变的成功，得益于一系列精心制定的改编策略。

（一）明确主题

在明确改编目标后，首要之务是确立一个鲜明且突出的主题。都市爱情题材的网络小说琳琅满目，创新成为改编过程中的核心要素。因此，确立一个清晰且独特的主题，成为改编工作的出发点和基石。

爱情，作为流传千古的故事主题，其深刻的内涵和广泛的影响力使得无数创作者试图通过各种方式对其进行重新诠释和表达。在爱情这个永恒的主题下，如何挖掘新的视角，寻找独特的表达方式，成为改编过程中不可回避的挑战。深入剖析并确立作品的核心主题，无异于对爱情母题的一次深度拆解和重构。《三分野》的原著小说在晋江网站上的立意是"为你构建一个理想世界"。虽然充满了浪漫主义的色彩，但是略显宽泛，难以涵盖整个改编过程的方方面面。这样的立意容易导致在改编过程中，处理故事细节时产生偏差，难以把握作品的整体方向。因此，在改编前，需要对原著小说的主题进行重新提炼和明确。这不仅有助于改编工作的进行，还有利于对爱情主题形成新的诠释，提高故事的创新性。通过对爱情这一主题的深入挖掘和多元表达，改编作品将更加丰满，能够为观众呈现一个更加丰富和立体的爱情世界。

此外，主题的明确将为原著小说的删改提供明确的指导，进而形成一条连贯且逻辑清晰的故事主线，确保对原著小说结构化的精准把握。值得注意的是，《三分野》作为一部网络连载小说，其文本在连载形式的制约下，存在一系列问题。例如，"网络连载形式所导致的网络小说追求篇幅巨长的风气，必然造成小说创作内容模式化的倾向。在创作实践中，成功的网络作家们敏锐地发现了一些能够在保持小说吸引力的同时，简单有效延长作品的创作模式"[1]。同时，为迅速吸引读者并维持其阅读惯性，连载小说往往需保持高频率的更新，这在一定程度上可能牺牲作品的质量，导致情节设计粗糙、主题模糊。为解决这些问题，一个清晰明确的主题至关重要。它将成为改编的纲领，指导剧集的定位、故事主线的构建。

《三分野》的剧集改编目标是保持原著都市言情小说的基本定位，并改编为行业爱情电视剧，将爱情主题作为剧集中心，同时让爱情主题具有行业特色，立意有所提升。为此，改编必须抓住导航卫星这个职业元素，让爱情故事围绕着职场追求展开，两者相辅相成。原著中男女主人公对于导航卫星怀有共同的梦想，但专业性情节开展仍有限。改编剧必须细化这

---

[1] 王卫芬.论网络连载对小说创作与出版的影响[J].出版广角，2013（3）：63-65.

一特殊行业领域内部的更多专业性细节，最好做到让专业元素作为隐喻，呼应主人公自我成长和爱情关系的进展。只有构建好爱情生活与职业理想这组二元关系，才能让故事的核心主题和主情节线较笔法相对散漫的原著小说更集中，更适应影视剧观众口味。

（二）人物改编重点

故事主题之外，人物是赋予故事生命力的核心要素。一个精彩纷呈的故事，必然离不开立体饱满的主人公以及充满张力的人物关系。《三分野》的改编，尤为注重的便是对人物角色的调整与塑造，增加了故事的趣味性和深度。

1. 调整主人公人物形象，增加角色魅力

相较于原著小说，剧集在男主人公的塑造上进行了深化和强化。具体体现在，丰富了原小说男主人公的人物前史，强化了其独特的个性设定，从而显著提升了角色的魅力。在女主人公的塑造上，剧集进行了审慎的调整和改良，修改了部分人物前史，删减了有损于角色形象的情节，并对人物设定进行了合理的调整。经过改编后的剧集成功增强了主人公的吸引力，更加贴合原著小说中主人公共同成长的核心主题，同时也符合了当代观众对于恋爱观念的普遍认同。

（1）徐燕时：补充角色前史

在原著小说中，男主人公徐燕时是"美强惨"的人物设定。他的人生困境源于债务缠身的父亲、逃避责任的朋友，以及一份具有约束性的工作合同。与原著相较，改编后的版本更加凸显了徐燕时作为高科技人才的特质，契合主题表达。同时，剧集深化了他对感情专一且个性温柔的描绘，诠释了爱情母题，整体上人物形象更为鲜明，更加贴近当代女性的情感倾向。

在原著小说中，徐燕时与向园高中时期的感情未能圆满，职场阶段的情感发展缺乏波折；人物成长轨迹与其理想追求之间联系不够紧密，成长过程中的阻力亦显不足。为了更全面地展现角色的复杂性和深度，以及更好地诠释主题，编剧在改编过程中加强了徐燕时命运的坎坷，并拓展了相关情节。特别是在他看似顺利的人生阶段，为他设置了重大的挫折。

原著中徐燕时父亲的确欠债，但这段艰难的前史对于故事当下时空的影响并不大，只是男女主人公年少时遗憾错过的潜藏原因。剧集放大了徐燕时原生家庭的问题，让他在更长的人生阶段中被不负责任的父亲和家庭拖累。剧中徐燕时因父亲债务问题在高中时期被迫搬家，与向园不告而别，放弃了两人日益加深的情感。进入大学后，为了照顾父亲留下的弟弟以及不让向园受到拖累，他再次切断了与向园的情感联系。甚至直到他步入科研领域时，仍不得不承担起照顾年幼弟弟的责任。而在毕业之际，因舍友和父亲的问题，他不得不放弃宝贵的机会，选择到维林工作。在事业上，他在职场中遭遇不公，难以实现自己的理想和抱负，如果不是父亲的原因，他完全不必留在这个自己并不真正喜欢的工作环境当中。

此外，编剧对原著中徐燕时和向园中学时期的感情纠葛做了调整，改为两人自中学起便拥有纯粹且深厚的情感纽带。这一改动不仅增强了观众对两人感情线的期待，还为观众提供了更广阔的想象空间。

无论是普通观众还是原著粉丝，都对改编后的徐燕时这一角色产生了深厚的好感，这主要因为以下几个方面。

第一，徐燕时作为一位职场人士，遭遇不公待遇，始终不服输、不气馁，使观众产生强烈的代入感和同情心。小说中徐燕时的职场困境相对较弱，主要表现了他对于女主人公的帮助，指点女主人公应付各种职场问题，调子更轻缓。小说的情节设置虽然突出了徐燕时的淡定风度，但戏剧性较弱，未能通过给人物施加更大的压力突出人物魅力。

第二，剧中强调了小说中未细化描写的徐燕时前史，更详细地表现了他生活在单亲家庭，高中时期打工补贴家用、大学时期独自抚养弟弟的艰辛。而面对生活的种种不幸，徐燕时始终保持乐观向上的态度，展现了强大的精神力量，赢得了观众的喜爱。

第三，剧集保留并放大了小说中该角色最重要的特质，即他在感情中目标坚定，心态健康稳定，能够尊重向园的选择，同时担任着守护者的角色。这样的男性形象符合当代女性的理想男友标准，满足了她们的情感需求，并激发了她们对角色的迷恋。在感情生活方面，剧集并没有为了增加戏剧性而让这个角色呈现更多情感上的纠结和误会。

第四，演员张彬彬表演到位，为角色增添了独特的魅力。最后，徐燕时实现了参与国家卫星事业的理想，并取得了巨大成功，这不仅提升了角色的价值层次，也激发了观众的爱国情感和民族自豪感。

（2）向园：拓展职业线

在原著小说中，女主人公向园被描绘为一位乐观直率的富三代，但人设并未得到详尽且清晰的刻画，且存在有损其形象的情节。鉴于小说中人设的不足，剧集在改编过程中对女主人设进行了较大的调整。剧集明确了向园的人设与定位，通过强化其不轻言放弃的性格，并增加正义感、敢于争取和拼搏的特质，使人物形象更加立体和饱满。剧集还特别关注了向园缺乏责任感的问题，并通过情节设定赋予她明确的成长弧线，使之更符合现代女性价值观，从而引起女性观众的共鸣。

在明确人设的基础上，剧集对有损人设的情节进行了删减，并拓展了向园的职业线。例如，原著中向园在处理职场问题时过于依赖权力和不正当手段，而剧集则通过合法合理的手段展现她面对职场不公时的积极态度和责任感，如她在维林公司即将关闭时力挽狂澜，以及面对东和集团财务危机时主动寻找投资等。这些情节不仅凸显了向园职业女性的身份，也展现了她的性格特点和成长轨迹。

通过对比原著和剧集可以发现，改编后的向园被塑造为一个鬼马精灵的富三代，她的人物设定具有成长弧光，通过成长，向园成为一个重情重义、有担当的职业女性。这样的改编不仅解决了原著中角色缺乏人物目的、形象单一、手段低智等问题，也符合当下女性独立、自主、有担当的价值观。

总体而言，剧集对男女主人公人设的改编，深刻反映了当前都市爱情题材 IP 改编剧集创作的一些趋势。首先，爱情题材剧集对于男主人公的塑造，紧密贴合了当代女性观众对于爱情的憧憬和对男性角色的期待。女性观众作为该类剧集的核心受众，她们对男性角色的好感与期待具有天然倾向。因此，男性角色的魅力塑造对剧集是否能够吸引女性观众起决定性作用，同时也是扩大受众基础的关键。其次，对于女主人公的塑造，必须准确体现当下女性的价值观与价值取向，以确保女性观众能够产生强烈的代入感和认同感。女性观众对于女性角色的情感反应既可能倾向于喜爱，也可能转向反感，因此在现代爱情 IP 改编剧集中，女主人公的塑造显得尤为重要且充满挑战。女主人公的人物设计，既要拉近观众和角色的距离，又要突出人物性格特点，进行戏剧化设计。这一过程中，还要充分考虑市场的需求和粉丝对原小说视听化的想象。女性角色的魅力塑造对于剧集收视的稳定性起着至关重要的作用，是吸引并留住受众的关键因素。

2. 增减配角，提升新鲜感

在改编过程中，为了丰富情节内容，也需采取既忠于原著又服务于男女主人公情感发展的策略。塑造有效的助攻角色，即剧集中的主要配角，是实现这一策略的关键。优秀的配角角色，不仅能与主人公形成互补关系，拓宽故事视角，还能深化剧集主题，为观众呈现更为丰富的叙事层次。

此外，改编过程中，除了要保留原小说精髓，还需要为故事注入新的元素以增加剧集的新鲜感和陌生度，这样既能确保原著粉丝获得满足，亦能体验新鲜感。为实现这一目标，丰富配角的情节是一种有效手段。此举不仅无损小说中男女主人公的经典情节、经典场面，还能进一步激发观众的想象力，拓展其思考边界。

《三分野》的改编对原著小说中繁多且零散的配角人物进行了合理的删减与调整，使得故事情节更加完整、流畅。同时，为了丰富主要角色的表现，特别增加了主要配角的行动线和情感线，进一步突出了主人公的情感发展，使故事更加引人入胜。

（1）整合配角角色，突出特色人物

在改编过程中，为了提升故事的紧凑性和观众的观看体验，剧集对部分出场人物进行了精简，并对部分配角的情节线进行了强化。原小说中包含了一些如电竞解说潇潇、电竞网红 few 及向家冕的"白月光"等一次性出场人物，这些人物的戏剧目的并不重要，对剧情发展也没有起到关键作用。过多的配角会增加剧集的制作成本以及观众的认知负担，因此，剧集改编过程中对这些人物进行了删减。

改编通过合理调整，将部分原本分散的情节集中在了某一位配角身上，并为之增加了丰富的情节线。以向园邀请嘉宾参加公司发布会为例，原小说中向园邀请了潇潇和 few，但在剧集中，这一情节被优化为向园邀请 k 神出席，并将 k 神的身份从小说中的前男友调整为电竞的"绯闻"男友。这一调整不仅增加了 k 神的角色作用，形成了独立的情节线，还使剧集在结构上更加完整，有头有尾、有始有终。

此外，剧集还删去了向家冕的"白月光"及新的技术部部长等配角。这些角色在原作中并未对主情节产生显著推动作用，也未对其他重要角色的塑造产生积极影响，反而增加了情节的冗余感，使配角的情节线变得复杂。因此，删去这些角色有助于提升剧集的观看效果，使观众能够更加专注于主线故事的发展。

（2）补充细节，提升重要配角的魅力

在剧集内容中，重要配角作为剧集构成的关键要素占据着举足轻重的地位，仅次于主人公。若将其简化为功能性角色，无疑会极大削弱剧集的戏剧张力和观众的观赏体验。在许多电视剧中，重要配角的吸引力往往与主人公不相上下，甚至在某些情况下，一个塑造丰满的重要配角能够显著提升电视剧的整体魅力。此外，配角的引入为电视剧注入了更多元化的内涵，使其探讨的内容、主题得以扩展至更为广阔的层面。正如佳肴的美味来自各种食材的巧妙搭配，一部优秀的电视剧同样依赖于各个角色的精彩演绎。

剧集《三分野》在改编过程中，对主要配角重新做了角色塑造。针对不恰当的言论和不合理情节进行了删减，并对人物性格进行了新的调整，以增强其魅力。高冷，作为原著中的男二号，人物略显扁平，但剧集通过极致化其性格特征，塑造出一个始终如一的暖男形象。他关心同事，崇拜徐燕时，成为徐燕时的坚定支持者，并在徐燕时的感情道路上提供有力助攻。同时，他对陈书用情至深，事事为她考虑，为挽回二人感情付出了巨大努力，并表现出为陈书改变的决心。陈书，作为故事中的女二号，在改编过程中同样经历了性格的极致化塑造。她以飒爽女强人的形象贯穿剧集始终，与向园形成鲜明对比，展现了职场中另一种风格的女性形象。在感情方面，她不同于向园，对待感情问题更加现实。她和高冷之间的感情线为剧集增添了另一种感情模式，拓宽了爱情故事的广度和多样性。配角的感情线与主人公的情感线相互交织，形成双线并进的叙事结构，有效推动了主人公情节线的进展，丰富了剧集内容，并巧妙地调节了剧集的节奏与氛围。

（三）情节结构改编重点

在网络 IP 影视改编过程中，情节调整的核心在于围绕主题进行删减和保留。《三分野》这部原著小说从 2018 年开始连载，在影视化改编期间，观众审美品位逐年改变。因此，为契合当前观众的喜好，需要对原著情节进行增删调整。同时，亦需保留原著中那些深受粉丝喜爱的经典情节，以满足广大粉丝的期待。

1. 保留原著名场面，创造新场面

在改编网络 IP 为剧集的过程中，需格外注意原著中的经典场面和情节。由于网络小说在连载期间便积累了大量粉丝，并经过了市场与读者的初步筛选，因此，牢牢把握住原著粉丝的喜好是改编剧集获得市场认可的关键。要满足原著粉丝的期待，首先要保留并精心呈现小说中的名场面。这些名场面的保留与视听化，不仅能够满足原著粉丝对 IP 改编的潜在期望，更可以将他们想象的世界转化为现实。成功改编的名场面能够形成原著与剧集的互文，拓宽想象空间，同时激发粉丝的二次创作热情，进而推动剧集的广泛传播和市场认可。

《三分野》在改编中，保留了原著小说的众多经典场面。其中，不乏完美还原的名场面，如徐燕时一手提行李箱一手抱向园、徐燕时公主抱受伤的向园、揭秘项链"xys"等。同时，也对部分名场面进行了丰富和扩展，如徐燕时和向园定情的场景。在小说中，这一情节是徐燕时将向园拉入房间，关门拥吻，并说"让门外那个走"，是两人的定情瞬间。剧集中加入了门口被踩的礼物、路东错愕的眼神等细节，使徐燕时的强吻和霸道发言与之前的默默守护形成鲜明对比，从内容和情绪上均还原了小说中的名场面，并赋予了其更强的戏剧张力，激发了女性观众的无限想象，同时成功地调动了观众的情绪。

在精准把握原小说人物关系的基础上，改编还增加了新的名场面。这些新场面的加入不仅丰富了徐燕时和向园之间的情感表达，与原有的名场面相互呼应，还进一步增添了剧集的陌生感，引发观众的好奇心，增强观众的观看欲望。例如，向园在比赛中得知封俊与徐燕时的大学往事后霸气护夫；向园与徐燕时在跨年夜聚餐时，徐燕时无声表白；异地恋期间，徐燕时加班只为与向园看话剧约会等。这些改编不仅多角度展现了两人之间的情感互动，将爱融入行动，还通过现实情节的刻画，体现了感情的真挚与美好，引起了观众的共情和想象。此外，在事业线方面，改编也适当调整了一些情节，形成了新的名场面，如总部杨平山到维林开会，向园与黎沁对峙的场景。在小说中，这场对峙更像是"宫斗"。而在剧集中，编剧让向园与黎沁正面交锋，展现了向园的正义感、谋略和专业性。同时，通过杨平山暗中相助黎沁，阻碍向园行动，加深了向园伸张正义的困难，使剧情更加跌宕起伏。这一改编不仅吸引了原著粉丝，还吸引了更多新观众，使剧集在播出期间持续保持热度。

2. 删减多余情节，规避观众雷区

因与网络小说有不同的空间、侧重点及生产流程，剧集在改编过程中

需对部分情节进行删减，以确保内容的流畅性。对比原著小说与剧集，编剧在改编时主要做了以下几方面的删减。

首先，对原著中不合时宜的低俗情节做了删减。原著中存在一些令人不适或存在争议的片段，如某角色对女性的不当评价，或某些关于性的讨论等。由于视听语言的直接呈现会放大这些敏感内容的冲击力，且剧集观众多为女性，这些片段可能引起观众不适，影响剧集的整体评价。因此，在剧集改编中，这些可能存在争议的片段被删去。

其次，对原著中大量的亲密情节做了删减。原著后期，亲密情节描写较为密集。然而，这部分内容看似丰富，实则缺乏情节张力，并没有有效推动故事发展。在剧集改编中，这部分内容被删减，转而通过其他情节丰富剧集内容，如主人公的职场危机、事业选择等，以展现他们感情的波折。此外，剧集还通过拓展配角感情线、事业线等方式，丰富剧情内容，推动剧情发展。

最后，对原著中复杂的感情纠葛情节做了删减与调整。原著中，三角恋模式贯穿所有角色的感情线，导致感情线纷繁复杂。这种复杂的感情纠葛不仅不能有效刻画人物间的感情，还可能造成情感混乱的负面影响。因此，剧集对三角恋模式做了调整，通过塑造钟情、暗恋释然、年下纯情等不同的人物感情形态，使人物感情关系更加多元，剧集层次更加丰富。

三、改编反思

（一）改编之得

《三分野》对原著的还原得到了原著书迷的肯定，获得了腾讯视频年度"金鹅剧集荣誉发布"两项荣誉——"年度观众喜爱剧集"和"年度会员挚爱剧集"。鉴于该剧在播期间26次获得腾讯视频热度日冠、14次获得全网正片播放市占率日冠[1]，其获得平台内部荣誉理所应当。该剧在改编技

---

[1] 数据来自灯塔专业版App，统计时间为2024年7月20日。

巧上有许多可取之处，既放大了原著的优点，满足了原著书迷的期待，又通过补足职场细节做到了行业故事与爱情故事的基本平衡，通过提炼故事线做到了人物内心情感与外部事件冲突的相辅相成。

（二）改编争议

与较喜人的播放量相比，《三分野》的口碑只能算中规中矩。截至2023年12月1日，该剧豆瓣网评分为6.7分。有网友评价，"高新技术题材确实算有点意思，但切换到爱情段落就觉得高科技也不过就是个背景而已。恋爱部分也算甜，就是有点套路。不过，走的就是轻松搞笑路线，还算是能看的水平""爱情线、事业线都挺顺的，可以轻松看完，就是各种情节脱离现实，不务正业的大小姐变身女高管，技术宅男像男模公关"[①]……

由此可见，剧集仍存在一些不足之处，有些问题与从文学到影视的媒介材质转化有关。剧集对原著中一些逻辑疏漏没能更好地弥补，导致更期待现实感的非原著书迷观众出戏；人物塑造技巧有余，但情感自洽程度仍有不足，真人演绎更加放大了原著本身的问题，男主人公被一些观众指责过于"大男人"。

1.情节有漏洞，叙事流畅度不足

《三分野》在情节构建上，完成了原著小说向视听艺术的转化，呈现出高水平、高质量的特点。然而，此过程中仍存有一定问题需予以正视。

首先，剧情在忠实于原著的同时，出现了逻辑层面的疏漏。对非原著粉丝而言，他们往往更侧重于剧情本身的连贯性和合理性。因此，他们会关注到一些原著粉丝忽略的逻辑瑕疵。比如：女主人公与爷爷之间的赌约缺乏充分的内在逻辑支撑，公司复兴与结婚生子之间的因果关系不明晰；女主人公作为公司继承人却隐藏身份挽救公司的行为不符合现实逻辑；非

[①] 摘自《三分野》豆瓣网评论区 https://movie.douban.com/subject/35480792/comments?status=P。

技术人员空降进入技术部门；等等。这些情节，都较易被观众察觉并产生疑问。

其次，剧情中配角线的设置过多，导致主线情节受到一定程度的冲击。为了满足剧集时长，后半段剧情中增加了大量配角的支线情节。然而，这些支线情节在信息量及人物关系发展上均显不足，未能有效推动主线剧情的发展，反而给观众留下了"注水"之感，影响了整体的观剧体验。

最后，剧情在揭示主题的过程中显得较为突兀。剧集虽成功捕捉到了爱情与理想之间的二元关系，但在展现两者关系变化的过程中，缺乏深入的刻画与铺垫。剧情后期，剧集通过外部力量的强行介入使两者产生冲突，解决方式亦显得仓促且不够细致，有刻意之嫌。

2. 人物塑造技巧高于情感

首先，塑造人物手法单一，工业流水线式的"霸总"引起观众反感。部分观众对男主人公的塑造提出了疑问，认为他"没有长嘴"，前期的深情多是通过沉默和不解释展现的。尽管这种手法在一定程度上塑造了角色的深情特质，但也导致人物形象略显单薄。这种情感塑造方式，实为"霸总"式角色塑造的惯用策略，观众对此已产生审美疲劳。此外，还有观众指出，"霸总"式角色情感背后蕴含的"为你好"的动机，实际上是在保护的名义下，对女主人公的一种束缚。这反映了当前观众在爱情观念上，对男性角色的期待已提升至更高的层次，而剧集改编在这一点上未能充分满足观众的期待。

其次，忽略人物情感逻辑，割裂式的性格引起观众不满。关于女主人公的刻画，部分观众提出了疑问，认为其情感表达显得较为"情绪化"，且情感波动缺乏足够的连贯性和合理性。例如，在某些情节中，她会因一张照片单方面与对方产生矛盾并陷入冷战，或在无明显缘由的情况下对他人展现出过度的友好。这些表现使她的情感状态显得不够稳定，缺乏必要的情感逻辑支撑。一方面，这种改编方式可能旨在突出男主人公的魅力，一定程度上忽视了女主人公人物情感逻辑的构建；另一方面，改编过程中更多地考虑了原著粉丝的接受度，只为还原原著小说的情节，未能充分填补在原著小说中存在的人物情感逻辑空白。

最后，配角工具化明显，损害剧集整体质量。《三分野》的主要配角及其情感线索引发了部分观众的不满情绪。例如，在豆瓣平台上，有用户认为高冷这个角色表现得过于聒噪。同时，弹幕中也出现了对编剧故意增加陈书和高冷之间情感波折的质疑。这些都反映出，在《三分野》的改编过程中，为了服务主人公的感情发展，部分情节和角色塑造得过于工具化和夸张。

通过梳理可以看出，网络小说改编已成为剧集创作的重要方式之一。在改编过程中，不论与原著小说的契合度有多高，跨媒介叙事始终伴随着挑战与风险。以《三分野》为例，现代言情网络小说改编应聚焦于以下几个核心要点。

第一，需保持原著小说的核心亮点。唯有精准把握 IP 的核心精髓，方能切实吸引原著粉丝的关注与喜爱，从而成功实现剧集蕴含的商业价值。

第二，应精心塑造男女主人公的人设。现代言情小说的吸引力很大程度上源于引人入胜的男女主人公及两者之间的情感纠葛。因此，在 IP 改编过程中，应投入大量时间与精力，精心设计男女主人公的角色形象。一个优秀的角色设计往往能为剧集的成功奠定坚实基础，这也是改编过程中需要特别关注的一环。同时，需要深入理解当下观众的价值观念、情感偏好以及市场热点，以确保角色形象能够符合观众的期待。

第三，应构建清晰的主线情节，并融入当下主流价值观。现代言情小说的故事情节往往较为单薄，容易在发展过程中出现主线被支线淹没或过度沉溺于男女主人公的恋爱甜蜜情节等问题。因此，在改编过程中，应首先梳理出一条清晰的主线，如《三分野》展现的职场主线，将男女主人公的感情线、亲情线以及配角的感情线有机串联起来。同时，还应明确剧集的核心价值观,展现爱情题材剧集的内涵,确保作品符合当下主流的社会价值观。

总体而言,《三分野》的改编为现代言情小说 IP 的改编提供了有益的借鉴和启示,属于较为忠实原著,细节层面放大原著优点的改编方式,但在弥补原著不足方面则十分谨慎。这种改编思路力求保证质量的基本线,并在此基础上提升,没有大胆尝试突破现代都市言情 IP 的质量上限。其改编策略对于同类型的 IP 改编具有较实用的借鉴意义。

《装腔启示录》：从职场生活流到强情节剧集

摘要：《装腔启示录》根据同名网络小说改编，原著小说曾获豆瓣阅读第二届长篇拉力赛总冠军。原著从"装腔"这一都市"流行病"切入，展现了当下职场中年轻人为了完成圈层的跨越而"笨拙"努力的社会现象。剧集的改编基本保留了原著核心内容和人物设定，但在情节脉络和视听细节上进行了一些调整，让身处都市精英白领圈这一较窄圈层的主要角色更容易为广大观众理解和认同，在探讨当代中国社会问题上具备了更深的内涵和更广的视角。

电视剧《装腔启示录》根据同名网络小说改编，原著小说曾获豆瓣阅读第二届长篇拉力赛总冠军。改编剧由李漠导演，郎群力、李桃编剧，蔡文静、韩东君领衔主演，创作团队整体比较年轻。编剧郎群力以往编剧作品有电影《裙子剪刀布》（豆瓣网评分 7.0 分）等[①]。编剧李桃以往编剧短片作品有《五行书院》《星星不说话》《初恋》《错误选项》等，曾参加腾讯综艺节目《导演请指教》，电影剧本《湖边密林》曾获 2016 年上海国际电影节创投单元"最佳原创项目奖"。导演李漠 2021 年加入芒果TV，成

---

① 数据来自豆瓣网 https://movie.douban.com/subject/35514783，统计时间为 2024 年 1 月 15 日。

为该平台首位签约导演，并以 2021 年《我在他乡挺好的》、2022 年《三悦有了新工作》、2023 年《装腔启示录》"三年三部 8 分以上现代剧"登上热搜。

电视剧《装腔启示录》较贴切地还原了原著小说的主要内容和风格特色，豆瓣网评分 8.2 分，是 2023 年度获得较高评价的都市情感剧，口碑在一众现代言情小说 IP 改编成的偶像剧中可谓一枝独秀。不过该剧出圈程度相对有限，收视率不高，也暴露了原著 IP 针对一线都市白领受众、垂类特征过强、影视化之后大众性不足的问题。

一、原作的可改编性

（一）改编目标：从职场生活流到强情节剧集

该剧主创团队相对年轻，显然制片方希望为"职场"这一题材带来新鲜的视角和解读方式。不同于以往行业剧对职业内容、职业特点、职业责任、职业伤害等题材的深入刻画，也不同于一般偶像剧专注于"发糖"，该剧旨在强调职场背景下都市人个体的生存状态与微妙的精神世界。因此，该剧在尽可能地还原小说核心内容和人物设定的基础上，主要改编目标是让剧集内容更符合电视剧的叙事节奏和视听表现形式，因此需要在情节和细节方面进行调整。原著小说某种意义上算是"职场生活流"，结构相对松散，戏剧性偏弱，但胜在细节真实。为此，剧集需要整合小说中精彩的细节，将其更集中地展现出来，达到更强的戏剧性效果。此外，原著口吻微讽，价值观取向不甚鲜明，改编后需要对原著主题进行进一步提炼，呈现更清晰积极的价值取向。

（二）改编基础

1. 创作新生代的"职场"新视角

原著小说作者为柳翠虎。柳翠虎原名李璐珊，代表作品有网络小说

《装腔启示录》《你是我的解药》等，处女作为《这里没有善男信女》，后改编为电视剧《半熟男女》（当时尚未播出）。作者曾被选入2021年度网络文学新人榜，豆瓣网粉丝12932人[1]。

小说《装腔启示录》刻画都市职场的角度刁钻新颖，题眼正是"装腔"二字，"职场"作为故事发生的背景出现。无论是律师还是投资人，都在世俗意义上精英的"白领"职场上，创作者以"装腔"为切入点，更多地展现了当下职场中年轻人为了完成圈层的跨越笨拙努力的社会现象。

"装腔"在一般语境下有贬义的故意做作的意思，而在《装腔启示录》中，这个词留给读者更深的印象在于，人物在追求事业和爱情的过程中，如何通过外在的粉饰，掩盖自己真实的情感和状态。当今社会，这种"装腔"是一种行走江湖的人物设定，也是一种生存策略和心理防御机制。作者向观众展示了部分青年人在追求自我实现和社会认可的过程中所面临的挑战和困惑，具有一定的现实意义，更能够引起处于相同境况的青年观众的认同。这也从改编剧集上线后，还原原著的情节引发网友热议便可看出。"看完装腔启示录之后""看完装腔启示录的感悟""装腔启示录 暧昧高端局""装腔启示录简直就是恋爱教科书"等话题登上热搜榜，从侧面反映了原著议题击中现实的要害，引起了受众的关注和讨论，形成了话题性。

2. "装腔"是生活方式里的机会主义

德国经济学家马克斯·韦伯（Max Weber）在其著作《经济与社会》中曾提出"生活方式"与"地位群体"的关系，"等级的荣誉一般首先表现在向任何想属于那个圈子的人，强行要求一种特殊方式的生活方式"[2]。CBD的年轻人们为了在职场上博得一定的地位，也会将自己包装成成功人士主动或被动地加入"高级"的生活方式。《装腔启示录》原著中不同教

---

[1] 数据来自豆瓣阅读 https://read.douban.com/author/63766196/，统计时间为2024年2月25日。
[2] 韦伯.经济与社会：下卷[M].林荣远，译.北京：商务印书馆，1997：254.

育背景、不同家庭背景、不同职场资历的打工人们在内卷的职场中形成一种"装腔"的共同体化，产生出"装腔"的共同体行为。例如，小说中女主人公唐影通过朋友圈、香水、外文杂志为自己打造了一种"高端"的人设，给他人制造一种高级生活方式的假象，而在与大王、表姐等其他主人公的互相点赞、当面奉承等行为中实现对这一生活方式的认同，建立起以生活方式为连接的虚幻的共同体。"装腔"这一看似虚伪做作的行为，在年轻人试图跻身精英行列，精英试图维持优越地位的努力中发挥着重要的作用，真实地反映了当下部分想通过职场打拼实现圈层跃迁的年轻人的心态。

韦伯指出，"人的生活命运中任何典型的、由一种特殊的——不管积极的还是消极的——受与很多人的某种共同特点相联系的'荣誉'的社会评价所制约的因素，称为'等级的状况'。这种荣誉可能与某一种阶级状况相联系：阶级的不同与等级的不同有着千丝万缕的联系，而正如业已指出的那样，财产的占有本身并非总是、然而极为经常地会持久地达到等级的效用"[1]。而"装腔"的目的恰恰就是迎合这一彰显人物地位的"荣誉"，其中既包括追求名牌、结识权贵等物质上的粉饰，也包含恶补美术史、学茶艺等品位、格调等精神层面的附庸风雅。所有这一切都是为了模仿精英的特质，使自己看起来像其中一员，以打入向往的圈层。这种虚张声势却又尽力模仿的努力往往是驾轻就熟、易如反掌的松弛感的前奏，原小说通过女主人公唐影的视角紧紧抓住了"装腔"从局促到从容的各种姿态，大王律师的用力过猛、刘美玲的心机做作、王玉王的游刃有余，揭开了白领精致外表下形形色色的真实生活境遇和心理状态。从某种意义上说，"装腔"成为与精英为伍的入场券，然而有人能顺利地拿捏住生活方式背后的本质融入其中，有人却不得其法反沦为笑柄。这恰恰是当下部分白领工作生活的真实写照，具有相当的现实意义和价值，能够引起读者和观众的共鸣，也为电视剧的改编提供了现实又不失趣味的创作基础。

---

[1] 韦伯.经济与社会：下卷[M].林荣远，译.北京：商务印书馆，1997：253.

(三)改编难度

原著从主人公唐影的视角展开,大量的主观叙述、心理活动对改编来说,是松散且缺乏行动性的。如果不能有效地将人物的内心活动转化成生动的外部活动,故事会显得凌乱且拖沓。这就要求将可能时间跨度长、动作性不强的生活细节提炼为具有戏剧性的准确的行动,并变成情节的有机组成部分,有力地推动情节向前发展,将隐秘的内心世界通过举手投足展现出来。观众可以直观地通过主人公的行动洞察其思想感情、心理状态和行动目的。编剧需要将原著中初入社会的女生面对职场、情场的碎碎念都转化为一个个能够展开戏剧动作的事件,将生活流戏剧化,提炼出典型环境下的典型人物,才能引起观众的共鸣。

从结构上看,原著是以话题展开每个章节,因此人物成长的线索不是线性的,而是零散地出现在不同的章节里,故事线索、故事视角都可以随着章节的切换而任意切换。而剧集则要求故事有清晰的结构、完整的情节、流畅的人物发展脉络。因此在改编中需要充分考虑布局谋篇的整体性和完整性,将相对零散的情节整合起来,建立起层层递进的情节结构。

二、重要改编分析

(一)改写原著主题

原著旨在通过揭露都市白领的"装腔","启示"青年人探究生活的真谛。因此在影视化过程中,原著中对"装腔"的极致刻画被充分地保留了下来,从职场生活的"装腔"、爱情中的"装腔"、生活理念上的"装腔"等方面形神兼备地还原"装腔"人生。例如,唐影为了投马其远所好,融入其高端生活而进行的"装腔"化学习,从茶艺到美术,从饮食到穿着,临时抱佛脚的品位只能粉饰"装腔"的门面。又如,大王律师在职场上虚张声势的摸鱼行为,甚至为了逃避而以亲人去世为借口,上演了一场丧礼连线的闹剧,反映了现代社会中职人们为了迎合社会期待而不得不采取的伪装行为。这些情节实际反映了个体在社会中的角色扮演和真实自我之间的矛盾。电视剧也保留了原著中唐影、刘美玲和林心姿等角色的爱情观和行为,展现了现代社会中人们在爱情关系中的虚荣心和表面的"装腔"行为,并通过情节间的对比,探讨了真诚与虚伪在建立亲密关系中的重要性。

剧集一定程度上削弱了原著微讽的语气。剧中角色在一系列的"装腔"行为后经历了个体成长与转变,最终选择卸下伪装,回归真实自我。例如,大王放弃律师的职业,选择成为美食博主;唐影拒绝成为马其远的"仓房",而在专业领域赢得尊重;刘美玲结束了婚姻的假象,改头换面重新拥抱生活。这些"装腔"后获得的"启示"展现了个体在现代社会中的成长过程和对生活哲学的深刻理解。通过对白领日常生活的描绘,《装腔启示录》不仅展现了角色的个人挣扎和成长,还通过角色的生活哲学探讨,反映了现代社会中普遍存在的价值冲突和生活哲学探索,提供了对现代都市生活的深刻反思,引导观众思考如何在现实社会中找到真实的自我和生活的真谛。

(二)情节改编策略

1. 叙事结构的优化和视角的调整

原著小说共32.8万字,改编为剧集后集数为14集。剧集基本按照小说时序叙事,较完整地遵从了小说事件顺序。原著小说主要以唐影的视角展开,大量的情节通过内心独白和详细的心理描写来展现其情感和思想变化,特别是唐影与马其远、许子诠的情感纠葛,常借助唐影与林心姿的讨论展开,描述视角主观且具有鲜明的立场;而在电视剧中,这些情节则需要通过具体的事件来展现并传达信息。电视剧无法完全复制小说中的内心独白,需要通过角色的戏剧行动来间接表现。因此,在结构上,电视剧相较于小说有比较大的变化。

第一，原著视角在改编时发生了变化。原著采用第一人称，从女主人公唐影和林心姿的多视角叙事。而电视剧则采用第三人称视角，增加了男主人公的故事线，以及复杂的情感纠葛，同时增加了男女主人公双方的职场内容。原著主要基于女主人公唐影和室友心姿的情感成长历程展开，内容辐射到唐影观察到的其他职场女性的生存境况。其他角色的情感和经历主要通过唐影的见闻、周围人物的转述以及特别的"番外"进行叙述。

第二，改编时，在基本保留原著故事的情况下，编剧丰富了男女主人公的职场线，通过职场上的沉浮波及情感世界。同时，大幅度丰富和完善了配角心姿、大王、表姐的故事线，将原著中角色言语中次要人物的经历以情节的形式补齐，丰富了剧情。但做实的情节削弱了读者阅读时遐想的浪漫和"爽"点，一定程度上削弱了原著中的情感氛围和意境。

第三，小说的结局采取更加开放的形式，具有多重解读，而电视剧为了给观众一个明确的收尾，则采用更为直接和圆满的结局。小说的结尾对年轻人的"装腔"与自我工具化持有理解的同情，并指向了问题的根源，传达了更深层次的社会和人文关怀。在电视剧中，每一位主人公都被安排了一个圆满的结局：唐影在事业飞升的档口选择放弃晋升，享受生活；林心姿放下前期一切的择偶标准，爱上了帅气温柔的练习生弟弟；在职场占据一席之地的王玉玉与学者男朋友放下现实的名利，去西藏追寻诗和远方……这样的理想化处理模糊了原作指向的对都市人现实困境的反思，削弱了原著中一些人物的批判性，有粉饰太平之嫌。

2. 对部分情节的具象化扩充或新增

电视剧在小说的基础上合理增加了一些情节，使得故事更加紧凑和丰富。剧中详细具体地展现了许子诠和唐影在职场上面临的压力和挑战，如唐影在接手"网文抄袭案"，接到来自律所和当事人南辕北辙的诉求时，不盲从任何一方，严谨调查研究，并鼓励当事人对网络知识产权进行学习。又如，许子诠在投行工作高压状态下的不择手段与尔虞我诈，通过与下属的"双簧"表演，迷惑竞争对手，赢得主动权。这些新增的情节增强了剧情的真实感，使观众能够更加真切地感受到都市职场人的生存状态。

在原著中，许多情节是以主人公描述的形式展开的。例如，大王律师富有戏剧性的奔丧事件，原著通过刘美玲向唐影添油加醋的转述展现。而在电视剧中，该事件则作为全剧开场建立唐影、刘美玲和大王律师人物关系的重要情节出现，通过视频会议中穿插大王律师为亲戚哭灵的戏剧性情节，生动地塑造了三个女性角色的性格特点，建构起了富有张力的人物关系。

剧集还增加了一些社会热点议题相关情节，更加深入地探讨了职场竞争、人际关系、家庭问题等现实话题，并通过这些细化的社会问题探讨，引发观众的共鸣和思考。例如，大王律师下决心辞职时，跟唐影回顾了自己被职场过分消耗能量，健康亮起红灯住进医院却不得不在客户需要时狼狈地化妆，佯装轻松背后痛哭的窘态，触动了许多打起精神加班、不敢在内卷的职场上显露疲态的打工人的心。在病床上，平常八面威风的大王律师颤抖地控制不好涂口红的手，当看到镜子里面目全非的自己，巨大的反差不仅使她醒悟，也提醒了屏幕前许多为了守住职位外强中干的职场人。

在情感线方面，电视剧从情节上还原或加强了男女主角的情感纠葛，如唐影在发现刘美玲与发小偷情而误把八卦发给许子诠，引发欲盖弥彰的自我防御式表白的段落，在他们相互试探和暧昧关系的发展中，这一段几乎原汁原味地还原了原著中心弦的撩拨。除此之外，电视剧增加了许子诠因为并购失败而被"发配"负责偏远落后的钢都的前情，使得这一段拉扯多了现实的依据。原本天之骄子的投资新贵许子诠在遭遇职场滑铁卢后，在爱情中也从招蜂引蝶的情感高位滑落，增加了"爱你在心口难开"的情感张力。许子诠这个在原著中总是出现在唐影描述中的人物，在剧中不再是扁平的情感工具人，而更多地展现出一个表面浪荡实则在情感中缺乏安全感的职场打拼者形象。事业上的全力以赴使他没有心力亮出情感的后花园，这恰好与初入职场捉襟见肘的唐影在情感上构成势均力敌的拉扯。剧中增加的情节使得主线剧情更加紧凑和引人入胜，也使得该剧欲说还休、极限拉扯的情感段落成为吸引观众的重要因素。

这些改编处理使得电视剧版《装腔启示录》在保留原著精神的同时，更加适合电视剧的表现形式，同时也能够触及更广泛的观众群体，引发他们对当代都市生活和个人生存状态的深入思考。改编后的情节不仅丰富了电视剧的叙事内容，也使得剧情更加贴近现实，增强了观众的共鸣，同时也使得电视剧在探讨现代社会问题上具有更深的内涵和更广的视角。

（三）人物改编策略

《装腔启示录》的人物关系图如图7所示。

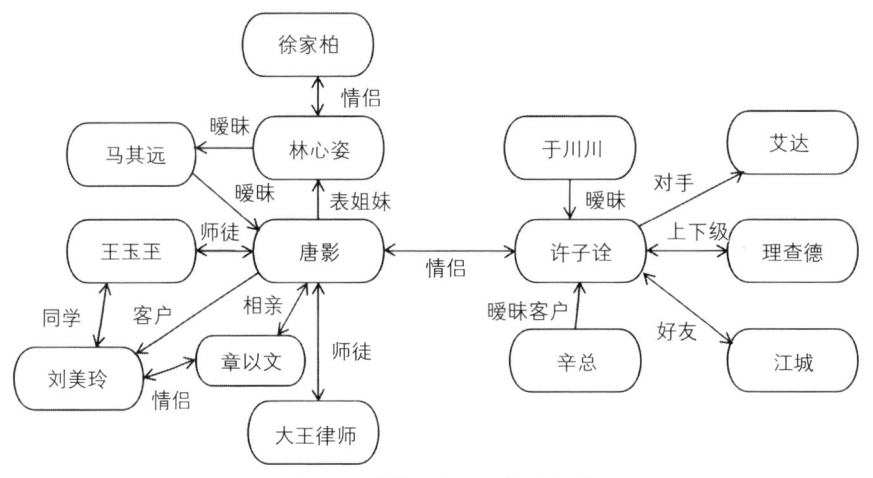

图7 电视剧《装腔启示录》人物关系图

1. 让主要角色更加立体

电视剧在保留小说中唐影和许子诠这两个主要角色人物设定的基础上，对他们的形象进行了进一步的深化和丰富。

（1）唐影

与原著中基本设定一致，女主人公唐影是律所初级律师，姿色中上，因为初恋的影响，人生时刻不忘"装腔"。她在律所工作的过程中，接连遇到了富商马其远、"海王"许子诠，也和自己的初恋重逢。她在工作过程中，和同事有竞争，也和一些人建立了良师益友的关系。她在恋爱中，也曾经彷徨过，直到跟许子诠在彼此试探中，在"装腔"中发现真实，确认了对方的心意，也最终找到了真爱。

除了保留上述基本设定，剧集更突出了女主人公身上的奋斗精神。剧中唐影从小城市来到大城市求学，并成功留在北京工作，在CBD当上律师，显示出她的独立性和自主性，表明她有着较高的职业能力和对成功的追求。但尽管唐影表面上是体面风光的CBD律师，实际上却生活压力很大，很难融入CBD的生活圈子，因此她不得不依靠"装腔"来适应这个高端的社交环境，这反映了她对于社会认同和归属感的渴望。随着剧情的发展，唐影逐渐意识到"装腔"的局限性，开始追求更真实的自我和生活。电视剧保留了小说中唐影的内心独白，并且对这些独白进行了扩充，使得角色的内心世界和情感状态更加丰富和立体，也让唐影这个角色更加有力地成为通过虚张声势而增加自信的年轻人的典型代表。这种扩充有助于观众更好地理解角色的动机和情感变化，从而加深对剧情的投入和共鸣。

（2）许子诠

原著中许子诠是投行领域新贵，也是金融圈非常有名气的投资高手。许子诠年轻有钱，关键还有能力。作为条件优越的高富帅，许子诠有点"海王"气质，处处留情却不敢轻易动情。在情场上，浪子许子诠是有点不靠谱，但事业上绝对靠谱。正因为这样，许子诠自信且有魅力，善于表达，擅长用言语和行为展现自己的品位和地位。虽然许子诠表面上看似完美，但实际上他也有自己的压力和困境，这表明他的内心世界远比外表更为复杂。随着与唐影关系的深入，许子诠开始展现出对真诚感情的追求，愿意放下"装腔"，与唐影共同面对生活的挑战。剧中增加了很多许子诠的职场情节，有效地赋予了许子诠复杂的内心世界以外在依据，使观众能够更加直观地感受到角色的生活状态和内心世界。

2. 强化次要人物的差异性

电视剧相比原著在人物设计方面进行了全方位的整合和强化，引发了观众对于现实社会中普遍存在问题的思考，如社会阶层、消费主义、职场压力、虚荣心和名利观等。这些角色成为社会现象的放大镜，让观众看到了自己和社会的某些侧面，也引发了"暧昧高端局""看完《装腔启示录》之后"等多次网络热搜，准确戳中当代人现实生活的痒点。

（1）"装腔"的白领

以刘美玲为代表的白领通过过度展示自己的知识和品位彰显身份，如通过谈论香茅草的产地和鲥鱼野生与养殖的口感差异来显示自己的"腔调"。这样夸张地强调品位反映了现实生活中人们为了融入更高的社会阶层而采取的装腔作势行为，以及消费主义对个人身份和社会地位的影响。

（2）脆弱的精英

以大王、韩律为代表的职场精英，在工作中表现得非常成功和完美，但在私下里却面临着巨大的工作压力和个人问题，讽刺了现代社会中对成功人士的刻板印象，以及人们为了维持这种形象而付出的个人代价。

（3）虚假的网红名媛

以米歇尔为代表的网红名媛，在社交场合中经营着自己的"贵族人设"，但实际上其人生履历充满了虚假和虚荣。

（4）精致的利己主义者

以马其远为代表的成功人士，他们的行为和决策总是围绕着如何提升自己的社会地位和经济利益进行，揭露了现实社会中名利导向的价值观和成功观。

这些人物构成了原著《装腔启示录》的复杂社会网络，反映了现代都市生活中复杂社会现象带给个体的挑战。在剧中，通过影像细节的完善，每个角色都有为了适应社会、追求个人目标和寻找真实自我而努力的动力，人物之间的互动和冲突揭示了现代社会中人与人之间的复杂关系和个体在其中复杂的内心挣扎。

3. 突出人物之间的镜照式对比

原著小说多位人物之间、同一人物前后状态之间常有镜照式的对比，从中可窥见微妙的心理活动。但相关情节较松散地分布在不同章节，剧集不仅将原著此类情节对比展现出来，还将原著中主人公八卦间的谈资也充分地影像化，使得剧中人在不同社交场合的"装腔"行为与他们在私下里的"自我"时刻形成鲜明对比，展现了现代社会中人们为了适应社会期待而戴上假面的现象。例如，唐影一开始将"fake it till you make it"（假装直到你成功）视为工作和情感成功的秘诀，这种自我物化的生活哲学，反映了现实社会中为了成功而牺牲真实自我的现象，揭示了现代社会对个体真实性的压制。剧中角色在"台前"展现出的迎合 CBD "高端"人群价值观的一面和在私密场合流露出的真实的自我在情节中来回转换，充分体现了现实生活中人际交往"fake"的一面。在剧中，其他人物的映衬也突出展现了主人公的这种对比。

（1）重要对比人物之马其远——唐影发现自我的镜子

因为拥有得太多，所以世界上能够让马其远满足的事情太少，以致见到不施粉黛的林心姿、踩共享单车的唐影都像胜券在握的猎人，饶有兴趣地"烧仓房"。在一个匆匆忙忙赶去上班的早上，唐影踩共享单车与马其远的车发生了剐蹭，于是唐影得到了一次坐上豪车的机会。之后马其远每一次邀约，唐影都将其看作一场面试，极其用心地准备。一开始，唐影想要攻克富豪的心，站在一个女人的角度试图从一个成功男人那里得到认可。但初涉马其远的圈子，看到了网红米歇尔的遭遇，听到了马其远的"烧仓房"理论后，唐影发现自己更看重自尊和自我价值。于是，她在工作中越发上进，帮马总规避了巨大的经济风险，真正地赢得了一个成功人士在职场上的尊重。

在剧中，马其远从原著中活在转述中的符号化的"大款"、被拜金女孩追逐的猎物，具象成为一个与奋斗中女孩构成鲜明对比的"猎人"。唐影从与其在物质上悬殊的对比、精神上被俯视的冲击中，发现了不容忽视的自我，继而放弃纸醉金迷的沉沦，并通过发挥自我价值，赢得真正的自尊。

（2）重要对比人物之林心姿——唐影情感的背面

不同于原著里合租室友的设定，电视剧中林心姿是唐影的表妹，是个素颜也好看的大美女。林心姿被塑造成唐影的对比性人物。不同于"母胎单身"的唐影，她从小就习惯了被男生追求，习惯了被男生呵护，并且习惯了最大化一切女性的柔弱与娇艳，让异性为之折服。也不同于唐影，林心姿谈恋爱并不是出于心动，而是因为对方的条件符合自己的期待。她和唐影分别认识了马其远和许子诠，过分的算计使她失去了两份可能的爱情。算计使她在热恋过程中充满了困惑和不安，常通过冷战来测试对方到底爱不爱自己，然而这样的验证并没有给她带来如意郎君，反而招来控制狂男友的窒息式关怀。最终，劫后重生的林心姿在失败的感情中逐渐成熟，放下了自我设定的择偶条件，与音乐少年夏天走到了一起。

改编中，林心姿从唐影的室友变成了亲人，有了在情感上更多彼此介入产生映照的机会。在情感的 AB 剧中，林心姿作为唐影情感选择的 B 面为观众展现了一个非典型的现代女性形象。她在爱情和生活中展现出强烈的自我意识，在她与唐影的对比中，唐影对情感的价值观被凸显出来，也展现了现代都市女性在追求个人幸福时态度和选择的个性化。

三、改编反思

（一）改编之得

《装腔启示录》于 2023 年 8 月 18 日首播，全网累计有效播放量为 1541.1 万次，最高排名 15 名，最高有效播放在 2023 年 10 月 12 日达到 354.7 万次，集均有效播放为 110.0 万次[1]。这一播放成绩在年度剧集中只能算平平，而该剧主人公在猫眼、酷云等角色热度榜上也并未上榜，这也说明了角色讨论度不够，远不如热门现代言情偶像剧。但值得注意的是，原

---

[1] 数据来自猫眼 App，统计时间为 2024 年 1 月 15 日。

著小说获得豆瓣阅读第二届长篇拉力赛总冠军时阅读量超过150万,官宣电视剧定档时的阅读量超过350万,电视剧播出后阅读量显著增加,超过1000万[1],这充分体现了成功的影视化改编对于文学原著IP具有强劲的反哺力。从豆瓣阅读的留言中也可以看出,有不少读者是因为看了《装腔启示录》的电视剧而专门阅读原著小说的。这一现象说明,优质改编剧的长尾效应比较突出,能够在较长时间内持续产生影响,并反哺原著。

(二)改编之思

该剧未能成为"爆剧",可能基于主客观两个方面的原因。

主观方面,作品垂直性强。纵然《装腔启示录》对白领的刻画有着独到的视角和生动的描摹,但是在广大观众群中,体验过或者向往白领生活的人数占比是相对较小的。换句话说,这一题材是目标比较明确的垂类作品,垂直度高意味着受众范围有局限。相较于合家欢题材、婚恋题材、教育题材、青春偶像题材等,《装腔启示录》的受众在年龄、职业、受教育程度等方面都有一定的范围。因此,虽然从收看数据来看并不算热度很高的剧集,但豆瓣网评分、网络评价都很高,也侧面说明了该剧的受众范围相对较小,但在受众中评价较高。

客观方面,《装腔启示录》原著虽然在豆瓣拉力赛中获得第一名,但是19284条评论的热度,在整个网络文学的范围内只能算评价较高,粉丝数量其实非常有限,能从原著粉转化的观众数量相应也非常有限。该剧是在芒果TV和金鹰独播剧场播出,相较于爱、优、腾三大平台,芒果TV的用户相对较少。另外,该剧在原著30多万字篇幅的基础上,通过强化人物性格、建构人物关系、制造戏剧冲突等手段丰富内容,呈现出共14集、单集70分钟、总计近1000分钟的体量。这一体量按一般电视剧的单集45分钟的标准,可以被分为23集左右,因为单集时长超过了70分钟,相对减少的9集上线次数也会损失一定的点击量和播出率。

---

[1] 见豆瓣阅读该小说主页 https://read.douban.com/column/33627980/?dcs=search,数据统计时间为2024年3月25日。

《装腔启示录》作为风格独特的试水之作，从创作角度讲完成了对原著的精准还原，细节微调也可圈可点。但其相对较小众的"叫好不叫座"的处境也说明了中国都市白领职场剧品类用户基本盘十分有限的客观现实，此类题材 IP 的改编应对此有充分认知，找准定位。

《以爱为营》:"古早"公式的当下翻新

摘要: 言情偶像剧《以爱为营》在湖南卫视热播,在影迷网站却评分不高,呈现出口碑与收视倒挂的情况。该剧原著情节较为"古早",是典型的灰姑娘与王子的玛丽苏故事,情节缺少逻辑性和现实感。剧集在改编时尝试对"古早"言情套路进行符合时代审美的调整,并对人物形象进行了一定程度的丰富,但仍显悬浮;具体剧情节奏和视听语言借鉴了当下流行的网红短视频和微短剧风格,草根爽剧气息吸引了一批下沉市场受众。可以说《以爱为营》作为商业产品,是较为成功的改编运作,但此种风格的作品在收视方面大行其道,也给剧集生产者该选择怎样的 IP、引导怎样的审美提出了问题。

36 集剧集《以爱为营》2023 年 11 月 3 日在芒果 TV 开播,11 月 5 日在湖南卫视开播,最终取得芒果播放量破 31 亿热播成绩[1]。但其在影评网站遭遇超低口碑,豆瓣网评分仅为 4.3 分[2],观感两极分化严重。

---

[1] 数据来自灯塔 App,统计时间为 2024 年 2 月 5 日。
[2] 数据来自豆瓣网 https://movie.douban.com/subject/35444999/,统计时间为 2024 年 2 月 5 日。

一、原作的可改编性

（一）改编目标：从"甜宠文"到"短剧化长剧"

《以爱为营》改编自翘摇的《错撩》。从改编结果看，从原著小说到剧集的改编思路，主要是实现从"甜宠文"到"短剧化长剧"的改编。

翘摇的言情小说多为现代言情，文风和叙事带有一定轻喜剧色彩，多吐槽，主要满足年轻女性读者（其中很多读者可能尚为学生、未涉足职场）对于都市生活和白领职场的浪漫想象。《错撩》的男女主人公人设是"小作精记者"与"自我攻略霸道总裁"，该小说在晋江文学城的简介标签是"嗲精 VS 霸总""狗血酸爽、不求逻辑"[1]，作者本人对自身生产的娱乐产品定位非常清晰。表面上看《错撩》这样的小说似乎充斥着过时的偶像剧套路，如"灰姑娘遇王子"，但仔细观察会发现该小说走轻喜剧甜宠路线，并非喜泪参半的传统情节剧。小说叙事节奏偏快，把女主人公郑书意和男主人公时宴之间的暧昧拉扯描写得妙趣横生。总裁虽霸道，但在感情上头脑简单，出于自以为是的骄傲，他误以为灰姑娘爱上自己，结果灰姑娘另有盘算，这在某种意义上也构成了对传统霸总形象的调侃。这样的设计作为纯粹的白日梦，无形中契合了近年流行的"情绪价值"——这正是近年爆款电影和异军突起的微短剧产品主打的理念。看似"古早"，实则在迎合观众方面有所进化。

（二）改编基础

原著小说《错撩》于 2020 年 3 月 11 日开始在晋江文学城连载，后于 2021 年正式出版。翘摇过往作品有《她来听我的演唱会》《千万别对我动心》《明枪易躲，暗恋难防》等，其中《明枪易躲，暗恋难防》已改编

---

[1] 翘摇. 错撩［EB/OL］.（2020-03-11）［2024-01-12］. https://m.jjwxc.net/invite/index?novelid=4399698&inviteid=177569553.

成网络剧《良辰美景好时光》(2021),豆瓣网评分 5.7 分,约 3.6 万人评价[1];《别对我动心》也在 2024 年被改编为同名电视剧,豆瓣网评分 6 分,约 2.6 万人评分[2]。翘摇作为知名网文作家,其言情小说作品在网文圈内有一定市场号召力,《她来听我的演唱会》收藏人数 44.8 万,《千万别对我动心》收藏人数 28.9 万,《明枪易躲,暗恋难防》收藏人数 17.3 万[3]。《错撩》是作者作品中最受欢迎的一部,收藏人数 80.9 万[4],点击数和书评数也大大高于作者其他作品。

(三)改编难点

原著小说体量小,人物关系单薄,情节充斥"古早"偶像剧和网络段子的套路,从内容角度看改编难度较大。小说约 31 万字,是现代言情小说常见体量,但对网络文学 IP 平均字数而言,不算很长,且全部为现代场景,成本相对古装剧较低,属于典型的性价比均衡项目,无论从投资、定位还是创新性来看,《以爱为营》作为常规腰部作品,似乎并无很大野心。但该剧最终热播程度令人意外,引人思考。

二、重要改编分析

《以爱为营》在进行影视化改编时,将原著情节基本保留,按照原著时间线顺序叙事,并在原小说基础上扩充了男主人公时宴的职场商战线,增加了多对"副CP",原创了新角色易扬。对比图 8 与图 9,能看到原著人物关系以郑书意为第一核心,许多角色只与郑有单线关系,郑、时二人

---

[1] 数据来自豆瓣网 https://movie.douban.com/subject/34908096/,统计时间为 2024 年 2 月 5 日。
[2] 数据来自豆瓣网 https://movie.douban.com/subject/36200874/,统计时间为 2024 年 2 月 5 日。
[3] 该剧评分人数约 11.7 万,打分人数远超该小说作者其他改编剧作品。数据来自晋江文学城网站 https://m.jjwxc.net/book2/3361982,统计时间为 2024 年 7 月 20 日。
[4] 数据来自晋江文学城网站 https://m.jjwxc.net/book2/3361982,统计时间为 2024 年 7 月 20 日。

关系为主轴，其他配角彼此之间缺乏互动与关联，人物关系松散。剧集对人物关系进行了新的编织，主要以组 CP 的方式增加感情线和多角关系。

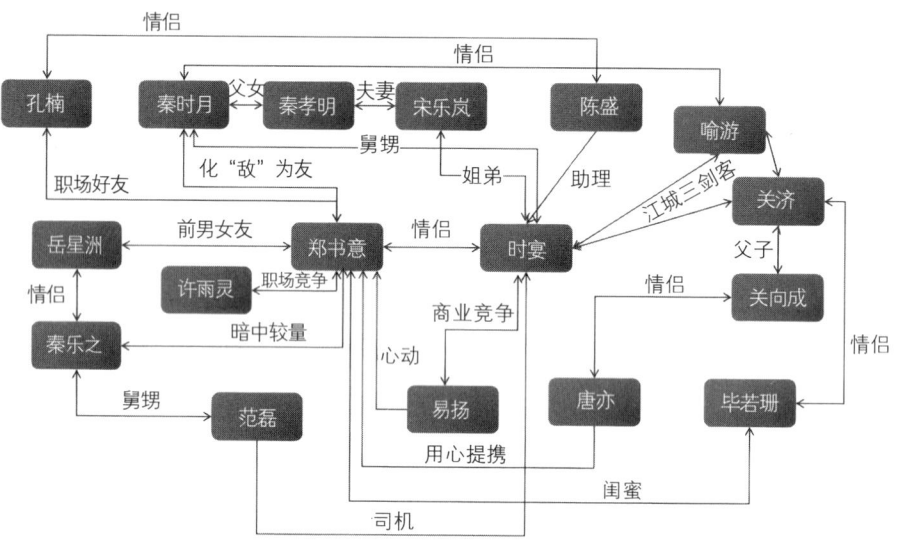

图 8 《以爱为营》人物关系

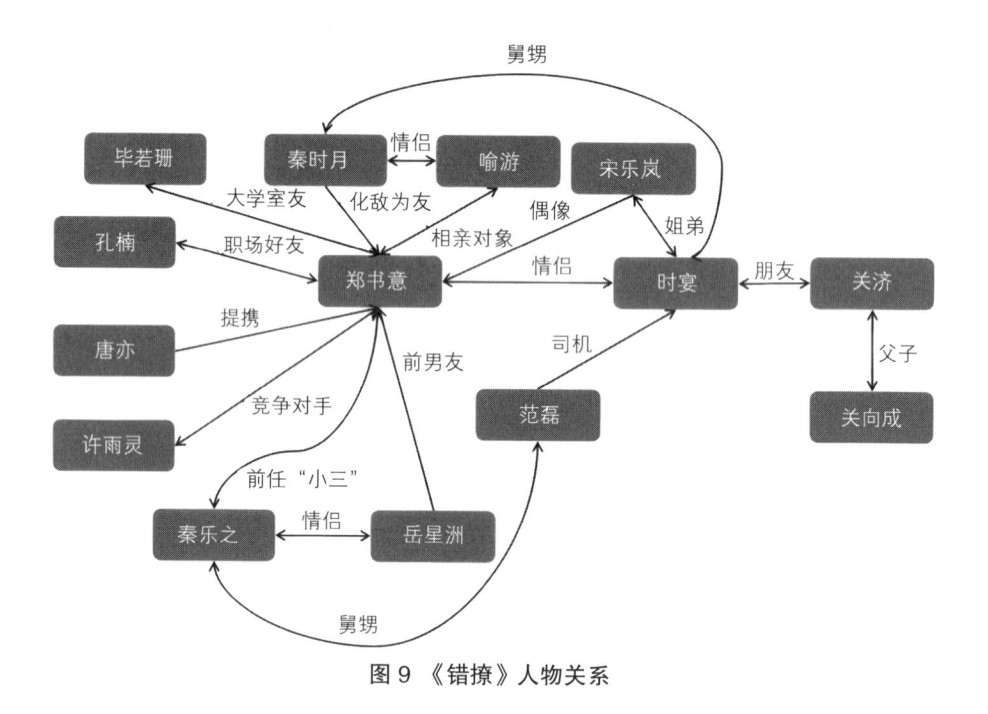

图 9 《错撩》人物关系

原著小说追求造梦和情绪价值，职场戏只是为主人公提供一个较为虚化的背景。而改编剧作为长篇剧集和上星剧，需要将原著更加悬浮的部分相对落实，因此加入了"新能源"相关话题紧贴时事，为剧集注入了些许时代特色。但部分现实元素的融入未能拯救剧集口碑，剧集在男女主人公交往模式、人物行为方式、职场现实逻辑等方面依旧按照原著白日梦路线设定，这些经影像媒介视觉化之后反而放大了原著的短板。

（一）主人公感情线：尽力还原人设，心理描写外化不足

原著中的郑书意貌美且自知，会耍小聪明，对待感情大胆出击，是言情小说中常见的"小作精"人设；原著中的时宴高冷但是傲娇，虽然外表是霸道总裁，但内心戏颇为孩子气，反添无厘头搞笑感。时宴人设与一般霸道总裁不同之处就在于，在他看似强势的外表之下有一颗"反差萌"的细腻的心。在感情方面，时宴嘴硬心软，会自我攻略，脑补出女主对他的心思——其实常常是误读，也因此带来幽默的喜剧效果。他表面上毒舌，实际内心一次又一次被郑书意拙劣的小把戏打动。然而书中许多有趣的反差感心理描写不能以影像清晰呈现，而许多略显夸张的台词如果照搬到表演中，由角色说出来，则可能显得"油腻"。演员表演若拿捏不好分寸，就只能看到男主人公习惯讽刺他人、没有边界感的一面。

剧集在这方面没有把握好修改的要点，一些细节的修改使时宴的"外冷内热"只剩下了"冷"。比如，郑书意生病打点滴时，时宴意识到自己真的对郑书意动心，所以才会一步步退让妥协。原著在这个段落里用大量笔墨描写了时宴内心的无奈、委屈，小说作者的"读心特权"让这个角色不再只是高冷的霸道总裁，人物百转千回的情绪变化使其形象变得生动立体。该剧并没有尝试将人物心情更准确地转化为视听语言，按理这一段应该是"名场面"，但剧集相应段落只有时宴的公主抱和干巴巴的对白，两人之间再次燃起火花的潜台词都未曾呈现。心理描写在剧集未能用其他可视听化方式补足，导致时宴的霸道总裁成为"纸片人"，所谓两人共同努力、相互扶持的浓厚感情自然也就打了折扣。

原著中描写的郑书意十分美貌，面对现实中的演员，即使选用了拥有较高流量的新生代艺人，观众审美亦是众口难调。文字媒介载体以"美貌"服众、让各种问题迎刃而解的设定对视听媒介而言反倒是难题。《以爱为营》剧集接受了原著中"美貌"的设定，但处理上有偏差。剧情为了提醒观众，女主人公是美貌人设，较生硬地安排配角用"倾国倾城""祸国殃民"等夸张台词来交代和衬托，没有进行适宜的影视化处理。这种处理很像微短剧剧作模式，主人公的人设用台词甚至大字号字幕的方式写在屏幕上，直接告诉观众"这就是设定"，默认接受之后就可以继续观看了。

更被观众诟病的是剧集中的"雌竞"情节。例如，通过郑书意和秦乐之两人的穿衣比拼，来强调郑书意的美貌，制造爽感。该情节出现在第10集，照搬了原著第15—18章的全部内容。然而此情节影视化之后效果不佳，从社交媒体上观众的讨论来看，此段落道具服装的设计未能体现出两位女演员的美丽。"雌竞"本身已然冒犯部分女性主义意识敏感的观众，而本想以视觉消费奇观博取注意的娱乐目的也没能真正实现。的确，此类较俗艳的比美经常出现在微短剧中，但长视频剧集播放平台及电视频道的受众毕竟与微短剧下沉市场有所不同，且贡献了更突出的舆论声量，该改编剧似乎从最初就放弃了更高的审美目标。

（二）主人公职场线：扩写工作情节，增强现实感

原著小说对女主人公记者职业的描述主要是为她与时宴两人的感情服务。改编后的剧集更加强调郑书意的新闻职业理想，突出了她一心想要升级电子刊的事业目标。加强女主人公事业心的改编初衷是值得肯定的，但在细节处理上仍不够到位，使得郑书意的职业理想稍显空洞。剧集试图将郑书意塑造为优秀的财经记者，但没有通过足够专业的新闻职场案例来体现其专业性，仅通过无脑恶毒女配来衬托郑书意的实力，如此处理反而矮化了郑书意的专业水平。郑书意文笔如何，基本靠配角猛夸，真正关键场合则依靠时宴"开金手指"，此类情节实属下沉市场微短剧水平。剧集扩写的职场部分并没有真正做到让人物变立体，所谓"精英"只是一层悬浮

的壳，沦为对都市白领和富裕人群的意淫。

在展现男主事业能力方面，原著对时宴的职场描写不过寥寥几笔，"总裁"只是一个标签，专注强调其表面毒舌、内心情感如孩子般简单的深情人设。原著中时宴接手父亲的铭豫银行，面对银行危机力挽狂澜，一战成名；剧集将其职场线改为他主动把继承权让给姐夫，独自创立铭豫云创投资公司，并不断寻找有潜质和有社会责任感的初创企业进行投资，希望尽己所能回馈社会。剧集的改编方向原本能够让人物显得更有社会责任感，不那么依靠家族财富，然而落实到具体情节，时宴商场斗争全靠和股东在会议桌上吵架，其在职场上遇到的最大困难就是技术合伙人突然跳槽，不过时宴很快就找到了替代他的人，这一波折没有对其公司造成任何实质影响。

缺乏足够专业的商战细节，让时宴的职业理想沦为纸上空谈，剧集为了增加现实感而扩写的职场戏，变成了一群穿着西装的人在"过家家"。每一次商战情节都发生在会议室，空间单调不说，情节永远是除了男主人公的两个朋友，其他人都反对其决议。而无论会议讨论了什么，剧集中都没有交代任何后续，原本带有几分现实感的热点话题因此变成了无趣的"水戏"。

（三）配角辅助线：扩写人物，打造多组CP

在原著中，几个配角较为扁平，只起到功能性作用衬托主角，但也算各有特点。例如，郑书意的妈妈几乎只有催婚一条角色任务，不分时间场合，似乎也不关心女儿生活的其他方面，每次打来电话都是突如其来的催婚轰炸。时宴的外甥女秦时月和时家成员也只在男女主人公感情需要推动时才出现。

剧集对重要配角进行了较大幅度的修改，几乎给每个配角都匹配了感情线，但也因此陷入"配平文学"的同质化模式。的确，甜宠剧作为当下国内影视行业较为发达的类型化娱乐产品，基本沿袭了其IP源头网络言情小说的常规模式，普遍依靠类型化的扁平人物推进剧情。这类人物虽然不如圆形人物立体复杂，但的确容易给观众留下记忆点。尤其配角人物，类型化、扁平化未必影响剧情精彩度，但倘若一众角色的类型人设过于单一，区分度不高，就会显得乏味。《以爱为营》中有多个女性配角，性格上略有差别，但基础设定毫无例外都是"精英""美丽""恋爱脑"，男性配角也都是不同风格的"霸道总裁"。该剧以"五个霸总爱上了五个记者"话题出圈，但主流观众对剧情的议论并非正面，而是以吐槽为主，不同CP人设高度同质化，加之每个女性角色都不同程度地从男性伴侣身上获益，这样的设定在独立女性"大女主"流行的主流话语场中很难获得好的口碑。

女主人公郑书意的闺蜜毕若珊是改动比较大的角色。在原著中直到第26章，毕若珊才正式出场，她和郑书意平日不在一个城市生活，工作也不同，毕若珊的角色功能主要是让郑书意有一个倾诉对象，顺便作为读者的"嘴替"给郑书意一些评价和建议。剧集不能像小说一样80%的情节均围着男女主人公打转，因此将毕若珊这个角色提前到第二集出场，其职业是出镜记者，外表性感美艳。尽管将其设定为郑书意的同行，但剧集显然无意通过毕若珊呈现新闻记者行业的不同侧面，而是用大量篇幅表现她混迹于各种酒吧，甚至直到第八集才清晰告知观众其职业是记者。这样的处理充分说明了该剧纯粹的娱乐产品定位，给毕若珊增加戏份，也无非是作为一种都市摩登女郎奇观来展示。

小说中毕若珊的日常除了吹捧郑书意的美貌，就是鼓动郑书意"倒追"时宴，但她并未真正推动情节或男女主人公感情进展，是纯粹的"工具人"。剧集除了延续人物在小说中的上述功能，对此角色的大幅扩写体现在其感情线上。毕若珊与时宴的生意伙伴、富二代关济组成一对欢喜冤家，两人最初都秉持不想被婚姻禁锢的想法，维持着无承诺的亲密关系，但毕若珊最终成功让"花花公子"关济收心转性，只爱她一人。毕若珊美艳摩登的定位使得剧中本就不够真实的职场戏更加儿戏，甚至给人一种感觉，女记者们都要依靠美貌引诱成功男性才能在职场上有所收获。客观上不得不承认，这条叙事线的设计深得热门微短剧精髓，甜点虐点搭配，跌宕起伏，大开大合，直白刺激。尽管每一次波折都是因为误会且人物拒绝解释，既重复雷同又缺乏逻辑，但这种简单粗暴的情绪调动方式在该剧的目标受众中很受欢迎。

剧中另一位重要女性角色是秦时月。与小说基本设定一致，秦时月是时宴的外甥女，母亲是著名女歌手。秦时月作为出身优渥的大小姐，年少轻狂，不谙世事，性格直爽，对待感情喜欢就追。改编剧加强了秦时月和大学教授喻游的感情线。小说中两人相遇较晚，剧集提前安排两人第 9 集第一次相遇，此后一直是秦时月单方面穷追猛打，此相处模式一直发展到第 23 集，喻游因为看到秦时月关心他人而吃醋，两人关系转变为两情相悦。

然而剧集似乎只专注打造 CP，秦时月在原著中的某些光彩部分反而被去掉了。原著中更加突出她的独立和原则意识。当秦时月第一次遇到碰瓷，她起初慌张，发现叫救援无果后，立刻抓住围观群众言辞重点，机智反击碰瓷的恶人，并且坚持原则要求赔偿。改编剧中将这段秦时月的高光戏改为喻游解救秦时月，变成了"英雄救美"的俗套桥段，选择炮制 CP 甜宠戏码，牺牲了人物的高光时刻，秦时月变成了缺乏个性的"小白花"。

剧集多少试图在秦时月的职场线方面进行一些刻画。原著中秦时月一直是对待工作无所谓的大小姐心理，体现出某种"随便找工作当消遣"的想象，剧集改为秦时月逐渐热爱上记者这份工作。这一设定本是积极有正能量的，但细节处理并未真正体现。例如，在云创的发布会上，郑书意、毕若珊、秦时月三位记者同时出现，却没有人专心工作，反而都将注意力放在肖想男性角色上，崇拜而期待地盯着男主人公或自己的暧昧对象。秦时月在工作态度上的变化终未能充分体现出来。

从女性情谊塑造的角度，原著中秦时月同情郑书意的遭遇，两人一起痛骂渣男，自此成为朋友，逐渐增进感情。改编后郑书意和秦时月的交往更像是上下级，缺乏交心和碰撞，反而没能体现出原著中超越阶级、年龄的女性友情。

在男性辅助角色塑造上,原著中的大学教授喻游出场颇晚,是一名温柔而疏离的人物。他虽然作为郑书意的相亲对象出场,但两人都对对方无感,约定一起敷衍双方父母。剧集为了强化人物关系网络,让喻游在第一集里作为男主人公的"兄弟团"出现,且为了人物情感纠葛更紧密,设定喻游的理想型是郑书意,一直对她有好感,为此多次拒绝秦时月。这样的改动增强了故事的"玛丽苏"意味,营造出多位男士属意郑书意并执着追求的效果。当郑书意和时宴产生矛盾时,喻游和易扬都作为她的"备胎"出现,这点和原著仅专注搭建男女主人公关系的感情线处理很不一样。客观上,剧集设定一女对多男,增加了一些戏剧性张力,迎合了当下女性观众对于"雄竞"叙事的兴趣,模拟出几分女性向恋爱手游的效果。

易扬是剧集新增的原创人物,人物设定是回国创业的海归,自家黑马公司是铭豫云创的竞争对手,还挖走时宴的合作伙伴。易扬性格张扬骄傲,对自己的实力异常自信,一眼看中郑书意并迅速展开疯狂追求。易扬在两人还不太认识、明知郑书意有男朋友的情况下仍然选择穷追猛打,此三观放在生活中自然是有问题的。但近年主打"情绪价值"的娱乐内容产品格外青睐"狂徒""疯癫"人设,为观众提供宣泄情绪的替身。不过,剧集延续了原著的"轻感",以甜宠为主,不会过度为难角色,易扬的出现亦没有对郑书意和时宴的感情产生实质性影响。

例如,易扬带郑书意出席晚宴,两人还一起爬树开玩笑,然而就在时宴出现的那一瞬间,郑书意毫不犹豫地离开了易扬,让观众清晰意识到易扬只是"备胎",而这种情节带来了额外的爽感。名义上,易扬这个角色对职场线有作用,但实际处理是很薄弱的,黑马公司的出现原本是为了给时宴的企业云创造成阻碍,但是最终也只不过是抢走了一名合伙人,易扬和时宴的商战对决全靠嘴上争论。而易扬给郑书意提供的职场助力,再度加深了女性需要获得有权势男性的喜爱才能获得机会的刻板印象。三人共同出席的芯片大会作为重场戏,原本可以用来表现男主人公的事业进展,然而剧集将大会变成了争风吃醋的舞台，暴露了该剧作为纯粹偶像剧娱乐产品的定位，职场戏只是给甜宠剧稍加现实粉饰的幌子。

总之，《以爱为营》对原著中松散人物关系的强化，主要依靠组CP来完成，营造出一种剧集全员恋爱至上的氛围。除了前述含男女主人公在内的三对主要"CP"，孔楠和陈总助、唐亦和关向成的感情线较为简单，几乎是两个角色见过一面就开始谈恋爱，构建出了一个所有人都在谈恋爱的世界，充分践行了网友们调侃的"配平文学"模式。

三、改编反思

（一）改编之得

《以爱为营》剧集热度与口碑倒挂的局面印证了当下影视娱乐内容产品用户分化的客观局面，在社交媒体和网站认真讨论、打分的受众与沉浸在短视频、微短剧、网络言情小说中放松享受白日梦的群体甚少重叠，甚至可以说"豆瓣与抖音是两个世界"。

国产剧集类型标签"甜宠剧"由早期偶像剧发展至今，"霸总"套路始终在下沉市场有影响力，甚至还借由微短剧形式影响了海外娱乐内容产业。原著小说《错撩》中充斥着"摸头杀""公主抱""凑脸杀"以及大篇幅的土味情话，以及种种霸总用金钱财力替灰姑娘"出气"、教训反派的场面，此类情节其实是一种满足特定群体情感幻想需求的亚文化。《以爱为营》在改编时似乎意识到这些对目标受众的吸引力，在原著基础上有意增加更多同类套路，以极高的密度不断刺激目标群体。该剧剧情整体缺乏戏剧能量充沛的跌宕起伏，但是每一小段分割出来都非常适合在短视频平台传播，剧中CP"发糖"的片段在微博、抖音等平台传播广泛，播放期间连续两周获得抖音热度周冠，短视频营销成功也是本剧高播放率的原因之一。

一方面是热播数据喜人，另一方面，在豆瓣网、微博等影视剧迷聚集的社交媒体平台上，除了演员颜值、服饰妆造等带有强烈主观色彩的争议，许多网友吐槽批评《以爱为营》情节逻辑较生硬，充斥着对女性的贬低和刻板印象，甚至认为其在甜宠粉红泡泡下美化两性权力关系中的"隐形暴力"。此处"隐形暴力"微观层面指的是言情作品中男性以爱为名对女性的过度控制，宏观层面指的是社会长期通行的性别权力秩序对女性的种种规训。一些带有"隐形暴力"色彩的细节通常隐藏在男女主人公的甜蜜之中，隐藏在男主人公的金钱、权力和所谓的爱里，实际起到了粉饰美化性别秩序不平等的效果。

这个问题在剧集《以爱为营》及原著《错撩》中均存在，甚至已经成为国产言情类叙事的顽疾。且剧集生产方在考虑 IP 选择时，早已将落后的性别观作为"习惯成自然"的模式接受下来，只考虑 CP 甜度、人设趣味，放弃了对真实婚恋关系的探讨。但与更偏亚文化的网络言情小说不同，改编剧集毕竟要在更主流的平台上进行更广泛的传播，于是《以爱为营》在改编《错撩》时增加了大篇幅职场情节，甚至以记者和投行总裁的相互扶持成长作为宣传噱头。然而这样的职场戏造成的误导或许更严重。

例如，将女性在职场中的专业价值与主体性矮化为颜值、身材等被凝视的客体价值。郑书意号称是优秀的财经记者，采访时却刻意制造和时宴的肢体接触，露出崇拜眼神，忘记了采访问题；因为稿件一直不通过，郑书意前往陌生总裁时宴家中改稿改到深夜；自从遇到时宴后，郑书意每一篇优秀稿件都有时宴的贡献。剧中塑造了几乎完美无缺的时宴，对郑书意极度宠溺，但也极大程度削弱了郑书意的独立性和她在职场上的魅力。看似郑书意不断说着"搞事业""努力创办电子刊"，但实际上她总是需要男性来拯救。

（二）改编争议

1. 心理描写以画外音形式呈现，略显机械

原著《错撩》中有大量对男女主人公心理状态的描摹，尤其时宴经常嘴上嘲讽郑书意，实际心理活动却是感到女主人公可爱，其外冷内热、口是心非的形象带给读者强烈喜感。剧集改编原著时，将原著中大多数心理活动保留了下来，以画外音或自言自语的形式直接说出。影视作品滥用旁白和独白本是大忌，本应该以行动或自然对话来展现的角色情感，却通过"为说而说"的旁白、独白交代，对那些对作品视听语言有较高要求的观众而言，未免太过粗糙。

例如，原著第31章，作者细致描写了时宴的动心时刻。他原本因为郑书意接近自己目的不纯而心存芥蒂，但他不声不响，自己说服自己继续接近郑书意。实际上的人物外部动作只是向郑书意迈出一小步，但此处其实是两人感情迈向另一个阶段的重要转折点。剧中直白地用旁白念出这段心理活动，打破了两人间的暧昧氛围，也使得剧情节奏变得拖沓，这种时刻人物以行动代言辞或许效果更好。

又如，剧中郑书意有大量自言自语的段落，将原著小说中的心理活动以台词独白形式说出。该角色独处时自言自语，和其他角色共处也会自言自语，所讲的内容无非两种：心中盘算或辛辣吐槽。对于影视叙事，以恰当的方式打破"第四堵墙"，让角色面对观众吐槽是一种风格化的表现手法，如在电影《死侍》等作品中的应用，能够以间离的方式制造喜感，也能给人物增加个性。但是《以爱为营》中的人物状态并没有做到足够跳脱搞怪，并不是大大方方地对观众吐槽输出，人物表演和视听更像是在小声自说自话，不太符合现实生活中正常人的行为逻辑。且人物吐槽的内容大多可以通过画面视听语言直接传递，按道理没有必要用台词再制造冗余信息，画蛇添足。

按照本剧人设，郑书意身为记者，其吐槽理应精准、一针见血，倘若肢体动作和语言设计不当，反而会显得角色蠢笨。本剧角色旁白段落没能给演员安排丰富且有意味的场面调度和走位，仅凭"瞪眼"、外貌肢体展示等动作，无助于情节推进和人物塑造，反而给人"注水"印象，不能有效地配合旁白台词引发观众共情。

文字媒介擅长心理刻画，而影像媒介基本是关于表象的艺术。影视改编应该将原著文字真正消化，用精心设计的台词和有效的动作替代原著中人物的内心独白。而人物的心理活动应该有选择、适当地外化为直观的动作呈现，观众自然会通过人物动作品味其情感变化，理解人物内心世界。

2. 场景打造追求表面养眼，忽略细节真实

剧集作为现代都市题材，在营造现实生活质感方面较为忽略。很多场景过于精美，有种"影楼风"，缺少真正的生活气息。比如，郑书意出身普通小康家庭，作为财经记者，按理工作强度很大，独自居住的她未必有时间和心情布置家居，但其家居空间却是公主风精致洋房。又如，郑书意生病去打点滴的医院，病人寥寥无几，奶油配色的环境极具梦幻感，不像现实中人多较忙乱的医院场景。

其实原著中描绘了不少人物日常生活细节，并非全无现实质感。比如，郑书意独自打点滴时怕自己睡过特意定了闹钟。但剧作对一些细节的减料，从视听层面削弱了人物的真实感。

3. 热度与口碑倒挂的窘境

《以爱为营》原著具有一定受众基础，加之有高流量偶像艺人参演，在播出前已经颇受关注。2023年10月4日至2023年11月2日，作为待播剧，该剧集热度指数排名基本维持在全网前10名以内，2023年10月7日进入待播剧热度指数榜前3名，2023年11月1日进入待播剧活跃粉丝榜前3名[1]。剧集播出后热度甚高，成为湖南卫视和芒果TV年度热播作品，获得猫眼电视剧热度榜日冠33次，猫眼都市电视剧热度榜周冠5次，猫眼全网累计有效播放8.35亿次，最高排名第1名。微博热搜榜最高排名第1，话题为"以爱为营剧组 鬼怪过时了"[2]。

从剧集舆情来看，网友好评主要集中于对两位主演的喜爱与赞美，差评则集中攻击该剧剧情缺少逻辑、侮辱记者职业、妆造土气、演技僵硬、

---

[1] 数据来自 AIMan 平台 https://www.chinaindex.net/moment-of-glory/54088，统计时间为 2024年2月5日。

[2] 数据来自猫眼专业版 App，统计时间为 2024年2月5日。

演员选角不够贴合人设等方面。好评差评均与演员相关，这种情况并不奇怪。在当下影视娱乐行业的流量经济模式下，演员的粉丝群体几乎可以为了支持偶像而观看偶像出演的任何作品；而文学原著有文字提供的想象在先，尤其网络言情小说常常塑造极尽美貌和完美的男女主人公形象，众口难调，难寻"贴脸"艺人是常态。这种情况下，想获得好口碑，就需要尽可能排除演员因素，在剧情上下功夫。足够精彩的剧情能够衬托甚至托举演员的表演，倘若仅依靠演员热度，就难免出现全网热度和口碑两极分化严重的结果，毕竟热衷于在网络上认真评价、给作品打分的并非下沉市场"沉默的大多数"，也不是粉丝群体，而是那些见多识广、对作品要求较高的影视剧迷。

总体而言，对原著 IP 的选择，已然说明了生产者的创作审美定位与受众预期。这涉及剧集生产的根本问题之一，是作为产品经理，纯粹打造娱乐产物，迎合情绪价值，还是在满足娱乐需求的基础上，尽量融入现实关怀，提升受众审美。后一条道路并不容易，不仅对创作者提出更高要求，甚至可能吃力不讨好。但是前一条道路可能导致一代人的审美降级，隐患巨大。回到具体操作层面，现代言情小说 IP 改编成影视剧时，大多将"言情""偶像剧"标签与"职场剧""行业剧"标签并置，这种情况理论上佐证了上述后一条道路才是主流之路——或借重或放大扩写原言情小说中的职场线，为以谈情说爱为主要叙事目标的原著增加现实意义。当然，客观业态也提出了严峻的命题。在平衡言情戏与职场戏方面完成度较高的改编剧作品，如《装腔启示录》同样在湖南卫视和芒果 TV 播出，其在小众圈层中获得了高口碑，收视率却远远低于《以爱为营》。现代言情小说目前为止，因收入产出比较均衡，仍是每年年度文学 IP 改编的主要品类，如何提升此类型的品质，进而引导受众，是创作者必须面对的问题。《以爱为营》虽然获得了收视成功，但这样的成功显然不适合复制。

《我的人间烟火》：消防行业剧与虐恋故事的调性错位

摘要：改编剧《我的人间烟火》是知名言情文学作家玖月晞在晋江文学城连载的较热门作品，改编为电视剧之后却遭遇大量恶评，成为年度"黑红"之作。原著篇幅较短，聚焦于女主人公视角和虐恋故事，电视剧改编着重扩充了男主角作为消防员的行业剧叙事线，较丰富地刻画了消防行业群像。但通俗言情文学中"为虐而虐"的情感线与现实感事业线风格差异过大，消防行业剧与虐恋故事调性严重错位，导致该剧观感割裂，还引发了大规模的舆情，从改编策略争议，演变成观众、流量与创作者的对垒。这为过度高估热门通俗类型文学原著改编价值的剧集制作者敲响了警钟。

一、原作的可改编性

（一）改编目标：从古早虐恋文到"言情+行业剧"

从改编结果来看，剧集的主要改编目标，是从聚焦于女主人公视角的古早言情虐恋故事，改编为男女主人公双视角，涵盖医疗和消防的"言情+行业剧"模式，并依托这些行业天然寄托的"救人济困，奉献社会"的崇高理想，使剧集价值观突破小情小爱的局限，面向影视媒介的更广大受众。

（二）改编基础

电视剧《我的人间烟火》改编自玖月晞创作的小说《一座城，在等你》。原著小说最初发表于晋江文学城，自2017年1月1日开始连载，后于同年12月正式出版，晋江站内收藏人数17.5万，章均点击量42万次，读者评分8.6分。[①] 玖月晞的主要作品还包括推理言情小说《小南风》（晋江评分8.7分，已改编成电视剧《微暗之火》，剧集豆瓣网评分7.2分）、《你比北京美丽》（晋江评分9.6分，已改编成电视剧《你比星光美丽》，剧集豆瓣网评分6.7分），言情悬疑小说《少年的你，如此美丽》（晋江评分8.0分，已改编成电影《少年的你》，电影豆瓣网评分8.2分）等。在晋江文学城签约作者中，玖月晞属于超一线水平，在言情悬疑领域也具有相当强的市场号召力，多部作品均完成了影视转化，口碑中等偏上，这些让玖月晞作品的商业价值一路飙升。然而玖月晞于2024年曝出抄袭受罚丑闻，隐隐呼应了一直伴随其声名的"融梗"争议，作者个人的舆情隐患不仅将影响其未来作品的改编，也让大家在回顾其过往作品时带有异样眼光，这恐怕是《我的人间烟火》《微暗之火》等IP项目选择之初难以预料的。

原著内容上的吸引力主要来自人物较少见的极致人设。原著中女主人公许沁不苟言笑、冷漠疏离的性格，较常规言情作品中的女主人公设定，具有一定的差异性特色。此外，原著中男女主人公宋焰、许沁的职业分别设定为消防员和医生，这些职业天然寄托着"救人济困，奉献社会"的崇高理想，在改编时如恰当拓展职业叙事，能够突破言情小说文类专注私人小情小爱的局限，让文本主题得到升华，提升格局立意。

（三）改编难点

即便原著《一座城，在等你》包含许多可能吸引观众的人物、情节亮点，可供改编者发挥，但这并不意味着该文本所有内容都适合影视化呈

[①] 玖月晞. 一座城，在等你［EB/OL］.（2017-01-01）［2023-01-07］. https://www.jjwxc.net/onebook.php?novelid=2903976.

现。原著中男女主人公性格均较为阴郁扭曲，依赖泛滥的心理描写强制观众认同其行为逻辑；情节渲染贫富差距，导致价值观偏差与争议，设定女主人公被军队干部家庭收养，养父母权势滔天；虐恋桥段对影视剧媒介而言较为过时，尽管作为网络文学，古早虐文形式确实有其垂直受众群体，但对面向更广大受众的影视媒介而言，"女主身心受虐＋直男莽汉发糖"的情绪价值调动模式已饱受诟病，在近年言情剧创作中十分少见。以上问题，亟须在改编时进行规避或改造。

二、重要改编分析

（一）基本改编方向

《我的人间烟火》对原著《一座城，在等你》的改编，首先是要扩大原著格局，在类型定位方面进行调整，将言情虐恋故事改造为"言情＋行业剧"模式，使《我的人间烟火》作为"消防剧"的类型属性被放大。虽然"中国行业剧就是披着行业剧的外衣谈恋爱"这一针对国产行业剧的诟病由来已久，但客观上，"言情＋行业剧"仍然是现代都市背景剧集的可行模式，至少能够保证基本的受众群体，反倒是一些在行业写实、职场生活方面更下功夫的剧集面临着"叫好不叫座"的窘境，典型如《新闻女王》《装腔启示录》《今日宜加油》《破事精英》等，国内观众对硬核行业剧的接受度仍有待提升。

其次，原著中男女主人公均有心灵创伤，导致性格和行为方式多有反常，而改编成剧集之后失去了小说在人物心理描写方面的优势，如何将人物复杂纠结的心理外化出来是改编的重要目标之一。

最后，原著情节中过度渲染、意淫权势的设定，对男女主人公之间激情"性张力"的露骨描写，此类带有网络亚文化色彩的内容，必然要在改编时加以规避。

（二）对人物形象及人物关系的改编

《我的人间烟火》中人物的关系如图 10 所示。

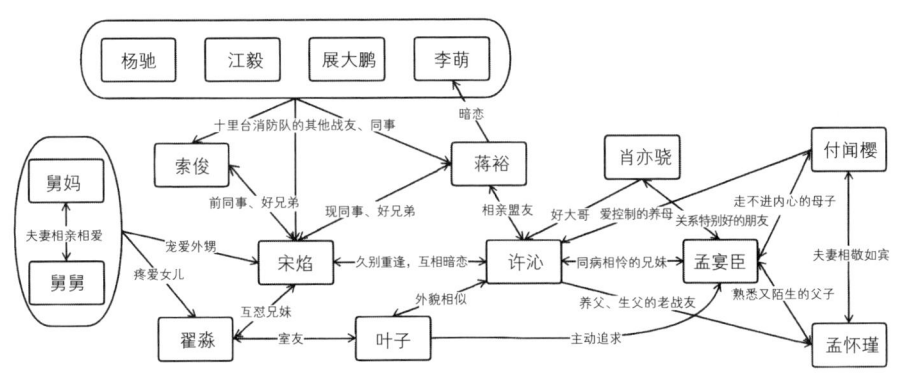

图 10 《我的人间烟火》人物关系图

1. 加强男主人公视角，柔化原著中的"不良分子"形象

小说《一座城，在等你》一度被读者们誉为"糙汉文"的代表，剧集《我的人间烟火》在对原著进行改编时，剔除了原著中男主人公宋焰粗暴轻浮的举止和流氓习气。小说中的宋焰，高中时便是不良少年、学校霸王，好勇斗狠，最初完全是个混混形象。两人开始交往之后，被收养许沁的军队高级干部家庭孟家坚决阻挠，许沁被安排出国，宋焰考军校希望成为特种兵改变命运，他的努力却在孟家的阴谋下断送。此后宋焰成为消防队员，再次与许沁相逢，两人解开心结，共同对抗来自许沁家庭的阻力。

原著包含很多宋焰的野蛮行为，一些肢体暴力令人不适，如老街起火时推搡来移车的许沁，在桥底救出许沁后又将她扔入水中等。这些细节在剧集中被改写，改编后重点强化他作为十里台消防站站长的正面特质，如性格耿直、热血正义等。剧中的宋焰有着过人的勇气和毅力，对队员要求极为严格，训练重视火场实战，而不是只为比赛名次。宋焰消防经验丰富，会坚持自己的判断，有时不惜违抗指令或打破规矩，他总是奋不顾身地带领战友拼杀在危难险地的最前沿。

原著中宋焰尽管遭遇了重重磨难，仍一直向许沁隐瞒遭遇，怕她为难与家庭决裂。宋为爱人着想、以德报怨、忍辱负重的品行被剧集悉数继承，并体现得更加明显。剧集完善了宋焰的童年经历，重写了宋家与孟家的两代纠纷：宋焰的父亲为人出头被许沁养母、孟家女主人付闻樱陷害，导致家境落魄，宋母出轨并私逃，父亲死后宋焰被舅舅收养。在宋焰的人生轨迹方面，剧集弱化了其少年时的流氓习气，突出其努力改变命运的奋斗精神。宋焰与许沁分手后奋发图强考上了军校，原著诬陷叛国的高烈度剧情被改为付闻樱买通医生害宋焰体检未过。剧中的宋焰最终仍然靠自己的努力当上了特种兵，还因中枪获得了二等功，然而他退役后正要提干时又被付闻樱举报，失去了更优越的工作机会，成了消防员。剧集增加了大量宋焰在消防工作中遇到的困难，强调了他的专业和奉献精神。

然而，这也导致宋焰被过度神化、超越现实，这种弊病尤其体现在消防行业剧戏份上。剧中宋焰处理科技增援火灾现场等专业问题时，显得刚愎自用；他强制队员高负荷训练，不仅显得不近人情，还有违背科学训练方法的嫌疑，此时配角们为了烘托主角，还要表现得对宋焰十分崇拜、赞不绝口，此类情节遭到了观众的诟病。排除演员杨洋优越外表及其以往荧幕形象带来的偶像剧印象，宋焰这一角色即使只停留在剧本文本层面，也多少与剧中偏写实的消防队群像格格不入，仍像是从言情文/偶像剧中闯出来、自带粉红色浪漫滤镜的角色。他一腔莽撞奋不顾身却从无性命之忧、破坏规矩也有领导撑腰、只要努力训练就能救出所有人，唯一要克服的难关就是"美人关"。

剧集在改编时，似乎只专注于规避男主人公在原著中粗鲁流氓气的不良印象，却没有意识到过于偶像化的"高大全"形象也会带来负面影响。这种改编处理下的男主人公宋焰虽然有了更扎实的前史和成长节点，但实际看不到真正的成长轨迹和人物弧光。

2. 完善前史解释女主人公独特性格，强调救死扶伤的奉献精神

剧集中女主角许沁的性格基本还原了小说。她因自幼父母双亡，从小寄人篱下，所以敏感自卑、犹豫迟疑，缺乏安全感，不敢反抗家长，惧怕表达自我诉求。剧集进一步解释了许沁性格的成因，对许沁的刻画不只停留在性情木讷、寡言少语的表层，而是更详细地交代了许沁如何被孟家领养、无血缘关系的兄长孟宴臣如何对许沁一见钟情，强化许、宋、孟三角关系的戏剧冲突，突出孟家内部体面表象之下的暗潮汹涌。

按照更贴近行业剧类型的改编思路，剧集加大了许沁医疗职业生活的叙事比重，甚至为此微调了原著中许沁的性格。小说中的许沁冷漠疏离，作者采用了更加私人化、内心化的塑造方式，而剧集强化了许沁的外部动作，将她的性格改为冷静专业，心直口快，善良而不世故。人物首次出场是重场戏，选择哪些细节突出人物的哪方面直接影响观众的第一印象。小说中，许沁出场时丢掉了沾染血污的新鞋，凸显其洁癖和养尊处优；而剧集将这段戏改为许沁因手术繁忙顾不上吃饭，外卖点的面条在汤里泡得太久，已经软烂成了一坨，强调的是人物的敬业与奉献。剧集还原创添加了许沁在下班途中遇到车祸，直奔现场救人等细节，按照医疗行业剧的模式塑造白衣天使形象。

在表现医院职场关系时，原著中许沁同事徐主任、杨思佳的戏份极少，且主要是作为衬托许沁家庭背景强硬、家人手眼通天而存在。作为军队高级干部子弟，许沁在解放军医院里处处顺风顺水，被同事们背后议论，俨然一副豪门贵女形象。此类对特权的意淫作为一种亚文化，在言情网络小说中普遍存在，乃至"高干文""部队文"已经成了一种特定的亚类型。但这种意淫缺乏建设性，亦不符合主流价值观。在剧集中，许沁与同事们的关系更加平等，更有专业交流氛围，许沁与徐主任、杨思佳围绕着医生荣誉感和使命感展开探讨甚至争论，体现了她在职业生活中的成长。女主人公的事业线配合着她与宋焰稳步升温的情感线，让观众看到女主人公如何逐步从双亲丧命、寄人篱下的童年创伤中走出，如何尝试着打开封闭的内心。女主人公的思想蜕变和个人成长，并非仅靠爱情完成，而是作为一个实现了自我价值的职业人，呈现了人格趋于圆满的过程。

为了让人物更接地气，剧集中的许沁不像原著那般仅以高干家庭的大小姐形象出现，而是试图突出其努力摆脱孟家过度保护与控制的意愿。为此许沁也会考虑基本的生计与经济问题。当面对医疗小组领导提出的"为何要当医生"的问题时，她会对上司说出"因为医生不会失业"这样过于"实在"的台词（原著中无此细节，类似台词只跟宋焰表达过），但这样的"实在"恰恰说明了许沁的纯粹。她极为专注，对病人一视同仁，并不期望病人的感恩，这使她能够区分开职业与光环，不会沉溺在自我成就感之中。为了与许沁的纯粹相对比，剧集原创了更多细节表现孟家家长尤其是付闻樱的功利与自私。付看到儿子孟宴臣给灾区捐助物资，首先想到的是借机获取名利，认为做了善事理所应当争取回报，而这种心态也反映在付闻樱收养并控制许沁的行为上。剧集通过养母的衬托，较好地解释和凸显了许沁的成长。

然而，改编剧仍然没能充分解决的原著遗留问题是：许沁为何会无比执着地爱上宋焰？原著通过心理描写等手段刻意将许沁的"早恋"解释为她追求自由解脱的方式。为了反叛过度保护与控制她的孟家，这位少女故意与校痞耳鬓厮磨，学着抽烟喝酒，与混混厮混在一起，还放弃了本来能考上的高等学府，"低就"报考本地大学。电视剧仍然延续了这一"执恋"的强设定，但仅仅靠初恋回忆、滤镜美化，并不足以说服小说读者之外的广大观众。

3. 丰满配角形象，放大个性特色

电视剧《我的人间烟火》对原著中已有的配角进行了加工，让部分平面化的配角更加血肉丰满，突出其各自的性格特色和成长脉络。这点尤其体现在对专业职场群像的刻画方面，即在原著基础上增加了原角色的戏份，或增加了新的消防员角色。应急管理处青年干部蒋裕起初与宋焰相看两厌，但两人在日常配合中日渐默契，成为"文武搭档"，携手建设消防事业，共同面对无数质疑和阻挠（该角色在小说中只是一笔带过）；十里台中队指导员索俊工作和生活难两全，陷入分身乏术的两难境地；临近退

役的队员江毅得知母亲被困震区生死未卜，他只能擦干眼泪坚守岗位；展大鹏在火场把氧气面罩让给老百姓，自己却被熊熊烈火吞噬，许多观众回想起这个角色作为消防新人出场时的桀骜不驯以及接受训练的情景，纷纷泪目，在弹幕中书写感动……剧集力求塑造更加立体真实的消防员形象，他们是战士，同时也是某个家庭的孩子、某个女孩的依靠，也会面对心爱的人话在心口难开，也会因生活和工作的双重压力流下眼泪，更会在关键时刻把生的希望留给自己服务的人民。

丰满配角有助于更紧密地编织人物关系网络，弥补原著中某些人物故事线不够完整的情况。对原著男女情感关系网所涉角色改动较大的，是对配角叶子的改写。原著中叶子是误入歧途的女大学生，为了赚外快在夜总会陪酒、卖假货，发现自己获得高阶层男士孟宴臣的青睐后一心想攀上高枝。当她发现自己只是面容与许沁相似，是他人"替身"之后，开始变得不择手段，不惜诬告孟宴臣。剧集修改了这个原著小说中道德败坏的形象，规避了三观扭曲的人设。叶子被改编为本性善良、勤俭知性的女大学生，出身贫寒但努力向上，只是在酒吧打工做服务员，而非陪酒卖笑，还和宋焰表妹翟森一起做自媒体创业。剧中叶子诬陷孟宴臣强暴不仅仅出于功利目的，更多的是出于妒忌和对爱的渴望，是因爱生恨。小说中叶子只是浅薄拜金女形象，真相大白后她受到法律惩治，被付闻樱买水军攻击，之后便没有更多交代。剧集将叶子的结局改为迷途知返，她认罪受罚之后于台风天援救路人，孟宴臣对她的态度也有了积极改变，完整了这个人物的叙事线。

不过，对叶子的改编也存在一定问题。剧集放大了原著中叶子容貌与许沁酷似的设定，更鲜明地将其表现为女主的"平民"版本，体现了家庭差异对人各方面的影响——许沁出国接受精英教育，求职时有养母疏通关系，无须讨好上司，还自以为一切全是自己凭本事争取的；叶子即使成功就读梦想中的专业，也要勤工俭学才能完成学业。这样的对照从戏剧性和话题性角度来说，固然能够吸引观众注意力，但对于贫富差距的过度渲染，只是一种对社会问题的浅薄消费，缺乏真正的批判性和建设性意义。且这样的改编强化了传统言情文类的"雌竞"滥调，设定女配因家庭条件而自卑、爱慕虚荣，使其成为衬托女主人公真善美的工具人。剧中孟宴臣对待二人的悬殊态度，让女性角色之间"三六九等"的等级划分更加尖锐分明。孟宴臣对许沁的痴恋始终得不到回应，叶子主动求爱却被他视作勾引，叶子恼羞成怒才诬陷勒索。

而全剧最出圈的角色非男二号孟宴臣莫属，该角色的超高热度多少超出了创作者的预料，"孟许CP"的火爆甚至导致了对主角CP的强烈反噬，观众纷纷力挺孟宴臣，反感起宋、许二人反反复复的拉扯。作为暗恋许沁的无血缘"哥哥"，孟宴臣和许沁一样困扰于强势母亲的束缚，也在不断尝试挣脱原生家庭的桎梏，奔向独立和自由。剧集原创了一处细节，即孟宴臣自比蝴蝶标本，暗喻自己如同被母亲塑造出来的标本，是没有自由行动权力的被展览者。那场孟宴臣站在贴满蝴蝶标本的屏风前流泪的戏，其精心设计的构图具有很强的情绪感染力，让观众瞬间共情。

剧集试图兼容言情叙事与行业剧叙事，于是热衷于为主人公周围的同事、友人牵线搭桥，塑造了消防员索俊与未婚妻、消防员展大鹏与医生李南、应急管理处人员蒋裕与消防站监督员李萌、孟家世交晚辈肖亦骁与医生杨思佳等几条感情线。但剧集中这些人物的感情进展都稍显潦草，由于缺乏铺垫，大结局对其中三对CP情感结局的交代都略显突兀，给人一种为了凑出圆满结局而刻意设计的感觉。

（三）对情节线的改编

剧集主线情节遵循原著小说感情线，讲述了男女主人公分别十年之后重逢，在职业生活中相互守望，最终克服家庭阻力重新走到一起的故事。时间线方面基本按照原著时间顺序，只在细节上进行了一些调整，以适应电视剧的叙事节奏和视听表现形式。情节的改动与扩写主要体现在以下几点。

1. 强化职场线，言情戏与行业剧并重

剧集改编时大幅拓展了男女主人公各自的职场戏篇幅，并结合消防员、医生两种职业的特点，为男女主制造协作机会，增加二人基于职业责任的互动。职场戏份以消防出警为主情节，医疗救助为辅助情节。消防排险情节较为紧张，医疗情节则用于交代火灾等意外事件的后续进展，伤患的生死安危佐以急诊室和消防队的日常，情节缓急搭配，平衡全剧节奏和气氛。

剧集大大强化了男主人公的视角，其重要性甚至超过了女主人公，这点与原作中女主人公作为主视角的情节安排差异较大。这或许有演员方面的考量，主演者杨洋的热度与影响力是剧集重要的卖点之一。这一点从剧名上也能看出，原著名为"一座城，在等你"，强调女主人公视角下的痴情守望，而"我的人间烟火"则强调角色共同守护社会安宁的一面，带有行业群像色彩。剧集在行业剧叙事线方面更侧重消防队的日常工作，原创了大量消防专业剧情。除了小说中写到的车祸、居民区救火、地震坍塌现场等情节，增添了应急救援和消防检查等情节，尽量涵盖消防行业的方方面面。

改编比原著更加突出消防工作在时间、效率方面承担的巨大压力，出警任务更紧急，情况更危险，局势更复杂，原创了消防队指导员重伤、队员牺牲等强烈度情节，增加了紧张感和观赏性。其中不乏惊险危急的实景拍摄，大部分呈现效果较为逼真。例如：第6集，宋焰从几十米的高楼外侧解救孩童，一条绳索连接着两条生命；第22集的望乡地震牵动着社会各界人士的心，经过动员后，消防员、医生抓紧黄金72小时，携带救援物资奔赴望乡地震前线。原著中地震抢险的名场面被剧集还原，同时为表现男女主人公生死与共的深情，还增加了危急时刻许沁只身犯险助宋焰脱离险境的剧情，在表现人物职业任务的同时，助人物情感升温，将故事推向高潮——一方是将生死置之度外的消防英雄，一方是不顾疲累抢救病患的白衣天使，通过两位主角/两种职业的相互守望，来体现人间大爱与小爱的融合，点题并升华"人间烟火"这一主题。

此外，许多剧集的原创内容有意顾及社会舆论热点，从现实中寻找素材，融入主情节。例如，复旦驴友被困黄门山、女孩被围观群众起哄跳楼、见义勇为者居然是诈骗犯等，增加了故事的真实感，提升了讨论度。在处理这些社会话题时，剧集采用了较为温情的方式，避免了过于尖锐的现实冲突与价值争议。例如，搜救驴友的情节设计，消防员只是失足落下山涧，并没有牺牲生命；剧中被怂恿跳楼的女孩也被消防员顺利救下。

关于男主人公宋焰个人的职业追求，剧集除了还原原著中的冒险救援、挽救队友等事迹，还完善了宋焰面对升职转岗问题时的心态转变，原创性地添加了他带领消防队比武夺魁的情节。遗憾的是，宋焰宣布参赛时的雄心壮志在比赛中并没有遭遇多少阻力，目标轻而易举达成，戏剧性不足。

相对消防行业故事线，医疗行业故事线的表现显得较为平淡。剧集对许沁事业目标的揭示较原著更加明确——获得主任认可争取晋升，摆脱"走后门""关系户"的负面名声。最终，许沁找到了作为医生的荣誉感和使命感。

尽管改编着力赋予故事更多现实感，以表现救灾场景中的男女主人公专心于各自工作，但为了还原小说中所谓的"名场面"，仍不免出现一些过度渲染主人公职业能力的"超现实奇观"，被观众质疑。例如：许沁因车进水而受困桥底时，发动机早已熄火，宋焰竟徒手将汽车从水中推上高地；许沁在灾后废墟中，为救胎儿，执意给无生命体征的孕妇破腹，实际生活中判断孕妇死亡需借助心电仪器，第一时间的正确做法应是抢救孕妇，而非实施剖宫产，且许沁并非产科医生，设计她在五分钟内完成剖宫产手术纯属天方夜谭。这样的改编与现实生活中的常识出入过大，无法忽视，引发了消防、医疗等不少行业机构的批评。批评被公开发表在这些机构的社交媒体主页上，如剧中宋焰和许沁手拿灭火器调情玩闹的场面，虽然是原著中所写，但剧集非但没考虑到此情节不妥，应当规避，还将这段细节作为浪漫桥段强调渲染，以致被消防机构批评为"不仅挑战消防员工作的严肃性，更是一种违法行为"（在剧集制作方道歉之后，消防机构删除了批评）。在视听化方面，小说不可能写到具体每个画面，剧集对场景的落实也多有不妥。例如：为了制造气氛，设计人物在灾区救援现场欢呼的场面，与灾情现场沉痛氛围严重不符，显得缺乏人文关怀；部分消防员在火场行动时存在未佩戴呼吸器的情况，不符合消防作业规范；就连消防工作中最基本的灭火器使用示范，剧集呈现的细节都被相关部门挑出了错误，称容易造成误导。诸如此类的专业性错误不能以艺术夸张敷衍解释，既然强化了故事的行业剧属性，就应当对涉及特定行业的剧情进行足够严谨的考据。

2. 感情线依附原著，节奏缓慢，转折较刻意

剧集前期男女主人公感情线进展较为缓慢，两人互动较少。原著可以依靠心理描写和回忆强调两人旧情难忘，但转译为影像之后理应加快节奏，并外化人物情感。剧集为给男女主人公制造互动契机，原创了消防医疗联合救援小组剧情，但该情节点出现仍偏晚，直到男女主人公的职场线合并交集后，两人的互动才显著增加。

剧集的感情线虽然基本还原原著节奏，但在弱化原著中一些烈度过大、过于夸张的情节时，也出现了剧情动力不足、转折刻意等问题。

原著中孟家为了阻挠宋、许感情才屡屡陷害宋焰，陷害手段极为恶劣，堪称道德败坏，原著通过这样的"虐点"吸引读者。而剧集削弱了孟家对宋焰的迫害程度，增写了宋、孟两家的陈年恩怨，意在加强戏剧性和合理性，却在实际表现两家纠葛时，铺垫不足、过于含糊、揭示过晚，把观众和女主人公一起蒙在鼓里，未能营造出观众知情而女主不知情的悬念效果。另外，没能真正体现男女主人公突破来自内心、身份与伦理的重重障碍，一步步朝对方靠近的过程，因为观众不知道两人及上一代背后的沉重前史，会误以为男女主人公无病呻吟、矫揉造作。

改编后的剧情较小说进一步削弱了宋、许感情面临的阻力。开场男女主人公重逢时，宋焰的态度比小说中更为缓和，剧集不仅保留了原著中宋焰表妹翟淼和孟家世交肖亦骁对两人恋情的认同（小说中的这两个角色起初对男女主人公相恋并不看好，但之后很快就转为支持），还增添了小娆、蒋裕、舅舅、舅妈等角色助攻恋情的戏码。小说中宋焰的情敌孟宴臣身为军队干部，对宋焰更有威胁，剧集中孟宴臣是商人身份，对宋焰威胁有限，不会造成实际阻力。两人恋情的外部阻力只剩下孟母的坚决阻挠。

不仅外部阻力缺乏，内部阻力同样不足。在失去了小说的心理描写便利后，剧集对于许沁寄人篱下、处处受制的精神痛苦展现得并不充分，于是她为了追求自由恋爱，不惜与家庭决裂的举动也难以被观众理解。小说中的孟母付闻樱可谓心狠手辣，为达目的无所不用其极，几乎是绝对的反派，虽然夸张且无视法治社会的现实，但这样的设定确实能够让观众更理解许沁急于脱离孟家的心境。然而改编后的剧本在弱化了角色严重违法乱纪的行为之后，对其功利刻薄一面的塑造也不够，反而在家庭叙事中将付闻樱塑造成了一位对养女尽心尽责、悉心栽培，全心倾注母爱的角色。付对许的舐犊之情在小说中不能说全然没有，但小说中对这个角色的否定态度比剧集更鲜明，更强调付的冷酷和近乎病态的控制欲。

在这种情况下，付闻樱和许沁关于白粥的争论成了频频登上互联网热搜的槽点。剧中这个段落讲付闻樱造访许沁住处，许沁称宋焰来家中给自己做了白粥，并表示"我一个人在这儿，第一次觉得有家的感觉"。付闻樱闻言感到养女不可理喻，质问："一碗粥是吗，一碗粥就让你念念不忘。你爸爸怕你工作辛苦，在医院附近给你买的这房子，买的车……你呢，就为这点儿小情小爱，一碗粥让你要死要活？"这段母女对话，引发巨大争议。从剧中表现的细节看，付闻樱虽然专制，但孟家父母的确十分疼爱养女，许沁的言辞"第一次觉得有家的感觉"有违人之常情。白粥作为原著小说中象征男女主人公朴实纯真爱情的意象出现过20余次，如："真是奇怪，分明什么材料都没添加，没有海鲜山珍，没有蔬菜糖盐，一穷二白的白米粥，怎么竟会有甜味？怎么竟会有其他粥都比不上的最是自然纯净的清甜味？"① "好像忽然明白了为什么恋爱中的人打电话叫煲电话粥，普通的清水白米，慢火炖着，米汤咕咕，清香四溢，一碗润甜的白米粥喝进肚里，暖身养胃。"② 但原著里并无剧中这句争议台词，剧集过于直白生硬地强调白粥寓意，效果反而适得其反。不过在小说中，许沁面对孟家给予的优越条件，言行也存有不一。例如，剧集第 10 集照搬了小说中许沁的台词："我回了国，改了姓，我从家里搬出来，我在计划，一点一点，不再用家里给的东西了。"③ 但所谓"从家里搬出来"仍然是住着孟父给买的豪宅，这让她的反叛缺乏说服力。

剧集意在强调女主人公重视浪漫胜过物质，但因为措辞不当引发了网友们的逆反。女主人公逃脱家长控制寻求自由的追求本可理解，换一个情境可能只是代际问题，然而剧情误将观众注意的焦点引向了对"凤凰男""恋爱脑"的挞伐。这使得剧中男女主人公复合之后，剧中的各种"发糖"桥段（有些源自小说描写，有些为原创）也遭到网友挑刺群嘲。例如：许沁搬出了孟家为她购置的大房子，搬进宋焰舅舅家的四合院与宋焰同居，宋焰对舅舅舅妈说去接许沁下班，结果只是在胡同路灯下等她打车回来（原著细节）；许沁看着宋焰擦地，本是普通家务，许沁却满脸感激，感慨"你好宠我"（剧集原创）。再加上视听层面呈现了宋焰一把拽过许沁等较粗暴肢体语言，网友甚至调侃其为"家暴先兆"，将该剧戏称为《消失的她》前传。

最终剧集呈现的效果，已经不是"富家女放弃优越的物质条件和穷小子一起奋斗"的励志爱情故事，而是女主人公视领养家庭的关爱如无物，不知感恩，理由不明地痴迷于男主人公，宁愿为此放弃一切，立志成为医生的这份事业心，初衷竟也是为了自由恋爱，想要用事业成功说服家人允

---

① 玖月晞. 一座城，在等你（第29章）[EB/OL]. (2017-01-01) [2023-01-07]. https://www.jjwxc.net/onebook.php?novelid=2903976&chapterid=29.

② 玖月晞. 一座城，在等你（第67章）[EB/OL]. (2017-01-01) [2023-01-07]. https://www.jjwxc.net/onebook.php?novelid=2903976&chapterid=67.

③ 玖月晞. 一座城，在等你（第26章）[EB/OL]. (2017-01-01) [2023-01-07]. https://www.jjwxc.net/onebook.php?novelid=2903976&chapterid=26.

许自己和男主人公在一起。相比之下，男主人公对女主人公的付出显得不够对等，即便男主人公也曾为了配得上女主而奋发努力，且屡屡被女主人公家人坑害，导致学业、事业不顺，但这些真相揭示得过晚。在观众眼里，许沁成了"新时代的王宝钏"，稳居影视剧"恋爱脑"排行榜首位。

平心而论，剧集在外化男女主人公情感方面，体现了较娴熟的剧作技巧。例如，为宋、许感情线增设了重要道具——印有许沁照片的打火机。宋焰与许沁分手后一直随身携带此打火机，打火机曾在战斗中为他挡下子弹，让他侥幸逃生，更添宿命感。此后许沁在消防车上意外拾到这枚宋焰遗落的打火机，意识到宋焰对自己仍有旧情，她归还打火机标志着二人关系有了重要转机。除了定情信物打火机，剧集有效利用了原著中涂鸦墙、早餐铺（剧中微调成了小吃店）等与男女主人公高中回忆息息相关的空间，增加了老街拆迁、婚房换新等情节，从空间上呼应两人关系变化。

然而剧集在表现男女主人公职场互动时，没有意识到原著小说中的一些描写过度耽于私人情感表达。文字只是片面地渲染两人的缠绵情绪，而如果将类似气氛置于消防、医疗工作环境中则并不合时宜。剧集只考虑到要增加两人在职场环境中的互动，却忽略了偶像剧氛围与专业精神之间的不协调，这种不协调突出地体现在剧集原创的一些场景中，如在医院消防演习中男主救援女主、震区救援后男女主人公在病房隔床深情对望等。类似时刻观众很难不产生联想：在队友患上创伤后应激障碍、面临严峻心理考验的重要时刻，身为消防站站长的男主人公却在卿卿我我，这种联想严重地折损了人物魅力。

3. 结局强化团圆感和社会责任意识

原著的结局仅聚焦于宋焰与许沁的二人世界，剧集改编则更突出了皆大欢喜的团圆感。剧集增写了原著中并没有的宋、孟两家恩怨，在结局时必然要对当年的恩怨做个了结，采取的方式是让付闻樱自首接受法律制裁，以行动向宋焰一家道歉。在原著中，付闻樱面对儿子孟宴臣被诬陷强暴的困境，而重要的目击证人恰是宋焰表妹翟淼，只有翟淼能证明孟的清白时，起初仍然高高在上，但在翟淼的指责下逐渐崩溃，欲下跪道歉。而翟为许沁着想，交出了证物手机，条件是孟家永远不要对宋焰提起当年事。在面向广大公众传播的电视剧中，付闻樱的违法行为即便相对原著较轻，也不该逃脱法网，因此剧集将这段戏改为翟淼要求付闻樱承担当年责任，而付闻樱也的确主动自首，完成了救赎。

剧集以原著中未提及的台风登陆救灾作为大结局高潮段落，让行业剧事业线与言情剧感情线合并。事业线方面表现消防队员和医护人员加班抢救台风伤员，守望相助，男女主人公分别带队合力营救溺水者，事业上珠联璧合。付闻樱也在台风中被宋焰援救，从此认可了宋、许的恋爱，表达了希望参加二人婚礼的意愿。原著中孟怀瑾夫妇最终仍很难接受宋、许的婚姻，将问题搁置，只是由孟父苍白地表示了一番："要是以后你受了欺负，也得回家找爸爸妈妈。"[1] 剧集则添加了孟怀瑾亲自登门拜访宋家的情节，彻底化解了宋、孟两家两代的积怨，男女主人公成婚结亲，恩怨一笔勾销。剧集的处理似是想弥补原著结尾女主人公与养父母关系不了了之的未完结感，但也难免给人一种"刻意和谐"的感觉，仿佛为了团圆而团圆。

剧集将最终落点放在更具社会责任意识的职业表白上，替代了原著结尾对男女主人公甜蜜氛围的描写。剧集最后一幕许沁问起宋焰入伍时的誓词，宋焰开始郑重诵念。念完后，他又补了一句，"也绝不背叛你"。这段戏兼顾了大义与小爱，这样设计的确体现了该剧致力于平衡行业剧与言情戏的创作基调。

三、改编反思

（一）改编之得

40集电视剧《我的人间烟火》是由李木戈执导，徐速、周遇编剧，杨

---

[1] 玖月晞. 一座城，在等你（第63章）[EB/OL].（2017-01-01）[2023-01-07］. https://www.jjwxc.net/onebook.php?novelid=2903976&chapterid=63.

洋、王楚然、王彦霖领衔主演，魏大勋特别出演，张彬彬友情出演的青春成长情感剧，于 2023 年 7 月 5 日在湖南卫视和芒果 TV 播出。该剧播出热度高，话题讨论度极高，根据猫眼数据，全网累计有效播放为 749.1 万次，集均有效播放 18.7 万次，全网最高热度为 9706.48，总曝光 437.89 亿，总转评赞 6462 万，累计上榜微博热搜话题 4014 个，其中话题 TOP1447 次，累计在榜时长 1849 小时，2023 年 7 月在猫眼爱情电视剧、都市电视剧、都市剧集三款热度榜中位列第一。[①] 但该剧的热度很大程度上来自网友的群起而攻之，是无奈的"黑红"，豆瓣网评分仅有 2.7 分，42 万打分者中，一星评价占比高达 80.7%。高收视与低口碑的倒挂现象，让该剧成为年度争议之作。

（二）改编争议

根据网络评论抽样，网友的剧集评价两极分化态势较为严重，豆瓣网中差评主要围绕男主人公油腻、女主人公恋爱脑、偶像剧脱离消防医疗工作现实，以及原著作者抄袭融梗等方面展开，为数不多的好评则集中在为孟宴臣和魏大勋单独点赞。也有部分明星粉丝试图为剧平反，但是收效甚微。不过也正因为网友的热烈讨论，使得该剧有了"边骂边看，边看边骂"的热度。

从言情小说到言情剧集，角色的确常常需要职业身份加持。一是职业身份能赋予主人公不同专业相关的个性，可能产生特殊魅力；二是职场工作能侧面推动人物情感关系。尤其是那些天然寄托了"救死扶伤""无私奉献"等社会理想的职业，对影视剧改编来说，能够提供正能量升华主题，提升言情作品格局和站位，所以与这类职业相关的言情小说频繁被改编也就不足为奇了。

《我的人间烟火》选择描写"消防员+医生"恋爱组合的小说《一座城，在等你》有一定合理性，改编时加强行业剧属性也不算错误方向。但

---

① 数据来自猫眼专业版 App，统计时间为 2024 年 3 月 6 日。

必须意识到,大部分言情小说中涉及的职业身份,无论是医生、律师、金融人士还是近两年大热的消防员,职业生活在小说中常常只承担"情调"功能,是主人公风度和价值表达的背景板,行业相关细节往往禁不起太过细致的推敲。这就要求在将通俗现代言情故事改编为更具行业剧属性的作品时,需格外留意硬核行业知识,在改编技巧上要小心处理两类叙事调性冲突的情节。

《我的人间烟火》的消防行业部分,想要加强现实感,着力塑造消防员群像和日常工作,但男女主人公的虐恋纠葛又十分夸张,并非人际现实常态,人物为爱痴狂,给观众留下一种情绪状态很不稳定的印象,让人难以想象他们竟然肩负重任,能随时化身救援英雄。两人的职场工作交集,成了"发糖"的机会,但梦幻甜蜜与灾难危急的氛围常常不符,显得不合时宜,且最应严谨的行业部分,也被专业人士指出种种谬误。最终呈现的剧集,的确完成了虐恋故事叠加行业故事的基本任务,但两种类型底层价值观有龃龉,不同叙事段落呈现出的气质彼此矛盾,导致观感割裂。该剧是因类型定位偏差导致观众评价严重反噬的典型案例,为过度高估热门通俗类型文学原著改编价值的剧集制作者敲响了警钟。

《西出玉门》：灵异传奇与浪漫爱情的兼容尝试

摘要： 剧集《西出玉门》改编自网络作家尾鱼的同名小说，讲述了神秘女子叶流西和探险向导昌东在西域沙漠中的奇幻冒险故事。剧集将都市冒险与奇幻爱情两大元素混搭杂糅，在奇幻冒险的世界观背景下融入日常叙事，完成度较高地呈现了原著作品中宏大的世界观和独立鲜明的大女主形象。但这种类型混搭也对观众欣赏惯性和预期构成了挑战，对奇幻冒险和偶像剧有特定偏好的受众表示不甚满足。作为国产 IP 改编剧中极少有的大女主现代奇幻言情，该剧改编经验值得研究和参考。

《西出玉门》改编自尾鱼的同名小说，全剧共 38 集，单集时长约 35 分钟，由苏照彬总导演，林子平导演，苏照彬编剧，康希、李佳颖、张翰生联合编剧，倪妮、白宇、金瀚、孟子义、张艺上、卢昱晓等人主演，于 2023 年 9 月 7 日在腾讯视频网络首播。猫眼专业版 App 数据显示，2023 年 9 月 7 日至 2024 年 3 月 13 日，本剧全网最高热度为 9651.22（2023 年 10 月 7 日）[①]。2023 年 12 月 16 日，该剧获得腾讯视频金鹅荣誉发布的"年度观众喜爱剧集"和"年度会员挚爱剧集"两大奖项。整体而言，《西出玉门》属于较为成功的当代幻想冒险剧集改编案例。

---

① 数据来自猫眼专业版 App，统计时间为 2024 年 3 月 13 日。

一、原作的可改编性

（一）改编目标：从都市灵异到沙漠冒险

电视剧《西出玉门》的改编前提，是原著故事足够精彩，自带强劲的吸引力，且尾鱼深耕特色类型多年，读者基本盘较大。但剧集改编仍面临一些媒介材质转换方面的挑战。当代都市背景下的灵异叙事在国内剧集创作中较为稀缺，可借鉴经验不多，较成功的盗墓题材 IP《盗墓笔记》《鬼吹灯》又是男性向纯冒险类，与女性向"言情+冒险"差异巨大。因此无论是类型定位还是视听呈现，《西出玉门》的改编都需要审慎拿捏尺度。从改编结果来看，从原小说到剧集的主要改编目标，是实现从都市灵异到沙漠冒险的风格转变。

（二）改编基础

1. 现代奇幻言情小说的独特魅力

作家尾鱼专耕现代奇幻言情小说，其作品影视化改编的成功先例是剧集《司藤》。其作品特色在于塑造了一系列堪称当代女侠的女性群像，女主人公大多身怀绝技且身世隐秘，法术/武功超群能够保护自己和照料同伴，外表出众，待人接物状态或睥睨或松弛，仿佛一切尽在掌握……总之，为读者提供了当代独立女性的典范形象，且因为处于带有奇幻色彩的现代叙事空间之中，这些独立女性既无须面对现实生活中普通女性的困境，又不同于古装架空世界中远离现实的古人，对读者有别样的吸引力。

2. 当代边缘侠义人群带来的新鲜感

《西出玉门》原著共 52.3 万字，是一本现代都市女频向的灵异小说，共分为上下两册，129 章（正文 116 章，番外 13 章），讲述了叶流西和昌东的奇幻冒险故事。两年前，著名的沙漠向导昌东带领着一支驴友组成的团队前往沙漠观光探险，却遭遇了神秘事故，18 名队友全部丧生，尸骨无存，包括昌东的女友孔央，只有昌东奇迹般地存活。昌东因愧疚与后悔，销声匿迹，藏身在一家皮影馆内，以刻皮影为寄托。两年后，失忆的神秘女子叶流西带着一张照片找到昌东，要求昌东带自己进入沙漠。这张照片是昌东女友孔央的尸体照片，叶流西声称能带着昌东找到孔央和枉死队友的尸体。昌东为了查出事件的真相、找回遇难队友的尸体，决定与叶流西一同前往沙漠。然而这趟旅程并不平静，昌东和叶流西遭遇了种种神秘事件。最终，叶流西找回了自己丢失的记忆，找回了自己的真正身份；昌东也带回了遇难队友的遗物，知道了两年前的事故真相。

原著笔墨集中于当代都市中的边缘人群：女主角叶流西隐身于西北边缘城镇，一身神秘功夫，但记忆缺失，对自己的出身来历一概不知，在唯"金钱至上"的表象下，却无私地暗中保护着夜行的单身女性们，颇有武侠小说中"侠客隐士"的风范。男主角昌东在沙漠向导一行中是顶级的存在，人脉颇广，却寄身于一家小小的皮影馆，颇有武侠小说中"扫地僧"的风范。原著中其他的配角人物，有的开着典当行，有的行走在灰色地带，有的在沙漠中打家劫舍生存……这些人物设计偏向于边缘人群，与都市的行事法则截然不同，为观众带来猎奇的新鲜感。

（三）改编难点

《西出玉门》的原著是一本都市女频向灵异小说，因此在改编过程中需要考虑几个改编难点：如何将原著中的冒险叙事与言情叙事更好地融合，争取同时吸引冒险题材受众和偶像剧受众；在失去文学媒介特有的心理描写手段之后，如何更清晰地将原著中人物内心世界和情感变化外化出来；对于原著中尺度较大的灵异情节与过于暴力的细节，如何根据影视剧标准进行削弱和改写。

二、重要改编分析

针对以上改编目标与改编难点，创作团队在进行改编创作时，基本按照小说的时序叙事。具体而言，以叶流西和昌东的探险经历作为主线，对于原著中的"玉门关""皮影棺""司马道""荒村""黑石城""红花树旅馆""黄金矿山"等情节段落较为还原,对于原著中的"关内世界"场景也较为还原,对于人物、人物关系等基本架构高度还原,只是对原著中一些细节进行了合理化改编。

(一)平淡中见奇事:改以三重时空呈现原著情节

原著小说《西出玉门》甫一开场,便用白描的手法描写了一段弥漫着烟火气的现代都市生活场景:西安有一条热闹的回民街,街边的商家铆足了力气揽客,游客们熙熙攘攘地在街上游览穿行;不少游客捧着酸梅汤去皮影剧场看戏。作者由此引出了易容为丁州的昌东和连续三天来看皮影戏的叶流西第一次见面的故事。这样的写作手法,娓娓道来,让读者随着作者的情境描述,缓缓进入戏剧情境,颇有身临其境之感。

剧集在原著小说开场的基础上,做了一段曲折的三重平行时空。剧集一开场便是在荒芜的青壤镇外,荒凉戈壁,孤月高悬,女主角叶流西被诡异地吊在一棵枯树上,画面非常有冲击力。剧集开篇便悬念迭起,既展现出奇幻悬疑的风格,引发了观众对于女主角叶流西的探索欲,也在观众心中埋下了悬念——这个充满谜题的女人将会带来怎样的故事?随着青壤镇上的文物看护员被抓,女主角叶流西因此走入了充满烟火气的平凡生活,从荒凉戈壁走入现代都市。正当观众沉浸在这段故事中,剧集笔锋一转,原来这只是一段故事,是一位沈姓老人正在给画家何筱玉讲述的传奇故事。剧集的开场改编,从奇幻的荒凉戈壁起,隐入熙攘的世俗生活,又进入了真正的现代都市,流畅地构建起三重平行时空,既保留了原著中落地的世俗生活,又开卷明旨,埋下了整部剧最大的悬念。

在后续的剧集故事中,创作者延续了三重平行时空的设定。

第一重时空是关内世界,代表着过去。关内世界是封闭式的,等级森严,四大家族拥兵自重,自持方术,把守着上层。关内人无法走出钰门关,只有叶流西或者皮影人商队能够自由进出,代购关外货物。关内世界较为贫瘠,无论是物质还是精神层面都几乎停滞,各方面都落后于现代社会，是一片黑色地带。但是这个时空与历史传说紧密相关，还有着珍奇异兽和御兽方术，以及无字签留下的预言，完全满足了观众对于关内奇人异事的幻想。

第二重时空是现代社会，代表着现在。现代社会便是老沈为何筱玉讲述的现代故事发生的背景，也就是昌东和叶流西生活的时空。故事发生在灰色地带，昌东是沙漠向导，叶流西是关内商人，柳七、丁柳、高深等人行走在灰色地带，肥唐开着典当铺，灰八等人在沙漠中收旧货，这些人物设计更贴近于现代都市传说风格，与盗墓、奇珍异宝相连，满足了观众对于探险故事的幻想。

第三重时空是当代社会，代表着未来。这个社会平静和谐、阳光明媚、花团锦簇，是白色地带。老沈为何筱玉讲述了一段过去发生的奇幻故事，讲完后，何筱玉似乎看到了叶流西和昌东接孩子回家。两重时空奇妙的融合，满足了观众对故事结尾的浪漫幻想。故事还在继续，故事中的人物仿佛真实存在，第二重时空的故事更像是一段都市传说，让生活在当代的观众充满了奇幻期待，仿佛真的在某一处角落发生了这样的故事。

原著小说是两重时空，剧集改编为三重时空，多加了第三重当代社会时空，这样的改编，既避免违背影视剧相关题材规定，也让观众在故事中有了落脚的实地。从平淡的当代社会中听到一段跌宕起伏的探险故事，从探险故事进入一个光怪陆离的奇幻世界，又从奇幻世界回到了岁月静好的当代社会，逻辑顺畅，故事完整，首尾衔环，虚实相生，于平淡中领略了奇事。

（二）平凡中见奇人：落实大隐于市的市井奇人形象

原著《西出玉门》只有两重时空，因而剧集《西出玉门》仅以第三重时空作为故事结构，寥寥几笔带过，主要以第一重时空关内世界与第二重时空现代社会发生的故事为主，描绘了许多带着传奇故事的市井奇人。市井拉近了观众与传奇故事的距离，奇人则为观众带来陌生化体验。剧集尽最大可能满足了观众对市井奇人的观剧期待，较精准地复刻了原著人设。

"望东魂流西骨",原著中女主角叶流西是关内预言中的天选命定之人,她能够巩固关内世界阶层,也能够摧毁关内世界架构,从零创建起蝎眼组织。她疾恶如仇、身手不凡,是黑白两道都要退让三分的人物。同时,她又是长相美丽、性格洒脱、对待感情积极主动的女人。这样的人物设计,既有大女主的事业进取,也有小女人的情感设计,还肩负着一重世界的秘密,很容易让女性观众产生向往,希望成为这样又美又飒的女人;也容易吸引男性观众的目光,飒爽的女性与剧集市场中的古装女性、现代时装女性有较大的区分度。

但在落实的过程中,叶流西"混不吝"的潇洒气质,稍有不慎就可能显得"装""油腻",女演员倪妮的表演多少引来一些争议,可见将原著台词和动作完全照搬未必是最好的方式。原著中,孟古今带着老板、模特、摄影师等一行人在沙漠中拍写真大片,叶流西见状,才由衷地感叹自己随便一拍就是大片。而在剧集中,孟古今这条线被彻底删除,却保留了叶流西感叹自己随便一拍就是大片的台词,显得较为没头没脑,不少观众称叶流西观感做作。

另外,剧集在服化设计方面,不甚符合沙漠探险现实,观众吐槽为了显示女主人公的好身材,安排其身穿短裤露出长腿,实际在沙漠中为了防晒,无人会做此打扮。此类细节的疏失多少有损女主人公的侠客形象。

原著中昌东是被反派龙芝选中的、与叶流西适配的"命定之人"。他以普通人的身份经历了一段神鬼莫测的奇幻故事,很容易让同样是普通人的观众产生代入感并神游其中。同时,昌东虽然是普通人,但是他是整个"西出小分队"的头脑担当,冷静客观,出谋划策,与关内奇人们斗了个旗鼓相当,这也让观众有了爽感,普通人在异世界也有相当大的作用。剧集比原著更强化了昌东的视角,让男女主人公的戏份更加平均,感情戏比重略增。

原著中龙芝是关内世界的世家代表人物,更是集中展现了"奇人"之奇。龙芝有两手绝技,即银蚕心弦和龙腾虎啸。银蚕心弦能够替人续命,只要在人身上种下心弦,每拨动一次心弦便能替此人续命三年。龙芝便以此要挟昌东,要求昌东替她杀了叶流西。此外,龙芝手上还有"瞑",能够抹掉人的记忆、删改人的记忆等。主角一方的个性角色还有李金鳌和他的两只公鸡,能够用异兽小咬进行皮影戏演出。另外,盗墓偷棺的灰八等人,游走在灰色地带的柳七、丁柳等人,还有最后从血肉之躯变为皮影人的普通人高深,这些人物设计都是都市故事中的"奇人""传说",平平无奇却身怀奇技,在平凡生活中搅动了"奇迹",是非常受读者和观众欢迎的人物设计模式。剧集保留了这些精彩人物设定,对于这些"奇技"的视听化还原,提升了观众的观剧体验。

(三)平实中见奇景:重现"关外"波澜历史的视觉美学

原著《西出玉门》描写了大量的地理风貌、地域人情与历史传说,又将一些历史传说进行了二次创造和艺术加工,用真实的历史人物虚构了历史细节,架构起庞大的奇幻世界,读起来令人啧啧称奇。文字描绘的世界无极限,但是剧集受限于落地改编,仅于现代生活中引入了平行时空概念,将沙漠探险、都市怪谈、《山海经》异兽传说、汉武帝巫蛊之祸等巧妙融合,塑造了一个神秘莫测的奇幻世界,尽最大可能从视觉美学上重塑了原著架构的两重世界。

原著未对主人公"出关"前的落脚点做明确规定,剧集将地点落实为西北某处较为偏僻的小城——历城。作为现代世界的空间代表,历城没有高楼大厦,没有高科技现代设备,随处可见的是低矮平房、门面小饭馆、卖瓜小货车、简陋的小旅店、略显陈旧的皮影馆与典当铺。街道熙熙攘攘并不开阔,往来行人穿着朴素,有些灰扑扑的色调,是比较典型的西北小城镇。这样的环境设计较为落地、接地气,让传奇故事的发生背景显得真实,引人遐思。

叶流西与昌东出发前往沙漠腹地,剧集将小说中瑰丽的描写落到实处,展现的场景是一望无际的沙漠、黄金流沙、龙头雅丹、风蚀地貌,神秘壮丽,又有埋葬着皮影人的皮影棺、有历史根源的司马道等历史逸文,令人视野一新。这样的场景，与现代快节奏都市场景、古装典雅场景、仙侠特效场景完全不同。实景带来实感，令观众似乎与剧中主角一同畅游，实现线上西北风光"云游"。

关内世界则是另一重景象。关内世界建立于千年前，流传着"绝妖诡于钰门"的传说，有"博古妖架"罗列天下奇珍异兽，如吸食人血肉精气的"沙土人"、缠人绕物的"萋娘草"、仿人摹形的"双生子"、千里辨物的"水眼"、盘踞黄金矿洞的"金爷"……还有仿照汉唐城市设计的黑石城、建造在地下的红花树旅馆等，这些奇景设定带有充分的浪漫奇情想象力，既脱胎于真实生活，又高于真实生活，令人有惊奇之感又不至于到荒诞的程度，着实令人赞叹。

关内世界的人物设定同样也带着浪漫奇幻色彩。擅长用银蛇测签占卜的签家人、精于皮影秘术的李家人、用诡谲方术御兽的龙家人、统领羽林卫的赵家人、以养蝎为标识的蝎眼组织……这些设定呈现颇具东方志怪色彩，引人入胜。

（四）类型定位调整：精准把握尺度，传达积极价值理念

《西出玉门》原著小说的定位非常明确，即当代情感混搭公路冒险元素的女频作品，以感情线为主，剧情服务于情感推进。其中也有不少超现实的元素，涉及血腥恐怖、历史虚无等问题，从类型标签上说，"灵异"是其重要标签。然而影视剧媒介的受众面决定了文本的表现尺度，小说中偏亚文化的猎奇部分不宜广泛传播。在影视化改编过程中，许多情节需要转换或者删改，避免出现对观众的负面导向，进而诱发不良舆论。

剧集进行了比较微妙的改编，即稍微减弱了感情线，增强了探险等男频元素。但目前感情线不够顺畅，探险线不够跌宕，又杂糅了惊悚、青春偶像、甜宠、年代情怀等元素，每个元素又仅仅点到为止，剧集定位就显得比较游离。这就导致了收视群体的割裂，原本想看到感情线的书粉观众认为改编剧集和小说不一致，原本想看到公路冒险的男频观众认为感情线干扰了剧情推进，原本奔着惊悚奇幻的观众没有看到书中的瑰丽场景，因此引发了不少争议。

具体来看，编剧在文学转译的过程中做出的调整，集中体现为以下五点。

1. 虚化原著中涉及的真实地名和真实历史人物

原著中的陕西、那旗等地，剧集改为樊笼市、青壤镇、萤城等。原著中的玉门关、鬼门关，剧集改为钰门关、诡门关。兽首玛瑙，在剧集中被改为兽首黄羊。南斗星，剧集谐音改为楠枓。原著中的"绝妖鬼于玉门"，剧集中改为"绝妖诡于钰门"。原著中，关内世界的各处市集有对标的现实世界，如黄土城又叫小扬州，黑石城又叫西安等。剧集中，去掉了现实对标，只称呼黄土城、黑石城等。以这种方式将原著中偏现实感的地域描写架空，更便于奇幻叙事的展开。

为了避免误导观众对中国真实历史和重要历史人物的认知，剧集将原著中的真实历史人物改成了虚构人物。例如，原著中描写关内世界的故事背景，是汉武帝因痛恨巫蛊之祸，听说西北沙漠有异世界的入口，就让羽林军和方士将妖魔鬼怪、流放的犯人驱赶入异世界，然后设置隔绝禁术，让这些人永不得出玉门关，羽林军和方士成为异世界的上层阶级。这件事被称为"西出玉门"。剧集中设置的关内世界的故事背景，是一位手握兵权的大将军，因为思念亡妻，找来方士招魂。方士擅长御兽，利用小咬在幕布上成像，将军思妻心切，不顾劝说揭开了幕布，却发现幕布后是小咬，而非亡妻的魂魄。大将军认为方士用皮影哄骗自己，怒极，与御兽的方士开战，最后羽林卫将方士、异兽等驱赶入关内。

又如，原著中描写了一段"兽首之乱"。一个叫厉望东的关内人，他以两只珍贵的兽首玛瑙杯作为见面礼，允诺黄金资助，希望李世民能够帮助他破开玉门关的封禁。李世民本来答应了，但是在破关之前，噩梦缠身，所以才有了秦琼和尉迟恭守门的典故。李世民反悔，厉望东无奈退回关内。在剧集中，李世民被模糊化处理为李姓诸侯，李姓诸侯本来答应了厉望东，临时又反悔，导致厉望东大事不成，无奈退回关内。

但是这种改编引发了一定的争议。《西出玉门》原著小说花了大量的篇幅介绍地理风貌和历史传说，这些背景介绍架构起了"西出玉门"宏大的世界观。作者用真实的历史人物虚构了故事细节，读者阅读过程中颇有一种阅读历史注脚的感觉，有一种虚幻的漂浮。而在虚构的奇幻故事中，又洋溢着浓浓的生活烟火气，公路行程中，住什么样的旅馆、吃什么样的饭菜，有哪些地理风貌、人文景观，有一种扎实的落地。生活是实感，历史传说是虚幻，虚虚实实，让读者在落地的地理风貌下畅游千年前的虚构佚史，公路旅游与历史隐秘双线并重，引人入胜，这是原著小说非常有魅力的部分，也能够让读者迅速进入故事。主创团队在改编过程中，或是出于时代考虑，或是出于其他原因，将真实地名与真实的历史背景进行了架空替换，但是也一并去掉了原著小说中的地貌风情等人文因素。这一点颇为失策，地貌风情等人文因素应该予以保留。历史传说可以虚化，但是不能粗糙勾勒，需精细构建。剧集去掉"实"的部分，只剩下粗糙的虚幻故事，故事中又较为缺少生活的实感，观众想象的空间大大压缩。

2. 放缓男女主人公情感线进程，避免消费女性情色奇观

在原著中，昌东陪着叶流西进入沙漠，初心是为了带回队员们的尸体，还要找到女友孔央的尸体。在荒村焚烧了队友和女友的尸体后，昌东低落了一阵子，继续陪着叶流西寻找事情的真相。原著中的叶流西有些大大咧咧，对昌东的态度多调戏打趣。叶流西会不自觉地将自己与孔央对比，作者对两人有较大尺度的激情描写。

在剧集中，创作者有意放缓了两人的感情进程，去掉了比较暧昧的情节，以及叶流西对于情感的辗转难眠，有意明确两人是从并肩作战的队友发展为生死相依的情侣，希望规避"渣男渣女"这样的情感标签。但是仍然有不少观众认为，叶流西与昌东的感情线比较"渣"。例如，在荒村沙土人大战后，昌东正在悲悼队友和女友，叶流西拿出香水喷洒，让昌东想起了前女友孔央，想起了两人的亲昵相处，此时昌东的思绪在孔央和叶流西之间转换，被观众指责不合时宜。剧集虽然有意放缓了感情进程，但是因为原著感情线的既有问题，仍显得不尽如人意，甚至因视听符号的直观性，更易触怒观众。

另外，原著中有一些对女性较为不友好的细节，如站街女、营妓等角色，剧集都予以删除，或者是不提职业，只让角色完成剧情功能。在原著中，龙芝是借着被卖去做营妓的机会，与江斩相识。而在剧集中，改成了做奴隶。剧集相对较为照顾女性观众的感受，尽量减少了对女性角色的性化倾向。

3. 删改灵异设定，削弱恐怖场景

原著中一些灵异设定和恐怖场景算是重场戏，但并不适宜以直观的视听方式向大众传播，卖弄感官刺激，剧集对此一概进行了弱化。

比如，原著中涉及关外妖怪世界，妖怪是人类的恶意、贪婪等负面情绪生成的。剧集为避免渲染封建迷信，将妖怪改为关内异兽，它是由沙漠中某些神秘力量创造出来的，能够将普通动物或人类转化为具有特殊能力和形象的怪物。

剧集在视听呈现方面还削弱了原著中部分细节的恐怖程度。原著中写到的"眼冢""人架子"，剧集将名字改为"言种""沙土人"，弱化名称带来的恐怖感。小说描写"人架子"，"一只枯手从车前抓出，那东西又翻上来了，整个身子似乎粘在车前盖上……獠牙森森，尖利的牙齿间浸着血色，还在不断往下滴涎水"①。剧集弱化了"沙土人"的恐怖程度，在镜头表达上也进行了模糊处理，令观众无法看清楚"沙土人"的具体样貌。

又如，叶流西用来吸引昌东与她一同进沙漠的照片，小说描写为"照片上是个雅丹风蚀黏土包，中近景，形状像个船舶，上头嵌了个年轻女人，像是从黏土里长出来的，样貌清秀，面色惨白，两手交叠着揾在胸口，如同镶在船身的壁画雕刻，圆睁着失焦的眼，长发在风里飘起"②，此情状过于诡异瘆人。在剧集中，照片进行了唯美化处理，孔央安睡在黏土

---

① 尾鱼.西出玉门：上［M］.兰州：敦煌文艺出版社，2018：225-226.
② 尾鱼.西出玉门：上［M］.兰州：敦煌文艺出版社，2018：11.

中，恐怖程度下降。

原著中，昌东在荒村遇到了"人架子"，这些人不人鬼不鬼的生物当初都是"黑色山茶"的探险队员，是昌东的同伴。此处五人小分队第一次组团战斗，打斗氛围又恐怖又悲伤。剧集对这个段落进行了弱化和删减，只表现了昌东等人与"沙土人"搏斗，其中一个"沙土人"是昌东死去的女友孔央，未点明其他"沙土人"怪物也是当年同伴。剧集还去掉了"人架子"和尸堆雅丹的恐怖血腥，改为流沙雅丹，并将"沙土人"的面部镜头进行模糊处理。另外，五人小分队与"沙土人"的沙漠打戏，有一段"沙土人"追车，叶流西与昌东在车内换位置，叶流西探身出车窗打斗的惊险镜头，这段曾在预告片和路透照片中出现，但正片中的这段完全被删去，可见剧集在把握感官刺激尺度方面非常谨慎。

剧集的弱化处理未必是对于小说内容的削弱，有时这样的视听呈现显得更加含蓄，艺术效果比直接呈现原著场景更好。例如，叶流西总是梦到"眼冢"生吞其父母的残酷场面。剧集表现这段情节时，没有直接表现血腥镜头，只是让观众通过小叶流西的悲痛、地上的血痕，知晓叶流西的父母遭遇了不测。

不过，剧集在一些该浓墨重彩渲染的大场面上做得尚不够，不甚符合冒险类型影视作品受众的期待。原著靠近结尾的段落，叶流西挖出自己私藏的枪支，带领着蝎眼反攻，挫败了龙芝的阴谋，此段落是一段高潮戏。但剧集将枪支改为弩箭，战斗场景显得不够精彩。

在一些适合营造心理惊悚与悬念感的段落，剧集雕琢亦有不足。例如，原著中"双生子"妖怪能够幻化他人，不知情的情况下，当角色忽然发现身边亲近之人并非其本人时，效果异常惊悚。剧中叶流西与昌东入住红花旅馆，"双生子"换脸昌东，跟着叶流西进了房间，真昌东进房间，"双生子"便沙化遁走，并未通过视听技巧传递出足够的惊悚效果。且主人公五人小分队一路上遇到各种奇幻事件，看到了超出正常社会想象的妖诡，发现了另一套完全超自然世界的运行规律，在目睹这一切时，演员的表演显得较为平淡,没有太大的情绪波动。

4. 弱化有争议的"地下职业"身份

原著中,灰八一行人是盗墓团伙,肥唐经营着来路不明的古玩买卖,这些在现代都市中属于灰色地带的"地下职业"。为了避免观众联想现实中的违法犯罪,剧集没有直接展现灰八一行人的职业,仅保留了灰八等人打劫叶流西、昌东的情节。剧集中,肥唐被改为收旧货的人。这一点删改,对剧情逻辑略有影响。如果肥唐只是收旧货的人,那么为什么会对历史掌故等背景故事了解甚深?而且在关内世界,肥唐对古董也展现出了痴迷状态。灰八等人职业不明,但是很明显展现出盗墓等行为,比较无厘头。

此外,剧集改动了原著对反派势力的设定,弱化了政治黑暗面。原著在昌东和叶流西等人的私下交谈中,点明反派势力四大家族有意放纵妖怪横行,以便更好地控制关内百姓,提到了阶级等话题。小说结局时,因为江斩自杀一事,叶流西攻打黑石城,最终与四大家族达成和解。但是叶流西在黑石城中竖起了高墙,将四大家族圈禁在内,以示惩戒。剧集删除了这些政治阴谋权斗情节,削减了原著中较为尖锐的阶级矛盾对抗,虽然少了一些以暴制暴的爽感,但让剧集的整体基调更加积极。只是如此处理让亦正亦邪的角色江斩之死显得有些无足轻重。

5. 删除原著与作者其他小说联动的冗余情节

在作家尾鱼的作品中,《怨气撞铃》《七根凶简》《三线轮洄》《龙骨焚箱》等是同系列作品,彼此之间有联动,依靠在几部小说中均有出现的人物"神棍"沈木昆串联起来。《西出玉门》也与之有关联。《西出玉门》原著中,柳七为了灰八死亡一事找到了叶流西和昌东,说出认识神棍,并借着神棍的口,说出了鬼驼队等神秘的故事。小说结尾关联另一部尾鱼小说《七根凶简》,神棍带着自己的朋友——《七根凶简》的主要角色来找昌东,想要帮昌东破关。且《西出玉门》中高深的师傅——梅花九娘,也是小说《七根凶简》中的人物。

不同于小说文字媒介，可以随意埋下与其他作品相关的钩子，供读者进一步探索和阅读。目前国内影视剧 IP 开发，还没有进化到能轻易打造出某作家的整个故事宇宙。创作者为了让剧情封闭在《西出玉门》故事世界之内，避免不必要的枝节，删掉了所有与《七根凶简》联动的情节与人物，剧中高深在讲述过往经历时，也没有提梅花九娘。剧集原创了说书人沈木昆角色，用来执行神棍的叙事功能，由他给画家何筱玉讲述"西出玉门"这个故事。

除了以上主要调整，剧集为了调节节奏和气氛，还增加了一些喜感段落。原著中，叶流西吸引住赵观寿的注意力，昌东偷偷潜入赵观寿的书房偷到了关键信息。剧集将这一段剧情进行了喜剧化处理，将任务交给了辅助人物丁柳与高深这对欢喜冤家，两人利用"双生子"法术变形为赵观寿，顺利地进入赵观寿的书房拿走了兽首黄羊。

三、改编反思

（一）改编之得

从收视效果看，《西出玉门》属于较为成功的当代幻想冒险剧集改编案例。原著属于混搭冒险元素的女频言情作品，类型风格明确，属于创新性的尝试，是当下影视剧创作中较为稀缺的品类。此次改编亦有可圈点之处，为将来同类型作品改编提供了经验。比如，《西出玉门》的剧集情节高度遵循原著，保留名场面，"忠实型"改编展现了创作团队的诚意，获得一些书迷的好评。创作者深入揣摩角色气质，选择合适的演员，男女主演外形与小说人物非常贴合，最初选角获得一致称赞。遗憾的是，在具体演绎角色的过程中，演绎细节不到位之处令部分观众认为演员与原著人物形似而神异。

（二）改编争议

剧集忠于原著，在保留了幻想冒险等元素的基础上，将男女频风格进行了杂糅，引起了不少争议。忠于原著，指的是剧集的故事内核、情节走向、人物设计与原著尽可能一致，并不意味着剧集应满足于复刻，完全放弃创新。

《西出玉门》原著小说的情节较为惊悚奇幻，有些段落令人有毛骨悚然之感。剧集出于受众考虑，去掉了视觉上的血腥恐怖，但并未在适度的心理惊悚方面更下功夫，导致原小说中的一些名场面显得平淡。剧集中打斗戏较多，但打斗奇观没有与戏剧性冲突更紧密结合，打斗显得毫无悬念，较为平淡。导演的确将小说内容如实转译成了画面，但往往停留在影像化的基本层面，没有用镜头语言和视听技巧制造更强的悬念，拍摄重点也不够突出，创作团队对于原著小说的二次创作显得过于拘谨。

至于关内关外两个世界的差别，创作团队只是单纯地用是否有妖诡以及服化道来展现，没有用人物细节去展现。观众代入的是主角的视角，主角对一切都反应平平，按部就班地执行其功能完成剧情，感受不到紧张的气氛，导致观众也无法代入戏剧情境。主角人物可以是智勇双全的完美人设，但是，正常人应该有的临场反应、七情六欲、面对未知的迷茫与反复，都应该在剧本中反复打磨。

也许正因如此，观众才会对本剧的感情线挑剔颇多。原著小说中有许多恐怖惊悚的情节，在这种时时刻刻的生死危机状态下，男女主人公生死与共，历经重重磨难。在宿命的羁绊、命运的捉弄下，他们的情感推进才能令人信服。剧集去掉了这些惊悚情节，男女主人公冷静理智、毫无恐惧、按部就班，在几乎只保留了爱情这一种情感的状态下，情感推进自然无法令人信服。

总的来看，《西出玉门》剧集将都市冒险与奇幻爱情两大元素混搭杂糅，在奇幻冒险的世界观背景下融入日常叙事，完成度较高地呈现了原著作品中宏大的世界观和独立鲜明的大女主形象。作家尾鱼在读者群中声望颇高，但其小说"难改"也是业内公认。灵异传奇冒险叙事与浪漫言情的调性多少存在龃龉，男女主人公在极端情境下求生尚且艰难，怎么仍有闲情逸致谈情说爱？言情小说底色在视听具象化之后常常暴露逻辑问题，又失去了文学媒介擅长的心理活动揭示，如何调和两种调性是此类改编必须小心处理的难题。类型混搭对观众欣赏惯性和预期构成了挑战，对奇幻冒险和偶像剧有特定偏好的受众皆表示不甚满足。尽管如此，《西出玉门》在类型创新和杂糅方面的"吃螃蟹"之举仍值得肯定。作为国产 IP 改编剧中极少有的现代奇幻言情，该剧改编经验值得研究和参考。

《曾少年》：青春怀旧文学的戏剧化演绎

摘要：都市校园爱情剧"曾少年"系列由《曾少年之小时候》和《曾少年》两部剧集组成，改编自九夜茴创作的青春小说《曾少年》。作品主要围绕谢乔、秦川、何筱舟和秦茜等几个角色的生活经历展开，讲述了他们从孩提时期在北京四合院长大的亲密无间，到少年时代因学校和居住地变化产生误会，再到成年后努力把握时代机遇奋斗的经历。两部剧集在基本忠实于原著的故事主线和人物形象的同时，更侧重集体记忆与年代怀旧，为青春文学增加厚度。为此对次要人物进行了删减，更突出主线，还增加了更多年代细节。

《曾少年之小时候》（简称《小时候》）和《曾少年》两部剧集改编自小说《曾少年》。作品主要围绕谢乔、秦川、何筱舟和秦茜等几个角色的生活经历展开，讲述了他们从孩提时期在北京四合院长大的亲密无间，到少年时代因学校和居住地变化产生误会，再到成年后努力把握时代机遇奋斗的经历，兼具青春文学的清新与年代怀旧的厚重质感。

《小时候》播出在先，热度一般但口碑上佳，豆瓣网评分8.6分[①]。之后，《曾少年》播出量十分突出，曾13次获得猫眼电视剧热度日冠，2次获得猫眼电视剧热度周冠，全网最高热度为9604.68，总曝光143.43亿，

[①] 数据来自豆瓣网 https://movie.douban.com/subject/35131210/?dt_dapp=1，统计时间为2024年1月12日。

全网总转评赞为1516.1万[①]。本文将两部剧集视为同系列，旨在综合分析剧集改编策略，为青春怀旧文学影视剧改编提供借鉴。

一、原作的可改编性

（一）改编目标：从青春小说到年代怀旧

《曾少年》小说作者九夜茴是80后青春小说的代表作家，其处女作《匆匆那年》出版后迅速成为畅销书，连续8年位列各大畅销榜榜首，经历多次再版，曾先后改编为网剧和电影。小说《曾少年》作为"匆匆那年"系列的完结篇，首印达到一百万套，37家影视机构争夺其影视版权，上市后迅速占据当当新书热卖榜青春类榜首。该作品作为一部文笔清新的青春小说，兼具青春小说的清新温暖和年代怀旧感。但在改编过程中，如何成功地再现真实怀旧感需要谨慎思考。从改编结果看，小说改编的主要目标，是实现从青春小说到年代怀旧的转变。

（二）改编基础

《曾少年》属于"治愈系"风格作品，情调积极健康，适合影视化传播。原著故事从"我"的出生讲起，描写了"我"与小船哥（何筱舟）、秦川、秦茜的友谊，还写到辛原哥和辛伟哥的家庭悲剧，构建了一个既真实又充满想象的世界。通过主人公谢乔的视角，我们了解了她对小船哥的暗恋、几位主人公之间的友情以及秦川与刘雯雯的感情纠葛，感受到何筱舟的出现为谢乔的生活带来的新转机。此外，原著故事还展示了谢乔在成长过程中的自我探索与挑战，包括对未来的不确定性、对友情和爱情的深刻理解，让读者感受到了时代的变迁、家庭的温暖、友情的真挚和成长的痛苦与喜悦。

剧集《小时候》和《曾少年》基本忠实于原著《曾少年：上册》和

[①] 数据来自猫眼专业版App，统计时间为2024年1月15日。

《曾少年：下册》的故事主线。剧集《小时候》改编自原著上册第一章至第三章，情节改动不大。剧集《曾少年》主要改编自原著上册第四章、第五章和下册整本，比《小时候》改编幅度更大，增添了一些更具有戏剧冲突的情节，延续了主人公从青春期到成年的转变，探讨了人物之间的情感深化与生活的变迁，更深入地描绘了谢乔、秦川、何筱舟、秦茜等角色的内心世界和他们面对的新挑战。秦川和谢乔的关系也经历了新的发展，他们的感情在经历了多次波折后更加成熟和深刻。通过细腻的情感描写和复杂的人物关系，剧集展现了青少年向成年过渡的不易，以及在这个过程中每个人都必须面对的自我认知和成长的痛苦。

（三）改编难点

《曾少年》作为一部探讨青春成长、友情与爱情的小说，核心在于细腻描绘主人公成长中的内心世界和人际关系。在被改编为剧集时，主要改编难点体现在为原作赋予时代深度与思想厚度上，应避免仅停留在青春情愫与个人情感层面。因此需要将原作的情节进一步提炼，强化戏剧性，同时还要以偏写实主义的视听风格还原原著中的人物与场景以凸显年代怀旧感。

二、重要改编分析

针对以上改编难点，创作团队为了达到改编目标，采取了情节上加强冲突、人物上增添细节、视听上突出地域特色、主题上提升深化的改编策略。基于此，两部剧集不仅是关于青春的回忆，更融入了对成长过程中不可避免的挑战和改变的深刻反思，深入探讨了主角们的情感发展路径和人生选择命题。

（一）情节改编：加强冲突强化戏剧性

在情节构造上，改编团队面临着如何在保留原著精神的同时对情节进行创新性调整和拓展的挑战，需要思考如何使故事既能保持原著的精神内核，又可以增加新的看点和思考深度。改编团队首先对原著中的关键情节进行了精心编排，以适应电视剧这一视觉叙事媒介的特点。此外，为了增加新的看点，改编中引入了一些原创情节，如加强了千喜和何筱舟之间的爱恨情仇等。

原著小说第八章描绘了灯花胡同众人的青春结局。这个段落的时间背景设定在 21 世纪的第一个十年，人物分别在各自领域发展：小船哥留在美国继续研究生活，千喜在娱乐圈中奋斗，徐林转行创业，王莹在英国生活，杨澄在商界取得成就。谢乔 30 岁生日时，秦川向她求婚，两人结婚。小说以女主人公谢乔的感慨和自白交代这一切，抒情性大于叙事性。

剧集改编时强化了结局的戏剧性。在剧集《曾少年》的第 33 集和第 34 集，千喜的演唱会即将举行，排练中她因呕吐怀疑自己怀孕。在《我终于失去了你》的歌声中，何筱舟逆人群离去，与千喜的感情终告落幕。何筱舟与谢乔谈论起与千喜的约定，随后千喜被确诊为癌症晚期，何筱舟陪她前往国外治疗，两人在阳光下坦然相处。何筱舟将千喜腹中的孩子视如己出，二人度过了最后温馨的时光。

作为青春故事亘古不变的主题，爱情经常作为必要元素出现在青春小说中。此类小说塑造的女性角色往往是为爱不顾一切，甚至愿意放弃自己的贞洁甚至生命。例如，九夜茴成名作《匆匆那年》中的方茴，在被心爱的男生抛弃后，认为是自己坚守贞洁导致了感情的恶化，因此不惜以伤害自己身体的方式去证明对爱情的追求与重视。又如，作家辛夷坞《致我们终将逝去的青春》中的阮莞，作为高高在上的校园女神，却无法从失败的感情中利落抽身，最终导致了生命的逝去。这种爱情至上到有些不切实际的少女形象背后，反映的是长久以来我国青春影视中男性视角的覆盖性，这样的少女形象似乎是男性凝视下对于校园女神的期盼。类型化的创作带来了不断的重复，更遗憾的是，校园、早恋、堕胎似乎成为青春叙事的必备法宝。而在这种自恋式的文化情结与貌似客观呈现的"类型词典"与

"类型语法"之下,我们不能忽略的是这些青春记忆重构背后隐藏的性别不平等视角,此类问题是"青春疼痛文学"改编为影视剧作品之后经常被诟病之处,影视剧视听呈现比文字媒介更加放大了人物的做作与矫情。

剧集《曾少年》改写了原著中千喜的人物命运。原著中千喜逐梦演艺圈,事业有成,结局开放。剧集将其改写为身患绝症,虽然情节张力更大,冲突更强,但不得不承认的是,这在博得观众眼球的同时也陷入了创作模板的窠臼。

(二)人物改编:增添细节展现细腻情感

在小说《曾少年》影视化的过程中,创作者对人物形象进行了更为深入的挖掘与塑造,不仅忠实地呈现了角色的基本特质,还在此基础上加入了新的细节,从而获得了更为丰富的表现力。例如,对主角的内心世界进行了更为细腻的描绘,通过对话和非言语行为展现其复杂的情感变化以及在成长过程中面临的矛盾和选择。改编团队根据视觉媒介的特点,在保留原作特质的基础上,通过增添新的细节和深化情感表达,提升了角色的立体性和故事的感染力。

1. 忠实再现与细节增添

原著中的主要角色,如谢乔、秦川和秦茜等,他们的性格、动机和情感走向构成了故事的骨架。在改编过程中,剧集通过精细的剧本编写和导演构思,基本沿袭了原小说中的人物形象和人物关系,保持了对原著角色基本特质的忠实再现。

行为方式能够直接反映人物性格特征。在影视剧中,人物的行为能够通过影像最直观地呈现出来,观众通过不同的人物、不同的行为方式可以直接解读角色形象。在青春题材电影和剧集中,乖巧和叛逆是两种最常见的人物形象设定。例如,在饶雪漫的小说《左耳》中,黎吧啦作为一个退学少女,无论在造型还是行为方式上都非常离经叛道,她的妆容和穿衣风格大胆成熟,在行为处事上更是抽烟、喝酒、斗殴、早恋样样精通。同样，她的叛逆作为一种反抗权威的标志也深刻影响了小耳朵。小耳朵作为与黎吧啦截然不同的好学生，在所有人眼里都是听话的乖乖仔。当她发现自己暗恋的男生喜欢黎吧啦后，她开始模仿着黎吧啦的样子改变自己，尝试抽烟、尝试改变穿衣风格，甚至开始和父母顶嘴，这一系列行为举止的改变都标志着这个人物形象的转变。《左耳》被改编为影视剧之后，这些言行举止通过影像画面的呈现给观众塑造了一个深刻的不良少女形象，还原了原著设定。

"曾少年"系列剧集反其道而行，改编团队并未陷入青春题材普遍意义上的人物身份设定桎梏，也没有过度渲染问题少女的青春期形象代表——秦茜与"好孩子"的对比。该角色内心世界经视听媒介外化后，比原著中的形象更加柔和，创作者在塑造所谓叛逆少女形象时，并没有将原因归结于青少年对家长和老师管教的反叛，而是聚焦于青春期生理与心理快速成长的洪流。不同于电影《少年的你》中周也扮演的魏莱一角所展现的没有源头与起因的校园欺凌，秦茜的"暴力"并不是青春期少女的恶意，而是在保护灯花胡同里的弟弟妹妹，对武力的推崇在此设定下也变得相对合理。此外，剧集中保留了秦茜的血缘认同问题，但将其处理得更为温情，与一辉的爱情悲剧更是丰富了其人物形象。

2. 情感变化的细腻描绘

对主角内心世界的描绘是改编过程中的一大亮点，原著中的一些内心独白和思考被转化为视觉化的场景，通过角色之间的对话或者角色与环境的互动来展现。通过对话和非言语行为，如面部表情、身体语言等，角色内心的复杂情感变化被展现出来。在成长的旅程中，主角们面临的矛盾和选择，如辛原对于家庭身份的挣扎、何筱舟在友谊与个人成长间的摇摆，都以更为细腻和深入的方式呈现。这种方法不仅增强了角色的共情度，也使故事情节更加引人入胜。

原著小说中第五章《花事》的第 7 至 9 小节主要内容为辛伟出狱的那天，辛原选择结束自己的生命，留下了遗书和写好的代码。遗书揭示了他生前的心声和对兄弟的深情，辛伟为了纪念弟弟改名为辛原伟。辛原的自杀让谢乔和秦川深感震惊。在辛原的追悼会上，谢乔和小船哥的交流增加了彼此的理解和关心，这让谢乔更加珍惜身边的人和生活中的每一份情感。剧集《小时候》着重改变了辛原这一人物的悲惨命运，扩充了第一章《蕊初》第 9 至 10 小节的内容，保留了谢乔踢锅把鞋丢到了辛原家屋顶，秦川借梯子去拿鞋，看到了辛原在往白鸽脚上绑东西，两人决定夜晚爬上天台去看白鸽脚上的信，但第二天却发现白鸽被别人残忍害死的情节。灯花胡同众人为辛原查找白鸽死因成为辛原跟大家成为好朋友的契机。随着辛家故事的展开，辛原的性格也发生改变。青春的躁动和探索归于平静，少年们完成了从青涩到成熟的过渡，主角们开始更关注于对自己过往经历的反思和对未来生活的展望，开始担负起自身责任。

情感变化的细腻描绘为主人公的成长填上了绚烂的色彩，展现了成长的终极意义不仅仅在于年龄的增长，更在于对生活的理解和自我价值的实现。通过探讨小说《曾少年》改编过程中人物形象构建的策略和实践案例的分析，及其对于加强观众共情和情感投入的贡献，不难看出改编者通过丰富的情节设定、深刻的角色背景描写和细腻的情感展现，成功地将原著中的人物转化为立体、生动且具有深度的电视剧角色。这种改编策略体现了对原著的尊重和理解，增强了角色的共情度和故事的感染力，为观众提供了更加丰富和深刻的观看体验，也为改编时如何利用视觉媒介的特性来加深人物性格的挖掘和情感的表达提供了宝贵的经验和启示。

（三）视听转化：落实特色地域空间与情境气氛

在"曾少年"系列的改编过程中，剧集制作团队面临着如何将一部深受读者喜爱的青春文学作品转化为同样能触动观众心弦的视觉叙事作品的挑战。此过程不仅涉及对原著文本的深刻理解，还包括对作品进行有效的跨媒介转换，即如何在不同媒介间转换故事的"文化编码"。

首先，改编工作在故事背景的还原上保持了高度的忠实度，同时注入了新的些许更适合屏幕展现的视听元素。《曾少年》原著细腻描绘了主人公在北京胡同中度过的青葱岁月，改编者通过精心设计灯花胡同的视觉场景和具有地域特色的鸽哨声等背景音效，还原了原著气氛，增强了剧集的情境沉浸感和情感共鸣。

根据空间批评理论，物理空间超越了其实际地理意义，转化为文化和情感的象征空间。在《曾少年》的影视化改编中，对"灯花胡同"的再现并非简单的背景设定，而是青春的象征、家庭情感的缩影和社区文化的综合体现，不仅体现了对原著地理空间的忠实复原，而且深化了该空间作为青春记忆、家庭情感以及社区文化交织的象征意义。灯花胡同作为一个载体，反映了改编过程中编剧对原著文化和情感深度的理解及其再创造的努力，为分析改编过程中如何通过空间重塑加深作品情感层次和文化内涵提供了理论依据。剧集对胡同生活的具体呈现，从狭窄的巷道、错落有致的大杂院，到胡同口老树下的闲谈场景，每一个细节都力图还原和强化原著对胡同生活的描绘，希望能够让观众感受到那个时代的氛围和居民的生活状态。剧集着重展现了大杂院成员之间的互助和情感联系，体现了"社区"文化在青春成长中的作用，不仅重现了原著对于主人公们生活场景的描写，也增添了改编作品的文化深度和情感丰富性。对"灯花胡同"这一重点场景的深度改编，可以看到该过程不仅是对原著空间背景的忠实再现，更是对原著文化和情感内涵的深化和扩展。这种改编实践不仅展示了跨媒介改编的复杂性和挑战性，也反映了改编者在理解和传承原著精神的基础上，通过创新手段加强作品视觉表现力和情感共鸣的能力。

此外，为了增强故事情境的沉浸感和情感共鸣，改编者还特别注入了具有地域特色的背景音效。根据声音景观理论，声音是构成一个地方文化记忆和身份认同的关键元素。在《曾少年》的改编中，北京胡同特有的鸽哨声不仅作为背景音效存在，更是胡同生活的文化符号，承载了特定地域和时代的文化记忆和情感价值。这些细腻的听觉元素不仅丰富了故事的情景再现，也为观众提供了一种跨越时空的感官体验，仿佛亲身置身于那个充满记忆的胡同。

鸽哨声作为一种声音元素被纳入视听作品后被赋予了深刻的文化和情感内涵，不仅在视听层面上重现了北京胡同的文化特色，更在情感层面上构建了观众与剧集之间的情感共鸣，实现了地域特色展现与情感表达的双重目的。鸽哨声作为北京胡同的特征性声音深植于文化传统与日常生活之中，象征着自由、和平与家庭的团聚。在此基础上，剧集《小时候》通过对鸽哨声的刻意呈现，将这种地域特色与剧中人物的情感经历相结合，赋予了这一听觉元素以更深层的意义。辛原家养白鸽的设定不仅是对原著文化元素的一种忠实再现，而且作为连接人物情感的纽带，进一步加深了人物之间的情感联系。鸽子是辛原对哥哥辛伟深厚情感的表达，是他记忆、牵挂和思念的情绪寄托。鸽子小白的去世，成为剧情的一个转折点，通过这一事件，辛原与主人公们原本相对疏远的关系被拉近，鸽子声成为友情开始的象征。改编中背景音效的选取与设计不仅是技术层面的工作，更是文化和情感层面的深思熟虑，展示了跨媒介改编中声音景观重塑的重要性和创新可能。

"曾少年"系列剧集的视听转化较好地落实了原著中的特色地域空间与场景气氛，既保持了对原著深刻情感的忠实呈现，又通过视觉和听觉元素的创新运用，为观众带来了一次全新的感官和情感体验，成功地将一段关于成长故事的文字描写转化成一个既真实又富有想象力的视觉叙事作品。

（四）主题拓展：以集体记忆为时代立传

在尊重原作的基础上，改编团队还巧妙地将当代社会问题融入情节，原创了很多呼应社会热点议题的情节。剧集故事既是青春成长记，也是现实社会的反映，通过角色的经历和故事发展，深入探讨了青少年心理健康、亲子关系和教育压力等问题。例如：通过秦川的创业经历反映了青年创业的艰难与挑战，以及社会对于成功的不同定义；通过何筱舟与父母的关系探讨了亲子沟通的重要性和家庭对个人成长的影响。这种对情节的重新编排和对社会议题的融入，使《小时候》和《曾少年》在保持原著精神的同时，增加了故事的深度和观众的共鸣。观众不仅能在故事中看到青春成长的烦恼和快乐，也能感受到来自现实社会的压力和挑战，促使观众思考如何在复杂的社会环境中找到自己的位置，如何勇敢地面对生活的挑战，追求自我价值的实现。

两部剧集看似是灯花胡同里少年们的青春故事，可飞速发展的时代赋予了其更多的现实和温情意义。剧集扩大了原著叙事的格局，通过对城市事件的多样化复刻，创作者成功地将集体记忆具体化。巨变下的历史推动着个体向前行进，少年们迈着成长的步伐，抱成一团互相扶持，各自行走在自己的人生之路上。在叙事层面，该剧以北京为主要叙事场景，再现了一系列城市事件，通过影视化的回顾，引发了沉淀于岁月中的城市记忆。比如，在2008年北京奥运会期间，奥运相关的内容引发了国民的热切关注。秦茜为获得外国客户的认可高价购入开幕式门票，秦川则抓住商机在网络上销售奥运周边产品，而包括谢乔奶奶在内的北京市民更是为了迎接这场世界级体育盛会开始学习英语，这些情节真实地反映了2008年北京的社会氛围。通过"全世界人民看中国，全中国人民看北京"的视角，该剧构筑了北京辉煌荣耀的城市记忆篇章。这种城市事件不仅点燃了城市记忆本身，也唤起了不可磨灭的中国记忆。《曾少年》将时代记忆凝结于城市记忆之中，并将个人的独特记忆情怀升华为群体共鸣的集体回忆，实现了记忆维度上的情感认同。

电视剧《曾少年》还运用了"剧中剧"的叙事手法，通过故事嵌套的方式，探讨了在当前虚拟化、同质化的创作市场中，大众对于艺术作品记忆价值的现实需求。剧中由陆倩冉创作、谢乔编辑的小说《从前年少》作为《曾少年》的镜像呈现，进一步强化了该剧的核心主题。该小说唤起的观众集体记忆并非具体的故事原型，而是剧中人物心中最为真挚的情感，以及那些微弱却珍贵的记忆碎片。这种记忆不仅是对个人成长的追忆，更是对每一个在这个时代奋力前行的少年的无声致敬。这种"剧中剧"的表达不仅深化了记忆叙事中的情感共鸣，还对文化记忆与个人体验之间的关系进行了深刻的反思。

虽然剧集致力于拓展原著的格局,提升原著的主题立意,但两部剧集的创作重心仍是日常生活。创作者将创作重点放在现实中的普适情感上,采用细腻温馨的生活化叙事方法创作出的作品同样也能让观众买账并获得心灵上的抚慰与宁静。这样的改编策略不仅丰富了电视剧的艺术表现力,也提高了作品的社会价值和文化影响力,为观众提供了一个既是青春成长记又是社会现实反映的多维度作品,展现了跨媒介改编的丰富可能性和深远影响。

三、改编反思

(一)改编之得

在改编过程中,创作团队深入挖掘原著的主题,通过精心设计的剧情和对话,展现对青春期复杂情感的深刻理解。例如,通过增加视觉和音乐元素,加强了角色情感变化的表现力,使观众更直观地感受到角色的情感波动,从而有效传递了原著的情感深度和主题。在保持原著精髓的基础上,整个改编过程还考虑到视觉媒介的特性和观众的接受度。《小时候》和《曾少年》的改编团队对剧情结构和人物设定进行了调整和优化,在尊重原作的同时,适当地缩减或扩展了某些情节,以确保故事的流畅性和观赏性。此外,通过加入符合当下社会背景和观众期待的新元素,如对青春期新问题的探讨,既保持了原著的时代感,又增强了作品的时代相关性和观众共鸣。

(二)改编争议

两部作品中,《小时候》的口碑更好,豆瓣网评分高达 8.6 分,23458 人次的评价中,五星评价占比 44%[①]。但这部高评分剧集话题讨论度并不

[①] 数据来自豆瓣网 https://movie.douban.com/subject/35131210/?dt_dapp=1,统计时间为 2024 年 1 月 12 日。

高。根据网络评论抽样，豆瓣网友对此剧的好评多聚焦于对跳绳、踢毽、踢锅和老鹰捉小鸡等儿时游戏的回忆，夸赞细水长流的胡同生活和真挚懵懂的青春年少等。

《曾少年》口碑略逊于《小时候》，但也整体反响颇佳，豆瓣网评分7.6分①。根据网络评论抽样，豆瓣网友对此剧的好评多聚焦于满意爱情线、亲情线和事业线，认为制作水准较高。差评则是不满于编剧"重拳出击"肖千喜，认为改编后比小说更强烈地渲染了该角色的阴暗面。同时还有差评认为在剧集后半部分谢乔人设崩塌，女主光环过于不可信。

上述剧集反响恰体现了青春小说改编方面的优势与难点。基本亦步亦趋遵循原著的《小时候》的确避免了"雷点"，对于市井邻里生活的温情描绘，具有很强的感染力，但同时戏剧性相对欠缺，青春故事的圈层局限也导致此风格难以出圈。《小时候》豆瓣网评分人数只有《曾少年》的一半，侧面说明了两部剧集在收视率方面的差异。而《曾少年》在改编时更注重增加戏剧性，融入了更多成熟观众感兴趣的社会议题，一定程度上打破了"青春文学"的标签，成为全民向的时代怀旧作品。

总的来说，"曾少年"系列对小说《曾少年》的改编是较为成功的，在维持原作精华的同时，有效控制了改编幅度，不仅保留了原著的情感深度和主题魅力，还使作品在新媒介中焕发出新的生命力。

---

① 数据来自豆瓣网 https://movie.douban.com/subject/26818236/?dt_dapp=1，统计时间为2024年1月12日。

第三部分　古装传奇 IP 的剧集改编

《莲花楼》:"悬疑武侠风"的忠实遵循与创新改写

摘要：电视剧《莲花楼》改编自藤萍的小说《吉祥纹莲花楼》，是悬疑武侠小说定位下对于原著的影视化呈现。该剧在改编策略上删繁就简，明确故事主线，构建了更宏大的世界观；快节奏、多线叙事，精准把控市场需求；完善人物形象，丰富人物关系；强化戏剧性，增设剧情看点；增加感情戏，稳抓观众心理；挖掘隐藏价值观，强化思想深度。从播出效果来看，《莲花楼》是一部较为成功的改编剧，不仅体现了影视艺术对文学作品的再创作特性，也反映了当代观众对于古装武侠剧的审美期待和接受心理。

剧集《莲花楼》改编自藤萍的小说《吉祥纹莲花楼》，该剧由刘芳担任总编剧，郭虎、任海涛执导，成毅、曾舜晞、肖顺尧、陈都灵、王鹤润主演。总编剧刘芳擅长古装传奇剧创作，代表作有热播古装传奇剧《大唐荣耀》《琉璃》等。

《莲花楼》于 2023 年 7 月 23 日在爱奇艺独播，8 月 18 日收官。播出期间热度惊人，且长尾效应明显。该剧全网累计有效播放量为 3.9 亿次，最高热度为 9882.8，总曝光 865.21 亿，总转评赞 1.89 亿，稳坐"2023 年猫眼武侠网络剧热度榜第 1 名"；达成 4 次猫眼剧集热度总榜日冠，4 次猫眼网络剧热度榜日冠，3次抖音剧集热度榜周冠，40次爱奇艺热度日冠，36次爱奇艺热度总榜日冠等217项成就。[①]

该剧集在播出后，收视与口碑俱佳，豆瓣网评分高达8.5分，获得第29届上海电视节白玉兰奖最佳编剧（改编）提名，《国剧盛典》（由国家广播电视总局电视剧司策划指导）"2023年优秀国产电视剧推荐"等多项荣誉。该剧在编剧奖项方面多获肯定，可见其剧作文本扎实，改编技巧娴熟，值得深入研究。

一、原作的可改编性

（一）改编目标：从散落单元到连续主线

就改编目标而言，原著小说为单元式"串珠结构"，并无串联首尾的主线情节，与通常影视剧观众的审美习惯不甚相符。对原著情节进行改编时，首先需要增加较多原创情节，构成关乎人物命运的主线剧情，而非仅仅还原原著本格式的侦探探案单元结构。本格推理叙事常常给人一种侦探智慧超群、超然事外，仅冷眼旁观的感觉，观众对主角的认同与同情不足。此类小说复刻成影视剧失败案例甚多，可见文学媒介与影视剧媒介在表达方面的差异性。另外，原著小说对于人物的成长线和前史着墨并不多，出场人物甚多但人物关系不够紧密，需要在改编时合并同类人物，更紧密地编织人际关系网络，让双主人公碰撞出更多火花。此外，原著小说中有不少渲染恐怖暴力的描写，需要根据影视剧尺度进行削弱和转化。

（二）改编基础

《吉祥纹莲花楼》从2006年左右开始连载，目前流通的完整版本正式出版于2019年。该书共17章，约81万字（包括番外），讲述了隐姓埋名十年的吉祥纹莲花楼楼主李莲花（原四顾门门主李相夷）低调复出，与搭

[①] 数据来自猫眼专业版App，统计时间为2024年2月14日。

档方多病共破十五桩江湖奇案，了结了与己有关的武林前尘旧事之后再次隐退江湖的故事。

2000年藤萍以《锁檀经》出道，荣获第一届花雨"花与梦"全国浪漫小说征文大赛第一名，此后相继出版了《吉祥纹莲花楼》《九功舞》《紫极舞》等作品，收获了一大批读者。藤萍擅长武侠类型创作，其作品比起常规的男频武侠，人物情感关系更加细腻温暖，为原本硬朗的武侠叙事注入了更多女性化的关怀和柔情，被称为"侠情天后"。2021年12月20日，藤萍获得第四届茅盾新人奖·网络文学奖。由此可见，无论在读者市场还是专业奖项方面，社会对藤萍的作品都有不错的认可度，作者人气近年来都保持在一个较高的水平。

在人物塑造和故事走向上，有学者认为《莲花楼》与《琅琊榜》有异曲同工之处。[①] 李莲花和梅长苏都曾有一个辉煌的过去，随后突遭变故，蛰伏数年后以新面目示人。相比之前的自己，他们不仅武功大打折扣，生命也时日无多。两部剧的男主人公经历的都是从巅峰走向末路的"下沉式"人生，都是引起观众强烈同情的悲剧性人物。此类设定与传统的"主角通过努力从毛头小子走向人生巅峰"主题相反，这样的噱头更能够吸引观众。

此外，不同于以往传统武侠的"江湖争霸"题材或是近些年以《卿卿日常》为代表的古装甜宠风格，《莲花楼》将武侠与悬疑题材进行了融合，"江湖+探案"的单元叙事模式颇具新意。而这也归功于原著作者藤萍，其本职工作是一名民警，所以在作品中出现悬疑、探案元素也符合其工作性质。

（三）改编难点

由于原著为"单元式"结构，并没有明确的主线，所以为了照顾观众的观看习惯、提升观众的观剧体验，剧集需要为故事铺设一条线索，并

---

① 刘烨. 女性作者书写"大男主"古装剧中理想主义的呈现：评《琅琊榜》与《莲花楼》[J]. 枣庄学院学报，2024，41(3)：16-22.

用这条线索将原著中的单元串联起来。这条线索该如何确定？是从原著中寻找还是原创？如果原创，必然会涉及新的人物和事件，甚至会改变原有的世界观。那么原创的诸多元素又该如何融入原有的故事以避免"魔改"、取得平衡呢？

此外，武侠与悬疑元素的结合虽然独具新意，但涉及江湖的悬疑剧不应该只让人后背发凉，更应该用兼顾情理法的处理方式，来体现人文关怀的温度，让观众对匡扶正义充满希望，体现江湖儿女的本色。[1]因此，如何在尊重原著的基础上对故事情节进行修改，使其既符合当代主流价值观，又能在紧凑的情节中吸引观众也是一大改编难点。

二、重要改编分析

电视剧《莲花楼》共41集，其根据原著内容进行了更适合影像视听媒介的改编。剧集基本按照小说时序叙事，还原小说事件顺序，在保留大部分小说情节的基础上，对小说中人物形象的改动较明显。

（一）情节改编策略

1. 删繁就简，明确故事主线，构建更宏大的世界观

在探讨电视剧《莲花楼》对原著小说《吉祥纹莲花楼》的改编策略时，我们不可避免地要涉及结构的调整与节奏的控制。原著小说往往拥有独特的叙事结构，会更加注重细节和人物内心情感变化的描绘。而电视剧则因为其视觉艺术的特性和受众接受信息方式的不同，必须对原有的故事结构进行相应的调整。在《莲花楼》的改编过程中我们可以看到，编剧在保持故事核心不变的前提下，对故事的叙事顺序、情节设置进行了重构。

原版小说中，李莲花和方多病共破获了十五桩江湖疑案，电视剧在情节上进行了明显的压缩和提炼，重点选取了十个案件进行影视化改编。原

---

[1] 韩雪.《莲花楼》：当"悬疑"遇到"武侠"[J].检察风云，2023（23）：80.

著中一些旁枝末节的线索和人物被简化或省略，使得整个故事更加紧凑和集中。这种改编策略有利于突出主要矛盾和冲突，增强故事的戏剧性，同时也符合电视剧观众对于节奏明快、信息量大的剧集的需求。

电视剧在小说基础上原创了一条明确的主线，即以单孤刀为首的万圣道势力一直处心积虑想要复兴南胤，而主人公李莲花的身世又与王朝正统密切相关。每个案件均涉及宝物"罗摩天冰"，通过"罗摩天冰"把一个个孤立的案件串联在一起。剧集的这种"串联式"改编相较小说的"独立式"呈现，使案件更显紧密和连贯，就像把一个个散乱的珍珠串成项链。主线的确立引出了一个又一个新人物及不同的江湖势力，丰富了故事前史和世界观，让观众的视线不再只停留于武林争斗，还贯穿了江湖及朝堂的百年历史与权谋争斗。这样的设定无疑使情节变得更富悬疑和神秘色彩，时刻给人一种"暗流涌动"的不安感。在这种不安感的加持下，李莲花和方多病的每一步行动似乎都如履薄冰，所到之处都暗藏杀机，让观众更加沉浸于剧情，与主角产生情感共鸣。

2. 加快节奏，多线叙事，迎合市场需求

在社会节奏加快、短视频发展迅速的大环境下，观众对高密度、快节奏的叙事有强烈的需求。这促使一些影视作品的叙事空间带有流动性与开放性等特征，从某种程度上颠覆了传统剧集的叙事时空形态，提升了观众的观剧体验，达到"下饭"的效果。[1]《莲花楼》就抓住了观众的心理需求，延续了原小说的单元式叙事模式，节奏明快。整个故事由不同的奇诡案件串联起来，核心节点上有逻辑关系，层层叠加、高潮迭起，收获了众多观众的喜爱。在《莲花楼》这部剧的播放过程中，平均两到三集侦破一个案子，这种快节奏叙事让观众在追剧的过程中始终能够获得新鲜感和满足感。

剧集第1—2集对应的是原著正文结束后推出的番外《扬州慢》。原著

---

[1] 张如梦. 新媒体背景下精品武侠剧的制作策略研究：以《莲花楼》为例[J]. 西部广播电视, 2023, 44(18): 126-128.

并未在开头交代两位主人公李莲花与方多病的结识与渊源，而剧集则从这组核心人物关系的建立讲起，用第一个案件"灵山识童案"介绍人物。原著每一个案件设局都极其精妙，能够成功吸引观众的好奇心，让人们不自觉地跟随主角抽丝剥茧，直到查找出事情的真相，等到案情复盘时更是让人拍手叫绝，整个叙事过程既精妙又利落。但这些单元案件彼此之间关联极为薄弱，剧集在原著的可看性基础上，在每个案子之间设置关联，埋下主线，这些蛛丝马迹实现了查案者、嫌疑人、卧底等各种身份的交错，进而引导了故事的走向，能够让剧情更加出彩。

在主线故事方面，剧集原创了李莲花查找师兄单孤刀尸体和死因的剧情，增加了更多国族纷争和朝堂阴谋，最终揭晓了李莲花的秘密身世，这些在原著中并未提及。原著中的各个案件皆千丝万缕地附着在这条主线上，李莲花寻师兄尸身一事与他和方多病的合作探案双线并行。这种叙事模式不但没有让观众感到混乱，反而将主线和支线巧妙地结合起来，逐步揭示了主线的线索，推动故事发展。主要人物李莲花成为整个故事的核心，多线叙事的展开让观众纠结于故事情节的迷离和巧合之中。

3. 强化戏剧性，增设剧情看点

戏剧性和强冲突是迅速吸引观众注意力、调动观众情绪的最好方式，电视剧版《莲花楼》当中的强戏剧性也是其成功的原因之一。

剧中李莲花的经历延续了原著的设定。他本是武林盟主，在东海与宿敌笛飞声一战前夕遭手下背叛投毒，武功几乎全废，每天除了研究种地做菜，还打着神医的名号游走江湖，其可移动的"房车"作为空间道具十分吸睛。原著中，李莲花与其他人物之间并没有建立密切的戏剧性关联，剧集中的李莲花则变身"麻烦制造机"，不管走到何处都会遇到故人，触发动荡。剧集原创的故事主线决定了李莲花与金鸳盟的恩怨、与南胤王朝的纠葛必然如影随形。

在剧集中，堂堂金鸳盟盟主、江湖人称"大魔王"的笛飞声先是被李莲花要挟跟在身边，后来竟又被角丽谯和单孤刀合伙暗算导致失忆，兜兜转转又回到了李莲花身边，好不容易恢复记忆，又被痴迷于他的角丽谯抓走……可以说，笛飞声丝毫没有得到一个江湖高手应有的待遇，反而活得有些"窝囊"。单孤刀的经历也没好到哪里去。小时候流浪，在机缘巧合下拜入师门，能力始终屈居师弟之下，好不容易找到机会想要颠覆江湖、独霸武林，已经死去的师弟却突然再次出现，对他百般阻挠。最让单孤刀崩溃的是，他自认为是南胤王族之后，实际真相揭开，真正的南胤血脉却是李莲花。

小说中魔女角丽谯只是心狠手辣，其与主公笛飞声的关系未多做交代。剧集将这位人物改得因爱成魔，且身负南胤复国使命。剧中的角丽谯毕生求爱笛飞声而不可得，梦想是辅佐笛飞声成为江湖霸主，自己做"第一夫人"。但她始终得不到笛飞声的肯定，便决心自己来一统武林，成功后哪怕囚禁笛飞声一辈子。不料她最信任的卧底——百川院成员云彼丘反水，大业毁于一旦。角丽谯死于笛飞声之手，至死无法走入笛的内心，含恨而终。李莲花的情敌肖紫衿，追求心上人乔婉娩多年，却在大喜之日遭角丽谯搅局。本以为已故去的情敌李莲花再次现身，上演了一出"英雄救美"，嫉妒心使肖紫衿面目全非，暴露了卑劣本性，好不容易靠一往情深打动爱人，却因善妒狭隘得而复失……

上述江湖事件都少不了李莲花的参与，可以说众多角色均被李莲花的影子覆盖。电视剧中的戏剧性冲突完全围绕李莲花展开，他不仅仅是个旁观者。

除了上述重要改动，在细节处理方面，原著中存在一些血腥暴力的场景，与主流价值观不符，电视剧都将其规避省略。

（二）人物改编策略

对武侠剧江湖故事而言，人物形象的塑造是关键。《莲花楼》通过细腻的人物刻画，与当代观众建立起了情感连接。原著小说《吉祥纹莲花楼》的人物形象富有个性，改编基础较好，其复杂的人际关系网在剧集中被简化，一些次要人物的角色和功能被合并或重新定位，以便更加清晰地勾勒出主要人物的性格特点和成长轨迹。这种改编不仅有助于观众更快地理解人物关系和角色定位，也有利于演员在表演过程中更好地把握角色性格和情感变化。

《莲花楼》人物关系如图11所示。

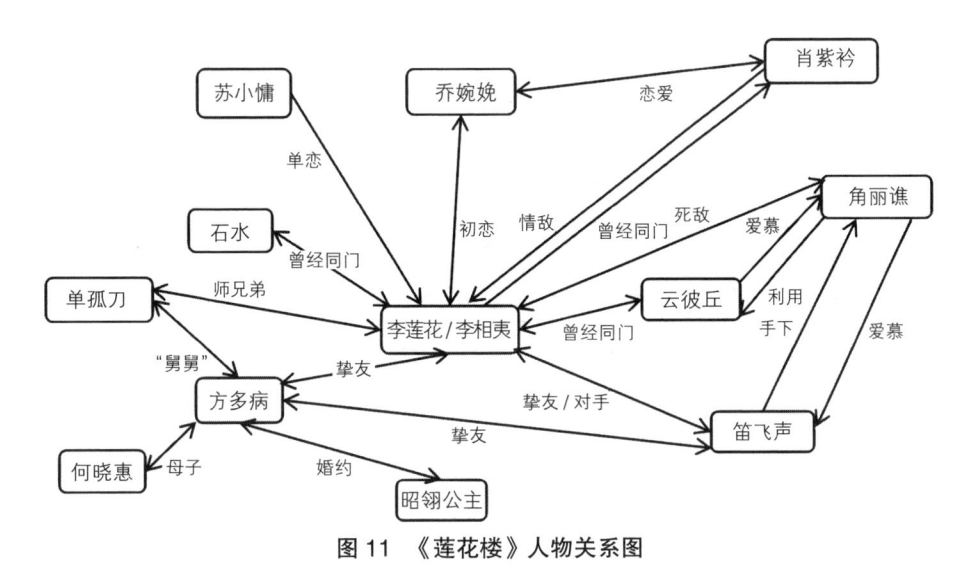

图11 《莲花楼》人物关系图

电视剧在人物形象和人物关系上的主要调整有以下几点。

1. 增强人物反差感，呈现更加立体的人物性格

无论是主角李莲花、其友方多病、盟友兼对手笛飞声，还是其他配角，剧集中的人物较原著，性格更加立体，既有侠骨豪气，也有温情和梦想。

在第一主人公角色设定方面，原著本身就算是颇为新颖的尝试。它并不局限于极度完美的大侠英雄形象，而是使人物更接地气。剧集在此基础上又进行了微妙调整。原著中的李莲花日常表现更接近隐士"李莲花"，惜剑如金从不杀人，有一点唯唯诺诺，有点话痨，其言行仿佛和十年前叱咤江湖的李相夷毫无关系；剧中的李莲花则更接近英雄"李相夷"，江山易改，本性难移，李莲花即便改换了姓名，行事风格仍难脱旧日本色。剧中神医李莲花更多继承了大侠李相夷的性格特点，关键时刻敢于亮剑，不惧和顶尖高手交手，杀伐果断，绝不犹豫。

原著中的李莲花作为冷眼旁观世事、戳破他人阴谋的智者，自己本身并未多牵扯到案件之中，可以说是"事不关己"。剧集为满足观众对人物厚度的期待，也为这名开场即巅峰的成熟角色设计了成长线。李莲花这个角色属实难以调整，小说出场时已经是较为自洽的状态，心态平和、不谙世事，喜欢浑水摸鱼，即便寿命不剩几年，仍十分惜命，甚至有些贪生怕死。虽然编剧可以安排李在剧情后期壮烈一战，只为阻止单孤刀颠覆武林、改朝换代的惊天阴谋，但即便如此，仍很难让观众感受到人物的成长。十年前的李莲花/李相夷已经是见惯刀光剑影的武林豪杰，成长空间有限。故大战情节由方多病承担更加合适，李莲花最顺理成章的结局就是了结单孤刀之后神秘消失，与笛飞声、方多病相忘于江湖。剧集为其安排了充满悲情的闭合结局，完全不同于原著小说的气质。小说中李莲花继续行走江湖，逍遥自在，无所谓"结局"。相比之下，剧集的结尾升华了人物，更有分量。

原著中方多病更像是喜感角色，他和李莲花一样，出入案件片叶不沾，只是旁观者。其江湖历练尚可，并非完全小白。剧集修改原著设定，强调富家公子方多病是"初入江湖"，他对江湖中的阴谋诡计完全不了解，缺乏相应的社会经验，即使武力超群也经常上当受骗。他纯真热情的形象与李莲花的城府深沉互补。

编剧对原著反派笛飞声的改写是颇为成功的，将他从反派改为亦正亦邪的复杂角色。原著中笛飞声戏份远不如剧集中这样多，人物形象相对扁平，只是杀人不眨眼的"大魔头"，必要时才现身震慑众人。电视剧版的笛飞声被塑造为与李莲花亦敌亦友的伙伴，两人同框戏份大大增加，有许多共同冒险的情节，且笛飞声一度失忆被李莲花、方多病搭救，双方更添惺惺相惜之感。笛飞声在失忆后一直被李莲花哄骗，跟在李莲花身后当免费保镖，两人与方多病一起组成了"探案三人组"。当世武林第一高手、"大魔头"笛飞声，乖乖跟在江湖神棍身边，被忽悠得团团转，时不时还被坑一把，让观众忍俊不禁。这种强化反差感的设定让笛飞声更像是一个在现实生活中真实存在的人，拉近了角色与观众的距离。江湖故事中竟有如此单纯甚至憨傻的"霸道总裁"，令人耳目一新。

通过这样的刻画，剧集人物更加符合现实逻辑且具有真实感，更容易让观众代入现实生活中真正存在的人。这些不同的人物角色形象丰满立体，他们对信念的坚守和对情感的珍重，以及剧中喜剧、悬疑元素的巧妙融合，进一步拉近了与观众的心理距离，提升了观众对角色的亲近感和认同感，使江湖儿女的群像建构更加鲜活。

2. 新设主要人物，丰富世界观和故事情节

大反派单孤刀是电视剧原创人物中最亮眼的角色。单孤刀作为李相夷的师兄，早年对李相夷照顾有加，否则李相夷早已饿死在街头。两人一起拜入师门学习武艺时，单孤刀发觉自己的习武天赋不如李相夷，在创立四顾门后，也一直处于一个比较尴尬的位置，加之他得知自己是南胤后人（实际上是错误情报），他便通过"假死"的方式开始改头换面，创立万圣道，走上了"黑化"的不归路。单孤刀这个人物角色的增加，引出了一个新的江湖势力，拓宽了原有的故事线，也丰富了人物关系和人物性格。

3. 扩写前史，赋予人物更加合理的行为动机

为什么一个隐姓埋名十年的将死之人愿意重出江湖，与人组团破案？为什么一个唯我独尊的武痴愿意参与团队活动？为什么一个锦衣玉食的公子哥愿意与"穷酸骗子"和黑脸"霸道总裁"成立探案三人组？这些行为都必须合理化。所以李莲花有了找到师兄遗骨的"执念"；笛飞声"偷听"到李莲花比武时身中碧茶之毒，为自己胜之不武而不甘；方多病因"向往自由"而逃婚，好在他有一位全力支持他的母亲，还成功与百川院搭上了关系。为了让这个三角结构保持平衡，编剧为每个人都安排了如榫卯般严丝合缝的功能属性，缺一不可。

小说中的方多病仅仅是李莲花的好友，与李莲花结伴潇洒闯荡江湖，该角色只有陪衬作用，谈不上主角。剧集将方多病置于双主人公之一，为两人设置了更深的羁绊。剧中的方多病不仅是李莲花故人之子，后来还成为李莲花的徒弟，师徒情深又因误会一度反目，令人揪心。剧中的方多病属于"武力值高的保镖＋江湖新人"，承担了一部分闯祸或者提问的戏份推动剧情，自有其成长线。这个角色更重要的功能是作为"李莲花的牵挂"。第12集前李莲花入世的动力是寻找师兄遗骨，第12集找到了，相当于"心愿已了"。为了让李莲花的戏剧动力不因目标初步达成而削弱，必须为其增添新的牵挂，那么最佳人选当然是方多病。他不仅是师兄的血脉，还是李莲花的朋友。

电视剧改写了李莲花和方多病双主人公初次见面时的情节和相识过程。原著中方多病见到李莲花的莲花楼在移动，于是想要拦住，结果被拉房子的牛踩伤，被迫留在扬州，故结识了楼主李莲花。电视剧则设置了方多病需要通过百川院考核这一剧情，加强了戏剧性，塑造了方多病初入江湖的菜鸟形象，让方多病在赴百川院测试途中结识李莲花，还被李坑骗了一次，为两人之后的相处埋下伏笔。在后续的江湖探案中，李莲花得知自己曾经与方多病有一面之缘，方自童年起一直将李相夷看作自己的师傅，这层原著中并没有的前史关系加深了两人之间的羁绊，为后续"师徒"矛盾的发生和解决提供了合理的理由。李莲花牵挂方多病的安危，将自己的绝学——"扬州慢"心法传授给了方多病，"扬州慢"从此有了传人。相较于原著，这是更令人欣慰的武学归宿。

剧中笛飞声的设定和原著类似，属于坐拥一方势力的江湖枭雄。他有武功高强、行事狠辣的部下角丽谯可供调用，角丽谯为其提供情报与其他支持。该角色最重要的叙事功能是作为李莲花十年变化对比的见证者，他也会作为朋友兼对手陪伴李莲花走完最后一段江湖路。

4. 丰富人物感情线，稳抓观众心理

原著对李莲花的感情生活着墨不多，虽然交代了其与女侠乔婉娩本为情侣，但两人在故事中的交流很少，李莲花只是在乔婉娩与肖紫衿的婚礼上现身，被肖紫衿嫉妒追杀。除此之外，方多病的小姨曾短暂对李有意，但只是单方面暗恋。剧集大大丰富了李莲花与乔婉娩的爱情故事，两人有更多对手戏，为观众呈现了从相爱到分手的情路历程。剧集创作者把握观众普遍心理，适当增加言情情节，不止为了"发糖"，也是对人物内心世界的刻画。剧中神医义妹苏小慵钟情李莲花，百川院长老石水（原著中为男性）亦暗恋并坚定追随李相夷，"人见人爱"的设定给李莲花悲惨的命运添了一抹亮色。原著中，乔婉娩与肖紫矜并未分手，剧中则设定两人理念不合、分道扬镳，乔婉娩主动出走，断绝了与肖紫矜的情缘，更符合当代独立女性的情感观。

剧中李莲花与乔婉娩的错过虽然悲伤，却也潇洒，两人始终是彼此尊重的平等关系。相比之下，乔婉娩和肖紫矜、角丽谯和笛飞声这两对"单相思CP"实属虐恋。肖紫矜心胸过于狭隘，反而因嫉妒失去了心上人；角丽谯至死不懂笛飞声，被笛飞声厌憎，死于笛手下。小说中对这两对角色的着墨并不多，也没有准确交代结局，剧集则安排角色恩断义绝，冲突更强，且价值观立场更加明确。方多病起初逃婚，后续与公主互生好感，但是否会有后续，剧集并未给出明确的结局。

电视剧相较小说，对人物情感关系做了开放式处理，剧中所有CP皆未成眷属，反而比大团圆"配平文学"更契合武林中人敢爱敢恨的洒脱性格，"感情自由"的情感观自有积极意义。

（三）主题改编策略

1. 反思生存意义

小说《吉祥纹莲花楼》讲述的是方多病的胜利，他找到了李莲花，也完成了他要李莲花活着的目标：作为真正意义上的活死人，李莲花虽然痴傻但仍然活着。电视剧《莲花楼》讲述的则是李莲花的胜利，李莲花希望远离众人，江海寄余生——消失在茫茫海上。剧中的李莲花不希望任何人为了替自己解毒而牺牲，也不愿自己毒发落得痴傻疯癫。剧集结局如李莲花所愿，而不是如方多病、笛飞声抑或一部分观众所期待的那样，不论姿态地"苟活"。全剧是一场漫长的告别仪式，李莲花的消失则是这场漫长告别的终止符。原著表现人面对死亡逐渐逼近时的彷徨，剧集则表现实质性的死亡，李莲花之死使得故事较原著更加规整，赚得无数观众眼泪的同时，也形成了某种独属于改编剧《莲花楼》的气质。比起批判社会与恪守清规，《莲花楼》始终在告诉我们，"人生的意义是由自己的选择所创造的，每个人都是他自己的选择"①。

原著并无寻找师兄尸骨的情节，而剧中的李相夷成为李莲花的十年，与师兄单孤刀密切相关。看似是寻找师兄尸骨的十年，实际却是选择成为李莲花并拥有自由的十年。此前李莲花中毒受伤放弃自救却依旧选择活着，是因为没有找到师兄的尸骨。当他发现师兄背叛时悲伤大过震惊，表现出明确的行动意愿而非迷惘无助。此刻的他没有发出"人间不值得"式的慨叹，没有"我这辈子竟然浪费在这种事情上，早知如此我就该想方设法把自己救活"的想法。此刻，师兄早已不再是他存在的唯一意义。对李莲花而言，人生本无意义，而他选择成为一个珍视他人性命、不把他人当工具，也拒绝自我消耗的人。这样的转变同样出现在他对待乔婉娩的态度中。过十八岁生辰时，李相夷说，"最甜的喜糖，那是留给我的阿娩的"。时过境迁，当十年之后再次面对乔婉娩时，李莲花意识到乔婉娩首先是一个人，其次才是"某个人的妻子"。李、乔两人更深入的感情交流与符合当代女性价值观的台词皆是编剧原创，而非出自原著。

2. 尊重女性，高扬人性

在某种意义上，剧中女性人物的强大与出彩（角丽谯、乔婉娩、石水、何晓惠等一众女性角色都性格独立，有自己的事业且武功高强）与其说是出自女性主义视角，倒不如说是来自剧中一以贯之的价值理念——每个人都有自己坚定的诉求，在人格上是平等的，哪怕是被批判的反派也予以正视和尊重。角丽谯不是因为依附男人失败，而是因为她用自己的女性优势作为资源笼络男性，同时把所有人当作她攫取权力的手段（类似的还有玉城案中的玉红烛和石寿村案中的石长老）。这些角色在原著中仅仅作为工具性人物一闪即过，剧集赋予了她们厚度与光彩。

---

① 张清莹.《莲花楼》：西西弗斯、死亡的介入与存在意义［EB/OL］.（2023-09-27）［2024-01-12］. https://www.thepaper.cn/newsDetail_forward_24679646.

一部合格的悬疑剧不应该只是让人后脊发凉，更应该用兼顾情理的处理方式，体现人文关怀的温度，让观众对匡扶正义充满希望。例如，脱胎于原著的"女宅案"，一群美丽的女孩，被歹人强掳至一处秘境，从此失去人身自由。女宅中的姑娘们是奴隶，她们的反抗不仅是女性反抗，更是生而为人的反抗。身处险境的女孩们并没有放弃求生，她们用微弱的力量做着坚毅的抗争，终于合力完成了复仇计划。

电视剧将"女宅案"中杀害玉楼春的主谋设置成了原著中没有的人物碧凰，慕容腰和赤龙被设置成了外国情侣，慕容腰为了救赤龙才进入女宅；原创人物"鬼王刀"——女宅侍卫长，也成了破案的重要线索。在此案中，最重要的改动是昭翎公主。电视剧中的昭翎公主并没有像原著一样一直在皇宫中等着与方多病成亲，而是被阴差阳错地卖到了女宅并成了服侍方多病的侍女，所以才有了女宅中的姑娘们被解救后全部免罪的符合观众道德观和情感价值的欢喜结局。

比起"女人也是人"，《莲花楼》的故事更多呈现的是"每个人都是人"。这恰恰传达了电视剧的价值观，比之传统江湖"草菅人命"的价值体系，电视剧更贴近现代人的价值观，即人无高低贵贱之分，每个人都有权活出属于自己人生的意义。[1] 剧中以李莲花为首的探案三人组，坚持"把所有的黑暗都曝光，才能让她们得到真正自由"的理念，不仅查明了真相，更护住了女孩们的周全。江湖的残酷险恶最终败给了人性的光芒。剧集的价值观表达比原著小说更加清晰明确。

三、改编反思

（一）改编之得

在武侠剧逐渐式微的大环境下，《莲花楼》的出现成功地为武侠剧市

---

[1] 张清莹.《莲花楼》：西西弗斯、死亡的介入与存在意义［EB/OL］.（2023-09-27）［2024-01-12］. https://www.thepaper.cn/newsDetail_forward_24679646.

场注入了全新的活力。《莲花楼》在传统武侠叙事中融入了悬疑元素,吸引了观众的注意力,展现了武侠剧的独特魅力。随着创作者们不懈地努力和创新,《莲花楼》为武侠剧的复兴开辟了一条新的道路,为观众带来了一场剧情的盛宴。

电视剧在保留小说核心情节的基础上,进行了必要的删减和改编,以适应荧屏叙事的需要。在叙事结构上,电视剧更加注重情节的紧凑性和戏剧冲突的设置,通过巧妙的剪辑和视觉特效,将小说的故事情节进行了影视化的再创作。在人物塑造上,电视剧对原著中的角色进行了适当的调整和补充,使得人物形象更加鲜明立体,符合观众的审美需求。此外,在细节处理上,电视剧也充分利用了影像语言的优势,通过服装、道具、场景等视觉元素的精心设计,营造出了一个既符合原著精神又独具匠心的艺术世界。这些改编策略不仅体现了导演和编剧对原著的尊重和理解,也展示了他们在影像叙事上的才华和创新精神。《莲花楼》作为近年难得的热播武侠剧,拓展了"江湖+探案"这一新型"悬疑武侠风"赛道,经验值得借鉴。

(二)改编争议

根据豆瓣网上的抽样评论,网友对《莲花楼》的好评聚焦在演员颜值高、结局设置巧妙、主线明确、CP 好磕、节奏明快、人物设定出色等,差评则集中在所谓的剧情魔改多、演员演技差、破案过程感弱、偶像风太浓等问题。从好评和差评的关注点上,我们可以分析出,《莲花楼》电视剧在选角上确实迎合了国内影视剧主流观众的审美和心理需求,超高热度和声量佐证了这一点。至于原著粉丝的不满以及上述争议的出现,对剧集改编者来说也提供了经验,无论选择何种赛道,剧情的走向都需要符合故事主题,演员风格的把控也需谨慎对待。

《云襄传》改编分析：赋热血冒险以人间情长

摘要：《云襄传》改编自方白羽创作的"千门"系列小说，讲述了翩翩公子云襄背负使命步入江湖，在查找当年灭族真相的过程中结识了舒亚男、金十两等几位好友，众人在波诡云谲的江湖纷争中捍卫家国大义与心中仁德的故事。该剧赋热血冒险以人间情长，继承并延展了原著"英雄成长"的叙事母题，不仅创新性地塑造了一个智慧卓绝、儒雅非凡的"智侠"形象，还延展了侠客图谱，对次要人物也进行了颇费笔墨的描写，让角色个个有性格、个个显生气，更符合当下观众的审美需要。原著在影视化的过程中，还十分注重视听语言与中华优秀传统文化的结合，使得整部作品颇具东方美学意蕴。这不仅凸显了该剧精品化的意识与决心，还于潜移默化间深化了江湖故事的内涵。

《云襄传》是由游达志执导，陈晓、毛晓彤、唐晓天、许龄月、刘冠麟等主演的江湖奇谋剧，于2023年5月1日在爱奇艺视频、腾讯视频播出。猫眼数据显示，2023年5月1日—6月4日，该剧的全网总曝光量有70.64亿，全网总转评赞有960.7万次，全网总弹幕为6.43亿条。微博话题的阅读量为37.85亿，微博话题的讨论量达729.6万。抖音的爆款视频有137条，话题播放量可达32.79亿次。[1]开播当日，该剧在微博、抖音有

---
[1] 数据来自猫眼专业版App，统计时间为2023年6月4日。

多个话题上榜、出圈。整体说，《云襄传》是一部较为出色的武侠剧，尤其是云襄"智侠"的形象充实了武侠故事里的侠客类型，予人较为新鲜的感觉。

一、原作的可改编性

（一）改编目标：从"爽文学"到"新武侠"

《云襄传》总制片人、总编剧、青春你好传媒创始人梁振华指出，"这部剧的创作初衷就是想在这几年武侠题材声势渐颓的环境下，尝试让武侠文化仍能延续其生命力"[1]。事实上，原小说"千门"系列虽然也有"武侠"的元素，但其故事内核实则是"小人物的翻身为王"，是不折不扣的"爽文学"，带着鲜明的网络文学特征。因此，当其转译为需要在思想性、艺术性、商业性等属性间平衡的影视艺术时，就需要在保留原作精髓的基础上，放大、强化其中的人文内涵，尤其是对"侠之大者"的塑造与刻画，必须引人入胜且符合当代观众的审美情趣。正如编剧颜西所言，"《云襄传》区别于传统武侠的地方是男主云襄是丝毫不会武功，甚至有点自私的人，但他最后却完成了对'侠'的诠释"[2]。而且，原小说隶属于"男频文"，读者大多为男性，其中许多叙事元素和戏剧情节更能满足男性群体的审美偏好，受众虽集中但也略显局限。此外，因为读者多为男性，所以对女性形象的塑造有明显的瑕疵，或许不能满足当下影视市场中大多观众的审美需要，若照原著呈现可能还会引发较大争议和讨伐。

因此，从文字走向影像，该作品的改编目标必然是要突破"爽文学"的局限和接受时的性别框范，以此重塑"新武侠"的魅力，使该作品突破圈层，更能迎合大众的心理期待，并提升影视剧作的文化内涵和艺术价

---

[1] 电视艺术.研讨摘编|《云襄传》主创专家面对面 [EB/OL].（2023-06-19）[2024-01-12]. https://mp.weixin.qq.com/s/bTcaB5SqDrcwkPs9z7blHQ.

[2] 电视艺术.研讨摘编|《云襄传》主创专家面对面 [EB/OL].（2023-06-19）[2024-01-12]. https://mp.weixin.qq.com/s/bTcaB5SqDrcwkPs9z7blHQ.

值。总体而言，该剧的改编目标可细分为四点：第一，深化"智侠"形象，以此丰富侠客类型；第二，融入多种类型元素，以此增加故事趣味；第三，纵深描摹女性形象，以此迎合时代审美；第四，发挥影视视听优势，以此促进文化传承。

（二）改编基础

1. "英雄成长"的叙事母题具有一定的号召力

原著"千门"系列作品约有 75.9 万字，由《千门之门》《千门之花》《千门之雄》《千门之威》《千门之心》《千门之圣》六个部分组成。故事开篇，为建跑马场敛财，江湖上颇具势力的南宫世家意欲将骆家庄据为己有，并设计夺取骆家庄秀才骆文佳的未婚妻。骆文佳虽力量微薄但拼死反抗，上告官府，不料南宫世家与当地知府暗中勾结，自己反被诬陷，被送至戈壁滩矿场挖矿。因缘巧合下，骆文佳自千门前辈云啸风处习得《千门秘典》，改名云襄，开始智战江湖。自此江湖流传：千门有公子，七窍玲珑心。翻手为云霭，覆手定乾坤。该小说与《斗罗大陆》《斗破苍穹》《武动乾坤》等男频小说相似，都是在"英雄成长"叙事母题的基础上融入诸多网感元素，从而迎合网生代的接受喜好，予人以审美快感。因此，该小说在当下拥有坚实的受众基础，具有一定的号召力。

2. "智侠"形象颇为新颖，可给人带来新鲜感

小说将"英雄成长"的母题融入武侠故事，在此基础上又创新了侠客类型，全新打造了一个"智侠"的形象。小说中的骆文佳是个带着酸腐味的秀才，被南宫家迫害到走投无路，想要报仇却没有任何资本。机缘巧合之下他得到千门秘术，秘术强调以智谋胜。骆文佳年纪较大无法再度习武，学习秘术对其而言是最好的选择。因天资聪颖，骆文佳受千门前辈亲传，为报答前辈，其以前辈儿子的名字存活于世，改名云襄，誓要一雪前耻。而后他遇到了舒亚男等人，开启了一段颇为传奇的江湖之旅。可见，主人公虽在波诡云谲的江湖中惩奸除恶，但与一般以武力见长的侠客并不

相同，其魅力在于卓绝的智慧和谋篇布局的本领，以此让整个江湖故事颇有新鲜感。

（三）改编难点

原小说为男频小说，主体受众为男性，故以小人物的"热血成长/翻身为王"为主题，云襄（骆文佳）是绝对的主人公。小说中的人物虽比较庞杂，但这些人物基本就是推动云襄（骆文佳）升级打怪的工具，角色比较扁平化和符号化，非好即坏。电视剧将骆家庄的情节、与千门高手有关的情节尽数砍去，相关人物在电视剧中也就未曾提及或一笔带过，借此简化了小说中的人物。同时，云襄虽为主角，但舒亚男、金十两、柯梦兰、苏鸣玉、莫爷等人的戏份也有所增加，剧集更注重群像戏的演绎，从而构筑了一幅颇具青春气息的新武侠图谱。在删减了诸多角色的同时，剧集也增加了一些角色，如康乔、钱荣等，用以充实人物间的关系，丰满人物形象，继而使江湖故事与人情冷暖、市井人情相贴合，更能引发观众共鸣。

二、重要改编分析

一方面，《云襄传》原著小说分为多册，人物众多，视角较庞杂，虽然有主人公骆文佳为复仇学习千术、闯荡江湖的故事缘起，但总体而言故事主线并不突出。改编剧首先要解决这个问题，要让主人公云襄查找全村灭门真相的悬念贯穿全剧。另一方面，原著人物关系并不紧密，改编需要在原著基础上强化人物之间的博弈格局，让恩怨纠葛更富戏剧性。此外，原著作为典型的男性向作品，女性角色工具化倾向明显。为了适应广大主流观众的审美，剧集致力于塑造有血有肉的江湖女侠形象，与男主人公并驾齐驱，而非仅仅作为陪衬。

（一）明确叙事主线，以任务带情节

系列小说"千门"从骆家庄受难，骆文佳求告无门被发配到偏远地

区做苦力开始讲起。骆文佳是村里唯一的秀才，祖上还是告老还乡的京官。到了骆文佳父亲这一代，因为好赌，其父不仅败尽了家财，还被催债的人逼得上吊自尽。为了分担母亲的重担，他开设私塾，帮助读不起书的孩子，挣点小钱贴补家用。骆家庄的宁静很快就被南宫放打破。南宫世家要收回骆家庄的田地，准备在这儿建造休闲山庄和赛马场。后来，骆文佳走水路赶到扬州找救兵，不料却被当地的县官陷害。他轻信了师爷殷济的话，稀里糊涂地签字画了押，最终落得个流放的下场，未婚妻还被南宫放强娶为妾室。骆文佳从秀才变为终生服苦役、永远也不能离开的死囚犯，因无钱贿赂，被送去矿场，吃阳间饭，干阴间活，受尽凌辱。在人生极其失意的时刻，骆文佳想的是，"我一定要活下去，我还要练成绝世武功，让那些陷害我的家伙付出应有的代价"。在这样的环境下，他再遇云爷（千门门主云啸风），云爷授其千门秘术，临死前还将代表千门门主身份的《千门秘典》和萤石扳指传与他。骆文佳自此改名为云襄（继承云爷儿子的姓名），并成为千门第一百三十二代门主。云襄按照师傅的嘱咐，拿出信物让严骆望放自己和兄弟离开，自此开始了寻仇之旅。小说的卖点虽然十分明确，但整个叙事线索比较杂乱，江湖儿女的恩怨情仇剪不断、理还乱，还涉及千门诸高手间的爱恨故事。而且，小说中的千门秘术虽然强调智慧的重要作用，但往往涉及的情节都是"赌术"，这些显然与当下的主流价值有所相悖。仅仅是赌术的话，无法很好地突出云襄"智侠"的特点，即便小说最后也有用家国情去升华千门秘术的作用，但过分渲染赌术仍然有碍于影视化呈现。

因此，电视剧版的《云襄传》一笔带过了骆家庄的故事，从闻聪救下了还是孩童的骆文佳说起，接着转到改名云襄，入云台（千门分支）学习十几载，终于获得下山机会，想要查清当年骆家庄惨案的真相。这样一来，故事的主线就变得十分明确，而且在开篇就设置了悬念，更能引起观众的好奇，增加其观看兴趣。随着对悬念的一步步探索、真相的一层层揭开，云襄入江湖、学计谋的目的也不断变更，信仰逐步坚定，最终上升到捍卫家国大义的主题也不太突兀。《云襄传》第1集的内容十分充实，还特意增加了云襄巧施计谋，戳破官兵装海寇劫掠普通人的情节，以此凸显云襄面对危险时的波澜不惊和过人的"智慧"，不仅还原了原著的核心思想——"人，既无虎狼之爪牙，亦无狮象之力量，却能擒狼缚虎，驯狮猎象，无它，惟智慧耳"，又在视听语言的推动下，使云襄智侠、儒侠的形象更为立体。此外，剧集还用商战代替了许多与"赌"有关的情节，避免了过分渲染"赌术"给观众带来负面影响。事实上，这也体现了当下的"新武侠"剧对多类型元素的调用，像《莲花楼》便是将"武侠"与"悬疑""探案"融为一体；《月上重火》是将"武侠"与"偶像爱情"融为一体；《少年歌行》则是将"武侠"与"青春成长"融为一体，以此延展了武侠故事的内涵与外延。

在此基础上，《云襄传》还以游戏性元素组织叙事情节，较原著而言，单元感更强，每个"副本"的起止更加利落明确。事实上，近年播出的玄幻剧、武侠剧，像《琉璃》《雪中悍刀行》《莲花楼》等，都乐于将叙事情节"游戏性"处理，让情节间的逻辑关系让位于任务、目标、奖罚制度等，以此满足数字化时代、数据化生存下的人们对于"及时升级"的需要，进而使故事与"积极的心理学"有所契合，更受市场欢迎。或言之，按照规则就能完成成长目标的设定，使武侠故事与时下风头正盛的热血成长主题相契合，带给观众强烈的观剧快感。情绪的堆叠则主要依据难题结构展开，即遇到难题/发布任务—解决难题/收获线索，以此为基础不断循环。在《云襄传》中，故事的主线是云襄寻找当年骆家庄灭门案的真相。由此出发，云襄经历了：从严骆望手中救出闻聪；联合苏家、莫不凡等，击垮漕帮与戚天风；借着连升坊引唐笑入局，并查清其幕后指使；与凌渊的南宫放、寇元杰等人产生恩怨纠葛；抓出幕后主使福王，并揭开其为云台掌门的真相。每走一步真相就越清晰，完成阶段性任务就会得到线索，并顺势开启下一个任务。真相大白的时刻也是云襄理解云台人责任的时刻。

相较而言，《云襄传》的故事主线比原著更明确，更符合时代所需，而且整个故事线索的展开也十分明朗，一路智斗反派人物的情节设置也与游戏世界升级打怪的设定有所相似，更能被年轻受众接受。

（二）简化角色关系，丰富英雄图谱

小说中，人物谱系比较复杂，除了剧中出现的云襄、舒亚男、金十两、苏鸣玉等人，还有云啸风、费士清、殷济、叶二公子、柯行东、苏敬轩、高昌国的公主碧姬等人。但除了云襄成长线比较丰富，其他人物基本都是匆匆而过。云襄需要磨难时便出现，而后销声匿迹；云襄需要成长时便出现，而后倏然下场，人物本身的丰富度不够，沦为"工具人"。哪怕是在小说中笔墨比较多的金十两、云啸风、舒亚男等人，性格都十分扁平，魅力不足，有时还会出现前后性格不一致的状况。譬如，小说中舒亚男的出场十分飒爽，彰显的是镖头女儿的洒脱不羁和娇俏可爱。书中对她的描述是"虽然方才她出手就打，桀骜任性不亚于男孩，但是在父亲面前，却又恢复了小女儿家撒娇耍泼的本性"[①]。她后期在与南宫放的恩怨纠葛中莽撞行事，自己犯下的错又推脱给他人，为了情郎苏鸣玉，还陷入感情被辜负的哀怨情绪之中。这显然与当下受众的接受习惯不符，甚至会引发大众批判，带来负面影响。同时，小说花了较多的篇幅讲一些与千门有关的前世故事，从而牵连出了一众人物，如云啸风、温柔、靳无双等，而且也花了较多篇幅去讲云襄是怎样与云啸风结缘的。事实上，这些人物（除了云啸风教其智谋）与云襄本人的关系不大，只是为了厘清千门故事而存在，放置在电视剧中可能会带来拖沓、无聊之感。而且这部分有很多情节比较夸张和俗套，影视化的效果有待商榷。

因此，剧集对这些问题部分皆做了处理，以简化人物关系的方式，规避了以上诸多问题可能带来的负面影响，不仅对云襄这一绝对主人公进行了更符合时代审美需求的艺术化加工，还丰富了配角的故事，从而让江湖

[①] 方白羽. 千门·云襄传 [EB/OL]. [2024-01-12]. https://fanqienovel.com/reader/7231460130435370045.

故事更显生机和灵动，勾勒了江湖儿女的起伏人生。电视剧中的云台弟子云襄虽是文弱书生，不擅武功，但谋略能力极强、天资颇高，拥有过目不忘的能力和洞察人心的本领。剧情开篇便以一些情节表现了云襄谋篇布局、巧算人心的能力。同时，颇多细节凸显了其"善良"的一面，给人强烈的"儒侠"之感。剧集还增加了很多情节以表现不会武功的云襄的可爱之处，使得不善武功的云襄和武力卓绝的舒亚男颇具CP感，这都是小说中不曾强调的。剧中的云襄背负着灭族的仇恨和揭开真相的使命踏入江湖，起初在暗流涌动的江湖中巧算人心、谋篇布局，有时甚至不惜损害他人利益，利用朋友，以达成目的。后来，云襄渐知"智谋"的真正作用，不仅真心相待一众好友，还心系苍生，共同对抗福王颠覆朝纲的阴谋，完成了从关心个人私欲到心怀家国大义的转变。这条"信念成长"的线索亦是小说中不曾有的，而这一线索的增加有效地夯实了云襄的人物弧光，使其成长线更显厚度和高度。

电视剧还将原著中舒亚男与苏鸣玉、云襄与柯梦兰的感情线删除，摒弃了俗套的三角恋，让舒亚男与云襄、柯梦兰与苏鸣玉的感情线清晰明朗、各有特点。同时，更改了舒亚男的身世，并强化了其性格特征。原著中，侠女舒亚男原是平安镖局镖头舒振钢之女，因反派的阴谋设计，舒家失去了平安镖局，舒振钢自杀，与舒亚男相恋的苏鸣玉离去。为此，舒亚男立志报仇，学习千术，与云襄因比试相识。

剧集中舒亚男比原著中更加智慧，背景也更复杂，从镖头之女改为出身江湖隐秘大势力凌渊，身份尊贵，更多城府。舒自幼闯荡江湖，自信果敢，练就了一身好武艺，不仅多次救云襄于危难之中，还多次逆转危局。她行事果决，不拖泥带水，展现了江湖女儿的飒爽英姿和可贵的独立品格。这不仅体现了其与云襄的互补性，可以更好地体现两人的爱情，还使其拥有了闪光点，具有了独立存在的意义，迎合了"她时代"女性观众对于女性形象的期待。同样，柯梦兰、苏鸣玉等人的身世也有所更改，柯梦兰"女博头"的身份并无太大改变，但因自幼入贱籍与苏鸣玉的爱情并不顺利。苏鸣玉也不再是寄人篱下（被叔叔和婶娘带大）、懦弱的世家公子，而是自幼被姐姐带大（丰富了女性形象）、在呵护中长大的少爷。虽然被保护得很好，却有一颗闯荡江湖、侠肝义胆的心，对梦兰的感情更是说一不二，最终说服了姐姐，与梦兰相爱相守。

除此之外，小说中还写到漕帮帮主丛飞虎（剧中改为戚天风，在其身上融合了多个小说中人物形象的性格和经历，拓展了其戏份）喜欢上了舒亚男，要强娶她为妻，舒亚男宁死不从，只能毁容，因而陷入绝境，最终翻开了手中那本《千术入门》，成为千门之花。莫爷（双目俱盲的老者）与舒亚男相遇，摸到了亚男脸上的伤疤，他无心掺和其与南宫和漕帮丛飞虎的过节，只一心收舒亚男为徒。舒亚男拒绝，后因欣赏亚男的脾气，便交给（其实也带着要挟的成分）她更重要的任务——拿假的翡翠凤凰去换明珠郡主的真翡翠。后又写到金彪跟云襄假意投靠莫爷，遇到舒亚男，算是不打不相识。舒亚男和明珠郡主则像欢喜冤家，姐妹相称。剧中将这些复杂的关系和人物牵扯统统删除，只留下一些较为关键的人物，重新梳理故事。比如，剧中的莫爷亦是云台中人，其有自私自利、算计人心的一面，但也有重情重义的一面，与云襄的斗智斗勇也引发了诸多笑点。他对康乔如儿子般疼爱，在失去康乔后虽失去了生活下去的动力，但也拼尽最后一口力气帮助云襄脱困，整个人物形象比小说更为圆满。

综上所述，在简化人物关系后，《云襄传》将重点放在了塑造多样的江湖侠客上，给予每个人相应的成长、展示空间。除却以智取胜的云襄、幽默刀客金彪、飒爽洒脱的舒亚男，像钱荣、康乔，甚至反派人物戚天风亦有颇多笔墨刻画。剧中的赏金杀手金十两（金彪）与小说中的形象差别也较大，改编得十分出彩。小说中的金十两是落旗镇最好的刀客，因要价高，一次至少十两黄金，从不二价，所以得了绰号叫"金十两"。他嗜赌好酒，挣钱虽多，却大多扔在了赌桌和酒桌上，这也导致他总是像个流浪汉一般潦倒。金十两受严骆望雇佣，打算到荒无人烟的大草原之后再追上云襄，悄然出手，将其杀死。但电视剧却改成云襄雇用金十两保护自己，其出场更显良善（原则是老人、孩子不杀,并痛斥雇用他的人心胸狭隘、谙于算计),是个有道德的侠客。剧中,金十两的形象予人强烈的反差感:"其虽武力强悍但经常被云襄的智谋算计,略显滑稽,由此形成了第一层反差感;金彪游走江湖的目的并不是传统意义上的以武行侠,而是基于自我人生经历的情感疗愈,他看上去贪图钱财,实则是拿钱款救济孤儿,由此形成第二层反差感;前期金彪与云襄结伴,纯因利益牵扯,但在后期的相处中却视云襄为挚友,在危难时刻愿牺牲自己的生命保全云襄,与初出场时市侩的形象极为不同,从而带来第三层反差感。至此,金彪的人物形象渐趋丰满,其多面性跃然眼前,当'金彪未死'的真相揭开,便给观众带来了惊喜之感。"[1]

(三)强化爱情阻力,增加戏剧冲突

小说中,爱情线并不是故事的主线,甚至体量不如对千门的介绍,这与小说的主体受众有关。电视剧的受众多为女性,成长线固然重要,但爱情线也影响着剧集的热度。为了让主角的爱情故事更为跌宕、有看点,电视剧在改编时特意从千门的组成入手,不仅简化了小说中繁杂的情节,还为男女主角的爱情增添了阻力。

小说借着云爷之口说出了千门的前世今生。千者,骗也。南方人也将骗子称作老千。坑蒙拐骗实乃千门末流,千门最高境界,乃是大象无形,大音希声,谋江山社稷于无痕无迹之中。以千得铢是为骗,以千得国是为谋。千门的始祖是大禹。在讲述的过程中,云爷傲然一笑,接着说道:"历史上不少出身神秘、像流星般崛起的风云人物,皆是千门隐士精心训练和培养的一代千雄。比如,苏秦、张仪、孙膑、庞涓等俱出自鬼谷子门下。而三国时的卧龙、凤雏俱是千门子弟,冢虎司马懿更是出自千门世家。若遇太平盛世,千门高手只能隐忍不出,一旦天下大乱,各路千门高手就要悄然登场,各展其能。"[2]后来又讲,千门门主之下原有八将,相

---

[1] 张薇.近年来武侠剧的叙事创新与诗意表达[J].中国电视,2023(9):54-59.
[2] 方白羽.千门·云襄传[EB/OL].[2024-01-12].https://fanqienovel.com/reader/7231460130435370045.

传千门始祖大禹当年谋取天下时，手下曾有八名心腹干将，为大禹谋夺天下立下过赫赫功劳，千门后人将他们尊为千门八将，分别为正、提、反、脱、风、火、除、摇，分别以赤、橙、黄、绿、青、蓝、紫、黑八种颜色的玉石戒指作为信物，门主则持白色萤石戒指。后来千门分裂，八将分别传下八个千门旁支，他们的名字也成了嫡传门人的代称。如上所述，这些在电视剧中都得到了简化，改成了有一隐世门派，名叫千门，门人聪明绝伦，上可安邦定国，下可守护苍生。但是，物极必反，千门终因扰乱社稷而引发天威天怒，最后分成两派：一派门人尚武，誓死对抗朝廷，名曰凌渊；一派门人从商，远离朝堂，化为云台。两派同根同源，余后百年，相争不休。剧中，云襄便隶属云台，而舒亚男一直隐藏其真实身份——凌渊大小姐寇莲衣，是门主寇颜（原著中为男人，名曰寇焱）的亲生女儿，寇元杰的姐姐。这样一来，不仅让千门的前世今生变得更为简洁明了，更容易推动主线剧情的发展，还让男女主人公间的爱情有了强大的阻力，继而增加了戏剧张力。云台高徒云襄与凌渊大小姐舒亚男/寇莲衣于乱世中相爱，两人之间的爱情犹如"罗密欧与朱丽叶"的翻版。

　　这样的改编还让两人的相爱相知相守更具说服力。小说中，舒亚男与云襄（当时还是骆文佳）初识于云襄落魄被押运之时，云襄与未婚妻赵小姐的定情信物——一枚刻着心字的雨花石，被舒亚男捡去，并顺手戴在脖子上，后又送给苏鸣玉，与之定情，这算是浅浅说明了云襄与舒亚男的缘分。而后，舒亚男找南宫放报灭全家之仇，并将其阉割，引发牢狱之灾。舒亚男视苏鸣玉为自己的亲人，让柳公权带话，说自己被投进扬州大牢，让苏鸣玉救她。苏鸣玉为了救舒亚男，只好答应叔父的条件，跟舒亚男分开。陷入绝望的舒亚男告诉自己，虽然现在没了家，没了爹爹，没了镖局，没了爱人，没了梦想，没了自由，甚至没了希望，没有了几乎所有一切，但你依然还有最后的尊严，于是在绝望中学习了《千术入门》。可以说，书中的舒亚男之所以与云襄惺惺相惜，是因为他们都失去了至亲之人，且与南宫放有血海深仇，这是支撑他们走到一起的关键因素。但剧中则弱化了这一点。救闻聪,以及与戚天风、南宫放等人的仇恨确实是两人走到一起的契机,但分属不同门派、利益对立的设置又让有情人不得不面临分离、对抗的情境。这些在加大了爱情阻力,强化了戏剧效果的同时,也催化了重新使二人走在一起的动力。最终,二人终于和解,这次是因为彼此信念、信仰的相同,即为了家国大义舍弃个人恩怨,骨子里的良善使他们能同仇敌忾,抵御福王阴谋,以此拯救了黎明苍生。至此,两人的爱情也得到了升华,更具感染力。

小说中,云襄是以叛逆谋反、率众弑君而被定罪的。因为千门公子襄的名头实在太大了,大到令朝廷不安,大到几乎一呼百应,大到令圣上都有些忌惮。当然,小说的大结局也是有惊无险,云襄和舒亚男演了一出殉情的戏码,然后又脱身逃亡。不过公子襄虽死,骆文佳却活了过来,从今往后只为妻子舒亚男和女儿活,承担起丈夫和父亲的责任。电视剧《云襄传》基本上沿袭了这个"大团圆"结局,但在描述二人的爱情结局时更重视"意境"的生成,多有"言有尽而意无穷"的感觉。剧中,云襄在南宫放去见关海主的同时,独自跑到了福王的府邸,让福王放弃谋反,因为他已经控制了一切。福王知道大势已去,只得托孤,让云襄护女儿明珠周全。云襄离开后,福王放了一把火,了断一切。谋反一事随着福王的自焚告一段落,太子登基,天下太平。皇后荣升为太后,要重赏柳公权和云襄,柳公权自请去镇守海防,继续为朝廷效力,而云襄不愿意再卷入朝堂纷争,也婉拒太后封赏自请和柳公权一起镇守海防。在电视剧的末尾,云襄纵马驰骋,放下一切去追舒亚男,二人于寂静处相遇,相视一笑既意味着云台和凌渊纠葛百年的恩怨到此为止,也证明二人将相依相伴,浪迹天涯。

(四)借助视听语言,建构诗意江湖

从文字到影像,《云襄传》的改编颇具巧思,不仅巧妙地规避了原小说在人物设定、情节设置上的某些缺陷,还颇费心思地设计了许多武打动作以符合该剧的武侠基调,弥补了当下许多武侠剧"武力不足、玄幻过

剩"的缺憾。譬如，前些年播出的《雪中悍刀行》就曾被人诟病打斗场面过于儿戏，所谓高手的武力值只是凭借一些科技化的场面或者主要角色的解说实现的，不具有说服力，直观性较弱。该剧一改近年来武侠剧"武力"颓靡的风气，尤其是对女侠舒亚男武打动作的设计，充分显现了女侠客的英姿飒爽，动作十分干净利落。更可贵的是，该剧在发挥影视艺术视听优势的基础上，还对许多场面进行了意象化呈现，从而为大众建构了一个颇为诗意的江湖世界，激发了观众的想象力，令人回味无穷。

所谓意象化呈现，在该剧中具体表现为情与景的交融。剧中，云襄与舒亚男因救闻聪而相遇。大雨滂沱之中舒亚男奋力躲避着严骆望手下的追杀，虽然对手十分凶狠，场面紧张无比，但舒亚男武功卓绝并不惧怕这些，随之而起的配乐烘托着少女侠客的英气、俏皮和勇敢。打斗场面之外，一袭素衣的公子云襄撑伞从桥上走来。善于算计人心的云襄一方面仔细观察着纠缠搏斗的众人，运筹帷幄、谋划一切；另一方面对以一人之力对抗严骆望的舒亚男产生了兴趣。此时配乐又起，云襄的眼角眉梢尽显柔和与温润。淅沥不停的雨，象征着云襄渐生涟漪的倾慕之情。情与景的结合很好地让武侠故事里江湖儿女的那些难以言喻的情感表露无遗，从而见证了江湖世界的多元魅力。

三、改编反思

（一）改编之得

瑕不掩瑜，总的来看，《云襄传》为当下武侠剧创作提供了新可能，无论是云襄"智侠"形象的塑造，还是精心设计的武打动作、饱含东方意蕴的视听画面等，都体现了该剧精品化的决心和诚意。而且，从文字到影像，剧集在人物塑造、情节编排、冲突设置等方面更显说服力和逻辑性，不仅有效规避了小说的松散之感，还使江湖故事更为圆满和齐整。剧集还尤其注重故事内核的价值和高度，不再局限于小说描写的个人成长，而是将个人的成长与家国大义紧密结合，以此让武侠故事也有了现实主义的高度和深度。

（二）改编争议

剧集《云襄传》口碑较好，豆瓣网评分 7.3 分，在近年武侠剧中属于中等偏上的水平，但仍存在一定的局限。譬如，该剧在伊始便设置了"云台门主是谁""骆家庄惨案的始作俑者是谁"等悬念，以此试图引发观众的好奇心。这些悬念确实是改变云襄命运，并促使其步入江湖的关键，对于剧集发展有十分重要的意义。但这重重谜题在剧中一直云遮雾绕，吊足观众胃口。这种过于"卖关子"的方式很考验观众耐性，除非结局有极其精彩的揭露场景和大反转场景，否则很容易遭到口碑反噬。《云襄传》将谜题一直留到剧集最后阶段方才揭开，然而解谜的方式却非常简单。云襄蒙召返回云台，门主自动现身；骆家庄惨案元凶为南宫放，此事由凌渊寇元杰告知云襄。此类信息的披露方式与此前浓墨重彩的铺垫相比，过于轻飘，给人头重脚轻的感觉。于是不少观众抱怨该剧前期较为吸引人，起承转合颇具卖点，但到了最后几集却匆匆结尾、草草了事。

显然，剧集原创了一些原著中并未设计的悬念，试图给剧情添加更浓重的悬疑色彩，但完成度尚未达到最佳。用视听媒介呈现故事，需要比文学创作更注重结构和节奏，信息披露方式需要更精心设计，对于重要信息的交代应配以更强烈的戏剧性场景，而非平铺直叙。

《九义人》：以古说今，书写女性社会议题

摘要：《九义人》是一部在小众圈层获得颇高评价的改编剧作品，借古说今，影射现实，在性别表达上别具新意，立意有深度。该剧原著篇幅非常精练，剧集改编过程中加入了很多原创剧情和人物，丰富了原著的世界观，但也出现了前期紧凑后期乏力的节奏问题。剧集还在叙事视角和叙事时空上精心设计，故事由短变长，逻辑链条更加清晰，也能形成因果对照。作为年度文学 IP 改编剧中的新意之作，《九义人》无论在 IP 选择，还是改编技巧方面，都提供了很多新思路。

25 集电视剧《九义人》由臧溪川执导，黄芬和曹笑天编剧，吴倩、李佳航、乔振宇、胡意旋主演，于 2023 年 9 月 15 日在腾讯视频播出。由于"古装社会派悬疑"题材较小众，且缺乏流量演员的加持，该剧热度并不高，但在小众圈层很受青睐，在资深剧迷聚集的社交媒体平台获得了较高口碑，豆瓣网评分 7.8 分，在国产古装传奇剧中属于较难得的高分之作。作为改编案例，该剧有效汲取了原著精华，做了符合影视剧媒介属性的有效扩充，改编技巧值得借鉴。

一、原作的可改编性

女性向古装涉案剧《九义人》改编自豆瓣阅读李薄茧的同名小说，原

著于 2019 年 5 月上线。该小说借古说今，讲述"义人"们如何为受侮辱和损害的女性复仇，以此致敬大胆书写女性痛苦与困境的女作家林奕含[①]。各类性侵案件与受害女性面临的结构性压迫是当代社会热点问题，该小说别有新意地将此题材置于古代环境中，现实批判混合快意恩仇的想象，在读者中获得好评，作为特色古装传奇，别具改编价值。

（一）改编目标：从短篇小说到长篇剧集

《九义人》小说全篇约 21000 字，作为一部篇幅短、节奏快的短篇小说，它更像是一个故事大纲，若要改编为常规集数的电视剧（20—40 集），改编方向应该以原著的立意为核心，在保留原著剧情线索和人物命运走向的基础上向外拓展和充实剧情，添加更多的情节线，创造新的子故事，以支撑长篇剧集的丰富内容。同时，应将人物作用不突出的角色删改，扩充主要人物的成长经历，突出每个义人不同的人物特色，在原著的基础上增加新人物并不断丰富原有的人物关系，打造"九义人"坚持正义、不怕牺牲的群像戏。还要扩充原著的线索，设置双线并行甚至多线并行的叙事结构，丰富剧情，适应电视剧的叙事节奏。

该剧实际改编策略是加入了大量原创人物和基于小说原人物的原创剧情，丰富了人物关系，以人物带情节。包括选择哪位人物作为义人的精神领袖，也较小说有所调整。原著中由男性角色刘薪发起的七年后的复仇，在剧集中改为女性角色孟宛主导。在主视角方面做了重要调整，更突出女性的觉醒与行动。情节结构本身的改动体现为双时空模式，剧集创新性地以单数集和双数集划分七年前后不同时空，在两个时空之间交替叙事，延展世界观，极大丰富了原著叙事。

（二）改编基础

《九义人》原作篇幅短，改编潜力大，且聚焦话题在当前市场上较为

[①] 台湾女作家林奕含（1991—2017）的自传体小说《房思琪的初恋乐园》真切描绘了未成年女性遭遇性侵后的痛苦，女作家本人饱受年少时的创伤困扰，最终未能走出，以自杀结束了年轻的生命。

稀缺，女性议题话题度高，具有较高的改编价值。

1. 短小精悍：改编空间大

《九义人》原著篇幅较短，故事线紧凑集中，没有特别冗长和复杂的人物关系网，改编时既容易厘清人物关系，也给了改编者很大的创作空间。而且原著中的人物功能属性比较明确，其性格特点、行为动机以及成长环境都可以进一步挖掘与强化，可以在原著的基础上创作出多面且立体的人物，使他们在屏幕上更具有吸引力。加之原著中的冲突比较集中，情节发展较快，比较适合转化为视觉化的影像，可以短时间内达到剧情的高潮从而引发观众情绪共鸣。

2. 女性议题：具有话题度

原著《九义人》聚焦年轻女性被诱导侵害的社会话题，作者特意在小说结尾写道"谨以此文致敬林奕含女士。请原谅我无法给出一个更痛快圆满的结局"[1]，以此呼唤关注此议题和相关创作的读者群体。而林奕含的《房思琪的初恋乐园》位列"豆瓣图书Top250"榜单第9位，几乎已成为当下青年女性的必读书之一。近年来，女性主义影视作品层出不穷，但探讨"房思琪式"悲剧的作品却相对有限。2022年，台湾电影《童话·世界》以及台剧《她和她的她》中对年幼女孩被诱导和侵犯这一现象做出了一定现实探讨。而《九义人》将故事置于古代的背景中既规避了一些现实语境的限制，同时也增加了女性沉冤昭雪的烈度，让这场时隔七年的复仇之路更具有戏剧性。与现实不同，《九义人》中的主人公齐聚各方义士最终将罪魁祸首绳之以法，虽然过程困难重重且包含很多偶然因素，但是惩处恶人的结局依旧带给了观众希望。原著故事立意深远，虽然背景设置在古代，但其社会议题依旧有很大的讨论价值，且市场上同题材作品较少，改编价值较高。

---

[1] 李薄茧. 九义人［EB/OL］.［2024-01-12］. https://read.douban.com/reader/ebook/114487957/.

（三）改编难点

相较其他改编案例，《九义人》原著可提供的剧情较少，改编过程中要增加大量原创剧情，因此把控剧情节奏成为《九义人》改编的主要难题。而《九义人》实际改编过程中也出现了前期紧凑后期乏力的问题，这为短篇小说改编成长剧集提供了一个很好的案例。《九义人》前期采取了单双集不同叙事时空的叙事方式，将不同人物七年前后的故事线串联起来，既通过时空穿插突出了每个人物的不同特点和成长变化，又在两个时空下不同的复仇走向中体现了两种情绪的交织，节奏层层递进，对原著情节进行了恰当的拆解与把控。但是《九义人》后期将世界观拓展太大，逻辑难以自洽，人物行动动机不足，导致节奏拖沓，后期乏力。

二、重要改编分析

将一篇两万余字的短篇小说改编为长剧集，重点在于对人物形象和人物关系的设计。剧集《九义人》对原著进行了大刀阔斧的改动，不仅增添了一些代表性强的原创人物，还设置了更密切的人物关系。

（一）人物改编：增加原创人物，丰富原有人物形象

剧集《九义人》对原著小说较大幅度的改动主要体现在人物方面。剧集中的"九义人"与原著中的"九义人"稍有差别，剧集《九义人》在原著的基础上对原有的人物形象进行了丰满并增加了不同人物的成长线，将人物形象刻画得淋漓尽致。除此之外还加入了一些原创角色，如新"九义人"中的柳三娘、沈牧以及吴廉的夫人章榕儿、刑狱司的老大娄明章等，并将严秀才和李春风合并为一个角色。

1. 充实原有形象，增加人物成长线

原著的篇幅限制了对原有人物形象的刻画，致使原著角色扁平化并沦为推动剧情的工具人。而剧集的改编不仅增加了"义人"们的前史，还扩

充了原有的剧情，不仅塑造了人物性格，也使情节更加跌宕起伏。

（1）蔺如兰：从回忆中的屈死冤魂到执着坚定的状告先驱

蔺如兰这一角色在原著中只存在于七年前回忆的部分，对其正面描写比较少，仅讲述了她被吴先生诱奸后求告无门的痛苦。吴欲聘其为妾以封其口，但蔺如兰坚持击鼓告状却无法自证清白，反被说成私情诬告，愤而自杀。原著小说中，从其受侵害到含恨自杀，情节并不曲折，寥寥道尽。剧集扩充了相关剧情，对七年前蔺如兰状告吴廉的事件进行了详尽的刻画，补充了小说中未多做交代的信息。例如，蔺如兰家境殷实，家庭氛围良好，正因如此她才会有如此执着坚定、善恶分明，即使遇到困难也毫不退缩的性格，才会在遭到吴廉的欺骗和伤害，发现绣楼绣女几乎都曾遭吴廉毒手的秘密后，选择勇敢地将吴廉告上公堂。

同时剧集细化了蔺如兰从入绣楼被害到几次上堂状告吴廉未果的每一个步骤，将原著中的寥寥几句扩充到将近十集的内容，还增加了官府对如兰搜身、如兰请柳三娘上堂做证被官府驳回、吴廉设计王六郎搞坏如兰的名声、如兰请来的讼师在吴廉的贿赂下当堂背叛、如兰在嫁给吴廉做妾当夜跳下城楼等情节，突出了被辱女子层层上告的不易，引发人们思考。

此外，剧集还增加了如兰家里对上诉吴廉的态度。从一开始父母哥哥的全力支持到最后的怀疑妥协，如兰面临着内外部的双重压力，最后只能以死证明自己所言非虚。增加的这些情节不仅能凸显如兰坚韧不屈的品格和宁为玉碎不为瓦全的精神，更能将观众带入如兰被一步步逼入绝境的情境，书写女性被污后反抗的不易和难以寻到公正判决的绝望和无力。

（2）孟宛：从边缘化的配角到运筹帷幄的女主角

孟宛这一角色在原著中出场并不多，也并非九义人中的领头人，特别是在七年前，其出场更是寥寥无几。小说中孟宛正式出场是作为侍奉王妃的低阶官员女眷，殷勤地给王妃点茶，谨小慎微，贴心识趣。小说用极简的笔墨交代了孟宛的不堪回忆，当年她被吴廉欺凌时曾被蔺如兰撞见，从此与蔺如兰怀着同样的秘密与痛苦，默默同病相怜。

剧集改编拓展了孟宛的成长环境，塑造了一个从懦弱隐忍的小绣女逐渐成长为运筹帷幄的领导者的女性形象。孟宛出身寒门，父亲长期家暴，母亲隐忍自苦，因此七年前孟宛懦弱内敛，在受到伤害后选择忍气吞声，甚至想要了结自己的生命。而在失去好朋友如兰后，孟宛下定决心用七年时间筹谋一切，召集曾经被吴廉伤害过的众义士扳倒他，为如兰和所有被吴廉伤害过的女子讨回公道。

与原著中孟宛在复仇中边缘化的角色不同，剧集中的孟宛作为七年后复仇的主导角色，参与了每一步复仇计划的制订。剧集不仅细化了她在徐家蛰伏和进入国公府侍奉的情节，具体描绘了孟宛在徐家的处境，还增加了孟宛利用天寿图获得国公夫人青睐的情节。剧集中的孟宛不仅如原著一般瓦解了国公夫人和吴廉的合作关系，更是与国公夫人和吴廉正面对抗，通过自己的游说让国公夫人自觉加入己方阵营，放弃吴廉。这些情节不仅丰富了孟宛这一人物形象，突出孟宛聪明机智、沉稳能干的性格特征，而且在结构安排上也通过这一角色将七年后的人物和情节串联起来。

（3）刘薪：从复仇事件的组织者到重情重义的最佳帮手

刘薪这一角色在原著中是为帮助蔺如兰申冤聚集义人的组织者，若深究起来，原著中刘薪帮助蔺如兰申冤的动机并不充足。剧集中将他改编成了孟宛的最佳帮手，新加的七年后刘薪出狱找吴廉报断腿之仇失败被孟宛救下的情节也改变了刘薪成为义人的动机。刘薪对吴廉展开的复仇，不只是因为蔺如兰之冤，更是因为自己要报断腿和牢狱之仇。这样的改编将刘薪这一人物的动机合理化，更是将复仇主导者的身份转移给了孟宛，更能体现女性之间的同情与互助。

除此之外，剧集还增加了刘薪装作算命师傅欺骗定国公夫人、刘薪配合孟宛抓获吴廉和赵寅走私以及之后寻找证据重新状告吴廉等情节，较原著增强了戏剧性和情节量。与原著中作为串联各个义人的工具人不同，剧集中对刘薪做了更加个性化的描述，也给予他自己的执着和追求。例如，刘薪虽然吊儿郎当，不修边幅，有些贪财，但依旧有坚持正义之心，而且注重承诺，尊重女性，能与三教九流打成一片。改编之后的刘薪脱离了原著的工具人属性，变得更加真实和生动。

（4）黄娇娇：从可替代的边缘角色到独当一面的女老板

黄娇娇这一角色在原著中只是担任了取代吴廉成为国公府合作对象的角色，存在感并不高，可取代性也强。剧集增加了该角色的成长线并从七年前的情节中开始铺垫。七年前，黄娇娇只是依靠烟雨绣楼生存的小商户，通过七年的时间，她将店铺发展成为可以与烟雨绣楼分庭抗礼的黄记绣庄。黄娇娇头脑灵活，会做生意，无论是七年前还是七年后，都将自己的生意经营得很好，很有经济头脑和远见。预见到烟雨绣楼靠不住，她创办了黄记绣庄，扩大了自己生意版图。

为了将黄娇娇这一角色融入状告吴廉的案子，剧集还增加了黄娇娇看到七年前吴廉贿赂如兰讼师的情节，增加了黄娇娇成为义人的必然性。此外，剧集增加了黄娇娇收留外籍女子制作淮金绣的情节，表现出黄娇娇自己成为强大的女性后，帮助了很多困苦的女性，为她们提供了在绣庄的工作，拯救了很多女性的命运，从另一个角度体现了女性互助的主题。

（5）觉明：从平平无奇的证人到真实立体的受害者

觉明/田小玲这一角色在原著中只是一个证人，功能性较强也毫无特色。而剧集中丰富了她的前史，田小玲出身于书香门第，是一位热爱诗词歌赋的世家小姐，喜欢独来独往，清高沉默，在如兰事件后没能听从如兰的话，成为吴廉魔爪下的受害者。改编后的田小玲像是遭到吴廉毒手的受害者代表，在事情没有落在自己身上之前不肯相信事情的真相，而被侵害后又怯懦逃避，只能靠在山上诵经逃避当年的事情。剧集中仔细描绘了田小玲进入烟雨绣楼并见证如兰状告失败自杀的情节，还增加了田小玲在习绣期间受到如兰的劝告、在被辱后神志不清被送往清水庵的情节。这些情节的加入不仅可以塑造田小玲的形象，将田小玲到觉明的转换描绘出来，而且也代表了一批被害女孩被害后的情状，进一步揭露了吴廉罪恶的面目。

剧集将原著中觉明直接下山做证改成了经孟宛多次劝告后依然不愿意去做证，而经过李春风的死亡才下定决心。这一改编更具有现实意义也更具思考价值。正如原著中的慧沉法师所说，若只为己一人念，则心量狭小，功德亦狭小矣。譬如一灯，只一灯之明。揭露吴廉的真面目虽能为如兰讨回公道，却要更多的人做出牺牲，引发人们思考。

（6）吴廉：从邪恶黑暗的代表到表里不一的俊秀先生

吴廉这一角色在原著中只写到了他恶心丑陋的一面，是不折不扣的罪恶之源。但受篇幅局限，没有涉及造成吴廉此种行为的原因，也显得人物较为工具化，只是个道貌岸然的淫棍，为了作恶而作恶。剧集深入挖掘反派的前史，专门用第19集来讲述吴廉幼年成长的经历。吴廉自小被父母忽视，受到小娘的关爱喜欢上刺绣，在小娘被害死后独自闯荡且声名大噪创办烟雨绣楼。娶妻后因妻子并非处子之身，便在绣楼中欺骗奸污女学生，而吴廉珍藏的那幅落梅图，其中每一朵落梅都代表着一个烟雨绣楼中被侵害的绣娘。这些描写丰满了吴廉道貌岸然、心思活络的恶人形象，为吴廉作恶寻到了前因，将原著中一个邪恶的符号塑造成一个有血有肉的人物形象。

剧集不仅为吴廉写了成长线，而且拓展了吴廉的野心。小说中只提到吴廉用刺绣手艺讨好王妃，利用王妃的权势逃脱法网，剧集还增加了很多吴廉经营绣楼的生意谋略和奸污哄骗绣娘的细节。例如，吴廉非常擅长花言巧语，他能在公堂之上巧舌如簧并且擅于颠倒黑白，利用自己的好名声和女子们对清白的在乎驳回了如兰的状告。剧集还加入了吴廉联合赵寅走私绣品获取利润、在被国公夫人放弃后屡次求取京官等情节，丰满吴廉虚荣贪财，做事谨慎小心、不留破绽的性格的同时延展了世界观。吴廉会在走私之事东窗事发之时将所有过错都推到赵寅身上，自己全身而退；会在自己被娄明章纠缠且被定国公夫人放弃时立刻利用妻子为自己谋求了官职，做事滴水不漏。这些情节增加了义人们对抗吴廉的难度，也使得剧情跌宕起伏，双方对抗有来有回，但也拖慢了剧情的节奏，造成了剧情后期有些乏力。

（7）冯大：从存在感低的帮主到有情有义的镖师

原著中，冯大这一角色被设定为北疆逃兵，后成为冯帮主，在刘薪的劝说与利诱下成为义人之一，但实际作用并不明显，原著中也没有能体现这一角色的高光剧情。而剧集中不仅丰富了冯大的人设，将冯大改编成看似性格鲁莽、憨笨凶悍，但有恩必报，凡事以义为先的镖师，还增加了冯大与如兰的交集。七年前，冯大曾在身受重伤时被萍水相逢的如兰救下，还害得如兰名声受损。这样的改编使得冯大加入义人更加合理，报恩的动机也让冯大在复仇行动中更加具有行动力。

（8）李春风：从盗贼和书生到盗贼书生

原著中，李春风这一角色本为两个人——严秀才和李春风。严秀才能读书识字，李春风有偷东西的本领，这两人在故事中发挥的作用比较有限。因此，剧集中将两人合二为一，使李春风这个角色既具有偷东西的本领又具有读书识字的本领。这一角色能加入义人本是因刘薪的劝说与利诱，动机并不充足且发挥的作用有限，而且在人物走向上与冯大有些相似。剧集中虽然也是由刘薪将李春风介绍给孟宛，而后其因利益入局帮助孟宛等人从烟雨绣楼拿出吴廉奸污的证据，但是剧集不仅加入了七年前李春风与如兰的交集，还加入了李春风与田小玲的感情线，使得李春风成为义人更具有说服力。后期李春风因发现心上人田小玲也曾被吴廉伤害，甚至想要暂停报仇计划让田小玲免受打扰，但他没有这样做，最终因搜集证据被吴廉害死，舍生取义。这样的人物结局既让李春风这个角色深入人心，又为田小玲决定下山做证提供了有力动机。

2. 添加原创形象，丰富故事世界

原著篇幅较短，人物也比较有限。剧集改编过程中不仅扩写了原有的人物，还增添了一些具有代表性的原创人物，丰富了原著的世界观，对人性进行了多方面的展现。

（1）柳三娘：直率洒脱的美丽花魁

柳三娘是剧集原创角色，原名刘三女。她性子自由不羁，洒脱开朗，不畏惧世俗的目光，独立强大，在被误解后毅然离开闯出了一方属于自己的天地。七年前柳三娘是直率洒脱的风尘女子，因自己也遭受过吴廉的伤害不顾非议帮助如兰，在开堂时揭露吴廉的罪行但没有人相信。七年后柳三娘是仗义出手的美丽花魁，九义人之一。此时她更加不在意世人的目光，曾将被关起来的孔雀救出给它自由。当看到当年对自己有恩的袁家主君被害，决定再次入局扳倒吴廉。在义人们分崩离析之时，她找出了徐府中的叛徒，探听到吴廉入文绣院的秘密并传递出去，最后牺牲自己为义人们制造了扳倒吴廉的机会。

这个原创角色被赋予了强大又极致的女性力量，是九义人中最为坚定的存在。柳三娘的存在既为七年前如兰状告吴廉增添了助力，让如兰的状告不至于孤立无援，又让观众看到了女性的成长，是非常有代表性的角色，为整个悲壮又荆棘的状告过程带来了明媚的光亮。

（2）沈牧：信念坚定的朝廷官员

沈牧也是剧集原创角色，他面目俊朗，不苟言笑，刚正不阿，坚守正义。七年前的沈牧是遭人排挤的小衙役，看不惯办案中的不法之事，在衙役们故意欺负如兰时曾出手相助，在如兰死后为她做证，但受到了衙门中大多数人的排挤和欺负。七年后的沈牧是乘风归来的皇城司都头，九义人之一。因一直默默追寻着自己心中的公平与正义，信守承诺，曾亲眼看到如兰的悲惨遭遇却因为自身弱小无力相帮而造成遗憾的他，愿意加入义人重新为如兰申冤。

这个原创角色非常具有代表性，与刘薪性格相反。身有官职的沈牧见过衙役欺负如兰、权贵诬陷如兰的全过程，自己也因为坚守正义而受到伤害。但他依然刚正不阿，而且通过自己的努力成为皇城司都头，希望有朝一日解救所有如兰一般的女子。因此沈牧并不赞同刘薪和冯大的有些行为，主张用正当合法的方式扳倒吴廉。

（3）高程程：自卑怯懦的受害者代表

高程程为剧集原创角色，也是众多被吴廉伤害过的烟雨绣楼绣女代表。

与九义人之一的田小玲不同，高程程既是受害者，也是加害者。在被吴廉欺骗后，她对吴廉产生幻想，不仅针对同样受害的如兰和孟宛，还在如兰状告失败后说风凉话，欺辱如兰。而在知晓真相后，高程程又缺乏勇气，逃避事实，并将错误归咎到别人身上，无论是七年前还是七年后都不敢站出来在公堂上做证。这个原创角色既是高程程，也是众多被欺骗后只敢唾弃受害者、不敢对抗加害者的代表，其人设非常典型，将众多被害绣女的行为具象化。

（4）章榕儿：默不作声的加害者

章榕儿作为吴廉的夫人也是剧集原创角色，她既是吴廉变成无耻之徒的原因之一，也是古代以夫为天女子的真实写照。章榕儿本为名门之后，母家社会地位很高，但下嫁吴廉后因非处子之身在家庭中地位卑微，对吴廉的所有命令言听计从，这也成了吴廉有恃无恐地奸污绣女的直接原因。章榕儿因不敢反抗吴廉，成为吴廉欺辱绣女的帮凶，屡次帮助吴廉处理闹事绣女的后事。虽有怜悯之心，会对如兰及其他受害的女孩释放善意，但无力阻止也没有勇气揭发吴廉的所作所为，甚至在如兰寻死后也不愿揭发吴廉，以佛堂清修为借口逃避世事。这个原创角色塑造得真实且立体，可怜又可恨，其悲剧意义具有时代性。章榕儿一方面是封建社会下被残害的牺牲品，另一方面又是为封建社会塑造牺牲品的加害者，为原著故事增添了新视角，引发人们思考。

（5）娄明章：正义公正的办案老大

娄明章为剧集原创角色，作为提点刑狱司的老大，被孟宛用计劫来处理有关吴廉的事件。此人清廉公正，位高权重，办案经验多，一来就治理了不作为的陈知府，还审问了烟雨绣的走私案。他不畏权贵，体察民情，帮助孟宛重新梳理了当年的奸污案，最终依法处置了吴廉，还给了所有受到伤害的女子一个公道。原著中并没有这样一个角色来处理吴廉的案件，对故事的结局也只是一笔带过。而剧集中增添刚正不阿的娄明章作为孟宛手中的一把"利剑"，让吴廉的罪过有处可诉，也让受害的女子有理可依，虽然在剧中的工具性较强，但是增加了整部剧集逻辑的合理性。

3. 丰富人物关系，强化事件矛盾

原著篇幅较短，情节有限，人物之间张力不足，事件冲击力也不算太强，这种情况是不利于影视化直接呈现的。因为影视的媒介特点，剧集需要强戏剧性来吸引观众，因此，剧集《九义人》在原著的基础上不仅加入了一些原创人物，还丰富了其中的人物关系，增强了原本人物之间的关联度，强化了事件的冲突感和戏剧性。

（1）强化义人与如兰的关系

如兰作为故事的基点，在故事中起着至关重要的作用。但是原著中众义人与如兰的关系却不太紧密，缺少故事的逻辑性与戏剧性。因此，剧集以如兰这一人物为抓手，增加了义人们和如兰的交集。首先，剧集将如兰和孟宛的关系设计得更加亲密，将两人从同窗改编为至交好友，由此增加了一系列七年前有关孟宛帮助如兰的情节，如孟宛劝诫如兰不要上诉、孟宛想要上堂为如兰做证被母亲阻拦、孟宛帮如兰请讼师、如兰与孟宛逃走未遂等。这样，孟宛以"如兰冤死"为契机筹划七年报仇也有理可依。其次，剧集中增加了原创的柳三娘和沈牧与如兰的交集，两人不仅在七年前与如兰产生了交集，也都在七年后成为义人与孟宛一起给如兰报仇。柳三娘在七年前就与如兰一起上堂状告吴廉，只是因为三娘的身份为烟花女子，所以两人败诉。沈牧七年前就帮助过如兰，阻止府衙的人欺负如兰，如兰自尽前也向沈牧传了信。这两个角色一个是与如兰有着共同遭遇但勇敢坦荡的受害者，一个是不与官府同流合污，刚正不阿、满怀正义的衙役，两位都是带给如兰希望的人，也代表着生活中的光明，使整个故事的色彩更加明媚。

此外，剧集也增强了冯大、李春风、田小玲与如兰的交集。七年前蔺如兰救过冯大但反被诬陷，这也改变了七年后冯大为蔺如兰报仇的原因，从完成刘薪的嘱托变成了报恩；李春风七年前想要偷如兰的钱袋，见如兰心存死志加以安慰；如兰曾在烟雨绣楼遇到田小玲时做出劝告。至此，剧集中几乎所有角色都与如兰产生了或多或少的联系，每个人物身份各不相同，成为在复仇过程中具有独特作用的角色。这样的改编使得七年后众人

集结为如兰报仇的动机合理了许多，也让剧情更有节奏。

（2）增加新的情感关系

第一，增加了刘薪与豆花西施的爱情线和与柳三娘的友情线，将刘薪这一角色设计得更接地气，更加立体丰满。第二，增加了田小玲和李春风的爱情线，使得李春风成为义人和觉明下山做证的动机更加合理和清晰。第三，增加了吴廉和章榕儿的婚姻线，追溯了吴廉作恶的原因。第四，增加了冯大将娄明章劫到淮州城的情节，为后面孟宛上诉做铺垫。

至此，新加入的角色和人物关系将九义人紧密联系在一起。与原著相比，剧集中人物行动的动机更加合理，利益牵连更加紧密，虽然每个人的立场可能有所不同，但几人的信念和目标是一致的。

（二）情节改编：双时空叙事结构

相较对人物做的大幅改写，剧集《九义人》对原著情节的创新性调整主要体现在视角选择和时空关系上。《九义人》原著内容较短，原创空间较大，剧集改编更多是将原著作为创作的大纲，不断地进行丰富和填充。剧集在丰满原有人物形象、加入具有代表性新人物的同时，还在叙事视角和叙事时空上进行了变动，让故事由短变长、因果交织，具有创新意义。

1. 改变叙事视角，突出故事主题

在原著中，七年后复仇事件的主导者是刘薪，刘薪因为七年前有负如兰的嘱托，遂在出狱后联合各方义人扳倒吴廉。这样的设计虽然逻辑上合理，但是戏剧性较弱。而剧中则将复仇的主导者改成了孟宛，而且还是蛰伏七年、筹谋已久的孟宛。剧集这一改编不仅在逻辑上更加合理，而且以女性视角为主视角升华了该剧的主题。以孟宛为复仇主导者照应了剧集七年前增加的蔺如兰与孟宛的姐妹之情，孟宛亲眼见证好友在状告吴廉失败后惨死，因此更有动机成为帮如兰复仇的主导者。同时，孟宛徐家主母的身份也更具有财力和人力对吴廉施展复仇。此外，这场受害者为女性的复仇由女性主导更具有反抗意义，孟宛从如兰那里接过对正义的坚持，将对

吴廉的状告在七年后继续进行下去，体现了女性力量的觉醒，更突出了女性互助的价值，突出了故事主题。

2. 采取单双集不同时空叙事，形成因果对照

原著的叙事时空较为简单，虽然每章中也存在有关七年前的回忆，但并没有形成体系，也缺失了七年前蔺如兰的主观视角，情节线较为单薄。而剧集采用了单双集不同时空叙事的方式，单集叙述七年前蔺如兰状告吴廉的进程，双集叙述孟宛带领义人为如兰报仇告倒吴廉的过程，单双集之间形成了照应。例如，第3集中交代了如兰委托刘薪上诉，第4集中就叙述了刘薪出狱后与孟宛合作。这样的叙述方式不仅使七年前后的逻辑链条更加清晰，形成因果关系的对照，而且也能充分调动观众的情绪，引起观众的观看兴趣。这种叙事方式对原著故事情节进行了重新梳理和编排，也是一种叙事模式上的创新。

三、改编反思

由于题材小众、缺乏流量演员的加持，很遗憾《九义人》播放量较低，未能进入业内各类收视榜单前列。但该剧口碑较高，故事立意有深度，契合社会议题，借古喻今的角度又十分巧妙，在注重文本艺术品质和思想水平的剧迷小众圈层评分比较高。虽然局限于圈层，但圈层内部的网络评论抽样显示，观看过该剧的网友对《九义人》的评价普遍较高。观众对剧集的题材和立意比较满意，有一些观众对剧集结构不大适应，可见单双集分时空叙事模式虽具新意，但随之而来的节奏问题不容忽视。

（一）改编之得

《九义人》剧集对原著的改写是比较成功的，尤其对短篇小说改编为长剧集的创作颇具参考价值。首先，《九义人》剧集将人物塑造得非常立体丰满，将原著中的只言片语扩充成一个个有血有肉的形象，能够被观众认可和共情。并且影视化改编后的每个角色都具有辨识度，呈现了九个意气风发、仗义并行的群像形象。而且剧集将人物关系扩充后，人物动机也比原著更加清晰和合理。其次，双线叙事模式在前期很好地把握了剧集的节奏，在人物较多、人物关系比较复杂的情况下将每一个义人的成长线和现状都表述得非常清晰，比原著的叙述更具感染力，每个人物的出场都能带给人深刻的印象。最后，剧集很好地抓取了原著想表达的主题，并加以深化。《九义人》在古代的背景和框架中展现了现代思维和语境下的女性力量觉醒，真实又残酷地向观众展示了女性困境，映射了女性遭遇上位者猥亵却苦于舆论权力敢怒不敢言的社会现象，带给人们在无望中聚义破局，正义终会战胜邪恶的美好希望。

（二）改编争议

《九义人》中最为观众诟病的问题是剧集后期节奏拖沓。在后半部分，改编时填充的内容对剧情发展和主题表达没有起到积极的助推作用。例如，柳三娘的死有些刻意，就像是设置好要在复仇的路上牺牲同伴一样。而且后期义人们行动乏力，像冯大、沈牧等角色在后期的原创剧情中被莫名边缘化。此外，大结局的设置也比较平淡，高潮点没有设置好，最后指证结案的阶段剧情发展仓促且粗糙，特别是与之前如兰上诉时的堂审相比，结案时的剧情发展并没有一直以来观众所期待的触底反弹的效果，更像是突然宣判了吴廉已败的结果。这个结局与观众的期待相比显得乏力，被一部分观众诟病。既然剧集前期已经充分铺排，调动观众情绪到达高点，在高潮处就应借鉴优秀法庭律政类影视作品的叙事模式，将不公与公义的对决以最具戏剧性的方式呈现，而非平铺直叙。

总体来说，《九义人》是一部改编较为成功的作品，它充分利用原著有限的内容进行了有效填充和创新表达，其中表现的年轻女性被诱导侵害的社会话题值得今日的我们不断思考。它不仅借古喻今式地呈现出了"房思琪"式悲剧下的女性困境，还通过义人集结和互助凸显出女性力量，兼具戏剧性与社会性。后期节奏失当问题是此案例改编的可惜之处，此类短文本改长剧集的案例应尤其警惕这种问题。

《长相思》：从诉诸想象的言情故事到生动细腻的女性传奇

摘要：《长相思》根据桐华的同名系列小说改编，讲述了流落大荒的皓翎王姬皓翎玖瑶（小夭）历经百年颠沛之苦，在清水镇成为悬壶为生的普通医师玟小六，看似桀骜洒脱，实则无处可去、无人可依、无力自保。小夭的身世迷雾重重，而这也注定了其不平凡的一生。影视剧在改编时基本延续了小说的叙事内容，保留了小说中的精华部分，仍然以乱世之中小夭与西炎王孙玱玹、青丘公子涂山璟、辰荣将军九头妖相柳的感情纠葛为叙事主线。同时，还将小夭与阿念、赤水丰隆等人的亲情、友情进行了更为细腻的戏剧化表达，以此增加了故事的可看度和亲近感。改编剧将小夭在种种爱恨纠缠和家国纷争中所感受的欢乐与苦痛悉数呈现，不仅使观众得以共情于人物的失去与成长，还成功地谱写了一曲带有新神话主义色彩的女性传奇。

　　《长相思》是由秦榛担任总导演，杨欢执导，桐华、王晶、雪灵之、秦晔担任编剧，杨紫、张晚意、邓为、檀健次、代露娃等主演的古装神话剧。原小说共有三册，包括《长相思1：如初见》《长相思2：诉衷情》《长相思3：思无涯》。由于小说字数较多，整个故事架构较为复杂，故改编剧拆分为两季播出。第一季于2023年7月24日在腾讯视频播出，热度不断高涨，并成为 2023 年腾讯视频站内热度最快突破 30000 的作品[①]。第二季于 2024 年 7 月 8 日在腾讯视频、江苏卫视播出[②]。

《长相思》自播出以来，凭借着原作扎实的文字基础、作者桐华的市场号召力，以及杨紫、张晚意、邓为、檀健次等明星的倾情出演，频频引发话题讨论，是当之无愧的年度现象级剧集。以《长相思》第一季为例，自播出之日起，该剧在微博、抖音、快手累计上榜热搜话题 9250 个，累计第 1 名次数为 686 次，累计在榜时长为 2991 小时[③]。该剧上映后不乏营销事件，出圈度高。在口碑方面，《长相思》第一季豆瓣网评分 7.8 分，在仙侠剧品类中属于为数不多的高分作品。第二季在 2024 年播出后口碑大幅下滑。因该剧两季对原著还原度较高，第二季评分"跳水"或多或少与小说前后内容原生龃龉有关。本文就第一季、第二季的改编进行分析，以期为同类型作品的改编提供借鉴。

一、原作的可改编性

（一）改编目标：从诉诸想象的言情故事到生动细腻的女性传奇

系列小说"长相思"共分为三部，分别为《长相思 1：如初见》《长相思 2：诉衷情》《长相思 3：思无涯》。小说以王姬小夭与颛顼、涂山璟、相柳的爱恨纠缠为主线，将小夭的励志成长、颛顼艰难的帝王之路、涂山璟在波诡云谲的宅院争斗中的挣扎，以及相柳在忠义与私情间的矛盾等悉数尽显。桐华用相当长的体量写了一个荡气回肠、百转千回的故事。其中，小夭和三位性格不同、出身不同、感情观不同的男性的爱恨故事十分

[①] 数据来自《长相思》官方微博 https://weibo.com/3765946064/4927492081320982，统计时间为 2023 年 7 月 25 日。

[②] 《长相思》改编剧本为一部连续剧集，因广播电视总局相关规定拆分为两季，间隔数月播出。本文作为学术研究将 2024 年播出的第二季视为同一剧集文本的后半部分，不作为 2024 年改编剧。

[③] 数据来自猫眼专业版 App，统计时间为 2024 年 2 月 19 日。

牵引人心，以此令许多读者读完久久不能平复心情，再次感受到了桐华笔触的独到感染力。事实上，这既是"长相思"系列最吸引人的部分，亦是桐华极善于书写的部分，像之前热度极高并引发轰动的《步步惊心》《大漠谣》《最美的时光》《云中歌》等皆是如此。

因为小说的完成度较高，所以电视剧版《长相思》的主创人员需极力还原小说的精华部分，以使"书粉"满意。与此同时，电视剧版还需要兼顾时代的审美新趋向和影视艺术本应坚守的人文内涵与艺术高度，突破网络小说的某些局限，以此升华作品的价值、延续作品的魅力。因此，电视剧版《长相思》特意把小夭这个女性的成长作为故事的核心点进行细致的展示，并将她对爱情、亲情、友情的体悟渗透进成长的历程，借着视听光影的形象化、直观化优势，谱写了一段生动细腻的女性传奇。显然，这样不仅能很好地照顾到原著小说的几条重要的叙事线索，还能与面向"她时代"的影视作品接轨，恰到好处地呼应诸多观众的需求，更有现实意义。正如制片人汤攀晶所言，"女主角小夭这个人物有很强的现代性，她面临的抉择和痛苦，很多女性观众都能从中看到自己的影子，只是冲突不如剧中强烈、极致。观众对几对 CP 的站队，背后折射的是一个女性在成长过程中，在理智和情感之间的徘徊、抉择"[①]。可以说，从关注"言情"到关注"成长"的变化，不仅再次明确了故事在"讲什么"，还确认了颇具时代特色的"中心思想"，彰显了该剧的艺术追求和审美品格。

（二）改编基础

1."燃情天后"桐华的小说市场号召力强，改编率极高

"长相思"系列小说作者桐华，本名任海燕，1980 年 10 月 18 日出生于陕西汉中，中国女作家、影视策划人，毕业于北京大学。曾有人将藤

---

① 陈丹. 独家对话《长相思》制片人汤攀晶：一年只做一部剧，爆不爆听天命［EB/OL］. （2023-09-25）[2024-01-12］. https://weibo.com/ttarticle/p/show?ua=Mozilla%2F5.0%2B%28Windows%2BNT%2B10.0%3B%2BWin64%3B%2Bx64%29%2BAppleWebKit%2F537.36%2B%28KHTML%2C%2Blike%2BGecko%29%2BChrome%2F114.0.5735.289%2BSafari%2F537.36&id=2309404949796002857299.

萍、桐华、匪我思存、寐语者并称为内地文坛新言情小说"四小天后"[①]。桐华为"燃情天后",以此赞其"平淡入笔、逐层深入、戳人心痛,所书写的爱情会燃烧"。桐华的小说作品颇丰、粉丝基数庞大,多以主人公纠葛复杂但又不失浪漫的爱情为叙事主线,迎合了网生代观众的审美情趣,故改编率很高。代表作《步步惊心》《大漠谣》《云中歌》《最美的时光》《那片星空,那片海》《那些回不去的年少时光》《曾许诺》等都曾被改编为影视剧,其中不乏高口碑之作。此外,桐华还曾担任多部非其本人小说改编的影视剧的编剧、策划、编审、监制等职。2013年,桐华推出神话题材小说"长相思"系列,引发热烈追捧,该小说也成为其职业生涯中的又一代表作。

2. 在"新神话主义"外衣下讲述浪漫爱情,更跌宕人心

"长相思"系列小说大约74万字,共有三册。故事背景为上古时期,人、神、妖混居,神农、轩辕、高辛三国鼎立。此外,还有涂山、西陵、赤水、鬼方四大家族实力鼎盛,是一度可与王族抗衡的大家族。流落大荒的王姬玖瑶(小夭)历经百年颠沛之苦,终在清水镇落脚,成为看上去为"男相"的玟小六。"他"以悬壶为生、恣意不羁。小夭的表哥轩辕王子颛顼为了寻找小夭来到清水镇。经过一段波折,小夭与哥哥终于相认,并恢复了真实的身份、性别和容貌。哥哥视小夭为生命中最重要的人,并对其有微妙的感情,渴望小夭能伴其一生。在清水镇时,小夭意外救了性命垂危的涂山家的公子涂山璟,并为其起名为"叶十七",朝夕相处中二人情愫渐生。璟视小夭为全部,愿舍弃所有追随小夭。另一边,小夭与九头妖相柳不打不相识,小夭的真诚善良,以及"无人可依、无处可去、无力自保"的状态让相柳想到了自己,并对小夭产生了感情,两人在惺惺相惜间结为知己。

---

① "四小天后"中匪我思存的作品改编率也极高。匪我思存是《爱情的开关》《千山暮雪》《寂寞空庭春欲晚》《来不及说我爱你》《佳期如梦》《乐游原》《东宫》等小说的作者,以上均已被改编成影视剧。

显然，原著小说的内核依然是浪漫的爱情。小夭身世复杂，与轩辕王子颛顼、世家公子涂山璟和九头妖相柳产生了"剪不断、理还乱"的感情纠葛，这与市场上流行的一般浪漫爱情故事别无二致，显现出一定的商业价值。该作品又因为披着"新神话主义"的外衣，故让爱情故事更为跌宕、更显新奇，并使浪漫之感更盛，而这也是桐华较为擅长的写作方式。桐华的著名作品《步步惊心》就曾因穿越元素，以及"一个现代女性"和"多个古代王子"的情感纠葛而备受欢迎，改编剧尤其契合了年轻女性观众的浪漫想象，曾一度风靡、引发热议。因此，"长相思"系列的改编亦有广泛的接受基础，收益也十分可观。

3.对"女性成长"的重视，契合"她时代"的消费心理

网络文学的改编并不稀奇，近年热播的《宸汐缘》《庆余年》《陈情令》《琉璃》《苍兰诀》等作品都是由网文改编而来。与传统的文学写作不同，网络文学大众传播的面向和娱乐消费的目的是不争的事实，读者市场决定了作者的等级和收入，进而主宰着作者的写作形式和创作方向。因此，为了更好地服务读者，网络文学大概可分为两种类型："女频文"与"男频文"。"女频文"的读者多为女性，内容以"缠绵悱恻的爱情"为主；"男频文"的读者多为男性，内容以"小人物的翻身为王"为主。"长相思"系列是典型的"女频文"，小夭是绝对的主角。但在"她时代"的背景下，女性消费能力的提升以及事业的全面拓展，使得主要面向女性群体的作品若只有爱情，恐怕难以全面契合读者的全部期待。因此，"长相思"系列还注入了"女性成长"的内核。小夭历经坎坷，虽然受到许多人的宠爱和追求，但也承受了许多辜负和失望。她深知"等待他人"无法成全自我，只有主动争取、自我强大，才能接受住命运的考验，才能在纷乱的尘世中存活。"长相思"系列与《花千骨》《三生三世十里桃花》等作品一样，凭借着对爱情、事业双丰收的"大女主"的刻画，以及逐渐完善的女性自我成长线索，满足了人们对新时代女性的想象。

4.小说对古代神话背景的挪用易误导观众，需进行改编

记载着初民知识积累、宇宙观、对自然的认识、道德标准等信息的《山海经》是"长相思"系列叙事背景建构的重要依凭。但是，在选择和利用的过程中，书中事物原本携有的灵韵与神性被弱化甚至抹去，成为一种伴有目的性的创作工具，即剧情发展的推手或勾调新鲜感的佐料。中国古代神话是华夏民族在上古时代生活与想象的产物，反映了当时先民们的思想。但《长相思》等剧集，与上古神话原典的关联并不紧密，只是借着神话的外壳讲述现代故事，存在误用神话、消解神话、曲解神话等问题。网络文学主要流通于虚拟的网络世界，终极目的是服务读者，为其带来"爽感"，以确保收益。与网络文学不同，影视剧作为面向大众的产品，首先要做到的就是突破圈层，为更广泛的群众带来审美体验，这也就决定了其审查更为严格，规则更为系统。因此，为了规避种种问题和争议，改编是必然的。

（三）改编难点

小说原著作者兼该剧编剧桐华在接受采访时曾指出："我在写'长相思'系列时怀着深深的爱，完全把自己放进故事中去写。"[①] 桐华想继续把"热爱"保留在这个故事中，她始终认为这是最重要的，因为任何编剧技巧上的娴熟、制作程序上的严谨或许都比不过发自内心的热爱。当然，这并非说原著小说没有缺憾和问题，但这些或许也是一种独特的美，更何况牵一发而动全身，不再去过多更改是桐华所追求的核心"改编策略"。因此，桐华在将"长相思"系列改编成影视剧本时，"只会调整一些东西，但尽量遵从原著的脉络，而非再创作另外一个新的故事"[②]。《长相思》的原著已经颇为成熟，在此基础上，保留热爱、保留原著的内容自然能够发挥小说的最大优势，但也带来了颇多问题。

---

① SA.《长相思》：现实主义古装诞生记［EB/OL］.（2023-08-18）［2024-01-12］. https://mp.weixin.qq.com/s/WB6DXZa222XIhUxhF0lB5w.

② SA.《长相思》：现实主义古装诞生记［EB/OL］.（2023-08-18）［2024-01-12］. https://mp.weixin.qq.com/s/WB6DXZa222XIhUxhF0lB5w.

首先，原小说的体量较为庞大，支线繁杂，如何将这些有逻辑地还原成影像，便成为最大的难点。影视创作与文学写作不同，无法长时间、大体量地铺陈，也不存在所谓的"挖坑""填坑"等步骤。小说先从玟小六（小夭）在清水镇的故事讲起，然后以倒叙、插叙等手法还原小夭的过去，而后又细细讲述小夭与生命中至关重要的几位男性剪不断、理还乱的感情故事。同时，经历感情的过程则让小夭不断确认自己的内心所需，始终激励着自我成长。此外，还派生出许多有意思且有意义的支线，夹杂着亲情、友情，以及家国情怀等。可以说，将接近80万字的小说浓缩成62集（第一季39集、第二季23集）的连续剧，本就难度较大，每条线索还都要有所兼顾，更考验创作团队的整合、编排能力。

其次，小说作品与影视作品的表达方式不同。莱辛（Gotthold Ephraim Lessing）早就发现了不同的艺术类型在表现同一故事时的实际差异，其借着对拉奥孔雕像群的分析指出，"雕刻家要在既定的身体苦痛的情况之下表现出最高度的美。身体苦痛的情况之下的激烈的形体扭曲和最高度的美是不相容的。所以他不得不把身体苦痛冲淡，把哀号化为轻微的叹息。因为哀号会使面孔扭曲，令人恶心"[1]。同样的，小说以文字想象取胜，而影视艺术以形象生动的视听见长，所有的改编作品或许都会面临这样的问题和难点，《长相思》尤甚。因为原小说的心理描写较多，如何将其还原成具体可感的样态，是剧版创作的难点和重点。小说里的人物性格、行为动机或许经历了较长时间的铺垫，颇有"草蛇灰线，伏脉千里"的感觉，但影视剧若如此延长情节，恐怕会让观众认为有拖沓、注水之嫌。因此，对人物的性格、行为动机也需要有更加直接、直观的展现和艺术化的表达。此外，小说还涉及对诸多美妙玄幻的奇景的描写，这些借着视听语言呈现得是否到位、准确，能否符合观众的心意，又是一大难点和考验。

---

[1] 莱辛.拉奥孔[M].朱光潜，译.北京：商务印书馆，2017：17.

二、重要改编分析

原著小说的叙事主题比较积极正面，除了儿女情，还有亲情、家国情等，基本符合当下的主流价值观。由此，如何以影像的方式延续故事亮点便成为改编的主要目标。不难发现，原著小说的叙事主线就是围绕着小夭的人生经历以及其与玱玹、涂山璟、相柳的爱恨纠葛展开。那么，如何借助影像手段和细节处理使小夭跟玱玹的情感羁绊更深、跟涂山璟的相爱相守更具说服力、跟相柳的有缘无分更牵动人心，便成为改编的另一个重点。毋庸置疑，让每一对CP都具备"好嗑"的要素，也是使该剧好看的关键所在。此外，因为小说的创作思路和生长土壤与影视剧大不相同，所以小说中的某些部分无法照搬至荧屏之上，需加以删减和改动才能符合影视剧的制作要求，从而更好地实现破圈传播，收获更多观众的喜爱。

（一）修改人物关系，重构叙事背景

为了更贴合时下观众的接受心理，影视剧的创作者首先进行了一些较为基础的改动。在原著中，玱玹和小夭是表兄妹关系，而电视剧则将他们的关系改为没有血缘的兄妹，小夭的母亲西陵珩不再是玱玹奶奶的女儿，而是徒弟。这样一来，玱玹和小夭兄妹相称便更加凸显了两人相依为命、紧密相连的关系。更重要的是，玱玹对小夭难以言喻、无法割舍的感情与传统的伦理道德不再相冲，更符合当今时代的价值观。此外，电视剧版《长相思》还对一些名称进行了更改。例如，轩辕颛顼改为西炎玱玹，蚩尤改为赤宸。小说中，中原神农族、西北轩辕族、东南高辛族三国鼎立，剧版则将神农改为辰荣，轩辕改为西炎，高辛改为皓翎，重构叙事背景，以此使该剧既有神话的影子，又不完全复制神话元素，从而减少文化争议。

（二）调整叙事顺序，引发观众期待

原著是先从清水镇玟小六（小夭）的故事开始的，然后才慢慢揭开小

六的真实身份，从而引出过去的故事。电视剧则先用一集的体量，展现小夭和玱玹的童年经历。一集的体量并不会有拖沓、赘述的感觉，这样的改编不仅能加快叙事节奏，帮助推进主线剧情，让原本平铺直叙的故事更有因果感和逻辑性，还增强了"幼时相依为命，长大后却见面不识"的情节落差，能让观众更好地理解两人之间的情感羁绊，使故事牵动人心。

如此一来，剧集开篇就让观众有所期待，即小夭何时才能与哥哥重逢，并恢复王姬的身份。随着剧情发展，玫小六（小夭）率先认出哥哥玱玹，并数次救其于危难之中，但玱玹却因保护妹妹阿念（也是因为失去小夭、失信小夭而格外珍惜阿念）多次威胁小六，甚至不惜用酷刑折磨小六，哪怕小六舍命救他也并不领情，认为其别有用心。后来，他又为了带小六回皓翎国打断其一条腿，小夭为了不让玱玹日后知道真相难过，只说从小到大挨过的打很多，这点伤痛不算什么，可玱玹却戏谑其只会耍滑卖乖。童年回忆的前置，使玱玹的种种行为更能影响观众情绪。一方面，怜爱小夭，心疼她无法与亲人相认；另一方面，气愤玱玹，无奈于他的愚笨，至亲之人就在面前却不相识。叙事顺序的调整不仅让故事更具戏剧张力，还顺势拉升了剧集的话题度，"玱玹何时能认出小夭"便成为该剧的第一个高热度话题点。

总而言之，顺序的调整让小夭与玱玹的感情羁绊更为深刻。小夭与玱玹从小相依相伴，在各自失去至亲以后，彼此间的"唯一性"更加明显。小夭对玱玹是无法割舍的亲情，所以总把玱玹放在第一顺位，愿意为玱玹争取一切。玱玹不仅有割舍不下的亲情，还有爱而不能、爱而不得的痛苦，江山美人的对冲始终是他无法战胜和跨越的，这些在剧集开篇时就有所示意。由此，不仅让没有看过小说的受众可以有基本的信息了解，还能对小夭和玱玹的感情有进一步的体悟。

（三）增添叙事细节，丰满人物形象

如果说叙事顺序的调整让小夭与玱玹的感情关系更打动人，那叙事细节的增添，则让涂山璟、相柳的人物形象更为丰满，以此增加二人与小夭

情感故事的高光，继而帮助观众理解小夭的种种选择。

1. 涂山璟出场的细节

原著中，在小六对河边灌木丛里的叫花子视而不见之后，晌午时分麻子告诉小六门外来了个叫花子，自己给他扔了半块饼。到了傍晚时分，小六吃完饭去河边消食，回来时刚好踩到了那半块饼，他问叫花子要什么赔偿，没有得到答复，他就顺势把叫花子抱回了家。剧中则是麻子和串子在小六之后也发现了河边的叫花子。麻子丢了小半块饼过去，但是叫花子却没捡。串子顺势又摘了朵花丢过去，他还提醒叫花子得吃饱饭才有力气要饭。两人走后，叫花子挣扎着把手一点一点地往前挪。后来麻子跟小六说河边有个叫花子特别可怜，小六把他打骂了一顿，说清水镇缺什么都不缺可怜人。小六饭后消食再次到河边，发现已经奄奄一息的叫花子手里却紧紧地握着那朵红色的花。这一幕让小六想起自己幼年时，曾经被关在暗无天日的牢笼中，万念俱灰时也是笼子外的那朵红色的花让他抱着一丝希望挣扎着活了下来。小六看着此时的叫花子，就像看见了当年被九尾狐囚禁虐待的自己，顿生怜悯。于是，小六故意踩上那小半块烧饼，并以此为借口把叫花子抱了回去，尽力救治。

这一处改编不仅让小六由冷漠麻木到决定救人的转变显得更自然、更具说服力，还让涂山璟的形象立体、生动了起来，表现了其此时虽沦落为众人唾弃的叫花子，但仍不失青丘公子的温润本色。此外，剧中还增加了伤痕累累的涂山璟为小六挡灯油的细节。这表现了他虽然遭受折辱和磋磨，但是善良、温柔的本性不改，使璟这一人物更受观众喜爱和怜惜。可以说，这种相似的经历和涂山璟一如既往的温润，是小夭颠沛流离几百年最需要的东西，而这也是小夭坚定地选择涂山璟，二人最终能够相爱相守的关键所在。

2. 相柳关爱小夭的细节

剧中，小六因为绑架阿念被玱玹上了酷刑，一双手差点被虫子给啃干净。此时的玱玹不知道小六就是妹妹小夭，而且因为思念小夭对阿念格外疼爱，故毫不留情地对小六施以酷刑。同样，还没有认出哥哥的小六为了报复玱玹便对其下了蛊，两人开始痛感相通。小六故意不用止痛药，以此让玱玹也承受痛苦。原著中，相柳只是觉得小夭的哇哇乱叫很吵闹，并没过分表现出同情和可怜。剧中小夭和相柳斗嘴时，受伤的手不小心撞到了柱子上，相柳则立刻显现出着急、心疼的表情。无论是小说还是影视剧，相柳对小夭的爱因为身份、立场总是隐忍、克制、难以捉摸。然而，这个细节的增加则把相柳嘴硬心软的一面生动地呈现了出来，让隐晦克制的爱在下意识的小动作中尽显。

（四）延展叙事情节，深化人物关系

1. 相柳相关情节延展

小说中，小夭与相柳的故事线深受读者喜爱，两人在相处中情愫渐生，但也因身份的差异有缘无分。相柳是大荒内数一数二的高手，因身为海底九头海妖而被称为九命相柳。他为报答恩情担任神农义军（剧中为辰荣义军）的将军，为王族世家及中原氏族所忌惮。相柳表面看上去冰冷狠毒，但本质却是温柔重情的，许多读者喜欢相柳对小夭深沉、隐忍的爱。更重要的是，相柳是典型的"行动派"，总是说得少、做得多。而且，相柳虽然付出许多，甚至不惜以生命为代价让小夭有处可去、有人可依、有力自保，却不声张、不邀功，这一点非常符合当下女性观众对另一半的期待。一定程度上，相柳是完美恋人/理想伴侣的代表。作者也曾在采访时表明，自己在写作过程中越写越喜欢相柳这个角色。因此，剧中相柳的戏份有所增加，而延展的情节基本上也是为了体现相柳克制、隐忍但又饱含力量的爱。小夭与相柳的爱或许是无疾而终的，但相柳的爱却始终是令人动容的。

在小说中，相柳始终是以男性的身份出现，而在《长相思》第一季的第17集里，相柳却幻化成了一个女人来找男装的小夭，增加了二人相处的趣味性。此外，无论是小说还是电视剧中，相柳对小夭的爱始终是无法表达、需要刻意藏起来的，也只有在这样的"幻形时刻"，才能稍微表达一下对小夭的爱慕。而且，此时的相柳因为是女人，所以爱得尤其细腻，比起之前那种冰冷、残酷的刻板形象，此刻的他更显真实。事实上，剧中还增加了很多情节来深化小夭和相柳的这段有缘无分的感情，在这些情节的渲染下，两人的关系似知己、似恋人、似朋友，多予人言有尽而意无穷的感觉。

小夭为了保护哥哥玱玹受了相柳一掌险些送命。原著中，小夭醒来发现自己在一个山洞的水池子里泡着，水里面还泡着涂山璟之前送来剩下的灵药。但剧中将这一情节进行了改动、扩写，变成了相柳当杀手赚钱给小夭买灵药。相柳明知把小夭受伤的事情告诉涂山璟，灵药便唾手可得，毕竟涂山家族富可敌国，可其仍然选了最笨的方法。相柳和玱玹对决时已经受了重伤，这个时候他还选择当杀手挣钱救小夭，而他看到小夭因受伤而痛苦还时不时流露出不忍的表情，主动为其输送灵力。这些情节的增加表明了相柳对小夭无意识的爱和因为爱而产生的占有欲与自尊心，虽略显笨拙却也十分动人。

原著中，小夭给相柳种下蛊以后两人就是生命相连、生死与共的关系，并没有过多描写相柳得知小夭有危险时的反应，只有小夭要被玱玹强行带走去见皓翎王的时候，相柳感知到后立刻冒险去往五神山救小夭。电视剧则又加了一处，小夭被阿念欺负手受伤了，相柳得知的第一反应也是去救小夭，又想起小夭是自愿留下的，只能无奈且怨怪地说一句"涂山家的狐狸真没用"。此情节的增加，不仅把相柳对小夭的爱更具象化为一种可靠的行动力和保护力，增加了人物的华光，还将小夭和相柳的关系更推进了一步。显然，命运相连的同时，也有爱情的种子在悄悄萌芽，只是爱却不可说、不能说。

2. 玱玹相关情节延展

小说中的轩辕颛顼忍辱负重百年，最终实现了统一天下的愿望。他渴望权力，希望能坐到最高的位置，这样就可以保护与自己相依为命的妹妹

（剧中无血缘）小夭，使她再不用受人欺凌，再不用忍受分离之苦。但是，登上王位的路艰险重重，小夭为了实现哥哥的愿望拼尽全力，多次以身犯险，甚至不惜与不爱的赤水丰隆结亲。这场婚事一方面是为了帮助哥哥巩固势力，另一方面也因丰隆是当时较为合适的选择。大婚时，装作防风邶模样的相柳受涂山璟的嘱托，将小夭带离现场，此婚并未结成。正是在这些切身的经历之中，小夭对哥哥的感情越发深厚，非常人所能及，事事都会考虑哥哥的需要和心情。哥哥对小夭的感情更是难以言喻，除了亲情，还有不能言说的爱情。最终，颛顼终于坐上王位，为了交换利益，他不断迎娶其他氏族的女子，心中纠葛万分。对帝王颛顼而言，小夭陪他走向权力的顶峰，经历过最难的时光，但注定无法与他长相厮守。小夭自幼颠沛流离，只愿与眼里心里只有她的涂山璟归隐人海，做普通人，过一生一世一双人的简单生活。小夭对哥哥更多的是割舍不下的亲情，绝非男女之间的爱情。电视剧基本延续了小说的基调，将小夭与哥哥的亲情刻画得十分感人。同时，也借着演员的表演和相关情节，将哥哥对小夭难以言说的感情描摹得令人动容。

  在此基础上，电视剧也进行了一定的改动，通过对玱玹相关情节的延展，改变了小说中"颛顼因嫉妒杀璟，小夭与颛顼决裂"的结局。小说中，颛顼对小夭的爱无法言说，他永远将权力放于第一，小夭总是被割舍和后置的，种种看似无奈的选择里又带有使命、责任的必然性，而这也注定了其与小夭不可能有感情上的结果。小夭选择了涂山璟，两人马上就要圆满，过上幸福安稳的日子。但是，颛顼的嫉妒之心无法抑制，最终使用帝王权力杀害了璟，小夭痛失夫婿。知道真相的小夭与颛顼决裂，想要为璟报仇。可是，颛顼的一句"我想和你长相守，有错吗"令小夭错愕，她不知哥哥对她竟有男女之爱，也不知哥哥的感情已经如此铭心刻骨，以至于要杀害璟。小夭无法原谅哥哥，也无法杀掉哥哥为璟报仇，痛苦到撕心裂肺，与哥哥的关系再难回到从前。

  这些情节隶属于原著中的"高光情节"，哥哥对小夭的爱是带有占有欲和自私心的,"虐感"十足的同时也带给读者颇多"爽感"。剧集保留了这些,但是将这些都归结为"因果幻境"中可能会发生的事,即"如果玱玹杀了璟会怎么样"。剧中,玱玹依旧对小夭爱而不得、爱而不能,渴望小夭能以妹妹的身份一生陪在他的身边。玱玹看到小夭与璟甜蜜非常便心生怨恨,对璟始终有意见和不满。涂山璟和小夭在清水镇中了防风意映和涂山篌的埋伏,璟跌落大海无处可寻,小夭一夜白头,只能痴痴等待。众人寻找凶手,世上能有如此权力迫害涂山族长的人,必定出自王族。按照小说的思路,此时的凶手便是帝王玱玹,但改编剧却进行了改写,将凶手设定为王后辰荣馨悦。馨悦看出玱玹对小夭无人可比的感情,想要杀死小夭,却意外让璟遇难(小说中,馨悦也嫉恨小夭,怕她动摇自己的王后位置,想置其于死地)。爷爷早早看出了玱玹的私心,遂将他带入"因果幻境"。幻境之中,玱玹计划周密地杀害了涂山璟,小夭得知后心灰意冷欲为夫婿报仇,但又始终无法对相依相伴的哥哥下手,只能杀死自己,了结一切。玱玹抱着死去的小夭在凤凰林中悲痛呐喊,所有的悔恨都为时已晚。玱玹从幻境中醒来,惊恐万分。爷爷警告玱玹,璟的遇害虽然与他无直接的关系,但玱玹得知后确有窃喜之心,如果他无法正视自己与小夭的感情,以及小夭与璟的感情,终有一天会走向万劫不复的境地,与小夭百年来相依为命的深厚亲情亦将毁于一旦。

如此延展与玱玹有关的情节(增加"因果幻境"这一部分),既保留了小说中的很多重点情节,又让玱玹和小夭的感情不会因此事而无法弥合,使得兄妹亲情更显圆满,凶手并非玱玹令不少观众感到惊喜。当然,也有很多原著粉不满此安排,认为这样有刻意"团圆"的感觉,缺少了原著的韵味。而且,把所有问题都归到辰荣馨悦身上,让配角承担责骂和怨怪,略有将配角当"工具人"之嫌。

(五)利用视听优势,展现人物性格

小说依靠文字的力量激发读者想象,而影视剧则借助视听优势丰富故事表达。《长相思》在改编时也十分注意发挥视听优势,从而于潜移默

化间实现艺术效果，展现人物性格。例如，小六为了帮相柳筹集药材把阿念给拐走，后来却被玱玹抓住又被关在地牢里施以酷刑，涂山璟赶紧找相柳商量要去救出小六。原著中只是借着涂山璟之口说出救援的计划，其间种种困难一并省略。电视剧虽没有过分放大其中曲折，但也增加了些许情节，尤其是把涂山璟和相柳交涉的过程展现了出来，并通过视听语言深化了两人的性格特点。在风景如画的河边，涂山璟直立在草木繁茂、鲜花盛开的小路上等待相柳，此时相柳迎面而来，所到之处都被冻成了冰霜。涂山璟和相柳身后的景象犹如两个季节，一个如春天般生机盎然，一个如冬天般萧瑟凄冷。涂山璟在开口前先施加了灵力，把相柳来时凝结成冰霜的路恢复成原来的样子。这处情节的视听化呈现，不仅在剧集开篇就把两个主要角色的特点展现得十分到位，还再次升华了涂山璟的温柔和善良。

三、改编反思

（一）改编之得

《长相思》第一季播出后引发热议不断，小说中的诸多"高光情节"都被艺术化地呈现于观众面前，颇令观众满意。例如，小夭舍命护玱玹、小夭在梅林遭遇虐杀、相柳在海底细心呵护小夭、小夭与涂山璟因误会而分开等情节，都一五一十地还原于荧屏之上，保留了原小说的精髓。因此，《长相思》第二季也备受期待。剧集正式上线前预约人数便超950万，开播后站内热度迅速破3万成为当之无愧的爆款剧，同时还占据了各大平台的热搜榜，讨论度极高。

总体来说，从文字到影像，《长相思》基本保留了原作的主要情节，更多的是在细节处进行改编和扩写，这不仅让小夭与玱玹、涂山璟、相柳的感情各有特点，满足了观众的多元审美，还让故事更显细腻真挚，从而引发共情。除此之外，剧集还对赤水丰隆、辰荣馨悦、蓐收、皓翎忆（阿念）、防风意映等人物做了相对充实的还原。譬如，小说中丰隆对小夭的喜爱多半是因为小夭身份高贵，两人的结合属于强强联合，是天生一对。在得知小夭的真实身份以后，丰隆暗自庆幸未娶得小夭，省去了很多麻烦。电视剧则删减了这一部分，放大了丰隆的少年豪气。小夭的逃婚行为虽然让丰隆失了面子，但是，大度且活得透彻、清醒的丰隆并未对此怀恨，总能以国事为重，在知道小夭的真实身份时也并未产生庆幸之心，始终坦然、坦诚地面对小夭。面对野蛮无理、狠毒自私的妹妹馨悦时，丰隆更释放了全部的耐心和温柔。剧集将丰隆对帝王玱玹的忠诚之心、对妹妹馨悦的呵护之心、对兄弟璟的宽容之心等进行了重点呈现，以此丰满了该人物。也因此，当丰隆身中相柳毒箭而亡时，才格外令观众心痛、惋惜。

（二）改编争议

虽然《长相思》的 IP 热度不减，但让观众等待一年后播出的第二季也难免饱受争议，许多原著粉丝和观众皆表示出对改编和拍摄的不满。比如，许多忠实观众表示，第二季中的涂山璟戏份有所削弱，为了凸显玱玹复杂的帝王之爱和相柳难言的隐忍之爱，"官配"涂山璟在各方面都不够出彩。小说中，涂山璟郑重祭拜了小夭的亲生父母，并得到了小夭父母的认可，而剧集则并未着重呈现涂山璟祭拜的桥段，其始终位于一旁像个外人，反而是对玱玹和相柳的祭拜进行了重点刻画。小说中，涂山璟之死令人心痛无比，但是，剧集也只是简单呈现，甚至给人一种涂山璟过分弱小、不够聪明，因此必遭劫难的感觉。

"小夭认母"的情节也与小说相距甚远。许多读者对"小夭认母"这一情节有着深厚的感情，因为小夭流落在外数百年，备受欺辱和折磨，甚至遭遇虐杀险些丧命，这些都与其身世有着深深的关系。可以说，身世之谜是小夭的心结，幼时母亲对她的善意欺骗，是其无法原谅母亲，更无法接受自己真实身份的重要原因。因此，"认母"对小夭而言是救赎，是让自己重获新生的关键。书中写道："千朵桃花瓣化作了利刃，向他飞来，小夭大惊失色，没来得及多想，飞扑到璟身上，把他压倒在地。漫天绯红飞罩而下，却在就要刺穿小夭时，所有利刃又变作了柔软的花瓣，犹如江南的雨一般温柔地坠下，落得小夭和璟满身满脸。"①可见，小说中该场面是十分壮美且令人动情的。但不少原著粉表示，这处在小说中极为感人的情节，剧集呈现得却十分潦草、仓促。"桃林认母"处理成"小木屋认母"，大大削弱了该情节的价值意义，有魔改之嫌。

剧集的特效还备受诟病。小夭在与母亲和解以后，终于拥有了操纵驻颜花的能力，可以随意变化面容。剧中，小夭幻化为玱玹、涂山璟的脸时，画面呈现极其劣质，给人生硬的拼贴之感，甚至一度显得滑稽可笑，十分不符该剧应有的水准和精品化定位。

整体来看，电视剧版《长相思》对小说的还原度较高，极大地满足了粉丝期待的同时也获得了许多观众的青睐和好评。小说的娱乐消费属性虽然很强，但也不失思想性和艺术性，这使得很多高光情节在改编时都有所保留和延续，小说作者桐华亲自担任编剧，也使原作的精髓得以有效发挥和尽显。自播出之日起，电视剧版《长相思》就热议不断，频频登上热搜榜。剧中，小夭与玱玹的组合为"夭玹CP"，二人之间亲情的羁绊更为感人，玱玹面临江山美人不可兼得的矛盾。小夭与涂山璟的组合为"夭璟CP"，二人的身份较为匹配，璟的温柔和对情感的专一满足了小夭内心最热切的渴望，这是玱玹和相柳所不能给予的。小夭与相柳的组合为"夭柳CP"，两人立场对立、身份悬殊，虽然互有好感（相柳则是强烈的爱意），但是不能戳破，相柳的隐忍之爱与成全之心十分感人。可以说，经过大量的细节性处理，小说中流于想象的情感纠缠变得生动且具体，这足以让观众沉浸其中、深受感动，而这也证明了电视剧版《长相思》在改编时的独到之处。当然，若该剧能对小说中的许多"非爱情桥段"进行更为细腻的刻画和还原，以及在视听语言、特效处理等方面能够更为精进和改善，则会令其艺术水准更上一层楼。

---

① 桐华.长相思3：思无涯[M].北京：中国友谊出版社，2019：54.

《长月烬明》：以文化深度提升传奇品位

摘要：2023年仙侠剧《长月烬明》在海外火热播出，成为年度国剧出海的代表性案例。该剧原著为古装玄幻言情小说，借上古神魔大战的背景讲述了男女主人公之间的虐恋情仇。男主人公身负被诅咒的命运，女主人公则心怀拯救苍生之大任，原本正邪不两立的双方却萌生了惺惺相惜的爱情。该剧集对小说的改编，保留了曲折缠绵的感情线，同时在主题和立意方面进行了提升，让人物转变更加顺畅，避免了"为虐而虐"。在视听转化层面，该剧集创新性地采用了敦煌美学等民族传统文化要素，呈现了美轮美奂的玄幻世界图景，在国外观众中获得广泛认可，助推中国文化海外传播。该剧集为国产仙侠剧改编与国际化推广，提供了新经验，但口碑两极分化严重，也暴露了古装玄幻言情IP改编中的常见问题。

40集古装玄幻题材电视剧《长月烬明》（豆瓣网评分5.6分）[①]改编自网络作家藤萝为枝所著小说《黑月光拿稳BE剧本》（网络连载书名，正式出版后纸质书更名为《长月无烬》）。改编剧集由知名电视剧导演鞠觉亮执导，何妨与罗璇扬联合编剧，会聚了罗云熙、白鹿、陈都灵等古装偶像剧人气演员阵容，于2023年4月6日在优酷平台首播。随后，该剧于同年5月6日在跨国流媒体巨头Netflix平台亚洲区以英文剧名 *Till The End of The*

[①] 豆瓣网数据显示，该剧评分为5.6分/3811737人，数据来自 https://movie.douban.com/subject/35501483/，统计时间为2024年10月8日。

Moon 播出，发行至 30 多个国家及地区，初播便在 IMDB 平台获得 9 分以上高评价[①]。根据抖音海外版 TikTok 数据，该剧的海外播放量总计为 29.89 亿次，在 2023 年国产剧海外播放量榜单上位列第二，仅次于现代偶像剧《偷偷藏不住》[②]。

一、原作的可改编性

（一）改编目标：从"古早仙侠虐文"到主流女频仙侠剧

《长月烬明》改编玄幻言情小说，选择高热度且古装扮相俊美的青年演员，显然定位是古装偶像剧。近年"古偶"类型越发具有漫画色彩，尤其仙侠古偶，主要靠架空世界观、绚烂视效、美型扮相和特色人设，吸引钟爱浪漫幻想题材的年轻女性观众（包括青少年女性）。但也正因为原著小说颇具"漫感"，且依靠大量类似轻小说（light novel）[③] 风格的心理描写，较少详细塑造外部环境，情绪价值大于叙事逻辑，在进行真人影视改编时，需要简化过于复杂的几世轮回剧情，改用情节叙述将较宏大的世界观和玄幻设定介绍清楚。原著中的爱情至上价值观，一定程度上罔顾男主人公曾作恶多端，只将重心放于男女主人公相爱相杀虐恋，改编后需考虑价值观偏差，对于澹台烬的魔王形象与行径需作调整。

[①] 该剧海外 IMDB（互联网电影资料库）评分在播出一段时间后有所下降，但仍保持在 8 分以上，与国内豆瓣网的较低评分对比鲜明，其中有文化折扣和国内外观众趣味差异的影响。数据来自 https://www.imdb.com/title/tt20857432/?ref_=fn_al_tt_1。

[②] TikTok 数据显示，《长月烬明》总播放量为 29.89 亿次（截止至剧集完播后 2023 年 6 月 11 日），《偷偷藏不住》总播放量为 40.28 亿次（截止至剧集完播后 2023 年 8 月 2 日）。数据来自 https://www.douban.com/group/topic/288438921/?_i=281942989ef7786，统计时间为 2024 年 1 月 15 日。

[③] 轻小说（light novel）这一词汇最早从日本舶来，为和式英语词汇，最早用来指称 20 世纪 90 年代末日本通俗文学领域出现的新文体。此类小说受到动漫和游戏（统称 ACGN）的巨大影响，以现实白描语气描绘二次元风格的世界，相当于将"尚未视听化的动漫世界"写出来。轻小说出现和流行的前提是广大二次元受众有着关于海量 ACG 媒体文本的一致认知和默契，共享同一套想象和话语。与传统幻想小说不同，轻小说写作对外部环境着墨甚少，部分承继了日本"私小说"文类的基因，大量书写主人公内心独白。

（二）改编基础

网络作家藤萝为枝擅长现代甜宠、架空玄幻等多种亚类型的女频言情小说，《偏偏宠爱》《我不可能会怜惜一个妖鬼》的影视 IP 已经售出，其他作品《神明今夜想你》《魔鬼的体温》等小说则以广播剧 IP 的形式售出。

《黑月光拿稳 BE 剧本》（又名《长月烬明》）原著全文约 54.5 万字，改编成 40 集电视剧的体量情节相对充裕有余。原著涉及数个不同时空"副本"，主人公几世情缘均难善终，彼此动心又彼此伤害，能够强而有力地调动起以女性为绝对主力的目标受众情绪。晋江文学城该小说首页的介绍写着这样的文字："澹台烬诞生之初，从未哭过。被剜眼睛，被断筋脉，没人见他脆弱情态。直到后来那一日，所有人永生难忘，他一面哀求，一面血泪如珠，大颗大颗，往下掉落。"[①] 同样首页介绍中也写着女主视角的自白："那日后来，我冲他一笑，在他碎裂的目光下，当着三十万大军，从城楼上跳了下去，连一具完整的尸体都没留给他。这是我为澹台烬选的 be 结局。景和元年，新帝澹台烬一夜白发，疯魔屠城……据说，后来很多年里，我是整个修仙界，谈之色变，堕神的白月光。"[②]

从该小说的介绍中便可看出，原著以女主人公黎苏苏（又名叶夕雾）视角为主，表现杀人不眨眼的"魔种"帝王澹台烬如何迷恋她，在伤害她之后又追悔莫及，千方百计挽回，最终改邪归正、改写命运的故事。男主人公澹台烬的命运在出生前已经写就，注定堕落成为魔王，但其入魔又与他人对他的肆意凌虐、践踏有关，他的人生亦是悲剧。小说中的魔王也有令人同情与怜惜的一面，且尽管性情残暴但唯独对本欲除掉他的女主人公一往情深、另眼相待，被女主人公背叛后，折磨她又不舍失去她。故事最终以男女主人公合力逆天改命告终。小说表现两位宿敌相爱相杀又藕断丝

[①] 藤萝为枝. 黑月光拿稳 BE 剧本［EB/OL］.［2024-01-12］. https://www.jjwxc.net/onebook.php?novelid=4398312.

[②] 藤萝为枝. 黑月光拿稳 BE 剧本［EB/OL］.［2024-01-12］. https://www.jjwxc.net/onebook.php?novelid=4398312.

连，最终奉行的是爱情至上的主题，魔王也能为爱悔过重新做人，而美好女性的爱情连魔王都能拯救。该小说在2020年8月至2020年12月的连载期间蝉联晋江文学城点击量第一名、人气榜第一名。被收藏量现已达92.6万，晋江评分8.6分[①]。可见，仙侠玄幻世界观叠加极致的虐恋情深，对于目标观众具有较强吸引力。

（三）改编难点

首先，如何在失去文学媒介心理描写便捷手段的情况下，传递原著中主人公情感扭结的复杂性和深刻性是改编的第一大难点。其次，原著中涉及神魔之间正邪力量的故事线，需要探讨忠诚、背叛、牺牲和救赎等复杂情感和道德议题，改编时需要捕捉这些情感变化的转折点，并细腻地呈现出来。再次，原著中澹台烬和黎苏苏的故事线并非普通人的情爱故事，涉及神魔之间正邪力量的较量，改编工作需要强化戏剧冲突，更清晰地交代人物使命与意图。此外，原著涉及多世轮回和穿越进入幻境等复杂故事结构，改编剧集需要删减合并部分轮回情节，以避免让观众产生叙事不清的印象。最后，改编剧集需要在价值观方面进行调整，以减少争议，让男主人公以行动赎罪，以献祭自身的方式完成救赎。

二、重要改编分析

（一）对人物形象及人物关系的改编

1.修改男主人公人物设定，增加正面色彩

原著小说以女主人公黎苏苏为主视角，澹台烬作为身怀"魔种"的邪神前世，确实做下许多心狠手辣之事，内心较为阴郁邪气。原著作为言情小说，其主要受众往往仅将魔王人设视为霸道总裁的一种变体，视为一种风度情调，沉浸在"魔王竟爱得如此之深"这一强烈情绪之中，忽略其他

[①] 数据来自晋江文学城，统计时间为2024年7月12日。

伦理问题。改编剧面向更广大受众，在价值观方面不能用"爱情至上"解决所有问题，需要适当调整男主人公人物设定，增加其正面色彩，弱化其报复心和心理扭曲的一面，删改其出于嫉妒和报复凌虐女主及其他角色的情节，强调其转世后更加向善的一面，更清晰地指出其"黑化"是误会和被陷害，且最终牺牲了自己与魔道同归于尽，完成了救赎。

澹台烬的人物塑造是目前改编中的亮点，其复杂的内心世界和道德抉择是故事情感深度的重要来源。相较原著，剧集更加放大了角色身上"权力与情感的博弈"，深入挖掘澹台烬在面对魔神宿命、个人情感与权力欲望时的挣扎。例如，增加了澹台烬与乳母荆兰安的相认情节，更详细交代了其身世背景，补全了其母亲的族裔与前史，强调其出身的不幸与对母爱的渴望，奠定了他渴望亲情、看重忠诚的性格底色。这种更接近人之常情的性格底色，在原著中并不明显。

原著中澹台烬对叶夕雾的感情是名副其实的"虐恋"，因为被黎伤害背叛而极尽报复，甚至给人一种肉体与精神上双重施虐的变态印象。改编后的剧集大幅削弱了此类戏份，将澹台烬塑造为即使盛怒心碎仍不忍真正伤害叶夕雾的情圣形象。原著中澹台烬初掌法术，操纵乌鸦扰乱萧凛生日宴会（剧中改为扰乱萧凛与叶冰裳婚礼），被叶夕雾发现后欲对叶赶尽杀绝，只因武力值远不如叶，被叶反制。剧集将这一情节改为澹台烬虽爆发力量，然而在与叶夕雾对峙时仍及时收手，强化了澹内心对叶的情感。另外，原著中澹台烬本对叶夕雾的庶出姐妹叶冰裳有意，为了得到叶冰裳不惜动用手段。改编剧删去了这一情感纠葛，改为澹台烬始终只对叶夕雾怀有真情。原著中叶夕雾背叛澹台烬之后被打入地牢凌虐，家人祖母等被流放，剧集删除了这些情节，增加了叶夕雾跳楼牺牲，以神髓换邪骨拯救澹台烬之后，澹台烬心碎欲自焚殉情的情节，渲染其对叶夕雾的深情。原著中澹台烬在叶夕雾死后只沉溺于个人执恋，并未因邪骨被抽取而变得更有慈悲心。剧集增加了他为盲眼老妪送终等情节，说明他已然因叶夕雾走上了慈悲正途。

改编后的澹台烬对待叶夕雾更加真诚，剧集以这种方式让两人的情感生发过程更自然递进，较原著更加扎实。例如，原著中澹台烬很多事情都暗自阴险谋划，从未对叶夕雾言明，剧中澹台烬与叶夕雾关系走近不久就向她坦白了自己"设计陷害侍女、骗婚逃出皇宫"等谋划。

为了表现澹台烬对叶夕雾的宠爱，剧集较原著增加了许多略带喜感的"发糖"戏份。例如，叶夕雾身为敌国将门之女，在叶家尚未投靠澹台烬时，原著中回国掌权后的澹台烬将其囚禁，剧中则只是象征性地罚叶夕雾去放鹅。原著中澹台烬利用叶老夫人控制叶夕雾，从未真正信任叶家和叶夕雾，剧中改为澹台烬与叶夕雾兄长交好，妥善安置好叶家，让叶夕雾心生感动。

即使在穿越至他人经历的幻境"般若浮生"中，男女主人公附身他人，并非自己，剧中被澹台烬附身的战神冥夜都要比原著中更珍惜和喜爱妻子桑酒（被叶夕雾附身）。原著中桑酒单恋冥夜，二人成婚后百年不曾相见；剧集将两人关系改为冥夜和桑酒日久生情，却在女神天欢的挑拨下渐行渐远，无奈和离。原著中冥夜未曾努力拯救堕魔的妻子，而剧集中冥夜为帮桑酒重塑仙骨甘冒巨大风险。

澹台烬在叶夕雾"死后"投身仙门，改名沧九旻与黎苏苏重逢。剧集安排两人很快相认，再续前缘。剧中这段情节不仅较原著节奏加快，还改写了两人在此阶段的情感进展，比原著更加和谐甜蜜，与之后的悲剧结局形成更强烈的反差。澹台烬为证实黎苏苏为前世爱人叶夕雾，真诚勇敢剖白内心感情，远较原著中真诚。剧集增添了澹台烬在仙门中被人陷害误会的情节，紧扣"存在先于本质"的自由意志主题，批判仙门中仅凭刻板表象肆意断定他人本质的偏见，也为黎苏苏不顾众人眼光力保澹台烬的情节做了铺垫。

在全剧末尾，表面屈服于魔道的澹台烬向黎苏苏坦白了自己"献祭苍生"的谋略，彻底揭示了其忍辱负重、深邃复杂的人物情感，展现了他从一位权谋深沉的帝王到一个愿意为成全爱人理想而牺牲的男性的转变。原著中澹台烬为救黎苏苏不惜堕入魔道，在剧集中澹台烬受正道感化，并没有真的被魔道蛊惑，他为了拯救苍生假意屈服魔道高手姒婴、惊灭（剧集原创角色），本计划动用剑阵将魔道高手除去，却遗憾失败导致修为尽失，因此才决定以身殉道。剧中澹台烬杀死反派谛冤，吸收谛冤的邪骨方才入魔，较原著中澹台烬未被他人邪骨影响便再次入魔的剧情更加合理，突出了澹台烬的悲情与无奈。

2. 改写女主人公情感表达方式，更突出其在情爱与大义间的两难处境

女主人公黎苏苏，在原著小说中有很多心理描写，刻画了其内心世界，但有时也因此显得较为散漫无厘头。如："澹台烬是魔王，魔王怎么可能无欲无求？澹台烬这行为，说好点，是为美人折腰，说难听点，就是找死。主要是他死便死了，有本事就不要复活啊，魇魔根本吞噬不了邪骨，澹台烬的肉身，倘若真的葬身在魇魔的梦境中，三界众生得跟着玩完。"[1] "苏苏反应迅速，足尖一挑，那把匕首脱落开澹台烬的手，落在雪地中。少年阴森森看着自己。苏苏：原来不仅没觉醒，还是个战五渣。'……'"[2] 当代流行网络小说所谓的"网感"，常常体现在更加接近年轻受众的日常口语化文风和不甚严肃的人物态度上。简言之，无论写的是魔王、神女还是帝王将相，其内心世界常常不过是现代都市青年甚至青少年的翻版，即便硬性设定"心机深沉""聪慧绝顶"，心理描写也时不时暴露出与角色所处年代、身份阶层不符的一面。书中黎苏苏的角色亦是如此。改编时，编剧一方面需要提炼黎苏苏身上的大爱与勇气，她不仅是书中被委派执行使命的神使，还要更自觉地背负起恋人与苍生的命运，努力去实现两全；另一方面也要将其对澹台烬从憎恶到同情，从同情到动心，从动心到割舍的心路历程表现得更加清晰，使情感表达方式比原著更加直接真诚，从误会重重、有话不说，改为"该长嘴时就长嘴"。

---

[1] 藤萝为枝. 黑月光拿稳BE剧本（第15章梦魇）[EB/OL]. [2024-01-12]. https://www.jjwxc.net/onebook.php?novelid=4398312&chapterid=15.

[2] 藤萝为枝. 黑月光拿稳BE剧本（第14章邪骨）[EB/OL]. [2024-01-12]. https://www.jjwxc.net/onebook.php?novelid=4398312&chapterid=14.

剧集修改了黎苏苏的身份设定。不只是原著中天选执行任务的神女，剧中其出身更加神奇，母亲是上古十二神之一宇神初凰，司掌空间，父亲则是后来受魔神引诱堕落为万妖之王的谛冕。剧中黎苏苏是"世间最后一位真神"，不仅面临与澹台烬的爱恨纠缠，最终还要与血缘意义上的生父决裂并对峙。原著中并无生父作恶，杀害黎苏苏养父的故事线。

此外，为了让剧中感情线更加清晰，黎苏苏对澹台烬的态度亦要比原著更加真诚直白，强化两人的情感羁绊。原著中澹台烬很长时间里都不知道黎苏苏对自己是何种感情，剧中设计了更直接的表白时刻。除了在黎苏苏跳城楼以神髓置换邪骨的段落增加了说明真相的台词，剧集还大幅增加澹台烬投身仙门后，黎苏苏放下芥蒂，与澹台烬互诉衷肠的情节。两人一度即将喜结连理，无奈被谛冕阴谋破坏。如此将正邪矛盾的矛头转向了生父角色，避免神女与"魔种"的爱情关系遭受更多质疑。

3. 削减恋爱多角关系，增加配角性格维度体现主题

原著小说的世界观、时间线与人物关系较为复杂，剧集进行了一定调整，基本情况如图12—图17所示。

小说人物关系图，含多个时空副本，如图12—图14所示。

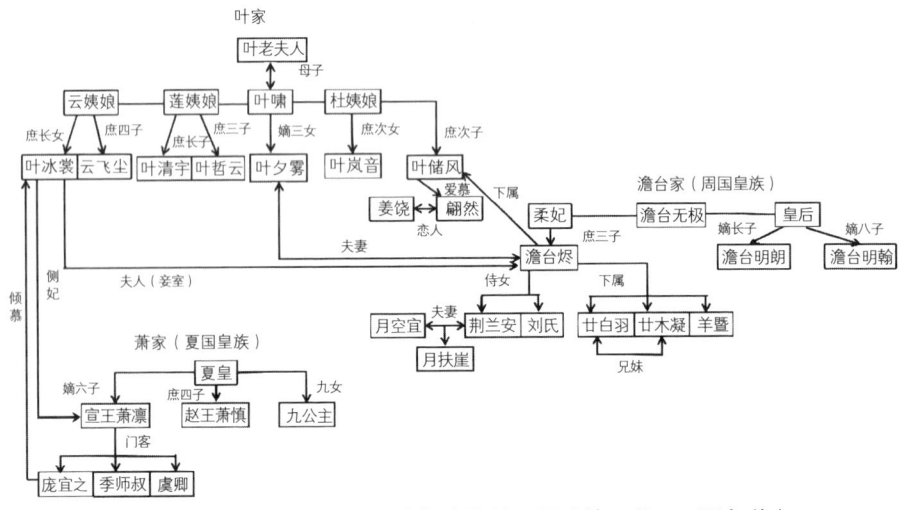

图12 《黑月光拿稳BE剧本》人物关系图（第一世—五百年前）

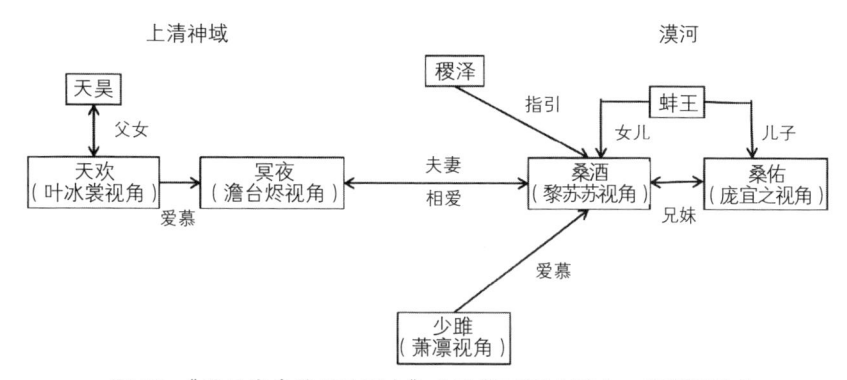

图 13 《黑月光拿稳 BE 剧本》人物关系图（副本—般若浮生）

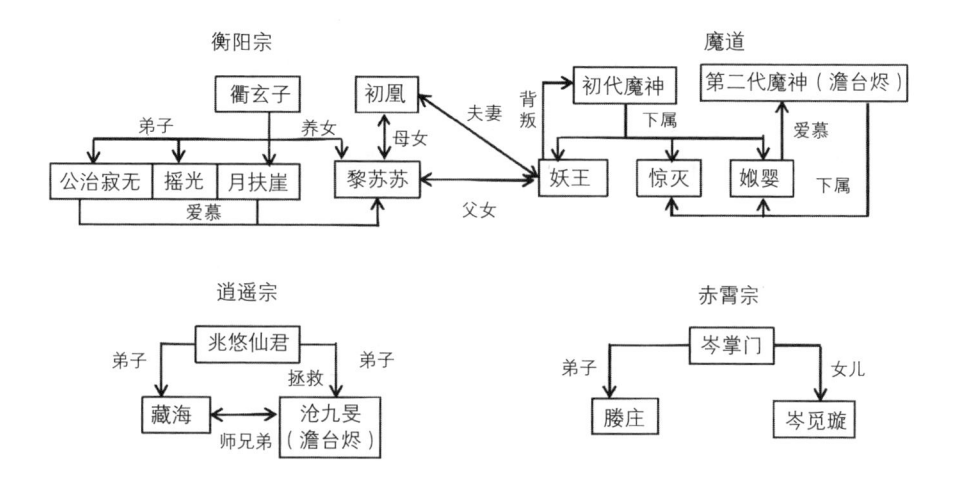

图 14 《黑月光拿稳 BE 剧本》人物关系图（第二世—五百年后）

剧集人物关系图，根据不同时空副本，共用三幅图说明，如图 15—图 17 所示。

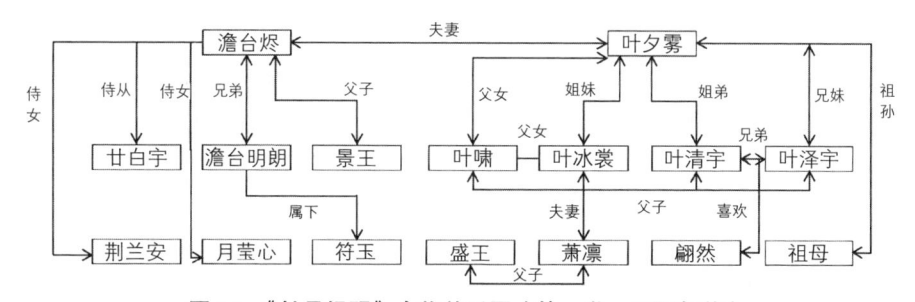

图 15 《长月烬明》人物关系图（第一世—五百年前）

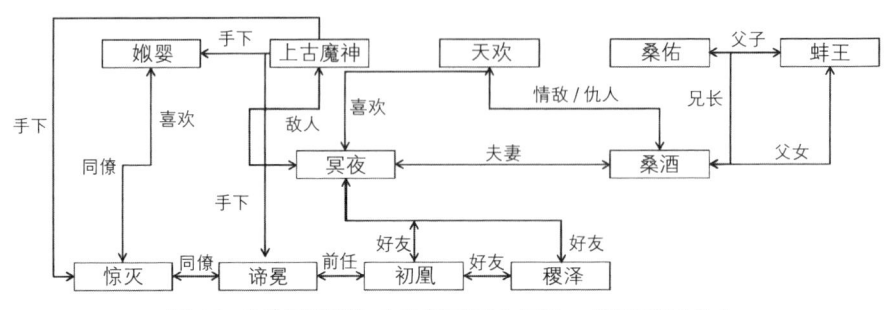

图 16 《长月烬明》人物关系图（幻境—"般若浮生"）

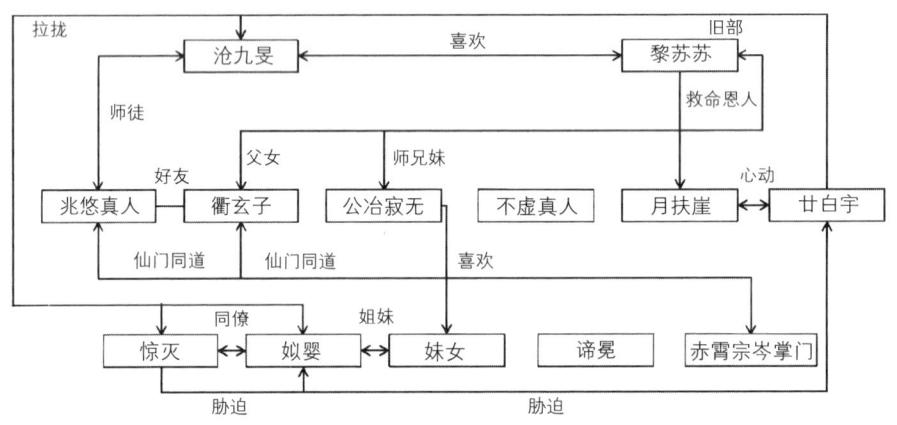

图 17 《长月烬明》人物关系图（第二世—五百年后）

《长月烬明》原著中有四角恋爱关系，除了澹台烬与叶夕雾，还有叶夕雾与萧凛、澹台烬与叶冰裳。两组官方 CP"换乘恋爱"，叶夕雾一度对萧凛有意，澹台烬一度迷恋叶冰裳。这种多角恋爱是网络言情小说专注爱情叙事的常态，但剧集有意削弱了狗血恋情关系。萧凛与叶夕雾并无男女情愫牵扯，澹台烬也从未迷恋叶冰裳。改编之后，重要配角与主角之间的矛盾并非争风吃醋，而是建立在价值观和正邪选择之上的理念之争。

改编幅度最大的角色莫过于叶冰裳。原著中的叶冰裳作为叶府庶女，手无缚鸡之力，空有倾城美貌，庶出身份使得其缺乏安全感。未被黎苏苏附身时的叶夕雾原身极为嚣张跋扈，这导致叶冰裳信奉弱肉强食的法则，依靠"情丝"的法力吸引他人爱慕，为自己牟利。剧集将原著中的叶冰裳性格更加丰满化，其并非从最初就心怀恶意，本来嫁给萧凛只盼岁月静好，不料澹台烬崛起，萧凛处境危险，此时叶冰裳内心经过剧烈挣扎后方被自私的想法占据上风，抛弃萧凛投靠萧的敌人。小说中，叶冰裳依靠"情丝"的力量才获得萧凛宠爱，剧集改为萧凛从未受"情丝"影响，对叶冰裳一片真心，叶冰裳临死时才发现这一点，错过此生唯一珍爱自己的人，追悔莫及。如此改编，让观众一方面同情"一生只爱自己""反恋爱脑"的叶冰裳角色，另一方面也将人物的性格、自主选择与其命运结合，强调并非魔法和宿命干涉人生，路其实在人物自己脚下。

总体而言，剧集对于原著主要角色和配角的人设调整，属于保持基本性格标签不变基础上的微调和扩写，在把握原著角色性格特点方面拿捏较得当，并未遭到原著书迷的明显抵制或反对。

（二）对原作情节结构的改编

1. 选择悲剧结局，强调正面价值

《长月烬明》在情节主线方面大致遵循原著，但结局有所不同。原著在网络连载更新至"番外八：三生有幸遇见你，纵使悲凉也是情"，男女主人公经历分分合合，终于在某一世重新团聚。原著作者相当于设置了两个结局，先让读者看到悲剧结尾，第126章《be结局（下）》以澹台烬形神俱灭、黎苏苏守护苍生告终。但之后作者继续更新，第127章至第131章《he结局》，续写了澹台烬在新一世再次与黎苏苏相爱，与妻女共度余生。电视剧则只包含原著第1章到第126章《be结局（下）》的剧情，以男主人公死亡的悲剧结局作结。这样的结局强化了男女主人公恋情的悲剧色彩，在价值观方面也更少争议，让男主人公以行动赎罪，以献祭自身的方式完成救赎。

2. 完善神魔大战世界观，增设多位人物

原著小说专注虐恋故事，世界观方面较为粗线条。改编后的剧集试图提升原作立意，更清晰地解释神魔之间的关系前史，更加明确女主人公拯救苍生的意义。为此剧集大幅增加了"般若浮生"幻境这一世剧情，将

上古战神冥夜和其妻桑酒的悲恋故事与幻境之外的魔种危机更紧密地联系起来，并增加了上古"十二神"角色（稷泽神君、初凰神君等），以及多位魔道人物（如婴、惊灭、谛冕等），通过"般若浮生"补充了神魔大战前史，增加了冥夜视角，提供了更多信息。原著中这一世的幻境经历仅从桑酒视角讲述，主要体现人物情感纠葛和心情变化。改编后则对更大的主题——正邪之争起到了较直接的支撑作用。剧集后期的大反派是黎苏苏的生父谛冕，此角色因一己私欲堕魔，为了获得力量和权力不择手段。该角色在原著小说中早已故去，剧集设定其一直隐身偷生，为恶并嫁祸澹台烬，这条新故事线强化了剧集结尾神魔大战的矛盾冲突，且让澹台烬更显无辜和悲情。

3.适当简化多世轮回剧情，让叙事更加简练

原著涉及多世轮回，包括进入幻境等，主人公也因此改换多种身份。过于复杂的故事结构并不利于影视剧转化，容易让观众产生叙事不清的印象，故改编剧集将部分轮回情节进行了删减合并。

例如，剧集将原著中"魇魔梦境"的副本情节提前到萧凛大婚之前，将原著中澹台烬、叶夕雾/黎苏苏、萧凛、叶冰裳四人参与的三重幻境副本内容，改为让黎苏苏通过梦境了解澹台烬的过往。剧版黎苏苏比原著中角色更早对魔神萌生同情心，心态变化提前后，与澹台烬的情感进展也显得更具合理性。

在时间线方面，剧集尽量按照时间顺序线性讲述，不同于原著多有插叙的叙事方式。例如，原著开头是盛国名媛叶夕雾遭遇山匪袭击，之后才以插叙的形式交代神女黎苏苏化身为叶夕雾的起因。而剧集开场从500年前起因说起，交代各大仙门如何被魔神屠尽，在绝望的时刻，黎苏苏被师叔用最后的法力送回500年前的时空，从此背负提前消灭魔种、拯救未来仙门的使命。原著中并没有写男女主人公之间有如此直接的血海深仇，改编后不同于原著中"黎苏苏被卦象选中穿越回过去，成为任务执行者"的设定，女主人公除掉男主人公的决心更加明确，也因此将面临更艰难的挣扎。

又如，原著中五百年后的开场是黎苏苏任务完成，重回仙门，在仙门大比上重遇澹台烬，而澹台烬被兆悠真人救下、拜入逍遥宗门下作为插叙段落。电视剧未采用插叙结构，按照线性时间顺序讲述澹台烬如何为复活叶夕雾而放弃王位，走上修真之路，被导向善途。这样的调整一方面让观众更容易理顺时间线，另一方面也增加了澹台烬的视角。

"般若浮生"这段讲述了主要人物进入幻境，体会他人爱恨情仇的故事。原著中"般若浮生"开场是黎苏苏盗走冥夜的舍利子，此幻境时空中蚌王救冥夜、桑酒嫁给冥夜等情节以插叙形式插入。剧集则按照时间顺序讲述了桑酒（叶夕雾附身）和冥夜（澹台烬附身）的爱情纠葛。改动后叙事更加简练。

此外，剧集完全删除了原著中用来交代黎苏苏身世的"苍元秘境"副本和澹台烬扮作正派弟子月扶崖与黎苏苏成婚相守的"幻颜珠"副本，这两个情节单元与主线关联不大，剧集将其剔除以更突出主线，避免叙事节奏拖沓。

4. 增加国族权谋戏份，削弱女性宅斗宫斗戏码

原著小说中，黎苏苏回到500年前托生成为大夏朝高门贵女叶夕雾，与敌国质子澹台烬成为名义上的夫妇，其中有大量关于叶家内宅宅斗的描绘。但改编剧为了提升故事立意，将许多内宅缺乏更宏大意义的钩心斗角，转换成了两国战争及澹台烬克服逆境取得王位的权谋戏份，更突出澹台烬命运的不幸和多舛，为其一步步成长和濒临黑化铺垫，让观众增加对其行为逻辑的理解。而叶夕雾家族的内宅斗争，相比之下并不需要原著那样多的笔墨。

为此，剧集删减了银翘、碧柳、叶岚音、叶哲云、九公主、姨娘等人物，将小说中四男三女的叶家小辈缩减至两男两女，将原著中的叶岚音与叶冰裳、叶清宇与叶储风、虞卿与庞宜之的人物形象合二为一，也相应删减了冗余的宅斗（珠宝失窃案）、宫斗（觐见太后）戏份，把更多笔墨用在刻画男女主人公感情升温的戏份上。原著中澹台烬在叶家饱受冷待甚至虐待，而其名义上的妻子叶夕雾只是冷眼旁观。改编剧增加了叶夕雾屡次关怀澹台烬的细节，在澹无人过问、处境艰辛时，为其披衣服、裹被子、送棉袍、送饭食，雪中送炭的关心让两人感情进展迅速，以此表现黎苏苏穿越后情不自禁开始同情起未成魔时的澹台烬，引导观众反思是否不该盲信宿命，人的自由意志是否能改变所谓的命运。

权谋戏方面，让澹台烬卧薪尝胆，不甘质子命运，图谋返回故国掌握大权的叙事线更加完整。为此增加了原著中并没有的情节，如澹台烬和乳母荆兰安相认，谋划返回景国，然而他信任的乳母却是一心谋害他的兄长所派，诓骗其回国实则欲加害于他，再次强调澹台烬被天下人负的悲情处境。还增加了"澹台烬回国称王""迦关大战""盛王昏庸不发军饷""澹台烬收编战将翙然、叶清宇"等权谋、战场戏份。原著中叶夕雾的家族本效忠盛国，与澹台烬掌权后的景国作战，后叶夕雾的兄长之一叶储风向澹台烬投诚，另一位兄长叶清宇殉国。改编剧突出了澹台烬招揽人才和运筹帷幄的才干，叶夕雾兄长叶清宇在澹台烬的游说下主动投降，成为澹台烬的得力干将并受到信任，与澹台烬既是君臣亦是朋友，叶家从此归顺更加励精图治的景国国主澹台烬，也受到了器重和优待。类似的，剧集还增加了澹台烬向盛国皇子萧凛表达宽恕之意的细节，塑造了澹台烬与萧凛之间一度相互欣赏的友情，也埋下了两人此后反目的悲剧种子。此类原创剧情不仅完整了澹台烬率部征战的故事线，也提升了澹台烬的人格魅力。

5. 强化戏剧冲突，更清晰交代人物使命与意图

原著作者运用文学化的笔触精心构筑了人物间细腻的情感联系，描绘了情感微妙的变化与发展，使之成为推动故事进展的核心动力。在改编过程中，一个核心挑战在于失去文学媒介心理描写便捷手段的情况下，如何传递原著中主人公情感扭结的复杂性和深刻性。

澹台烬和黎苏苏的故事并非普通人的情爱故事，而是涉及神魔之间正邪力量的故事，需要探讨忠诚、背叛、牺牲和救赎等超出日常生活常态的复杂情感和道德议题。男女主人公从最初势不两立的仇敌，到彼此了解渐

深的同伴，再到最终携手并肩共行、拯救苍生的恋人，经历了重重波折与曲折转变。改编工作需要捕捉这些情感变化的转折点，将它们细腻地呈现出来。

以叶夕雾跳下城楼自尽的情节为例。原著中叶夕雾在这一刻未曾向澹台烬揭示自己乃抽取他邪骨的神女，她看到澹台烬在敌人提出"二女选一"时选择了庶出姐妹叶冰裳，是怀着对澹台烬复杂的爱恨才选择了求死。跳楼前她被澹台烬囚禁凌辱，心如死灰，跳楼行为看起来更像是为了个人的解脱而为之，潜意识中也有以离去惩罚对方的意图。然而，在改编后的剧本中，澹台烬虽然恨叶夕雾，但他仍未忍心对叶多加折磨，而叶夕雾在决定性的时刻向澹台烬坦诚了自己的身份与使命，告知对方自己来自未来，穿越至此只为阻止澹台烬魔化，如今她已经以自身神髓置换澹身上邪骨——此命定邪念本该宿命般地导致澹成魔，但因叶夕雾的巨大牺牲，澹此后应可避免成魔的命运。叶夕雾承认自己之前残忍地欺骗了澹台烬的感情，如今两不相欠。这样的改编，更清晰地将神女除魔的使命与其对命定宿敌的同情及意外萌生的爱恋并置，突出了角色的挣扎，让其选择更具合理性，兼顾大义与小爱。另外，女主人公适时说出真相相当于一种无奈的表白，让感情线更加利落，也赋予澹台烬更多内心挣扎——他必须面对自己竟是邪神前世的事实，还必须接受深爱的人竟是自己宿命中的仇敌。

（三）对原著中奇观描写的视听转化

《长月烬明》之所以上线后从国内平台一路热播到国外，与其出众的视听奇观关系密切，且创作者有意将原著小说中并未明确写出的神魔世界视觉风格，以民族化的元素加以落实。《长月烬明》的视听设计很大程度上参考了敦煌美学，挖掘了中国古典文化的深厚底蕴。

早在人物海报推出之时，绚烂瑰丽的敦煌美学便先声夺人，一改近年仙侠剧素衣素裙的"森系古装风"，大胆使用各种高饱和度色彩。灼目的金色、张扬的樱桃红、魅惑的靛青墨紫⋯⋯主创们亲赴敦煌寻找灵感，将仙侠人物打造为造型艳丽、衣带翻飞的飞天造型，名副其实"惊为天人"。空间场景亦借鉴古丝绸之路人文地理景观，莫高窟壁画、张掖雅丹地貌……浓郁的中华古西域风情被糅入奔放的架空幻想之中，与唐宋建筑、江南风光并置对比，神、人、魔、妖四界视觉设计对比鲜明。更可贵的是借有形之景诠释无形之情理，四界诸生所求所信价值观亦不同。

剧集将风景、奇珍、异兽以高科技 CGI（电脑生成动画）技术生动演绎，画面美轮美奂。比如，剧集开篇，魔神黑金战甲，驭六龙战车，令人联想起《楚辞》《山海经》等无数古老典籍与传说；又如，第 16 集神魔大战，日月水土等元素图腾崇拜、十二地支等理念被运用于十二古神角色及招数设计，令人热血沸腾。大到东海定海神针、擎天神柱不周山、登天神梯建木，小到神明身体化作的种种宝器，影像和美术创作者们落实了原初的艺术主张——"向神话借烈度，向古典借厚度"。

剧集对上述传统文化元素的引用比原著更为丰富细致，不仅赋予了人物和剧情更深层的象征意义，也让观众在享受视觉盛宴的同时，感受到了中国传统文化的博大精深和美学追求。

三、玄幻 IP 影视化的海外传播策略

在众多中国电视剧类型之中，仙侠类电视剧以其独特的东方神话设定和视觉奇观性，能够在海内外观众中引发广泛讨论，收视率高于其他中国电视剧品类。"神话叙事母题、叙事思维、叙事原型、空间架构和仙侠小说的互文性叙事塑造了仙侠剧中的'仙'；中国文化内涵中的伦理、哲学和美学思想熔铸了仙侠剧中的'侠'"。[①]《长月烬明》海外热播，既是站在中国仙侠剧受众口碑积累的基础上，也提供了许多创新经验。

（一）符合国际观众叙事期待

《长月烬明》在国内观众中评价两极分化较为严重。尽管热播，但其

[①] 田雯丹，石嵩.中国仙侠剧的国际传播：神话叙事和文化认同［J］.中国民族美术，2024（2）：20-29.

价值观仍然备受受儒家文化影响的本土观众的质疑。剧集一定程度上削弱了原著"恋爱至上"的程度，尽可能让魔王澹台烬显得不那么作恶多端。但原著中"做尽恶事之人因爱上我而改变"的主题内核，过于注重"小我"，在大是大非方面显得态度模糊，这一点在剧集中仍然不能完全剔除。剧集在更大幅度改造原著和微调中选择了后者，而面向广大国内受众传播，不再局限于原著读者的小圈子，这样的主题和价值观呈现不甚符合大众理念，爱之者表示认同，看不惯者怒打一星的情况在所难免。有趣的是，剧中相对任性、偏执、以自我为中心的人物（如男主人公澹台烬、女二号叶冰裳）反而更容易被国际观众理解，尤其在较为崇尚个人主义的海外语境当中，剧中人物的善恶处于灰色地带，结合海外观众熟悉的英雄复仇之旅、世仇家族儿女的禁恋设定，海外评价要好于国内评价。

（二）充分利用和推广中国文化符号

《长月烬明》在跨文化传播的过程中，深谙如何将中国独有的文化符号与全球观众能够共鸣的主题相结合。剧集中的文化符号，如龙、凤、乌鸦等传统图腾，不仅仅是视觉装饰，更是承载了深厚文化意义的象征。通过对这些符号背后故事的巧妙解读和再创造，剧集为国际观众提供了一扇了解中国文化的窗口，同时也激发了他们对中国传统文化的好奇心和探索欲。这些文化符号在原著中只是作为文字有所提及，并未被详细描写，视觉落实后的震撼效果来自影视媒介特有的直观感染力。

（三）与国际流媒体平台的充分合作

在国际营销与推广策略方面，《长月烬明》的国际推广采取了多元化的营销策略。除了传统的广告宣传，制作团队还通过与社交媒体、流媒体平台以及国际媒体达成合作，有效增加了剧集的国际曝光度。这些策略不仅拓展了作品的受众群体，也为作品赢得了国际上的关注和讨论。

搭 Netflix 等国际平台"借船出海"是让作品尽可能触达更多海外观众的有效方式，尤其仙侠剧品类，在国际流媒体平台已经形成了中国特色的品牌效应。Netflix 作为全球领先的流媒体平台，对于《长月烬明》的国际传播几乎起到了决定性的作用。通过在 Netflix 上播出，该剧得以直接面向全球数亿观众，极大地提高了其国际可见度和影响力。此外，Netflix 平台的多语种字幕服务也为不同语言背景的观众提供了便利，使得作品的国际传播更加顺畅。

四、改编反思

（一）改编之得

《长月烬明》作为一部 S+ 评级的 IP 改编的网络剧播放量可观，热度居高不下，实现了商业方面的成功。根据酷云数据，该剧全端播放量达 28.02 亿次，热度峰值达 19173，连续 25 天位列全端播放市场占有率第一名。[①] 根据抖音数据，该剧主话题播放量达 294 亿次，爆款视频数超 300 条，位列剧集周榜第一共 7 周，周榜峰值达 1.2 亿。[②] 该剧的高热度也带动了优酷 App 下载量、拉新量，会员收入创近五年新高，突破性地拉升了全平台底盘。此外，剧中"般若浮生"中的神龙与蚌女传说与蚌埠市景点有关，引来剧迷赴蚌埠打卡，拉动蚌埠文旅相关 GDP 近 26 亿元，开创了影视与文旅融合新模式。美轮美奂的国风服装道具设计让该剧周边产品销售额超过 2650 万元，破国产剧官方周边销售记录，"人物手串"单项目众筹金额破千万；男主戏服拍卖成交价 17 万元，已公示用于公益事业。

（二）改编争议

尽管"古装玄幻言情小说—仙侠剧"IP 转化链一向具备高热度、高流量潜质，《长月烬明》式的成功也并非常态。在 2023 年 4 月 6 日至 2023

[①] 数据来自 https://mp.weixin.qq.com/s/2ekor6gtmA75aUgiLyiwZw，统计时间为 2024 年 3 月 5 日。

[②] 数据来自 https://mp.weixin.qq.com/s/mAwv5mZJvWjD_Yi9JP3VAg，统计时间为 2024 年 3 月 5 日。

年 5 月 9 日剧播期间，与《长月烬明》同期竞争的其他古装偶像剧，如《春闺梦里人》《重紫》《花琉璃轶闻》等，亦不乏流量明星出演，但话题度和播放量远不能与该剧相比。相对更具正剧风格的武侠剧《云襄传》即使有外表出众的人气男演员陈晓出演，其主人公云襄在角色热度榜上亦不敌《长月烬明》中的澹台烬。原著小说《黑月光拿稳 BE 剧本》在文学质量、读者群积累上未必远超同类型类似体量的言情网络文学，中国网络文学的超高产能亦决定了类似的 IP 并不算少，《长月烬明》的热播除了胜在选角恰切、视听场景还原精准且独具特色，独到长处在于改编剧情抓住了原著最能调动读者情绪的矛盾，对极致虐恋故事加以提炼和提升，删去多余枝蔓，突出主线，并拓宽了原著格局。

然而国内较具口碑说服力的打分网站豆瓣网，对《长月烬明》的评分之低与剧集热播程度严重不符，这多少说明了该剧仍只是垂类圈层内部的较头部作品。对仙侠剧和虐恋故事有偏好的受众看得津津有味，但这批观众未必在文艺青年和资深影迷集中的豆瓣网站进行评分；不带特殊类型偏好眼光观看该剧的常规受众，尤其是艺术品位较高的观众，很可能观看数集便弃剧打低分，认为形式远大于内容。这恐怕是因为即便剧集做了一定的简化，相对非仙侠 IP 剧集，该剧仍继承了原著中颇为庞杂且逻辑并不严谨的设定，涉及较繁复的法术运行原理、宿命理论等，如无耐心追剧并梳理其世界观细则，首先看到的便是"魔王爱我爱得不可自拔"这一原著最大虐恋卖点。单凭这一点就足以让改编剧努力拓展的宏大神魔世界与拔高后的主题沦为玛丽苏爱情的背景板。或许日后再选择"魔王与神女的虐恋"故事时，应留意这种口碑反噬。例如，《苍兰诀》同样改编自具有类似人设的原著，其好口碑未必胜在特效和演员——这两方面《长月烬明》水平也不差，关键在于剧情和调性方面。《苍兰诀》致力将原著故事向喜剧风和甜宠向转化，且时空设定相对简单，这样的轻松"漫感"反而比虐恋悲剧更容易被垂类受众之外的更广大圈层接受。

《长风渡》：以家国意识升华儿女情长

摘要： 剧集《长风渡》改编自网络作家墨书白的同名小说，讲述了顾九思与柳玉茹在家国飘摇的乱世背景下携手成长，最终顾九思从纨绔成为一代权相，柳玉茹从闺阁女儿成为天下首富的故事。剧集删繁就简，在尽可能保留原著中官场升级的剧情主线与先婚后爱的情感主线的基础上，进行了大刀阔斧的改编，削弱了原著的权谋腹黑气质，以展现少年臣子为民请命的热血故事为重点。这样的改编顺应当下主流审美，却导致部分原著书粉观众不甚满足。作为国产 IP 改编剧中较为成功的古装"落地"言情剧集，该剧改编经验值得研究和参考。

《长风渡》改编自网络作家墨书白的同名小说，小说曾用名《嫁纨绔》。《长风渡》全剧共 40 集，单集时长约 45 分钟，由尹涛执导，总编剧白锦锦，编剧席如远、沈念青，联合编剧孙霁雯，白敬亭、宋轶、刘学义、张昊唯、张睿等人主演，于 2023 年 6 月 18 日在腾讯视频网络首播，并于同年 6 月 26 日在中央广播电视总台电视剧频道上星播出。猫眼专业版 App 数据显示，2023 年 6 月 18 日至 2024 年 3 月 13 日，该剧的全网累计有效播放量为 1.34 亿次，最高排名第 8 名，集均有效播放 335.2 万次，猫眼最高热度为 9757.55（2023 年 6 月 23 日），全网总曝光 313.14 亿，全网总转评赞 4196.6 万，全网总弹幕 2.51 亿条。《长风渡》上星播出后，最高收视率1.0593%（2023年7月9日）。[①]2023年，《长风渡》获得第19届中美电视节年度金天使奖电视剧；2024年3月，荣获首都广播电视节目制作业协会年会推优名单年度优秀剧集。作为一部古装"落地"言情剧集，《长风渡》做出了较好的示范。

一、原作的可改编性

（一）改编目标：从朝堂权谋倾轧到少年臣子成长

《长风渡》作为一部女频言情小说，在同品类作品中，相对重视男主角的人物成长线。原著基本按照"扬州"—"逃难"—"幽州"—"东都"四个地图板块叙事。从女主角柳玉茹的人物成长看，她从克己守礼到遵从内心，是按照从外到内的层次叙事。从男主人公顾九思的人物成长弧光看，分别对应的是男主人公"修身"—"齐家"—"治国"—"平天下"四个层次。《长风渡》的剧集改编试图进一步超越原著故事的儿女情长腔调，将其调整为更接近"大男主"风格的叙事模式，从而让剧集的基调更有家国情怀色彩，不囿于私人情感小世界。因此，《长风渡》的剧集改编，尽管仍然按照原著的地图板块和时序讲述，但为了更进一步提升原著的精神境界，在男女情感故事的表达方式上略做调整，强化了男主角视角，与女主角视角并行。同时，减少了朝堂钩心斗角和女主角开拓商业版图方面的剧情，更着重表现男主角离开舒适区后在民间历练的经历，使其从"纨绔子弟"到"为国为民贤人能士"的成长弧线更加突出。为了照顾原著书迷及女频受众，剧集在细节方面仍注重甜宠言情桥段，与情节线宏观方面的调整相互补充。

在世界观设定方面，原著的历史架空背景便于发挥想象力，剧集在此基础上进一步对现实地名进行了虚化处理，将原著中的扬州、幽州改为祥

[①] 数据来自猫眼专业版App，统计时间为2024年3月13日。

州、悠州。原著中柳玉茹做了"预知梦",梦到了顾家因得罪王善泉父子而惨遭灭门。剧集删除了这一超自然力设定。

(二)改编基础

1. 古装言情小说的爽感故事魅力

作家墨书白擅长古装言情小说的创作,其笔下的故事带有较强的画面感,情感描写细腻,情节侧重于个人成长与家国情怀等议题,人物形象鲜明,尤其擅长女性强者的塑造。例如,《长风渡》的女主角柳玉茹最终成为天下首富,《长公主》的女主角李蓉最终成为女帝……总之,墨书白的小说擅长为读者造梦,在远离现实纷扰的古装架空世界中,这些女性角色不仅得到了完美的理想配偶,也攀登至事业的顶峰,为读者带来另类的爽感。

2. "闺秀"嫁"纨绔":反差人设具有强张力

小说原著讲述了"纨绔"顾九思与"闺秀"柳玉茹的故事。与其他古代题材言情小说相比,《长风渡》最大的亮点在于人物设计,"闺秀嫁纨绔"与"才子佳人"类题材拉开了较大的区分度。原著中的女主角柳玉茹安分守己,从小最大的理想是嫁得一位如意郎君,而她阴差阳错之下,嫁给了扬州最不学无术的纨绔顾九思。柳玉茹本想就此听天由命,不再与命运对抗,却在顾九思的鼓励与陪伴下,找到了自己人生的理想。顾九思本是扬州城家世背景最大的纨绔,却遭逢家族巨变。在柳玉茹的鼓励与陪伴下,顾九思逐渐找到了自己的人生目标——为民请命、为民做官,并最终带领伙伴们成为朝堂的中流砥柱,修筑黄河堤坝,为家国奉献一生。

原著从两位主角的个人成长经历写起,最终升华至家国情怀高度。柳玉茹与顾九思身上都带有较强的成长标签,"闺秀"勇敢追求梦想,"纨绔"挑起了家国重担,人物转变较大,弧光明显,人物关系张力让整个故事颇有新鲜感,也给观众带来了较大的故事吸引力。

3. 民间儿女情长暗含家国价值观

原著《长风渡》虽然将男主角顾九思称为"纨绔",但是他本性善良、乐于助人,只是与传统意义上奋发努力、考取功名的男性角色不同,因此在小说中被归于"纨绔"一类,与《红楼梦》中的贾宝玉有类似之处。原著虽然将女主角柳玉茹称为"闺秀",但她并非传统意义上只知三从四德等规条的女性角色,她身上带有反叛、勇于闯荡的胆识。

顾九思与柳玉茹在乱世背景下,不仅保住了自己的小家,更是为平定天下、百姓安居乐业做出了贡献。顾九思肃清朝堂,查清贪腐弊案;柳玉茹捐出身家,助力顾九思修筑黄河堤坝。原著故事自身蕴含了"先天下之忧而忧"的家国价值理念,可供影视剧改编进一步发挥和强调。

(三)改编难点

《长风渡》原著共176章,总字数约97.8万字,属于超长篇网络言情小说。原著作者有较为广阔的文字空间和想象空间,细致描绘了顾九思和柳玉茹在家国飘摇的乱世下如何艰难成长,最终成为一代权臣和天下首富的历程。但若要改编为常规集数的电视剧集,必然需要大幅压缩。《长风渡》剧集只有40集,单集时长约45分钟,需要在大幅压缩后的叙事空间中尽可能地保存主干剧情,将烦琐复杂的原著情节点梳理为脉络清晰的影视作品,这非常考验创作团队的改编功力。

二、重要改编分析

(一)人物改编策略

1. 删改:人物关系服务于主线剧情

从原著小说与剧集的人物对比看,主要人物基本与原著人物一致,但是删去或改写了多位配角人物。

原著小说中,范轩继位后,为给独子范玉继位铺路,留下了两道遗诏，一道是范玉继位，另一道是范玉无道，周高朗可继位（放在江河处）。为了保证范玉做个太平皇帝，他还在遗诏中组建了内阁，并指定了五人作为内阁大臣。可惜，范玉不懂珍惜，在洛子商的挑唆下，杀了内阁大臣，解散了内阁。在剧集中，编剧对范轩这个人物做了改编，保留了老谋深算的帝王策略，但是将人物改编为心怀天下百姓的君主。他没有将皇位传给独子范玉，而是交给了周高朗。然而在洛子商的撺掇下，范玉矫诏继位。原著中的范轩比较偏向于老谋深算的政客皇帝，剧集中的范轩偏向于光明磊落、心怀天下百姓的仁德皇帝。剧集的气质偏向于轻喜剧，风格明快，改编后的仁德皇帝更加契合于故事气质和整体调性。

原著小说中，户部尚书陆永是跟随范轩的老臣子，他身在其位，又爱财，因而对库银下手。后来，范轩给了他颜面，让他自请辞官、赔钱。陆永后来成为顾九思的官场老师，但是并非重点配角。剧集进行了改编，户部尚书陆永只是作为反派势力存在，他是前朝太后的人，贪墨库银与前朝势力有关。原著的权谋气质较重，有些配角人物作为闲笔略过，人物关系错综复杂，有较大的故事空间展现人物的变化；剧集将原著的情节精炼简化，将朝堂争斗简化为前朝新朝之争，删繁就简，去掉了人物塑造中的灰色地带，让故事主线更加清晰，符合影视创作的规律，也让观众更加明了故事与人物。

原著小说中，西凤娘子是江河的人，是西凤楼的花魁，江河将西凤娘子送进宫，离间了范玉和三位将军的关系。剧集进行了改编，将赌场老板杨龙思与西凤合二为一。西凤娘子是洛子商的人，是赌场的老板，被洛子商送去范玉身边卧底，后来又被柳玉茹策反，背叛了洛子商，最终离开皇宫、逍遥天下。剧集对西凤娘子的改编，更加符合当下对于女权热点的追逐。

原著小说中，江河与洛子商并无直接的合作关系。剧集进行了改编，江河以洛子商母亲故人的身份，与洛子商进行了合作，实际上江河是范轩的人，在暗中破坏洛子商的计划。原著的父子关系呈现较弱，剧集进行了强化。这一点改编较为不错，江河与洛子商作为亲父子的敌对关系，其本身带来了强大的情感张力与故事矛盾冲突，非常具有戏剧性，加强了剧集本身的看点。

原著小说中，秦婉之是孤女，来幽州投奔周家，与周烨成婚生子，最终于城楼自杀。洛子商依靠王善泉的姬妾姬夫人，间接掌控扬州，后来柳玉茹使计，夺走了扬州。叶韵后来替柳玉茹打理米铺的生意，是神仙香的老板。公主李云裳虽然出于政治目的想要嫁给顾九思，但是被顾九思使计嫁给了左相张钰的儿子张雀之。张雀之先夫人因李云裳的哥哥而死，张雀之便设法磋磨李云裳，李云裳出嫁当天投缳自尽。

剧集对这些女性角色进行了统一改编，使之更加符合当下的女权热点潮流：秦婉之成为想做女将军的节度使之女，与周烨有情而未嫁，死于守卫周家；删掉了姬夫人相关的所有剧情；叶韵成为军医、翰林医仙；李云裳想要嫁给顾九思，但是最终和亲北梁。

原著中，周夫人生下了遗腹子周烨，然后才嫁给了周高朗，与周高朗生下了儿子周平。周高朗与周烨不是亲生父子，周夫人总是担心周烨会图谋周高朗的权位，对周烨秦婉之夫妇没有好脸色。周烨和秦婉之生下了儿子周思归。在剧集改编中，周烨是周高朗的亲生子，周夫人对周烨颇为亲切。剧集改编将原著中较为微妙的母子、继父子关系进行了简化，淡化了宅斗部分，颇为清爽。但也有部分观众因秦婉之与周烨未能成婚而"意难平"。

原著中，柳宣的妾侍张月儿生下了两子一女。柳玉茹在出嫁前，让芸芸成为柳宣的新宠，帮着照顾母亲苏婉。柳宣和张月儿在王善泉屠城当天便不知所踪、下落不明，芸芸便跟着苏婉回到柳玉茹身边，跟着学做了生意。剧集中，张月儿生下了两女一子，且将苏婉推下山坡，跟着顾家到了悠州。后来苏婉生还，张月儿自首，长女远嫁，次女和儿子留在柳玉茹身边。剧集删掉了芸芸做妾的剧情，只是以苏婉侍女的身份出现，还将宅斗戏份集中在张月儿母女和苏婉之间，属于支线剧情，与主线剧情关联较弱。有不少观众诟病张月儿与苏婉之争，认为落了下乘。

原著中，洛依水的父亲献计，结果害死了江河的大哥江然，导致江河无法迎娶洛依水，落荒而逃。洛依水误以为江河是顾朗华，不娶是因为他的已婚身份，便自己生下洛子商。洛子商一出生便被洛家人抛弃，而洛依水误以为洛子商死了，远嫁秦楠，定居永州，再也没有回到扬州。剧集进行了改编，保留了洛依水与江河的爱情悲剧前史，彻底删掉了永州荥阳案，也删掉了永州秦楠这个角色，删掉了洛子商利用秦楠参奏顾九思的剧情线。剧集的简化，使得江河和洛子商的父子关系略缺少前史，洛依水成为比较传统的被抛弃的女子形象，江河和洛依水的爱情关系也落于常规。

原著中，叶家是世家大族，叶世安为了妹妹叶韵，苦心筹谋，只要有机会就能离开。柳玉茹因筹粮之事到达扬州后，叶世安立刻决定带着叶韵和柳玉茹离开。后来，叶世安与叶韵兄妹到了东都，见到了叔父叶青文。叶世安与叶青文这股御史台力量，也在朝堂上帮助了顾九思。剧集中，叔父叶青文的助力被删掉，叶世安与叶韵没有旁支亲戚，也没有世家大族的助力，和顾九思一样，从零做起。剧集的改编更偏向于有能力、有胸襟的年轻官员，因此将主角们进行了"去世家化"。与尸位素餐的前朝世家们形成对比，新朝自有新朝气象，改编得较有活力和理想化。

剧集尤其删去了许多自带故事支线的配角人物，去掉了枝蔓让剧情主线更加突出。

原著中，幽州望都赵家有赵和顺、赵严父子。到达幽州后，顾九思捐出了顾家所有财产，并昭告了天下。范轩给了顾九思一个小官，周高朗示意顾九思，幽州养兵要用钱。于是，顾九思就下狠手搜刮幽州的富户，先以跋扈的赵大公子赵严为借口，逼着布商赵和顺捐身家，又以此杀鸡儆猴，逼着幽州所有的富户捐钱。这些富户心有不忿，这才有了黑风寨抓了柳玉茹，顾九思带兵救援，屠杀了黑风寨所有山匪立威的情节。剧集删掉了赵家父子的相关情节，改编为，是柳玉茹的商业对头让黑锋寨抓走了柳玉茹，顾九思孤身前去山寨，沈明弃暗投明，最终顾九思兵不血刃，还收编了山匪。剧集的整个故事气质偏向于明亮、轻快，世事虽然黑暗，但是仍有光明，范轩是心中有百姓的君主，悠州是难得的干净地，这些与原著较为冲突。因此，在删掉了赵家父子相关的情节后，剧集改编为顾九思自愿从府衙的巡街衙役做起，靠自己赢得了范轩的青眼相待。

东都张家，张钰、张雀之父子。公主李云裳逼着顾九思娶自己，顾九思想办法，让范轩将李云裳嫁给了张雀之。张雀之的先夫人因李云裳的哥哥而死，张家厌恶这位前朝公主。在婚宴上，张家逼着李云裳向先夫人的牌位叩头、执妾礼，婚宴不欢而散。李云裳不肯忍受屈辱，在张家婚房上吊自尽。剧集删掉了原著中的这一段剧情，改编为李云裳为了前朝利益，想要拉拢顾九思，因而逼着顾九思迎娶自己。顾九思对柳玉茹全心全意，哪怕身在牢狱，也断然拒绝了公主，柳玉茹宁肯喝下"毒药"也不愿意接受公主做平妻，显示出顾九思与柳玉茹之间的真挚感情。最终，顾九思设计，让李云裳和亲北梁。这样的改编，李云裳不再是原著中的"恋爱脑"，她的逼婚出于朝堂政治目的，也成了男女主感情的一道考验，既与主线剧情相关，也跳脱出反派女性角色"恋爱脑"的窠臼。

永州王家是以王思远、王树生、王厚纯为主的王氏家族。顾九思奉命修黄河，永州荥阳是第一站。顾九思发现了王氏家族的罪状，却苦无证据。沈明一怒之下杀了永州知州王思远，前去东都找范轩求救。王氏家族疯狂反扑，结果柳玉茹和洛子商被困在城中。顾九思在城外想办法，沈明下狱，江河和叶世安带着军队前来。最终，顾九思铲除了永州王家，解决了修黄河的第一道难题。剧集在改编时删掉了这一段剧情，改编为顾九思修黄河只是难在缺钱，假死的柳玉茹以试玉娘子的名字捐出了这笔钱。原著中的王氏家族故事与改编剧集的明快喜感基调相冲突，剧集也没有足够的戏剧空间容纳这一段支线剧情，删去恰如其分。

2. 重构：主要角色改编顺应当下时代价值观

剧集中的男主角顾九思基本保留了原著小说中的人物形象，但是删除了原著中比较负面的情节。例如，原著中的顾九思在幽州搜刮富户们的财产,就地杀掉了黑风寨所有山匪等。剧集也删掉了原著顾九思比较纨绔的情节,最终呈现出的顾九思只是一个有些顽劣的少年郎。剧集增加了顾九思比较善良的细节,如第一集的赠小乞丐狐裘等。相对来说,剧集中的顾九思比原著更完美,但也因此缺少了原著中的人物层次,显得有些失真。

剧集中的女主角柳玉茹,与原著相比,有所出入。原著中,柳玉茹坚忍不拔,擅长逆境重生,对经商赚钱感兴趣,便将事业做到极致,不仅经营胭脂铺,还经营了米铺,建立了水运商队、陆运商队,筹划物流网络。山匪抢走了她的货物,她便带齐人手将货物抢了回来。无论顾九思变成什么样子,柳玉茹始终能够坚定顾九思的选择,让顾九思不会迷失。剧集中,柳玉茹的经商板块只剩下了胭脂铺,其他许多情节都围绕顾九思展开,遇到困难便有哭泣等动作,引发了观众对柳玉茹"恋爱脑""娇妻属性"的讨论。

剧集中的大反派洛子商,与原著相比,出入不大,但是集中了戏份,进行了反派属性强化。原著中,洛子商第63章才正式出场,且行动线较为零碎。剧集中,洛子商在第4集提前出场,阴谋线较为清晰。

剧集中的男性配角叶世安,与原著相比,进行了较大的改编。在原著中,范玉血洗内阁,东都叶家惨遭第二次灭门,叶世安失去了可以倚仗的叔父等亲人,心境大变,走向"黑化"。他支持周高朗入主东都后,放任士兵劫掠三日。幸而顾九思力挽狂澜,说服周高朗解甲入东都,也说服了叶世安放下心中的血海仇恨,重新变回谦谦君子。剧集删掉了范玉血洗内阁等较为阴郁的权谋段落。剧集中的叶世安为了妹妹,被迫帮着王善泉管理徉州,陷入了内心的迷茫,认为自己失去了世家子弟的风骨。这一点挫折打击不足以让叶世安"黑化",反而让他遭受了历练、找到了理想,真正地成为一位世家君子。这样的改编虽然不够戏剧化,但是符合人物性格变化,符合整体故事基调。

剧集中的另一男性配角周烨,与原著相比,也进行了较大的改编。在原著中,周烨是周高朗的继子,与孤女秦婉之早早成婚,生下了孩子。周烨因为母亲的缘故，时常为幽州军采买军备等物资，家庭关系相对紧张，疲于奔命。后来，范玉以周家人为质，顾九思只来得及带走周烨的儿子，周烨的妻子秦婉之跳城楼自杀，让周家不再受范玉挟制。周烨因而"黑化"，支持父亲周高朗血债血还，对士兵劫掠城池一事默不作声。最终，顾九思在城门劝说周高朗解甲入东都，周烨也放下了心中血仇，劝说周高朗解甲入东都。而在剧集中，周烨是周高朗的亲生儿子，是心怀天下的少年将军。当顾九思与柳玉茹死守悠州遇险，周高朗不支持周烨驰援顾九思，周烨宁肯放弃一切，也要求得两万士兵回援。战事稍息，周烨又为士兵计，希望让一部分士兵解甲归田、以尽孝道。这些事情都反映出周烨是少年英主。可惜，周烨心仪的秦婉之死于范玉之手，成为他一生的遗憾。原著中的周烨与秦婉之是较为传统的男强女弱设计，两人的地位不对等，秦婉之更是为了周家不受挟制而自杀，不适合当下的主流审美。剧集改编后，周烨与秦婉之势均力敌，都是心怀天下的将相之才。秦婉之是为了守护周家战死，而不是为了感情自我牺牲与奉献，周烨更是一生不娶，怀念秦婉之。这样的改动既保留了原著中的虐恋情深，也更加符合当下观众对于女强男强感情戏份的期待。

（二）情节改编策略

对比原著小说与剧集改编，主创团队对原著情节线进行了较多调整，故事中的几个主要情节板块改动见表15。

表15 主要情节板块改动情况

地图	剧集集数	对应小说章节/事件	剧集删改情况
扬州/徉州	第1—14集 鞭策读书，幽州生意，王荣冲突，赌场，举家避难，杨文昌之死	第1—36章 鞭策读书，幽州生意，王荣冲突，赌场，避难，叶世安相救，杨文昌之死	删改了原著中的宅斗戏份，以顾九思与柳玉茹的婚后日常互动为主。这部分删除了配角人物的戏份，以男女主的互动为主

续表

地图	剧集集数	对应小说章节/事件	剧集删改情况
逃亡	第15集 逃亡	第36—37章 逃亡，见识到了流民的可怜，也见识到了流民哄抢富户等较为阴暗的一面，顾九思有拔刀护妻戏份	删改浓缩了原著中大部分的逃亡戏份，原著粉想要的山洞名场面被删除，叶世安救助戏份被删除。一定程度上删除了原著中一路走来看到的流民众生相相关剧情，主要以男主爱护女主的情节为主
幽州/悠州	第16—28集半 捐家产，胭脂生意，剿灭山寨，筹措粮草，救下叶家兄妹和苏婉	第38—82章 捐家产，搜刮富户，剿灭山寨，升官，筹措粮草，救下叶世安兄妹和顾朗华	删掉了原著中幽州债相关的剧情，删掉了男主顾九思心狠手辣搜刮富户的情节，删改了黑风寨的相关剧情，删减了柳玉茹收粮草的剧情。改编了叶世安的人设，将原著中早就思虑带走叶韵的叶世安弱化，变为柳玉茹帮助叶家兄妹逃走。原著中，苏婉跟着江柔等人顺利达到幽州，顾朗华在扬州死于洛子商之手，柳玉茹的父亲柳宣和庶母张月儿等人在扬州之乱中不知所踪。剧集中进行了改编，苏婉在逃离扬州的路上被张月儿推下了悬崖失踪，被叶世安救起藏匿。柳玉茹的父亲柳宣在扬州之乱中被王善泉的部下所杀，顾朗华死于扬州之乱

续表

地图	剧集集数	对应小说章节/事件	剧集删改情况
东都	第28集半—第40集 库银案救出江河，柳玉茹假死做生意，顾九思修黄河，范玉矫诏继位，周家人惨死，范玉禅位，周高朗继位	第83—173章 顾九思库银案救出江河。顾九思修缮黄河遇到荥阳案，秦楠告状，永州差些兵变，被江河带兵救下。柳玉茹进行水陆物流布局，货物被劫，柳玉茹带人连挑十一寨，夺回货物。范玉逼宫继位，范轩遗诏组建内阁。范玉围杀内阁大臣，顾九思等人出逃，洛子商设计逼杀周家满门。叶世安黑化，打算帮着周高朗劫掠东都，周高朗起兵继位。顾九思捐出家产，劝说周高朗解甲入东都，叶世安幡然悔悟	大幅度删减了顾九思的朝堂戏份，也删减了柳玉茹开米店、开拓水陆物流、连挑山寨夺回货物等商业版图戏份，删改了周高朗举兵反叛的戏份，新加了柳玉茹假死。其中，对库银案的逻辑进行了大幅度修改，大量删减了顾九思治理黄河的剧情，删除了荥阳案，删改了范轩的谋略逻辑，删除了范玉逼宫，删除了叶世安的黑化，修改了周高朗的继位逻辑等。改动非常大

以上变动让情节更为集中，不同地图板块的戏剧性功能更加明确，更突出男女主角情感递进的过程。结合细节处的调整，可以梳理出《长风渡》情节改编方面的三个要点。

1. 情节立意更积极向上：从融入官场到整顿朝堂

原著《长风渡》主要讲述的是主人公顾九思和柳玉茹的个人成长，笔墨主要集中在官场和商场黑暗，顾九思和柳玉茹如何突破重围，最终收获胜利果实。原著中的顾九思原本是不学无术的扬州纨绔子弟，在东都有身居高位的舅舅江河，在扬州有首富爹娘撑腰，又有一帮关系不错的世家子弟相交，连扬州节度使王善泉都不敢轻易招惹他。顾九思在扬州城几乎是"横着走"。但王善泉血洗扬州事件发生后，顾家仓皇逃离、前去幽州，顾九思的父亲顾朗华死在了扬州，舅舅江河入狱、生死不知，顾家家产捐给了幽州节度使范轩等人，顾家生意几乎遭毁灭性打击。在这样的情况下，顾九思成长了起来，自觉地承担起了养家、顶立门户的责任。因捐出了全副身家，顾九思得到了一个巡街的小差事；为了尽快成长起来，顾九思揣摩范轩等人的心思，开始对逃难来幽州的富户下手，逼着他们捐出大笔身家。因为这份揣摩人心的"识趣"，顾九思很快擢升。黑风寨掳劫了柳玉茹，顾九思带兵血洗黑风寨，当场处决所有的山匪，又以怀柔手段发行幽州债，逼着幽州富户们认购。这一连串手段，令柳玉茹心惊，但是他们都知道，若要让"扬州血案"事件不再重演，他们只能这样疯狂地成长，如此才能够在乱世中有一些自保的能力。再到后来，梁王兵临幽州城下，范轩入主东都成为皇帝，王家荥阳大案案发，范玉筹划"血洗内阁"，周高朗打算"劫掠东都"……这一连串的事件，推着顾九思与柳玉茹往前走，一刻都不得安歇。分析原著的情节设置，顾九思与柳玉茹被迫飞快成长，他们只是希望在乱世中保全自己，会被动地采取一些较为激烈的手段，选择迅速融入环境，而不是改天换地。

剧集《长风渡》同样着眼于顾九思和柳玉茹的成长，但是加入了许多"光明"，让整个剧集的基调更为积极向上，立意更加昂扬。顾九思和柳玉茹同样经历了王善泉发动的"血洗徉州"、一路流亡等事件，但是他们没有迷失本心，反而主动捐出了所有的家产，主动选择成为最低等级的巡街小吏。与原著相比，顾九思和柳玉茹更有主动性，采取的形式手段更加光明磊落，连带着感染了身边的人，让整个剧集呈现出来的氛围更加积极、美好、向上。例如，成为皇帝后的范轩，对顾九思、叶世安等青年官员持欣慰的态度，愿意放手支持这些年轻官员做实事，希望这些年轻官员能够整顿朝堂，让沉疴吏治为之一新，令整个天下更为清明。

《长风渡》从原著小说到剧集改编，从官场派系权谋之争到少年官员整顿朝堂，从个人命运被迫采取激烈手段到积极主动面对命运的挑战，改编后的剧集立意主旨相较于原著，更为积极主动，更加符合当下的社会价值观，也能够更好地激励当代年轻人锐意进取、努力拼搏。

2. 剧情删繁就简：从个人命运到家国天下

原著《长风渡》的剧情主线更加关注顾九思和柳玉茹的个人成长。顾九思从幽州的一个小吏做起，一路升迁，从剿灭黑风寨，到保卫幽州，又彻查库银案，修黄河，彻查荥阳大案，逃脱范玉的"血洗内阁"，支持周高朗起兵反范玉，为了保护东都百姓劝说周高朗解甲入东都，最终辅佐周烨成为一代明主。从幽州小吏，到权倾天下的左相，顾九思从守护顾家小家，到心怀天下，实现了杨文昌和叶世安的理想。柳玉茹也是如此。她从一开始希望嫁给叶世安，获得安乐幸福的生活，到有了从商的念头、开胭脂铺，再到扩大经营范围，在全国开设胭脂铺，又开设了米铺，试图布局水路和陆路交通运输等。这些情节更加关注人物的个人成长，描写的是个人命运在时代背景下的沉浮，令人物弧光较为饱满。

剧集《长风渡》在关注个人命运的基础上，让角色有了更为广阔的国家格局与胸襟。顾九思是徉州的纨绔，但是他对天下也有自己的见解和认知，知道自己的仰仗，对街边乞讨的小乞儿有怜惜。柳玉茹成为天下知名的富商，但是三番两次主动捐出全副身家，匿名帮助顾九思修建黄河堤坝，处处以百姓的安危幸福为先。在剧集的第 11 集，顾九思、柳玉茹与周烨月下饮酒，畅谈人生的理想。周烨说，往上爬，是为了替百姓做实事，月亮挂得高，才能照亮更广阔的山河，他希望悠州百姓也能像徉州一样吃饱饭。这一场戏充分地显示了三人的胸襟与抱负，也点明了剧集在改编时所站的高度。剧集没有止步于关注乱世下普通人的成长，而是站在更高一些的立场，希望独善其身的同时兼济天下。在后续的剧集发展中，顾九思与柳玉茹也的确这样做了。顾九思置自己的生命于不顾也要彻查库银案，要求太子范玉承担杀人的罪责，用自己去赌范轩是胸怀天下的君主。范轩知晓范玉无法承担天下的重担，鼓励年轻官员安定天下、肃清吏治，又主动留下遗诏，将天下留给周高朗。周烨为了秦婉之，一生不婚，主动过继侄儿为储君。这些剧集改编的细节，充分展现出主创团队对剧集人物寄予的光明希望。

原著《长风渡》用大量篇幅讲述了顾九思的官场进阶之路，涉及的官场黑暗权谋部分比较多，就情节功能而言，较为重复。剧集对这些部分进行了删改，保留了库银案和修黄河的核心主干剧情，删掉了许多情节功能较为重复的官场黑暗纷争，令剧集主线更为清爽，同时也集中了戏剧冲突，让剧集更加紧密。

3. 情感线荡气回肠：从平淡相携到传奇爱情

原著《长风渡》的感情线较为水到渠成，顾九思与柳玉茹先婚后爱，从互看不顺眼到相知相爱相守，没有轰轰烈烈的强情感冲突，也没有搅局的配角人设，全是由日常相处的点点滴滴积攒起来的深厚感情。在一次又一次的危机考验中，两人凭借着这份感情闯过了一关又一关。顾九思没有迷失本心，柳玉茹也不改初心，两人就像风筝和线、船与锚，在动荡的乱世中找到了自己的情感归属。这样简单、纯粹、真挚的感情，放在原著的乱世背景下，弥足珍贵，足以动情。

剧集《长风渡》在原著感情线的基础上，加入了一个比较大的改编，即柳玉茹假死、远遁三年。剧集的整体情感基调较为喜感、甜蜜，柳玉茹御夫有术，鼓励顾九思追求上进，顾九思带着柳玉茹体验生活，让她放开束缚去追求自己想做的事业。柳玉茹永远坚定地支持着顾九思的所有选择，顾九思也包容着柳玉茹的一举一动。在剧集进行到第33集时，范轩为了大局着想，用一杯毒酒"赐死"了柳玉茹，令顾九思痛失所爱，全身心投入了修建黄河堤坝的工程中；直到三年后，再次打拼成为天下首富的柳玉茹和功成名就的顾九思重逢。

许多观众对此有异议，认为柳玉茹的假死消失对剧情推动没有帮助。放到情感主线上看，平淡相携的情感依赖于细节的堆砌，在小说中固然可以通过角色的心理活动和作者描白来辅助读者进行理解，但是改编为影视作品时，观众需要剧情冲突或者情感冲突来明了角色的选择。柳玉茹假死消失后，顾九思没有移情别恋，而是寄情于工作，心怀百姓安危，实践着自己的政治抱负。柳玉茹从零做起，成为天下首富，也验证了自己的经商能力。两人在自己事业的巅峰状态重逢，用"生死"考验了两人的情感，情感冲突较为极致，也更加符合当下观众对于"双强人设"的期待。

三、改编反思

（一）改编之得

《长风渡》原著的优势在于故事画面感强，人物关系新颖且有张力，原著读者有一定规模。但选择热门言情文学 IP 也需要注重同赛道内部的差异化处理。当下古装言情剧集创作数量较多，趋于同质化，观众颇感审美疲劳。原著中有趣的人物关系需要不俗的主题和出奇的剧情支撑，才能成为万花丛中独具特色的一枝。

《长风渡》剧集在提升主题立意方面狠下功夫，不惜大幅调整原著叙事视角，从女主角视角为主改为男主角视角为主，叙事重心也有所偏移，从男女主角并肩成长，改为以男主角的为官人生路为主，女主角的经商线为辅，更强调士大夫为国为民的使命感。剧情方面则删繁就简，尽可能保留了原著中官场升级的剧情主线、"闺秀与纨绔"先婚后爱的情感主线。但相对削弱了原著中的权谋腹黑戏码，加强了主要角色积极主动面对命运挑战的主动性，把重点放在贤明君主、少年臣子为民请命的热血群像展示上。

（二）改编争议

剧集改编播出后，因"魔改"引发了一定争议，有不少读过原著的观众对剧集的结构有异议，认为徉州篇与原著几乎一致，不少小细节也予以了保留，占了较大的篇幅比重。而悠州篇和东都篇，对原著删改较多，尤其是东都篇，几乎只保留了原著库银案的一部分，部分观众质疑为何不更多采用原著情节。作为创作者，面对原著读者的质疑需要有定力和坚持。剧集篇幅有限，剧情选取不会满足所有的读者，只能删繁就简，保留重点剧情，紧扣人物成长。原著包含大量官场政斗、宫廷政变、生意场上的纷争等权谋情节，人物形象在小说的广阔篇幅中获得了较充分的舒展空间，读者有耐心听作者娓娓道来。但是作为一部40集的改编剧集，只能尽量保留原著人物与故事精髓，选取少部分最关键的原著情节。剧集创作者在进行创作时，明确了主角人物的成长路径，在每一个成长阶段挑选了有代表性的情节予以保留扩写。例如，徉州篇的提刀上青楼、赌场救范玉，悠州篇的捐出家产、筹措粮草、两万守军对抗梁王来袭，东都篇的库银案、修黄河、劝说周高朗解甲入东都等。这些有代表性的情节具有阶段性标志意义，几乎都是原著中的经典名场面，能够充分说明原著相应板块内容的核心要义，从而以原著之重点带其面。即使有部分读者挑剔未能完全还原原著，这也是此类IP影视化不得不做出的取舍。

相比外在情节，该剧集对于核心受众群体的重视体现在对故事情感内核的还原上。剧集保留了原著中大量男女主角情感互动的部分，并在此基础上融入积极正面的家国叙事，对原著官场较为阴郁的情节进行了大幅改编，情调更加健康阳光，与言情故事亦不违和。创作者选择了与故事角色气质符合的演员，如顾九思的扮演者白敬亭和柳玉茹的扮演者宋轶，演员外形气质与小说人物的贴合度得到了观众肯定。可见，"情感还原型"改编对于言情小说IP影视化格外重要。

原著《长风渡》中的人物比剧集更为复杂，偶尔暴露性格暗面。例如，顾九思也有就地处决所有山匪、逼捐富户的狠心；柳玉茹为了自保也有为父纳妾的宅斗心机；叶世安因叶家两次被血洗，也有赞成周高朗劫掠东都的黑化部分；周烨因与周高朗的继父子关系、与妻儿两地分居等事件，而心生怨怼；三德赌场的老板杨龙思，也愿意在柳玉茹带走叶世安与叶韵时提供帮助；等等。但这些所谓的"复杂人性"与剧集更大气健朗的整体风格不符，有损剧集人物的鲜明设定，故删除了原著中此类情节。当然，这样的处理需要拿捏，过度美化也会显得有些失真。剧集对原著的价值观进行提炼之后，主要展现年轻官员的少年朝气、蓬勃英姿、广阔抱负。这样的处理使得剧集较为年轻化、偶像化，更贴近当下的快节奏、短视频传播思路。但是人物若过分"白净"和完美，将有碍观众产生更深的思考。剧集在如此改编时应考虑到家国叙事并非"过家家"，或许可以向正剧方向进一步靠拢，合理平衡角色身上的理想主义与时代局限。

总体而言，《长风渡》属于较为成功的古装"落地"言情剧集改编案例。在如今海量"古偶"创作趋于同质化的背景下，如何让这一品类焕发新活力，如何超越小情小爱，提升通俗言情 IP 的格局；面对内容庞杂的超长篇网络文学作品，如何尽可能保存主干剧情、修建支线剧情，将烦琐复杂的原著情节梳理为脉络清晰、篇幅合理的影视作品。上述两点是此类古装言情网络文学 IP 在影视化环节必须认真对待的创作难题。最近几年，无玄幻奇观加持的古装"落地"言情剧集普遍不如古装仙侠剧集热度高，《长风渡》的热播打破了这一局面。与此同时，古装仙侠剧则被吐槽"审美疲劳"。源自言情文学 IP 的古装传奇剧正待开发新路径，《长风渡》提供了一种有效的改编模式。

《田耕纪》：得人得意留主线

摘要：《田耕纪》作为一部巧妙融合宋代田园风光与现代审美的古装轻喜剧，将耕作生活与幽默元素巧妙融合，为观众呈现了一种清新脱俗的观赏体验。该剧对原著《重生小地主》进行了精心的提炼与创新，在保留原著精髓的基础上，力求贴近现代观众的审美需求。该剧的基本改编策略为"保人设、缩情节、添冲突"，这是影视剧改编超长篇网络文学尤其是"升级流"叙事时的常见策略，《重生小地主》作为"种田文"也适用于此策略。作为古装传奇剧赛道中较少见的古装田园生活剧亚类型，《田耕纪》的具体改编经验可供借鉴。

《田耕纪》是一部古装种田轻喜剧，共26集，于2023年10月14日在爱奇艺首播。该剧以宋代田园农耕生活为背景，讲述了男女主人公携手智斗亲戚，种田经营，发家致富，并相知相爱的故事。

该剧首播当日预约人次已突破385万，最高热度值更是达到9000。《田耕纪》成功入选2023爱奇艺世界大会片单，并在2023爱奇艺尖叫之夜的戏剧单元中荣获年度优秀剧集殊荣。根据酷云数据，《田耕纪》全端播放量高达8.15亿次，最高热度峰值达到16931。在全端热度排名中，该剧共有18次荣登前3名，其中更是有12次独占鳌头，位居榜首[1]。此外，

---

[1] 数据来自酷云数娱App，统计时间为2023年11月26日。

猫眼数据亦显示，该剧首日热度便达到了 9010.63，且热度维持在 9000 以上的天数长达 22 天。在 2023 年第 43 周猫眼热度周榜中，《田耕纪》荣登榜首，热度值高达 9792.2；同时，在 2023 年 10 月猫眼网络剧热度月榜中，该剧同样以 9792.2 的热度值占据首位[①]。

《田耕纪》刚开播时好评如潮，但随着后续播出，口碑有所下滑，最终豆瓣网评分为 6.6 分[②]，评价中等。但整体上说，《田耕纪》仍是一部比较成功的改编剧集。前期评价较高，后续乏力的问题，恰好说明了此类"种田文"小说改编的难度。

一、原作的可改编性

（一）改编目标：得人得意留主线，由长变短铸新篇

原著《重生小地主》总字数超过 320 万字，相当于 200 多集电视剧的体量，对当下常规 30 集左右（约 45 万字）的剧集体量来说，需要对原著内容进行大幅度的调整与删减。从改编结果看，1014 章原著内容较完整进入电视剧的只有 36 章。值得注意的是，电视剧的 26 集里还有 7 集为原著未涉及的原创内容，可见尽管原著体量庞大，但并非所有内容都适合剧集呈现，即便书中内容远远"用不完"，剧集仍需要根据影视媒介特质等因素扩写和增添情节。扩写式改编并不局限于短篇文学作品的影视化，在超长篇网络文学改编中同样可以应用。

剧集的具体情节虽然多有更动和添加，但"种田"的主线维持不变，因为这条主线是吸引当下观众——包括小说观众与剧集观众——的文化核心。与此相应，与"种田"主线高度相关的一些重要情节也都予以保留，如分家、开店、婚嫁等重头戏，基本还原了原著，相关台词也大量使用了

[①] 数据来自猫眼专业版 App，统计时间为 2023 年 10 月 31 日。
[②] 豆瓣网数据显示，该剧评分为 6.6 分 /74419 人，数据来自 https://movie.douban.com/subject/35496394/，统计时间为 2023 年 10 月 24 日。

原著中的对话。

对类似游戏升级模式的网络文学而言，情节可以大幅删改和另作，但真正吸引观众的除了选材立意，还有特色鲜明的人物设定。改编目标是要让原著的人设在改编剧原创剧情中继续焕发魅力。因此，《田耕纪》的改编虽然在情节上与原作相去甚远，但人物设定基本还原原著。原著中的核心人物，如连蔓儿、沈六、王幼恒以及连蔓儿的家族成员，包括父母、爷爷、奶奶等，均在电视剧中得到了保留和呈现，体现了电视剧对原著人物设定的尊重。

（二）改编基础

1. 原著的读者基础

原著作家弱颜擅长创作历史、言情、玄幻仙侠等题材的小说，其代表作还有《最妖娆》《锦屏记》《囧囧仙夫》《重生之花好月圆》《深闺》《安乐天下》《瓜田李夏》等，均在起点中文网连载，并在网络文学领域取得了不俗的成绩。不过弱颜的小说 IP 影视剧转化率并不高，作者本人自 2017 年 11 月后便无更新。之前创作的多部作品中，只有《重生小地主》被改编成了电视剧。

原著《重生小地主》全书共 1014 章，番外篇 8 章，共 320.54 万字，连载于起点中文网，主要讲述的是连蔓儿保护家人，并带领全家脚踏实地、勤劳致富，最终过上幸福小康生活的故事。该作品早在 2015 年便获得起点中文网站内 50 万张推荐票，20 万收藏量。[①] 原著中连蔓儿这一人物尤其受到广大读者的喜爱与追捧。

2. 题材创新："种田文 + 轻喜剧"契合治愈系叙事潮流

《重生小地主》是一部描绘男耕女织田园场景的种田文，此题材能够为观众带来清新自然的感受，让乡野田园本身蕴含的朴实与疗愈特质，为

---

① 数据来自起点中文网 https://book.qidian.com/honor/2315207，统计时间为 2023 年 10 月 28 日。

生活在都市中的年轻人提供一个心灵的栖息地。近年，现代剧领域兴起"返乡""田园治愈"叙事潮流，此题材现代剧《去有风的地方》《两个人的小森林》《我好像遇到了救星》等大受欢迎。但古装剧领域还少有此类尝试，《重生小地主》恰好提供了相应的故事蓝本。

改编后的作品《田耕纪》巧妙地融合了农耕和轻松幽默的元素，创造出了一种新颖的轻松风格。它让观众在愉悦轻松的环境中，领略到古代乡村的风情。在描绘古代乡村日常的同时，剧集还巧妙地添加了许多幽默轻松的情节，让原本烦琐糟心的"家长里短"，以诙谐幽默的方式呈现。这样的设计不仅使故事更加吸引观众，也有效地减轻了观众在观看时的紧张感。

3. 叙事新颖：古代生意经 + 游戏任务

"赚钱"是原小说贯穿始终的终极任务，在叙事手法上巧妙地将"游戏种田"的概念融入其中。原著第 81 章"生意经"，连蔓儿带领四个弟弟妹妹将未经加工的花生拿到青阳镇集市出售，通过自己的劳动付出，换取财富。此类情节便于与当下的游戏化叙事风格相结合，呼应年轻目标观众的手游体验。

剧集《田耕纪》将原著中的古代生意经与游戏化叙事相结合，提升了观众的娱乐体验。剧中第 1 集，便出现了要赚取一千两黄金的游戏任务，而且每次完成任务后都有"游戏系统提示"，这种形式强化了观众的参与感，使观众与剧中主人公一同进入游戏世界，共同完成生存挑战。

（三）改编难点

《田耕纪》在针对《重生小地主》的改编上，有一些难点需要攻克。首先，原著中的人物关系较为复杂，个别的人物设置对于剧情推进没有实质作用，反而使主要人物的行为情节不够突出。同时，一些主要角色的身份设定没有逻辑性，如原著中女主人公连蔓儿的年龄设定为 10 岁，10 岁的心智显然是无法处理诸多家庭事务，带领家人做生意的。其次，在情节改编上还要重点关注原著中不符合当代价值观的桥段，原著中的封建陋习、打架混战的部分要再做适当改编。原著是网络文学小说，因其连载的特性，部分故事情节略有拖沓。对此，改编过程中要强化主要矛盾情节冲突，增强剧情的紧凑性，使其更适应电视剧特性。

二、重要改编分析

（一）人物改编策略

1. 删减重构家族成员关系

在连氏家族的人物关系刻画上，电视剧对原著进行了显著的调整与重构。原著中，连家老太爷与周氏共有四子两女，形成了庞大的家族体系。其中，连家大房连守仁有三子一女及一个孙女，二房有二子一女，三房一女名为连叶儿，四房则有两子两女。这样的家族结构详细且复杂，充分展现了连氏家族的庞大与多元。

然而，在电视剧《田耕纪》中，这一家族结构得到了精简。原著中的许多连家子女被删减，连家老太爷和周氏仅有三子一女。剧集将原著中二房的女儿调整为连叶儿，同时将四房的角色整合至三房，形成了新的家族格局。

本剧的核心家庭连蔓儿一家改动最大。《重生小地主》中连蔓儿是连守信和张氏的第三个孩子，另外还有姐姐连枝儿、哥哥五郎以及弟弟七郎三位家庭成员。这种家庭成员设置，让连蔓儿处于上有哥姐、下有弟弟的中间位置。然而，在《田耕纪》中，连蔓儿的家庭关系相对简化明了，仅保留了一个弟弟小七。

通过删减家族成员，电视剧更加聚焦于连蔓儿这一主要角色，使家族内部的矛盾纠葛更加集中突出。这种调整不仅增强了剧情的冲突性和观赏性，也使连蔓儿在家族中的地位和影响力更加凸显。

2. 调整主要角色设定：新身份下的关系重构

（1）连蔓儿

《田耕纪》作为一部爽文剧集，重在体现女主人公连蔓儿升级打怪、带领连氏家族致富的奋斗历程。但原著《重生小地主》创作于2013年，小说的部分内容在当下看来已然"过时"。剧集理应对原著进行适度的现代化处理，以使其更符合当下观众的思维与价值趋向。

原著和电视剧里连蔓儿的年龄设定不同。原著中连蔓儿只有10岁，而《田耕纪》中的女主角连蔓儿是以一个当代大二学生的身份穿越到种田游戏中的。年龄的改编，让剧情的发展冲突更加合理，毕竟以原著10岁的年龄设定，其心智成熟度是无法解决剧中各种冲突困难的。

除了年龄，原著中的大女主人设需要全方位地再次强化。尤其是"女性意识"的展现和"女性独立观"的表达，这是连蔓儿成长蜕变的关键因素。作为一个现代人，在古代如鱼得水，她的成功是源自自身的勤劳与智慧，而非男主人公的助力。剧集这方面的处理稍显不足，仍落于传统偶像剧窠臼之中，连蔓儿次次遇事，都有沈诺和王幼恒的帮忙，忽视了女主人公自我的提升与蜕变。

但连蔓儿善良坚韧的性格特性在剧中得到了保留与发扬。不过剧中的连蔓儿在一些情节中被塑造成了无原则、无底线、原谅一切的形象。依照时下观众的偏好讲，连蔓儿应是一个勇敢坚强、敢爱敢恨的鲜活女性形象，她的行为与决策应体现出一种现代女性的果敢与智慧，否则不符合她从现代回到古代的人物设定。连蔓儿的形象塑造还应融入更多现代女性的色彩，既可以通过她的言行举止来体现，也可以通过她在处理古代社会问题时展现出的现代思维与观念来展现。这样的处理方式有助于拉近观众与角色之间的距离，增强剧集的代入感与吸引力。

（2）沈诺

原著和电视剧中，男主沈诺的身份有所改编。原著中沈六是沈府六公子，而《田耕纪》中沈诺是当朝国舅爷，皇后的弟弟，但都同为名门贵族。剧中第 1 集，连蔓儿在逃跑路上捡到了一个神秘的身负重伤的沈诺，沈诺第 1 集便已出场。而原著则是在第 27 章《美人如玉》中连蔓儿在采野葡萄的路上第一次遇见了沈六。但电视剧与原著相同的是，沈诺一出场都是身负重伤，并皆由连蔓儿解救。此外，原著带有更强的网络文学"升级打怪"色彩，一切情节都围绕连蔓儿的行动展开，而男主人公沈诺的出场较少，重头戏都是在连蔓儿身上。影视剧创作不可能只让人物工具性地完成闯关任务，需要构建更生活化的情感关系，吸引观众融通。因此，剧集大幅增加沈诺与连蔓儿一起种田、携手攻克难关的剧情。

（3）王幼恒

王幼恒在剧中和原著中的篇幅描写差别也很大。剧中第 2 集是王幼恒的第一次出场。连蔓儿去找王幼恒给沈诺治病，这是二人的第一次相见。而原著中王幼恒是在第 16 章《野鸡蛋》的结尾处第一次亮相，连蔓儿和王幼恒的第一次相遇是在村口，连蔓儿穿越后之所以受重伤得以痊愈，也是因为王幼恒和王太医的救治。并且原著中王幼恒年龄设定为十四五岁，是王太医的三儿子。相较下，《田耕纪》的情节更加紧凑，王幼恒的年龄和动机设定更为合理。

原著中有大量连蔓儿与王幼恒的互动，连蔓儿每次需要帮助时，王幼恒都在身边，甚至比连蔓儿和沈六合体亮相的篇幅要大。而剧中的王幼恒是典型的"意难平"男配，他性格细腻、心地善良，一直心甘情愿默默守护连蔓儿，却一直是"小透明"的存在。显然，剧集不似网络小说将王幼恒简单设定为"主角助手"工具人，而是更符合青春偶像剧的人物塑造模式，加强了人物之间的感情羁绊和纠葛。

3. 增加新 CP：连叶儿与十三的甜蜜恋曲

《田耕纪》中除了主线连蔓儿和沈诺的感情线，还着重刻画了一对在原著中并未得到过多笔墨的情侣档——连叶儿与十三。剧中，十三与沈诺一同隐居在连家，由此邂逅了连叶儿。连叶儿是连守义与何氏之女，性格懦弱。在重男轻女的乡下，她的父母对她极为严厉苛刻。她在家族中饱受委屈，每日都为家务操劳，得不到一点怜惜与关爱。

但在遇到十三之后，这一切发生了转变。十三就像一束光一样照进了连叶儿的阴霾人生。每当连叶儿受到欺负或者受到委屈时，十三总是毫不犹豫地站出来，为她提供庇护与支持。这种情感线索的发展，不仅丰富了剧情的层次，也使连叶儿在原生家庭中遭遇的不幸得到了情感上的补偿与化解。

尽管连叶儿从小便未得到家庭的重视与关爱，但这并不代表她不配得到爱。十三与连叶儿的相互救赎，为观众传递了一种积极的信息：即便身处逆境，也不应自卑自弃。这一情感副线的设置，不仅提升了作品的艺术价值，也为观众带来了深刻的情感共鸣与人生启示。

4. 强化反派人物：提升恶人作恶程度

剧集为了增强戏剧性，让反派角色连花儿对连蔓儿的恶意比原著更加夸张，缺乏合理的逻辑支撑，显得"为作恶而作恶"。在剧中，连蔓儿并没有招惹过连花儿，可连花儿处处针对连蔓儿。连花儿嫁入大户人家宋家后，丈夫对她极其疼爱，但她依然与连蔓儿作对，这显然缺乏说服力。

原著中的第105—109章，连蔓儿连夜制作花生是因为武掌柜向她订购了200斤花生，并要求在两天内完成交付。剧中第11集大致依托了原著这段情节，但卖蒜香花生的起因发生了改变。剧情改编为连花儿教唆县令千金整治连蔓儿，导致衙役找到连蔓儿，以未获得经商许可为由，要求其缴纳100两罚金。为了筹集这笔罚金，连蔓儿不得不制作更多的蒜香花生。诸如此类将恶人行径安排给连花儿执行的情况，在剧中比比皆是。连花儿的恶意行为从第1集一直贯穿至第11集，这些行为大部分并非原著内容。反派人物的个性特征刻画得尚可，但恶性动机却欠合理性。连花儿的恶意行为虽能增加剧情的紧张感和冲突性，但也可能导致观众对角色行为产生困惑或不满。

同时，《田耕纪》在人物改编上呈现出一种倾向，即所有被定义为"坏人"的角色，其行为背后都被赋予了某种生硬的解释，以求得到观众的谅解与接纳。这种处理难免显得粗陋。这种改编偏离了现实生活的真实性，负面人物可以进行一定程度的"洗白"，但全面、无差别地为负面角色寻找借口和理由，难免导致观众对剧情的认同感降低，有改编粗糙之嫌。

第17集对连守义归家的剧情进行了大刀阔斧的改编。在原著第252章《连老爷子说分家》中，连守义是自行逃跑后过几天返回的。而在剧中，连家大房卷走了赎连家二房的钱，导致连花儿不得不使用自己的私房钱来补齐，并最终成功救出了二伯。这一改编为连花儿前期的恶行洗白，与前16集中她自私自利的形象形成反差对比。此外，剧中还表明了连花儿原生家庭的无奈，为其恶行提供充分合理的解释。然而，尽管剧集为连花儿构架了变坏的源头，但在观众心中，她之前的恶行仍难以抹去。

而剧中另一个反派连秀儿，起初是和连花儿一样的负面角色。在第6集中，张氏小产的情节被改编为连秀儿和连花儿用柴绳绊倒所致。而连秀儿事后表现出内心的不安，主动向其母周氏说明真相，并求神拜佛寻求心灵慰藉。这样的剧情发展试图为连秀儿的行径找到合理的解释，并将连花儿塑造成了受蛊惑的一方。在剧集后半部分，连秀儿对连花儿的陷害行为感到愤愤不平，虽然她表现出狠毒的一面，但并非罪不可赦。这使得连秀儿这一角色呈现出并非一成不变的负面形象，而是具有悔过之心的复杂人物。

剧集比原著更夸大反派角色的恶意，原创了大量不同于原著的剧情。但结局又刻意导向团圆，不如原著中人物"小恶遭小报"显得自然。尽管连花儿对连蔓儿造成了伤害，但结尾却是一笑泯恩仇的和谐场面；即使在矛盾尚未化解之前，连蔓儿也多次救助了连秀儿和连花儿。这些情节设计显然不符合人性伦理的常规理解。在大结局中，连家大房和二房一家，虽然做了许多坏事，甚至对亲戚造成了致命伤害，却能其乐融融、共聚一堂吃团圆饭，这种合家欢的结局无疑带有一定的讽刺意味。

同时，剧中恶俗的"互撕"情节激起了观众的负面情感，特别是对那些对新颖、富有创意的情节抱有更高期待的书粉来说，这种期待落差是明显直接的。《田耕纪》的主要受众群体为青年人，如今的青年群体具备独立清醒的思维，对于社会现象和恶言恶行有着自己清晰的判断。倘若所谓的"坏人"没有得到应有的惩罚，观众是不认同、不买账的，这就与观众的价值观和情感体验产生疏离，导致观众无法与剧情和角色产生深刻共情。因此，在角色塑造和情节设计上，应更加注重现实性和观众的接受度，以避免因过于理想化的处理而失去观众的共鸣。

（二）情节结构的改编策略

1.重塑人物穿越的世界观背景

在《田耕纪》中，剧集对连蔓儿的穿越背景进行了润色与调整，以更适应电视剧的叙事逻辑要求，以及现代观众的剧集偏好。

剧集中，连蔓儿是因意外通过一款种田游戏从现代穿越至南宋农村。连蔓儿在现代没有钱缴纳学费，只能在游戏中积累资金赚钱。因此，她在宋代的一个小农村开始了属于她的生活挑战。对连蔓儿穿越背景的重新设定关涉到连蔓儿勤恳劳作、踏实肯干的种田态度，穿越元素以做游戏任务的形式彰显，让农活的辛苦之意淡化了许多，同时为剧情增添了幽默诙谐的娱乐效果。

2.改写原著不符合当代价值观的细节

在原著《重生小地主》中，古代封建家庭的卑劣性被赤裸裸地呈现出来。然而在《田耕纪》中，连家人的观念与行为模式相较小说有了全新的改良。诚然，剧中也传递出了封建家庭的些许传统观念，但男尊女卑、重男轻女的思想并未像原著中那样明显强烈。

原著里连蔓儿的父母惯以愚孝的态度对待连家二老。但在剧中，尽管"孝"仍然是古代封建家庭推崇的家庭观，但连守信在面对其母周氏提出的无理要求时，表现出了反抗的迹象。这种改编体现了剧中人物对于封建家族观念的对抗萌芽。例如，剧中第8集增加了原著中没有的情节：周氏试图让连守信休妻，但连守信却意外地提出了分家，这突然的反抗之举流露出他的潜在意识觉醒和"为人夫"的基本良知，使连守信这个原本愚孝的角色变得更有骨气。

另外，剧中对于重男轻女思想的描写也有所削减。在原著中，连老爷子对于连蔓儿被卖的事情并不知情，并明确表示反对，而连蔓儿的父母却是知情者。电视剧则对这一情节进行了改写，连老爷子等人全部知情，相反，连蔓儿的父母却一无所知。连蔓儿的父母对连蔓儿一直爱护有加，这也充分展现了剧集对封建家庭内部权力分层的重新解码。

电视剧还删除了原著中的部分封建陋习和打架混战情节。诸如，原著中给连芽儿裹小脚的桥段，以及古氏和张氏打架导致家族混战的情节都被完全删除。这种改编避免了可能引发观众不适的内容，也平衡了本剧"种田"的主线。

3. 使剧情紧凑强化冲突

相较于原著冗长、稍感无聊的叙事方式，电视剧的剧情则更为紧凑，冲突和转折相对频繁曲折，这使得故事进展更为快速。例如，第1集与原著第2章《卖还是不卖》和第3章《五百两银子》的剧情相比改动很大。剧中连蔓儿被连家大房连守仁以五百两银子的价格卖去孙家，给孙家公子殉葬。而原著开篇是将连蔓儿嫁给孙家当童养媳，并且在第34章《打击》这一章，连蔓儿父母才后知后觉连蔓儿是给孙家殉葬的。电视剧的剧情推进更快，情节更为吸人眼球。

另外，剧中第4集中对连蔓儿挣到第一桶金的描写与原著完全不同。剧中沈诺在悦来酒楼门口摆起了代写书信的摊子，因太帅而生意火爆，和连蔓儿大赚了一笔。而原著的第17章《商机》中，连蔓儿和连家兄弟姐妹一起在山上摘苦姑娘儿，卖给王家药铺，才赚得第一桶金。因电视剧对于原著中很多连家子女有大幅删减，所以电视剧中合力赚钱的桥段主要聚焦到连家四房、沈诺和王幼恒几人身上。这样使连蔓儿、沈诺、王幼恒作为主角的角色魅力更为突出。

又如第 5 集中，连蔓儿为了爹娘不受欺负，和爷爷奶奶分家与原著中的第 37 章《连蔓儿说分家》大致相同，但分家的原因不一样。剧中连蔓儿提议分家的原因是赚的钱都要上交。原著中分家的原因则是连守信和张氏知道连守仁让连蔓儿殉葬的事后，大打出手，连家老爷让连守信和张氏让步。原著比较冗长，因此殉葬的事到 37 章才知道。由此可以看出，电视剧内容紧密，每次遇到冲突的原因都是全新的递进。

同理，剧集第 8 集内容接近原著中的第 53 章《治病》和第 54 章《分家》。原著中是连家四房一家想分家，何氏让老四一家分出去。而剧集安排沈诺和王幼恒施计帮连蔓儿分家，增加了外援。并且大房连守仁、古氏与二房连守义、何氏也都想分家。原著内容不如剧集改动后富有趣味性，剧集在权谋计策的强情节方面更下功夫。

原著对于连秀儿出嫁的描写也和电视剧有很大不同。原著中是郑三老爷家的大公子来接亲，连家人都坐车去郑家吃酒席，婚宴颇具排场。剧中连秀儿出嫁当日，只有媒婆一人来接亲，连秀儿一人前往刘府。等嫁进刘府连秀儿才发现，自己嫁的是已经年近四十的刘老板。她奋力反抗，被刘老板关进了柴房。连秀儿身陷险境，连蔓儿去救小姑，凸显了连蔓儿的善良大度，深刻诠释了本剧"一家人终归是一家人"的主旨。电视剧中的人物虽然没有原著的关系复杂，但剧中的人物之间互为关联，情节设置环环相扣。相反，原著中的人物都是一一出场，基本上没有回环，在关联性和紧凑感方面逊于改编剧。

电视剧后半段的重头戏是连蔓儿的新店铺开张。原著和电视剧对于这一部分的描写是相反的两个极端。原著第 311 章《新铺子开张》中连蔓儿的店铺人马齐全，一开张生意便红红火火。而剧中，连花儿因嫉妒连蔓儿，也开了饭店，和连蔓儿打起了擂台。就在开业当天，连花儿的饭店因为地段优势，加上婆家的名声，生意火爆、热闹非凡，反而连蔓儿的饭店无人问津。电视剧为连蔓儿设置了困难桥段，在困境冲突中才能彰显连蔓儿的勇敢智慧和与家人的齐心。

不过,《田耕纪》在大幅压缩原著篇幅之后,在个别情节分配上存在过于拥挤的问题。单集包含的内容过多,倘若能明确地讲述每一个故事则无碍全剧。但实际是,一个故事尚未讲述明白,便匆忙进入下一个情节,导致情节之间的衔接生硬且不流畅。

以第 17 集为例,连守仁当官是很重要的情节转场,但处理得较为草率。在原著的第 369—371 章中,连守仁上任的情节是被详细展开讲述的,如连家人对连守仁是否能稳住官职的隐忧、连老爷子和周氏是否应随行的争论,还有连蔓儿和连守信积极参与并合力劝说的情节都一一刻画入微。而连家大房则巧妙地以为连秀儿张罗婚事为由,让周氏劝说连老爷子都留在老宅,自己独自前往。然而,最终连老爷子、周氏、连家二房以及连秀儿一同前往。

相较下,剧中对于连家老大上任的改编较为简洁,删除了家庭讨论的细节。剧中,仅有连家二房希望随行,连家四房完全没有参与谁应跟着去镇上的讨论,家庭冲突并不激烈。这种改编弱化了原著中连氏家族人人为己的精密"小算盘",没有展现出原著的戏剧冲突。

4. 感情线升级

原著中,剧情围绕女主人公展开,感情线着墨不多。剧集改编尽量让感情线接近偶像剧风格,格外加强了连蔓儿与沈诺的合作关系与情感交流。例如,剧集采用原创情节的办法来加深连蔓儿与沈诺的关系。剧中第 2 集沈诺和连蔓儿假借情深义重,怀了孩子,戳破了大伯连守仁收了孙家五百两银子的阴谋。连蔓儿由此成功逃脱了卖身,后又以张氏外甥的名义留在了连家。而原著中连蔓儿和沈诺第一次遇见后,便分开了。《田耕纪》里一半的内容是连蔓儿和沈诺携手共渡难关的桥段,而《重生小地主》中所解决的困难情节几乎是连蔓儿一人的智慧。

沈诺与连蔓儿的感情萌芽是在第 3 集。沈诺和连蔓儿计划被孙家绑走,让连家人亲眼看见连蔓儿被殉葬。之后沈诺赶到火场,联合王幼恒让乞丐假扮衙役,合力解救了连蔓儿。英雄救美的桥段让连蔓儿对沈诺动心的同时，增强了剧集的戏剧张力。

剧中第 3 集向王老金借高利贷还孙家钱的情节与原著中第 4 章《钱要找谁借》和第 5 章的"高利贷—契约"情节相似。在原著中，是连蔓儿自己主动鼓动亲戚，要求由连花儿签字据。而剧中则由沈诺提醒连蔓儿，以谁的名义借高利贷很重要。类似这种改动让蔓儿的每一次重大决定都有沈诺的参与，体现了沈诺的智慧果敢。

第 12 集连蔓儿决定酿葡萄酒的情节与原著中的第 58 章《酿酒》相似。原著中是连蔓儿带着连家的孩子们上山采野葡萄、酿酒，剧中则是连蔓儿在王幼恒家里看见葡萄酒，才受到了启发，并且和沈诺一起上山采葡萄。这样的改编依旧要着力描写连蔓儿和沈诺的共同成长与陪伴。

同时，《田耕纪》中连蔓儿、沈诺以及王幼恒三人的感情线暗潮汹涌。中秋佳节，村里举办踏歌活动，王幼恒邀连蔓儿一起跳舞，却屡失良机。他警告沈诺办完事赶紧走，沈诺却不想走，沈诺和王幼恒的情敌关系初现。此类与情感纠葛相关的戏剧性场景并未出现原著中，能够看出电视剧向青春偶像剧类型靠拢的努力，且收到了较好的效果。

不过，剧中沈诺对连蔓儿的感情始源稍显模糊。由于剧集篇幅有限，二人的感情线索要迅速铺陈，导致感情线的展开不够成熟。例如，剧中第 5 集，连蔓儿和沈诺因对视而心动。两人正值情窦初开的年纪，这样的情感萌动尚属合理。而后二人感情迅速升温，发展节奏显得过快，这在一定程度上削弱了感情线的连贯性与情感的浓度。

相对沈诺对连蔓儿突如其来的情感，连蔓儿对沈诺的情感迸发显得更符合逻辑常理。沈诺多次的英雄救美行为以及关键时刻的无私帮助，为连蔓儿产生倾慕之情提供了充分的缘由。然而从剧集分配上看，二人的感情线索在剧中占有近五分之一的比重，其中几集剧情，近乎都是连蔓儿和沈诺的感情戏。

5. 对结局的游戏化改写

在原著的终结篇中，女主连蔓儿与男主沈六最终有情人终成眷属。之后的番外篇中，还讲述了夫妻二人婚后生儿育女的幸福生活。连蔓儿对于养育子女事事亲力亲为，作为父亲的沈六，也给予细腻的陪伴与支持。这些情节生动地展现了二人之间对于彼此的珍惜与相互尊重，全书完结，圆满收尾。这从侧面印证了连蔓儿的故事至此终结。

在《田耕纪》中，连蔓儿在处理好家族事务之后，内心与连家人一一告别，返回到了现实世界。令人惊喜的是，在最后一集的结尾处，连蔓儿又回到了种田游戏中。同时，原本不辞而别的沈诺也再次出现，找到连蔓儿后邀请她一同前往良阳县。这样的结局为将要解锁的新游戏任务埋下了悬念，也为下一季是否会上映埋下了新奇伏笔。结局未落绝笔是一种巧妙的结局写法，这会为未来的剧情发展留下了广阔的写作空间。

三、改编反思

（一）改编之得

《田耕纪》将叙述重心放在女主人公完成"挣一千两黄金"的任务上，加入了现代元素，创新值得肯定。为了让相对日常化的田园生活更富趣味，避免节奏拖沓，该剧在剧作风格方面强化喜剧色彩，剧中人物的诙谐台词与夸张行为塑造了一系列生动鲜活的角色，使观众得到更加放松愉悦的体验感。此外，幽默诙谐的表现手法能够适量减缓角色错误行为带来的负面观感，使其所做的错事变得不那么可恶，惹人憎恨。

在影视媒介对文学媒介的视听转化方面，《田耕纪》的视听语言充分体现了古代田耕生活之美，视觉色彩治愈，服饰细节吸睛。

该剧在描摹田园生活方面追求唯美，许多丰收的场景镜头融入了独特的美学元素。例如，剧中连蔓儿一家一起制作蒜香花生的情节，不仅传递了花生的制作知识，还流露出治愈生活之气。可以看出，该剧意在追求古代农村的原始风貌，从构建细腻的情境出发，打造出真实可感的古代农民生活美卷，增强了受众的沉浸式体验，使受众感受到田耕生活之趣。

从美学角度上说,《田耕纪》的改编创新充分考虑到当代观众对于审美的需求,特别是在服装的细节设计上完美复制了宋代服饰。像剧中连蔓儿的服饰装扮,朴素又不失活泼之感。同时,画面更加精美和吸引人,也有效地拉近了现代与古代的距离,观众可以在欣赏剧情的同时,感受到宋式风情的魅力。这部种田剧还十分注重美学风格的营造,特别是对颜色的创作运用,如"黄""绿"等具有冲击力的色彩,构建出具有视觉吸引力的田园景观。

(二)改编争议

"种田文"在网络文学领域是一个风格较为固定的亚类型,但改编为影视剧的数量并不多,成功案例更少。这主要因为其过于松散的日常剧情,与主流影视剧强情节模式差异较大。且最理想的状态应当是提升此类作品的文化价值,而非仅仅停留在类似种田手游的升级养成乐趣上。

许多"种田文"篇幅过长,需要精炼。《田耕纪》对《重生小地主》的改编方式较为特别,是提炼原著人设、精选少量典型情节之后的重新扩写,在目前同文类改编中算是较成功的尝试。

令人遗憾的是,尽管该剧刚播出之时令人耳目一新,评分颇高,但随着剧情推进,种田情节逐渐被宅斗情节取代,让观众产生了"货不对板"的印象。该剧家庭内斗情节占比较大,但其宅斗改编却未达到《知否》般的高水准。相反,该剧宅斗情节多是琐碎、繁杂的鸡毛蒜皮,缺乏充满哲理的智谋元素,普通农家背景难以书写封建权贵家庭的高智商内斗,导致冗繁的剧情过多,还原原著中种田主线的剧情不足,冲淡了"种田剧"特色元素的吸引力。

在改编过程中,创作者应当在尊重原著的基本设定和情节框架的基础上,深入挖掘独特的文化内涵与价值观。种田题材的核心内涵应在于真实再现田野生活以及体现农耕文化的深厚精髓。无论是书粉还是观众,关注点都在于如何将传统意义上的种田转化为影视。因此应主要讲述人物通过努力奋斗、保卫领地、扩展势力,最终实现发家致富的励志故事。

要真正挖掘种田题材的魅力，理应囊括普及农耕知识的内容，如种地技巧、农具使用、农产品买卖以及生意经营之道等。改编时应将这些方面作为核心内容加以深加工。此外，过于琐碎复杂的家庭纷争情节应适当删减，以突出主线剧情。感情线的设置可以巧妙融合其中，但需减轻在整体剧情中的戏份占比，避免喧宾夺主，确保故事的连贯性和紧凑性。

满足书迷脑海中从文字走向现实的期待，是文学IP改编时要重点考虑的要素。电视剧作为一种大众文化产品，受众群体不仅是原著书迷，还有普通观众。要想不让老粉失望的同时吸纳新粉，达到口碑与收视双丰收，就要在尊重原著精神与满足观众情感需求之间找平衡点。总的来说，《田耕纪》为未来更多欲尝试"种田剧"的创作提供了一定的经验与教训。

第四部分　动漫 IP 的剧集改编

《异人之下》：打破次元的东方玄幻

摘要：漫改剧《异人之下》改编自人气国漫《一人之下》，剧集采用分季的方式对这部体量庞大的现代东方玄幻漫画进行影视化呈现。相较漫画而言，剧集的改编目标在于明确本季主线，完善戏剧结构。人物是作品的灵魂，《异人之下》优化了漫画中的角色形象，有利于增强观众共情；强化了人物关系，有利于建立角色之间的羁绊。结构是作品的骨架，《异人之下》进行了情节结构的调整，前置漫画谜底，建构起逻辑闭环，使得作品更具有完整性。在视听呈现上，《异人之下》重视从漫画到影视的视觉差异问题，采用落地化的形式进行人物造型设计，在技能特效呈现上尽可能贴近原作。此外，《异人之下》还对漫画中可能涉及观众"雷区"的内容进行了删改，并且对故事的整体气质进行了调整。从播出成绩来看，《异人之下》是漫改剧中较为成功的案例，其改编经验值得创作者学习借鉴。

真人漫改剧集《异人之下》改编自漫画家米二创作的漫画《一人之下》。该剧由著名电影导演许宏宇执导，蒋峰、陈仕澍（联合）、王子旋（联合）编剧，彭昱畅、侯明昊、王影璐主演。该剧少见地打破了男频漫改剧"必扑"的魔咒，成为年度剧集创新赛道上的亮眼黑马，在播期间全网累计有效播放量为 6.86 亿次，全网最高热度为 9634.3，总曝光 150.2 亿，总转评赞 1565.2 万，28 次成为优酷热度日冠，2 次成为猫眼剧集热度总榜日冠，2 次成为猫眼网络剧热度榜日冠。[1] 更难得的是该剧口碑甚佳，获得原著漫画迷肯定，并吸引了一批没有看过漫画的剧迷，豆瓣网评分 8.1 分[2]，进入年度国产剧高分剧集之列。不同于美国、日本等真人漫改影视剧大国，中国在动漫 IP 产业链转化方面的经验仍有待积累，漫改剧《异人之下》提供了许多宝贵的经验。

一、原作的可改编性

（一）改编目标：明确本季主线，完善戏剧结构

《异人之下》建立了完整的戏剧结构，明确了第一季的故事主线，把戏剧矛盾集中在故事主线之上。漫画信息量庞大，故事内容既包含张楚岚对爷爷死亡、爸爸失踪的迷思，也有对未知的异人世界、异人力量的探索。漫画的铺叙方式建构了宏大的异人世界，让读者的想象力在其中驰骋，身临其境般体验异人世界的神奇，以及张楚岚初次接触到"同类"时心理渐进的过程。漫画读者在"追更"当中可以逐步与故事人物建立情感关系，能够接受这种娓娓道来的故事展开形式。但是，在影视化中，这种铺叙方式形成了一个问题，即故事结构松散、剧情节奏慢，难以在海量影视剧中脱颖而出，抓住观众的注意力。为了解决这个问题，《异人之下》选择以张楚岚爷爷张怀义（化名张锡林）之死为切入点，以爷孙情感羁绊为动机，把张怀义之死与甲申之乱的秘密挂钩，使得主角张楚岚获得明确的行动任务——"解开甲申之乱的秘密"，从而突出了剧情主线，让没有看过漫画的观众也能快速理解剧情。为了达成这一目的，《异人之下》增加了一些张楚岚爷孙相处的原创剧情，如张怀义炖猪肘给张楚岚等，这些细节并非来自原著。

基于这一目标，编剧小范围调整了剧情时间线，让剧情展开更完整。

---

[1] 数据来自猫眼专业版 App，统计时间为 2024 年 2 月 15 日。
[2] 豆瓣网数据显示，该剧评分为 8.1 分 /130498 人，数据来自 https://movie.douban.com/subject/26853822/，统计时间为 2024 年 2 月 15 日。

在漫画中，罗天大醮及王也保护家人的剧情结束后，紧接着是碧游村中八奇技之一神机百炼现世的章节，碧游村剧情结束后才交代张天师绞杀全性，为田晋中报仇的剧情。编剧把碧游村剧情后置（根据结局暗示可能在第二季展开此剧情），在罗天大醮田晋中遇害后接上张天师复仇的剧情，逻辑上更为顺畅，建构起事件的完整性。此外，编剧让本来在碧游村剧情中才出场的临时工二壮提前出场，一方面以其形象猎奇性吸引观众眼球，另一方面为第二季做铺垫。

（二）改编基础

漫画《一人之下》由米二创作，从2015年2月26日连载至今，连载平台为腾讯动漫。米二过往作品有《九九八十一》《冰火魔厨》《大爱PROJECT》等，《一人之下》是其最具代表性的作品。《一人之下》被称为"国漫之光"，腾讯动漫评分9.8分，被收录入腾讯动漫名品堂。由其改编的同名动画曾被人民日报海外版文章高度评价，被称为"'中国风'元素动画中的佼佼者"[①]。

截至2023年底，《一人之下》漫画已更新到697话，体量庞大。网络剧采取分季改编的方式，《异人之下》第一季（27集）于2023年8月4日在优酷播出。主要剧情改编自《冯宝宝》《罗天大醮》《入世》等章节，并将部分漫画后期内容前置放入剧情线，前置内容包括冯宝宝身世、张灵玉下山与吕家秘辛等。总体而言，《异人之下》基本按照原漫画时间线进行改编，并基于原漫画剧情发展的可能，为剧版创作了结局。《异人之下》第二季正在拍摄中，按照第一季结局中墙上陈朵与冯宝宝的双人海报暗示，应该会继续按照原漫画剧情线改编。

（三）改编难点

原作作为连载式漫画，在一定程度上存在关键戏剧点分散的问题；同

[①] 王亚南，李彬．风劲扬帆海天阔：看动漫产业发展之路［N］．人民日报海外版，2017-11-24（09）．

时，在建构人物群像的过程中，原作无意中分散了第一主角张楚岚身上的人物高光，使核心矛盾与第一主角的关联性减弱。在漫画当中，虽然甲申之乱与张怀义的死亡有关，但张楚岚一行人追寻甲申之乱的秘密不只是为了查明张怀义的死亡真相，更多是为了解开长生不老的冯宝宝的身世之谜，以及避免甲申之乱重演。漫画作者在创作时赋予了冯宝宝大量人物高光与人物悬念，使冯宝宝成为整个故事的灵魂人物。然而，故事的主角却是张楚岚。这带给影视改编一个问题：主角主动性缺失，行为依赖于其他人物的推动，当观众注意力跟随主角视角时，可能会不知所云。因此，《异人之下》通过赋予张楚岚明确行动任务的方式，优化了这一问题。

二、重要改编分析

（一）人物关系的改编策略

《异人之下》各人物之间的关系如图 18 所示。

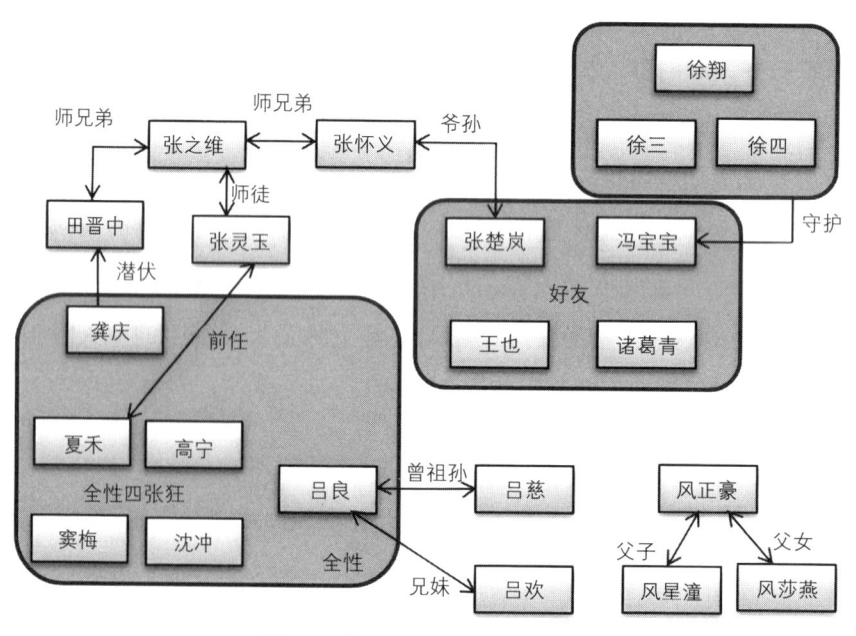

图 18 《异人之下》人物关系图

1. 优化人物形象，培养观众共情

漫画《一人之下》吸引读者的亮点在于性格迥异、层次丰富的人物群像。《异人之下》的改编抓住了人设亮点，在保留原著角色核心特色的基础上进行调整。例如，为主要角色设计了比原著更精彩的出场段落。原著中人物出现较随意，剧集则力求让每个重要角色出场自带高光，加深观众印象。剧集删除了一些不适合通过影视媒介广泛传播的细节，从整体上优化了人物形象。有明显改编痕迹的人物包括张楚岚、冯宝宝、王也、张灵玉、诸葛青、徐翔等。

（1）张楚岚

剧集没有大幅度变动第一主人公张楚岚的人设，只在其隐忍程度上稍做调整。在漫画中，作者为了呈现张楚岚外表与内心的反差，突出其后期能力之强、城府之深，在故事前期将张楚岚塑造得过于草根化，甚至显得太粗鄙。影视剧媒介与文学或漫画不同，真人演绎会更加放大角色身上的特质，第一印象更加重要，因此剧集改编时去掉了很多原著中"恶趣味"的情节。

张楚岚的出场情境是为获奖的学长铺红毯，学长从其头上越过。这个剧情既保留了张楚岚隐忍的性格呈现与社交地位低的处境体现，也避开了原作中一些不适合真人影视演绎呈现的细节。

另外，编剧还增加细节表现角色在身心两方面的隐忍，强调角色有坚定毅力。例如，张楚岚在爷爷的教导下，学会了在冲动时用橡皮筋狠弹自己，提醒自己要克制。皮筋这一细节也为张楚岚后期爆发埋下伏笔，暗示观众张楚岚并非像表面上那样懦弱无能。原作中冯宝宝试探张楚岚时，张楚岚随即出手。而在剧集中，张楚岚第一次在众人面前出手是在张灵玉下山试探张楚岚实力时。其技能为金光咒与阳五雷，外表窝囊的平凡小子突现绝技，更添戏剧性。

如此改编把张楚岚的人设变得更为讨喜，弱化了男频叙事中过于泛滥的传统男性气概，更容易被更广大范围的观众接受。对该角色改编效果不满意的负面评价不多，少数观众认为因演员彭昱畅的外形气质颇为憨厚，把张楚岚呈现得过于傻气，没有表现出张楚岚胸有城府的一面。

（2）冯宝宝

女主人公冯宝宝在漫画中一出场即在墓地里被张楚岚发现"掘墓"，随之展开了一番打斗。编剧在此剧情之前，增加了白天时冯宝宝开拖拉机出现，并以机器人式语气和张楚岚"寒暄"的剧情。相对于漫画出场展现冯宝宝高超的武力值，新增的剧情更立体化地展现了冯宝宝的特点，即其情志有别于常人，可能隐藏着特殊的身世。

剧集对该角色改动不大，观众对该角色的评论多聚焦于演员王影璐的演技。初时选角有争议，部分观众认为王影璐双目无神，演技僵硬如同机器人。但随着剧集的播出，好评渐增，一些观众认为其表演贴合人物性格。另外，在原设中冯宝宝常用四川方言，王影璐亦是四川人，在口音演绎上较为契合。

（3）王也

该角色改动不大，编剧仅把一些漫画后期才出现的童年回忆提前呈现。演员侯明昊对该角色的演绎较为贴切，好评居多。

王也在漫画中出场是在道观打瞌睡，剧中则新增了王也撑着粉红色的伞在雨中奔跑的场景。在世俗眼光中，男性使用粉红色的物品是有悖于性别特征的，但王也却不在意这些东西。漫画中王也的出场固然也能呈现其部分随性的特质，但剧版的改编则进一步展现了王也超脱世俗、专注本心的性格内核。此外，剧中增加了风星潼代表天下会拉拢王也，为王也订头等舱，却被王也家的私人飞机"打脸"的剧情，强化了王也家世显赫的特点。此外，剧集中王也出场的时间点相较漫画更为提前。漫画中王也在罗天大醮时才出场，剧集中相当于增加了王也视角，展现了王也参加罗天大醮前的机遇。基于漫画中王也是人气角色，这一改编一定程度上是出于市场的考量，同时也是一种前置亮点、吸引观众的手段。

剧集进一步加强了该角色的魅力，王也作为配角，不仅多次登上猫眼与酷云的角色热度排行榜，且热度一直高于男女主角。其原因有三：第一，王也在原作中已是人气角色，自然会吸引观众的关注；第二，剧集中没有对王也人设进行大改，相关情节基本按照原作进行；第三，演员演绎贴脸，得到观众认可，且演员颜值对角色有一定加成。

（4）张灵玉

张灵玉在原作中也是人气角色，漫画中其出场是下山与张楚岚开战，代天师试探张楚岚的能力。由于张灵玉与天下会派出的人同时出场，且任务都是试探张楚岚的实力，因而没有呈现出人物之间的区分度，初看时易让读者产生功能重叠的累赘之感，亦难以让观众迅速了解到张灵玉这一人物是与主角团、主线剧情有紧密关系的关键角色。在剧版中，编剧增加了张灵玉在山中练功的场景，抓住张灵玉"仙气飘飘"这一特点，让张灵玉在与张楚岚对战前有"立人物"的阶段，给观众留下印象，从而把其人设与其他和张楚岚对战的人区别开来，也为后续展开张灵玉个人剧情进行铺垫。

不过改编后的张灵玉在观众中收获的反馈不佳，不满之处主要聚焦在假发质量以及演员的演技上。张灵玉角色的演绎难点在于其人设为清冷闷骚，面对师兄弟时温润如玉，只有面对张楚岚时才会冷脸。若对人物心理拿捏不当，容易出现"面瘫式"演绎，丢失了其在门派中谦谦君子的一面。

（5）诸葛青

诸葛青是主角团中人设变动较大的角色。首先，漫画中明确指出诸葛青是三国时期诸葛亮的后人，剧集把这个设定进行了模糊化处理。其次，漫画中没有强调诸葛青的世俗职业，只有部分剧情提及诸葛青曾是个不知名小演员，因为拒绝潜规则和导演大打出手，后被雪藏。剧集则强调了诸葛青是人气偶像，受粉丝追捧，热衷和粉丝互动。最后，是关于诸葛青的性格处理。漫画中诸葛青属于个性十分突出的角色，其外表玩世不恭，在两性关系中较为风流，在待人处事中聪明狡猾，曾用自己的异能偷听别人的八卦，被好友王也备注为"诸葛狐狸"。诸葛青大部分的时候是"眯眯眼"的形象，只有在认真时，如和王也对战时，才会睁开眼睛。观众对剧版诸葛青的争议聚焦在演员没有表演出狐狸般狡猾的气质，且由于演员眼睛较大，反而显得十分正直阳光。从演员采访中可以看出，导演与演员有关注到诸葛青"眯眯眼"这一人物形象，把其理解为诸葛青的人格面具。捕捉到原作中诸葛青表面与内心的反差，在理论层面是有把握住人物的。但在最终的表演中，这一点并没有很好地呈现，观众对此反馈不佳。

诸葛青的人物出场也有改编，但改编效果不如漫画效果，甚至一定程度上削减了角色魅力。在原作中，诸葛青戏份不算多，与主角张楚岚的直接联系集中在帮王也保护家人的剧情中，但此角色是一个人气角色。在漫画中，诸葛青出场是与其弟诸葛白乘飞机，并展开关于诸葛家实力的对话。这段剧情一方面展现了人物的家族背景，另一方面构建了兄弟关系，赋予了诸葛青作为"家族长男"的责任感，为其在比武中呈现对自家绝学的认同感以及认同坍塌后的反应做出铺垫。剧中则增加了诸葛青作为大明星被举着应援物料的粉丝们围堵接机的剧情，此场景作为诸葛青的出场，将原作出场剧情后置。诚然能理解，此段剧情的戏剧目的在于展现诸葛青的角色魅力，特别是在两性关系中的魅力，用以代替诸葛青可能涉及部分观众道德雷区的剧情。然而问题在于，其一，人物出场应展现人物最重要的特质，而诸葛青最重要的人物特质并非其两性魅力。所谓"全漫颜巅"，只是诸葛青的外在属性。其二，即使编剧想要展现诸葛青的两性魅力，单单设置一群粉丝接机的剧情对实现此目的而言略显单薄。其三，如此设置直接改变了诸葛青的人设。从漫画中因拒绝潜规则而被雪藏的十八线小演员，变成剧中众人追捧的大明星，减轻了人物压力，削弱了人物的厚重感。

（6）徐翔

徐翔在漫画中出场时已是躺在病床上的弥留之际，剧中则改为在张楚岚初入"哪都通"快递公司时出场。编剧把徐四部分剧情转移到徐翔身上，让徐翔为张楚岚介绍公司业务。如此改编让徐翔这一对冯宝宝有关键影响的人物与主角团有更深的羁绊关系，亦留出更多时间培养观众与人物的情感，让观众在观看徐翔弥留之际回忆的剧情时更能代入和共情。但是，这一改编引发了一些问题，如徐翔这一人物在原作中不参与后续剧情，编剧需要让他在合适的时候"下线"。剧集中，徐翔在罗天大醮期间被伪装成全性门徒，最终被刺杀而死，这种死亡方式对一个大区负责人而言略显草率，因而引发了一些观众的不满。在这点上，剧集的改编仍有进步空间。

除了上述主要角色，剧集还前置了部分角色的戏份，如反派吕良、端木瑛等。原著故事人物众多，以连载方式分散出现尚可，剧集需要让反派的阻力更早更集中地出现，加强戏剧性。

2. 强化人物关系，建立人物羁绊

《异人之下》重视构建人物关系，通过新增剧情的方式强调人物之间的羁绊与连接。

第一，最明显被强化的是张楚岚与张怀义的爷孙感情。在漫画中，张楚岚的回忆里，爷爷张怀义和爸爸张予德往往是共同出场的。在爷爷去世之前，爸爸并没有失踪，因此张楚岚童年时是由爷爷和爸爸共同抚养的。在剧中，爸爸失踪的时间点被提前了，在相当长的一段时间里，张楚岚是被爷爷单独抚养长大的，爷孙俩有许多独处的回忆。无论是张怀义为张楚岚煮猪肘子的温馨回忆，还是张怀义逼张楚岚练功、斥责张楚岚打架的成长阵痛历程，都是爷孙二人的单独回忆。从三人相处改成两人独处，张楚岚与张怀义之间产生了一种类似于相依为命的深刻联系，相比漫画而言有了更为强烈的爷孙羁绊。

第二，编剧往往在重要角色出场后，增加剧情以说明此角色与主角的关系，让剧情围绕在主角周边展开。

在王也出场后，编剧增加了王也在等车时被拉入内景，看到走火入魔的张楚岚这一段剧情。这段剧情暗示了王也在之后的剧情展开中一定会和张楚岚有交集，并在一定程度上背负着把张楚岚从错误的方向上拉回来的任务。这段剧情之后，编剧还增加了王也向师门前辈请教如此情况的剧情，用以承上启下。此外，编剧还在王也和张楚岚初遇时，增加了一段张楚岚尿急找厕所，在洗手间遇到王也，两人互相打量，张楚岚在王也身上擦手的剧情。相对前面的改编而言，这段改编显得有些莫名其妙，既没建立起两人之间的独特关系，也有些许低俗化的倾向，十分没有必要。

张灵玉出场后，编剧增加了其与老天师对话的剧情，揭示了张楚岚与天师道的关系，并交代了张灵玉要去试探张楚岚的任务。这段剧情把张楚岚和天师道关联起来，为后续剧情中张楚岚前往龙浒山找寻甲申之乱的真相做铺垫。

诸葛青出场后，编剧增加了其在机场与张楚岚不小心撞到，并以为张楚岚是其粉丝，给张楚岚签名的剧情。和张楚岚与王也洗手间相遇的剧情类似，这段剧情像是为建立人物关系而建立人物关系，并没有表现出两人之间的羁绊。此外，这段剧情更是让诸葛青偏离了人物本身性格。按照漫画人设，诸葛青并非如此自恋之人。因此，这一改编稍显多余。

第三，编剧强化了男女配角之间的感情线。在漫画中，张灵玉与夏禾有旧情，后张灵玉下山，但并没有明确指出两人复合。在剧中，编剧增加了张灵玉前往当年失约的酒吧与夏禾相见，以及两人一起参加座谈会、一起集合在张楚岚家门前的剧情，使两人的感情发展更为明朗。此外，编剧强化了陆玲珑和藏龙的感情线。在漫画中，藏龙是陆玲珑的追求者，但陆玲珑并没有给予明确的反馈，两人之间也没什么相处的剧情。在剧中，编剧把陆玲珑和枳瑾花遭到全性门徒攻击的剧情改为陆玲珑和藏龙被全性门徒攻击，藏龙舍身保护陆玲珑。这一改编深化了藏龙对陆玲珑的喜爱，在两人之间建构起明确的情感连接。

第四，编剧试图建构热血群像。漫画的罗天大醮剧情中，张楚岚和唐门的唐文龙剑拔弩张，甚至可以说正因为对手是唐门的人，张楚岚心怀对唐门的怨恨，所以才会一改以往隐忍的行事风格，对对手竭力出招。在剧中，编剧增加了张楚岚主动和唐文龙握手的情节，并称"上一代的恩怨不要影响下一代"，稀释了两人之间的冲突。在罗天大醮开始前，编剧增加了新一代异人意气风发、昂扬入场的场面。可以看出，编剧试图让新一代异人成为一个团结的集体，为该剧增添"热血番"的气质。然而，冲突是戏剧的重要组成部分，过于稀释冲突未免带给观众一种粉饰太平的虚幻之感，反而削弱了作品的深度。张楚岚与唐门的恩怨事关八奇技之一炁体源流，能称得上是整个故事的核心动力之一，将此戏剧矛盾按下去塑造热血群像，未免有抓住次要矛盾、忽视主要矛盾之感。

（二）情节结构改编策略：前置漫画谜底，建构逻辑闭环

《异人之下》的情节结构方面，最重要的改编策略是前置了大量在漫画后期才揭示的"谜底"，并基于漫画的走向，推演出部分漫画未揭示的谜底。首先，关于冯宝宝的身世，漫画在后期才予以揭示，前期一直作为悬念牵引读者的阅读兴趣。编剧则改编为在第一季中即揭示冯宝宝是全性掌门、三十六贼之首无根生的女儿。其次，吕家"明魂术"的秘辛、吕良与妹妹吕欢的过往，在漫画中都是较后出现的剧情，剧中则提前到了罗天大醮之后，把漫画中碧游村的剧情往后推，先讲述吕家的剧情。最后，剧中有一处重要的改编，即把双全手拥有者端木瑛设置为本季最大的敌人。她杀死吕良的妹妹吕欢，嫁祸于吕良，并以吕欢的身体存活于世。在最后一集，端木瑛对冯宝宝心怀嫉妒，试图杀死冯宝宝。其嫉妒的原因是，无根生召集八奇技拥有者让冯宝宝死而复生，却没有派人在吕家地窖里救回自己。这段往事也牵扯出了冯宝宝失忆的原因，因为负责修复记忆的端木瑛不在冯宝宝复活的现场，因此冯宝宝的记忆并没有随躯体一起复生。这一项改编被漫画粉丝称为"填坑"，即回答了一部分漫画没有回答的问题。从漫画给出的信息以及漫画评论区读者们的讨论可见，此改编并非无中生有，在本剧播放之前，亦有网友猜测吕欢是被端木瑛杀死，冯宝宝是被八奇技创造出来的人等。由此，漫画留下的诸多谜团在剧中实现了逻辑闭环，给予了观众心理满足感。

对于这一改编的利弊，可以借用美国导演希区柯克对悬念技巧的观点予以分析。希区柯克曾举例，假若四个人围坐在桌子旁谈话，桌子下有一颗将在五分钟内爆炸的炸弹，如果你事先将这一信息告知观众，你的预告就会形成有力的悬念，让观众密切关注这一谈话场面。反之，观众不知道这一信息，四人谈话五分钟后炸弹爆炸，人被炸成碎片，观众只会获得十秒的震惊，而感到前面谈话的场面十分枯燥。由此可见，谜底前置非但不会影响观众兴致，反而会吸引观众关注事态变化。《异人之下》的改编恰恰契合希区柯克的悬疑理念。在得知冯宝宝的身世真相与吕家秘辛后，观众并不会丧失对主角团及异人世界的兴趣，反而会更加期待拥有如此复杂背景的人物，在接下来的挑战中会如何行事。反之，如果按照漫画时间线，第一季不告知观众冯宝宝的身世与吕家秘辛，则可能会让观众在一头雾水中结束观影，内心难以产生满足感。

（三）细节改编策略：对漫画中小众亚文化元素的改造

1. 规避观众审美"雷区"

《一人之下》本是在网络上连载的漫画，相较于网络环境，影视环境更为规范，一些能够出现在网络上的情节，在影视中不能出现，或如果出现，容易引发观众的负面舆论或导致剧集下架。就文化审美而言，《一人之下》中的一些情节显现出低俗化倾向，搬到荧幕上可能引发观众不适。例如，漫画中冯宝宝帮张楚岚破除心魔、静心练功的情节。该情节不仅低俗，还有诲淫之嫌，因此，剧中改为冯宝宝叫来徐四的美女朋友们，和张楚岚开派对。但是，这一改编引发了一个问题，即在漫画中，冯宝宝的行为让张楚岚感觉受到侮辱，两人关系破裂，这里是一个重要的情绪爆发点。剧集如此改编后，张楚岚生气的点变成了冯宝宝对外宣传张楚岚是留洋富家子，而张楚岚本人是一个落魄大学生。这一冲突太薄弱，不足以累积出让两人关系破裂的负面情绪，因而使两人决裂、张楚岚投奔天下会的剧情稍显突兀。

除了规避低俗化倾向，编剧还规避了一些伦理矛盾。在漫画中，夏禾用媚术魅惑了胡林、胡杰父子，并让这对父子为了争夺自己而自相残杀，最终儿子胡杰杀死父亲胡林。编剧把胡林、胡杰改编成兄弟关系，一定程度上减轻了伦理冲突，让观众能够接受后续剧情中夏禾加入正派阵营。

涉及封建迷信倾向的情节设定亦是编剧关注的改编点。在剧中，柳妍妍的身份被改成了湘西傀儡师后裔，其操纵之物变成夹着发夹的可爱傀儡，武器是粉色的遥控器。诚然能够理解编剧对触碰观众审美"雷区"的顾虑，但操纵之物改成可爱傀儡在一定程度上削弱了正反派对决的紧张感与反派的神秘感，甚至让剧集的气质变得低龄化。

2. 作品气质微妙调整

从整个作品的改编痕迹入手，能够看出编剧主打塑造人物和人物关系，以人物魅力与人物羁绊吸引观众的兴趣。这一改编思路符合剧作要求，亦符合漫画亮点，总体上呈现出的是一个在工业水准上能及格的作品。遗憾在于，《异人之下》的编剧方式流露出非常浓重的匠气，编剧的每个改编都明显有其戏剧目的，但改编后的作品却没能完全呈现出原作的精华内核。关于原作的内核，从其纸质书腰封的宣传语中可见一斑，"人一旦变得纯粹，就会立刻变得强大"。漫画中的人物大部分都对强大的力量有热切的追求，但有的人是通过专注来提升自己，如冯宝宝；有的人走上歧途，通过伤害他人来获得力量，如吕家人，以及众多在暗处对张楚岚虎视眈眈的人。甚至可以说，《一人之下》的故事本就是由争夺力量（八奇技）而起。但剧集气质有些偏离了这一内核，其体现出的更多是身怀奇技的年轻人之间的互动和切磋（通俗所说的"热血番"），而且是在一种更为平和的关系中进行切磋，少了一些刀光剑影与人心算计。

此外，一些包含着世俗人情世故的场面也被删除。例如，张天师打破异人条例，下山绞杀全性门徒后，十佬开会议论处置办法。在漫画中，牧由提出要废掉张天师的功力，吕慈则提出不但不能惩罚张天师，还要给他开席。最后张天师的好友陆瑾提出折中方案，即把张天师软禁在龙泘山上。这番拉扯暗含着利益的算计，牧由并非真的如此狠辣，吕慈也不可能如此心善，极端方案的提出都是为了被否决，最后达成平衡。在剧集中，十佬会议提前到张天师的绞杀行动结束之前，十佬之间亦没有这种人情世故的拉扯，此场面只起到了一个承上启下的作用。除此之外，张楚岚找"小桃园"偷拍陈金魁家人以作要挟，通过比拼谁更没底线的方式保护王也家人安全，同样是原作中极有世俗气质的场面。编剧可能出于尔虞我诈、钩心斗角极易产生负面影响的考虑，对这一情节进行了模糊化处理，不可避免地使剧集丢失了一部分原作的气质。

（四）视听语言还原原著"漫感"

1. 人物造型设计

人物造型设计是漫改剧视听呈现的一个重点，也是该剧集受到观众争议的一点。在漫画中，角色的头发往往是五颜六色的，服装造型也和现实生活有一定距离。《异人之下》的人物造型设计以尽可能贴近漫画为原则，进行了贴地化的调整。一些角色采用的是全彩染发，保留原作风格；还有一些角色采用了挑染，降低大范围全彩染发导致的间离感，观感上更贴近现实。

2. 技能特效呈现

技能特效呈现是男频漫改剧中视觉呈现的重中之重，是影响剧集质感层次的重要因素之一。漫画中大量设计角色使用超现实技能的情节，在剧集中都得到了较好的还原。比如，张楚岚的阳五雷、诸葛青的土河车、王也的风后奇门等，在剧集中都以在实景拍摄基础上加以特效制作的方式进行了呈现。

三、改编反思

（一）改编之得

《异人之下》作为一部漫改剧，播出效果良好，口碑较高。根据网络评论抽样，网友对《异人之下》的好评聚焦在剧情没魔改、名场面保留、演员颜值高、剧情节奏快等方面，大部分好评有具体赞赏指向，明确称赞优点。而对该剧的差评普遍缺乏明确的细节批评，更像是宣泄情绪，这种情况或多或少与漫画粉丝对漫改剧的抵触心理有关。毕竟从"二次元"平面"纸片人"到真人演员，动漫与真人影视观众的视听审美习惯差异巨大，跨越"次元"比一般文学改编难度更大。

总体而言，《异人之下》仍称得上是近年来最成功的漫改剧案例之一，有一些改编经验值得其他漫改项目借鉴。

第一，避免"魔改"原作，能保留的剧情尽量保留。《异人之下》基本按照原作剧情拍摄，改编方式以新增剧情为主，较少删减原作剧情。富有浓厚"二次元"气息的"名场面"，如"光腚侠""月下遛鸟""冯宝宝埋人""陆瑾'追杀'张天师"等，都得到了还原。其中的经验是，IP原作之所以出圈一定有其道理，正所谓"群众的眼睛是雪亮的"，经过众多读者的考验，原作剧情的精彩性是有保障的。在改编时，最重要的工作在第一步，即分辨哪些剧情需要改编、哪些剧情需要保留，不能为了改编而改编，丢失了原作的精华。此外，编剧不能过度"自我阉割"、自我设限。特别是在漫改剧项目中，漫画常有不同于现实的奔放的、富有想象力的情节，编剧不能看到脱离现实的场面就一律删掉，而要仔细考量其戏剧性与呈现的可能性，在现实允许的范围内尽可能还原。

第二，重视选角"贴脸"程度，演员的演绎很大程度上影响了IP改编作品的成败。不同于原创作品，IP改编作品的特点在于原作及其中的角色已有粉丝群体，粉丝会对作品的呈现与角色形象有一定的预设。尽管"一万个人眼中有一万个哈姆雷特"，但总有一些人物亮点和人物内核是被共同认可的。编剧在改编时应尽量保留人物内核，制作方选角时则应深刻研读剧本，选择与人物气质相贴合的演员。演员在演绎时，需要带有一定的漫画感。以《异人之下》中王也的演绎为例，除了演员外貌气质与王也相契合，一些镜头的拍摄角度与漫画分镜相似，演员设计的一些肢体动作亦带有漫画感，因而这一角色得到了"还原度较高"的评价。

第三，重视戏剧结构的完整性。由于 IP 原作，特别是漫画 IP 原作往往是以连载的方式被创作，可能在创作之初作者并没有设想到后期剧情的走向，而是以角色性格、身世的内在冲突驱动剧情发展。在这种创作模式下，可能会出现细节精彩但结构松散的问题。观众在"追更"过程中和角色培养出感情，并不会太介意结构问题。而影视剧需要在观众尚未和角色建立起强情感连接时，第一时间抓住观众注意力。因而结构的重要性增强，结构松散可能会导致观众精力涣散、丧失追剧的兴趣。此外，影视剧项目启动往往要投入大量的资金，这导致其承担风险的能力较弱，不能像连载小说、漫画一般随意挥洒，而应在项目准备初期就细致谋划，保证剧本的完整性。

（二）改编争议

在较高的口碑之下，《异人之下》的改编仍存在一定争议。具体来说，剧集相对压缩了原漫画的情节量，使故事节奏更加紧凑的同时，个别段落也略显仓促。尤其剧集最后数集，需要赋予未完结漫画阶段性的完结感，且要制造出与完结感相匹配的大高潮，叙事难度颇大，也是最被漫画迷挑剔的"魔改"部分。其实真正重要的并非是否完全遵循原著，而是改写、扩写甚至纯粹原创的情节是否逻辑顺畅、符合人设。《异人之下》虽有微瑕，整体策略仍是成功的，令人更加期待该漫画 IP 后续的影视化成果。

总的来说，《异人之下》在剧作技巧的运用上仍有进步空间，如何平衡剧集新观众观感与原作粉丝观感仍是一个有挑战性的难题，有待观望《异人之下》第二季的改编情况。

第五部分　从剧集到小说：跨媒介叙事的扩展案例

《漫长的季节》：先剧后书

摘要： 在剧集《漫长的季节》开播后，剧集的小说版《凛冬之刃》也出版问世。不同于一般"先剧后书"的作品，该剧与小说几乎只存在角色姓名的相同、叙事手法的一致与情节主线的相似，而人物的性格、人物间的主要矛盾、具体情节桥段，以及故事气质都截然不同。剧集与小说两文本间具体的差异多过抽象的近似。在某种意义上，正式出版的小说可视为剧集最终剪辑版的一种"修改稿"，既体现出媒介叙事的差异，也体现出创作指向的差异。从接受过程上说，观众先看到剧，后看到书，会觉得并无阅读小说的必要。但由于小说与剧集的重要差异，可以成为剧集信息的一种补充，因此可以作为从IP到剧集的反向操作，并作为跨媒介叙事的特殊案例进行研究，进一步加深对剧集与小说的对比理解。

《漫长的季节》共12集，每集时长1小时左右，于2023年4月22日在腾讯视频独播，为腾讯视频"X剧场"的第一部作品。2024年2月11日，该剧在江苏卫视幸福剧场每天19:30播出，卫视版为18集，每集45分钟。

该剧2023年播出之后，社会反响强烈，堪称年度剧集。截至2024年3月底，《漫长的季节》豆瓣网评分为9.4分。[①] 猫眼平台数据显示，截至

[①] 数据来自豆瓣网 https://movie.douban.com/subject/35588177/，统计时间为2024年3月31日。

2024年3月30日，腾讯视频平台累计有效播放量为7707.4万次，最高排名为第26名，最高有效播放量为77.7万次，最高有效播放日期为2023年10月29日，距首播日期2023年4月22日已有半年，足见该作品的长尾效应。[①]自2023年开始，该剧还获得了一系列的重要奖项，实现了经济效益与社会效益的双丰收。

从严格意义上说，《漫长的季节》并不属于常见的改编剧，该剧确乎脱胎自于小千的原创故事，但在剧集播放前并没有出现在大众视野之中。因此，这部剧一般都放在原创剧集之中。不妨将剧集视作最终剪辑的剧本呈现，将小说视作故事某版成型稿。小说《凛冬之刃》于2023年5月出版，晚于剧集开播时间。尽管小说诸多行文有剧本语言的痕迹，如时间、地点直接交代，特别注重可视觉化、听觉化的描写，并且运用了类似跳切、蒙太奇等叙事手法，但它依旧是语言文字的艺术，而非视听化音像作品。从跨媒介叙事的意义上说，比较并探讨剧集与小说的不同之处，可以将其视为一种特殊的改编方式：从剧到书。事实上，无论是从书到剧的改编，还是从剧到书的改编，都属于跨媒介叙事的一种方式，都需要关注不同媒介的叙事异同。

一、剧集与小说的相映成趣

剧集没有改变小说中主人公的主要行动目标：一次套牌出租车撞人逃逸事件引出多年前的一桩悬疑命案，王响要找到王阳死亡的真相并勾连出往事。叙事结构也基本相似，部分内容交代的前后顺序略有变动，但不影响整体。情节具体展开的桥段则改动很大，人物形象的差异也较为明显。对比剧集与小说，可以说几乎一切改动都是基于人物。小说的情节压倒人物，人物基本是为完成情节而存在，剧集的故事则更偏向于人物情感驱动。在此基础上，剧集与小说才呈现出大致相似但具体情节与气质风格截

---

① 数据来自猫眼专业版App，统计时间为2024年2月15日。

然不同的两种面貌。

（一）基本情节：核心行动一致，具体细节不同

剧集2016年的探案行动线及人物关系如图19所示。

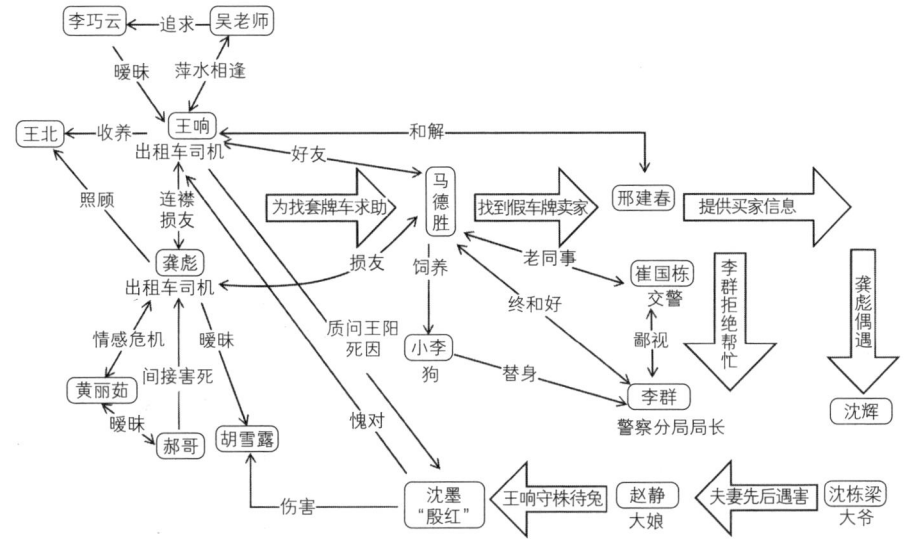

图19 剧集2016年探案行动线及人物关系图

书中，王响先找"傅卫军"。之后，龚彪在司机群找到线索——酒店地址，还拿了把枪。王响找到彪子跟他一起行动，在房间里找到地道里拉二胡的二毛，二毛被沈墨利用当替身。之后又是"傅卫军"金蝉脱壳之计。

"傅卫军"遥控卡车想杀王响，之后又在王响修车时动手脚。

之后，王响找到隋东，隋东说出傅卫军与福利院吴文慈的往事，找到新线索，吴文慈女儿报警，引出马德胜。

马德胜找到撬锁的老冯，老冯供出曲波是假车牌买主。之前王响在火炉与彪子约好了一起抓凶手，抓到猥琐的年轻曲波，曲波说王阳杀了沈墨。

王响、龚彪、马德胜说假话引诱"傅卫军"入局，龚彪擅自提前行动找"傅卫军"报仇，临死前龚彪咬了"傅卫军"一口，发现此人不是真正

的傅卫军。

小说中过去的两条时间线仅相差一个多月。剧集把过去的时间线改为1997年与1998年的秋季,人物关系的变化有了更从容的时间,进而提高了情节的可信度。

书中另有诸多与叙事方式无关的逻辑漏洞,很多情节反转都经不住推敲。比如,沈墨设局,让傅卫军假扮卢文仲诱骗殷虹。傅卫军骗殷虹,称钱在沈墨手中,沈墨故作可怜,激起殷虹的杀心。正当殷虹要动手时,傅卫军从背后敲晕了殷虹。但其实,只要殷虹按沈墨和傅卫军的计划给卢文仲的妻子打完电话后,就没有必要再演一出戏大费周章地对殷虹下手了。

再如,警察在碎尸袋子里发现一截男性的大拇指,进而将傅卫军列为犯罪嫌疑人并抓捕,但因傅卫军有不在场证明只能释放。后来,傅卫军质问那截大拇指是否是沈墨放的,沈墨承认,自称这样做的原因是傅卫军此前帮她杀害大爷时断了一截大拇指,嫌疑很大,她要用这截大拇指迷惑警方,帮傅卫军脱罪。无论沈墨是否在对傅卫军撒谎,都改不了这段情节的荒谬。剧中直接删除了这一牵强的情节,只保留了书里写丢了的四条横纹的小拇指的情节。

书中傅卫军自知命不久矣,决定自杀,但非要做局欺骗沈墨,让沈墨以为他起了杀心,从而死在沈墨手里。沈墨回家后发现了傅卫军留下的生成的音频,解释他这样做是想让沈墨毫无愧疚地杀了染上重病的自己。其实按照常理,傅卫军大可以留下遗书一封悄悄自杀。书中这样写,可以分析出,是因为傅卫军的真实想法缺少另一个在场人物来向沈墨揭晓,但作者又不愿舍弃这处反转,从而有了这样的处理。

小说里,当下时间线的沈墨屡次要置王响于死地,设计了两次车辆事故,情节同质化严重。小说最后揭晓了沈墨与王响此前有仇:王响年轻时,在黑城受表彰,宴会后酒醉被拉入足浴,误进有不正规服务的二楼,听到了沈墨受大爷虐待的过程。这时赶上警察扫黄,王响被警察带走。为了名声,王响谎称自己没去过二楼,没听到沈墨被大爷虐待。沈墨质问王响为什么不说实话，王响无话可说。因此，沈墨要报复王响。荒谬显而易见。沈墨既然一直念念不忘，为何早不报复王响？就算杀害王阳是她报复王响的方式，为何多年后回桦城又想害王响？这一情节剧集没有采用。

书中，王响的养子王将（剧中名为王北），其身世是卢文仲与蒋林的儿子。蒋林怀着身孕拿着赎金来桦城，之后在桦城医院生产，沈墨假扮护士毒死了蒋林，并让王响捡到了婴儿王将。剧中没交代王响养子的身世，改为王响经儿子妻子先后逝世，欲卧轨自杀，听到了王北啼哭，决定抚养这个可怜的弃婴，又有了活下去的盼头。

书中有些情节算不上有逻辑漏洞，但有些故弄玄虚。譬如，王响在2016年时间线首次登场的动作是在大雪的掩盖下持枪打猎。再如，沈墨通天的手段，不仅能"遥控"货车追杀王响，还能窃听出租车司机的通讯频道，还有用不完的毒药。又如，小说的高潮戏，中年沈墨用王响的养子王将作人质，威胁王响跳楼自杀，王响跳楼但没有摔死，可能是王响妻子罗美素当年帮老太太孙贵兰系的晾衣绳拦了王响一下，保住了王响的命。剧集删除了这一情节，将罗美素的自杀从与王阳一样溺毙改为用王阳帮她缠过的毛线上吊。这里也能看出些许小说中晾衣绳情节的影子。

纵然剧集删除、修改了小说中有显著逻辑漏洞的情节，但仍有一些谬误。比如，成年沈辉在父母遇害后的"缺席"，以及王响为何认定是傅卫军害了王阳。又如，邢建春与王响的矛盾发生在碎尸案之前，但在邢建春于抛尸现场首次出现时，他与王响交流的状态很难看出两人曾有不共戴天的矛盾。再如，龚彪原本答应王响晚上一起去找王阳，却突然被黄丽茹缠上。直到半夜，龚彪还在王响家楼下等王响回来，第二天下午职工大会前，龚彪却跟同事说他与黄丽茹的好日子已经定了，时间显然有些仓促。不过总的来说，瑕不掩瑜。

（二）人物关系：剧集量少而深入，小说量多而复杂

较为高明的叙事作品往往用最少的人物解决最多的矛盾，而不是当矛盾冲突无法由已有人物解决时一味引入一次性的工具人。小说中的一次性

人物较多，如闽商卢文仲的妻子蒋林、拉二胡的智力残疾人二毛、钢厂子弟曲波、福利院院长吴文慈、沈墨的大爷沈鹏、房东区伯、溜门撬锁的老冯等。比较纯粹的功能性人物也很重要，但尽量不要太多。剧集将诸多仅一次性推动情节的角色整合起来，当下时间线几乎没有过去没出现过的角色，同时也增设了书中没有的人物并增加了这些人物的权重。剧集1997—1998年时间线人物关系如图20所示。

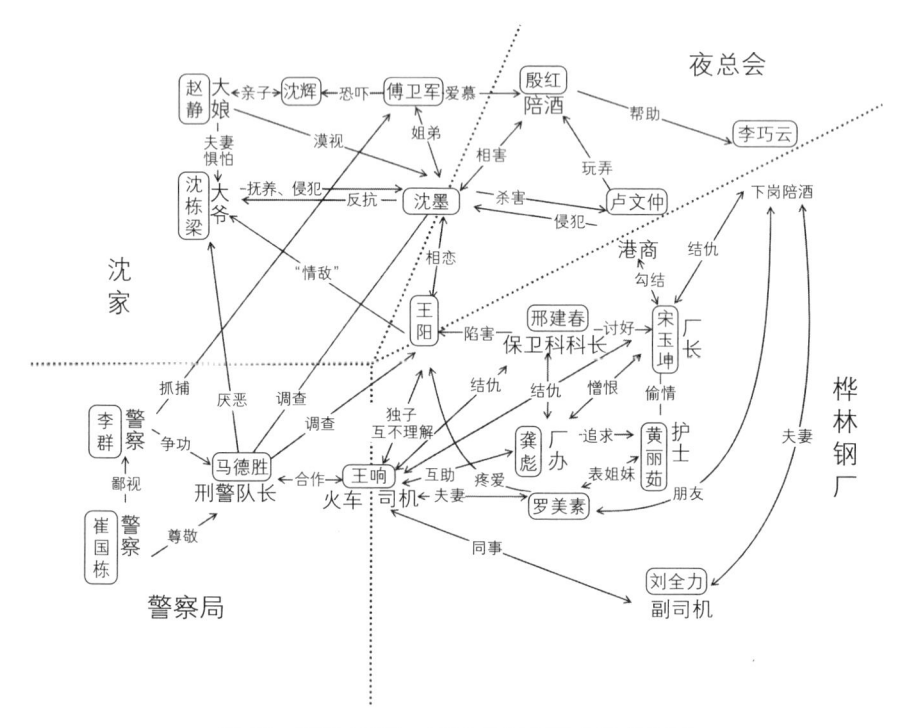

图 20　剧集1997—1998年时间线人物关系图

1. 剧集增设人物，添加权重

总的来说，剧中人物在书中几乎都有对应，区别在于剧集对人物深度的挖掘要更胜一筹。用不带感情色彩的话说，剧集最大化利用了人物。

剧集中显著增加了邢建春的戏份。邢建春原是桦林钢厂的保卫科科长，他在厂长宋玉坤的默许甚至授意下倒卖公有资产被王响发现。邢建春贿赂王响，王响收下两条烟后，依然用计假造车辆故障的事故，使邢建春的倒卖暴露。王响和以邢建春为代表的挖墙脚分子从此结下梁子。邢建春做局，欺骗给王响送饭的王阳，使其误入财务科，诬陷王阳企图偷窃。案件发生后，邢建春表面上听从警方指示，与王响配合搜集线索，实际上处处使坏，挑唆王响去火炉房盯梢，把苦活累活和无用功都交给王响，自己在一旁看热闹。职工大会上，龚彪得知宋玉坤和黄丽茹的不正当关系后，邢建春又带人打了龚彪一顿。小说到此戛然而止，交代完倒卖受罚的人物结局后，邢建春就再没有出现。而在剧中，邢建春的戏份一直持续到2016年的时间线。邢建春为了治疗尿毒症，干起了买卖车牌的生意，套龚彪新车车牌的人就是和邢建春做的交易。之后邢建春找到王响，告诉王响假车牌买主的住址，两人此前的恩怨一笔勾销。在书中，提供假车牌的人是老冯，此人仅出现过一次。

书中不是没有在过去和当下时间线都出现的人物，如隋东。小说中，隋东原是傅卫军的小弟，傅卫军在逃跑前举报自己的录像厅放映淫秽影片，隋东因此被捕，一直对傅卫军怀恨在心。后来隋东做了包工头，逐渐成为小老板，给王响提供了"傅卫军"（实际是沈墨）缘何回到桦林的关键信息。隋东的作用比较合理，但问题是跟主人公的关系不够密切。

另一戏份增设的重要人物是沈墨的大爷，剧中名为沈栋梁，书中名为沈鹏。就此人物的性格，剧集与小说的设定基本一致，都是侵犯沈墨的家暴变态。区别在于，沈鹏在情节线里首次登场前就被傅卫军杀死，只依附沈墨的人物前史存在。剧中的沈栋梁则一直活到2016年的时间线，是压迫沈墨、激化矛盾的重要人物。沈栋梁存在的作用在于让沈墨从一个反面人物变成能让观众在一定程度上接受并同情的悲情人物。

剧集相比小说的另一优势在于功能性人物的使用程度。例如，卖冷面的徐姐。书中也写到第二包尸块出现在徐姐店门口的下水道里，但也就仅此而已。剧集为徐姐设计了有趣的人物关系。她本以为下水道里是对面骨头汤店扔的动物骨头，没想到是人的尸体。在面对警察问话时，徐姐因害怕而欲盖弥彰，透露出她与掏下水道的工人并不是普通朋友关系。2016

年，徐姐又到龚彪、黄丽茹家中割双眼皮结果毁容，她要求索赔，这又给龚彪和黄丽茹的婚姻破裂添了一把火。

李巧云是少有的剧集原创人物。她是桦钢过磅房职工，毫无心机，直来直去，昧着良心给倒卖物资的人放行结果被王响看穿。丈夫刘全力是王响的副司机，儿子患有唐氏综合征。因工资拖欠，李巧云不得不去维多利亚娱乐城当陪酒，陪酒时偷偷吐酒又被发现，殷红出面帮她解了围。在工厂停工之际，她因一时冲动打了厂长秘书赵广洲，导致自己的材料证件上缺了公章而无法办理退休手续。老了以后开一家按摩店，此时刘全力早已去世，李巧云屡次主动对王响示好，但王响总是犹豫不决。后来王响又一门心思扑在寻找神秘人和追查悬案真相上，因李巧云在维多利亚工作过，向她打听线索。李巧云因王响重提她过去当陪酒的坎坷经历生气，两人的黄昏恋总是阴差阳错。这个人物是下岗女工的缩影，是剧集创作的当之无愧的典型人物，为剧集增添了不少人文关怀。

2. 剧集删减人物，合并功能

书中有些人物在剧集中被直接删除，但那些人物原本承担的叙事功能并没有一并舍弃，而是移到了其他人物身上，这也在最大程度上增强了故事的集中性，提高了叙事效率。

首先，删除了书中的曲波，将曲波的功能作用合并到沈墨大爷沈栋梁和沈栋梁之子沈辉身上。曲波的名字在剧中保留，替换了王阳那个名叫徐伟新并介绍王阳去维多利亚娱乐城当服务员的朋友。书中的曲波也是桦钢的孩子，他的父亲为了家庭，自残断腿，换来了一笔赔偿。曲波有着见不得人的癖好，喜欢偷女性的内衣。他曾潜入沈墨宿舍偷内衣，被王响和龚彪当作抛尸的嫌疑人抓住。傅卫军后来也知道了此事，抓住曲波，用轮胎伤了曲波的下体，曲波恨透了傅卫军。后来曲波自己也当了老板，他的哥哥开药店，龚彪的胡雪露就在这一家药店工作。曲波发现"傅卫军"（整容的沈墨）回来后，套了王响的车牌，开车撞"傅卫军"。书中交代曲波知道王响怀疑是傅卫军杀了王阳，希望借刀杀人。这些情节有些牵强，在剧中都被删除。剧中，是傅卫军在监狱中病逝，沈栋梁作为傅卫军明面上的亲属，接收了傅卫军的骨灰和遗物，从中发现了傅卫军多年来与"殷红"（沈墨）的信件。沈栋梁怀疑沈墨没死，便诱使沈墨回到桦林，另一边买了假车牌套在他儿子沈辉的出租车上，开车撞沈墨。

其次，剧中删去福利院院长吴文慈，将其与沈墨的大娘赵静合并。书中，吴文慈是傅卫军所在福利院的院长，傅卫军并不是先天聋哑，而是因吴文慈玩忽职守，耽误了救治，持续高热才致残。沈墨在傅卫军死后，为了能以"傅卫军"的假身份出国，同时也为了给傅卫军报仇才回到桦城。沈墨找到吴文慈后，不仅拿走了傅卫军的资料，还企图杀害久卧病床的吴文慈。第一次行凶，因王响和龚彪赶到而失败，沈墨又混入前来抢救的护士中，杀害了吴文慈。书中的大娘情况如下：因大爷沈鹏在沈墨上大学前就已经遇害，大娘是只身专程来到桦城找沈墨并希望查出真相。沈墨又授意傅卫军去黑城伤害堂弟沈辉，大娘便离开，再没出现。剧中改为，沈栋梁带着大娘赵静来到桦林治疗，同时想继续控制沈墨。剧中表现了沈栋梁侵犯沈墨时赵静的装聋作哑。在2016年的时间线，沈栋梁仍在照顾赵静，这时赵静已经久卧病床，不能说话（有一些因果报应的观感）。沈墨闯入沈栋梁家，用刀杀死沈栋梁，拔了赵静的氧气管，打开煤气，取走傅卫军骨灰。与此同时，王响等人在暗中观察沈栋梁，王响碰巧进入沈家，发现及时，赵静被转入医院病房。之后沈墨再次潜入病房，用沈栋梁曾对她使用的剪指甲的骚扰方式报复赵静，把赵静的手指剪出血，再次下毒手。

3. 人物关系重心的不同

剧集合并了人物功能与性格，为人物关系深入发展与变化创造了必要条件。小说中的人物关系除了简单的合作，更多的是以沈墨为人物关系核心的阴谋诡计。

书中的沈墨是蛇蝎美人，心机颇深。《泰坦尼克号》的台词"I figure life is a gift and I don't intend on wasting it. You never know what hand you're going to get dealt next. You learn to take life as it comes at you（我觉得生命是一

份礼物，我不想浪费它。你不会知道下一手牌会是什么。你要学会接受生活）"对她影响很深。沈墨自小被大爷沈鹏家暴、性侵。沈鹏怕败坏自己的名声，便带小沈墨离开黑城，到桦城的医院疗伤。在医院里，沈墨认识了聋哑的小傅卫军。沈墨来到傅卫军所在的桦城上大学，学习医科，希望能治好傅卫军的聋哑，见王阳对自己有好感便利用王阳。书中暗示，王阳的信被沈墨归到"W"的箱子里，沈墨似乎并不只是在引诱王阳。傅卫军开录像厅与人打架受伤，沈墨决定关闭录像厅去南方重新生活。沈墨需要钱治疗傅卫军的伤残，便主动起意，诱惑王阳，利用王阳，再和傅卫军一起绑架富商卢文仲，向卢文仲的妻子蒋林勒索赎金。最终沈墨杀死卢文仲，本想让王阳去抛尸，但王阳害怕，良心也受谴责，沈墨便给王阳也打了镇静剂。之后，沈墨为了造成自己已死的假象，又让傅卫军假扮卢文仲，欺骗陪酒女殷虹的感情，骗殷虹给蒋林打电话，让蒋林误以为卢文仲要和别人私奔。此后，沈墨又杀害了原本无辜的殷虹。沈墨在殷虹的尸块中混入了男人的大拇指，因为此前傅卫军帮她杀大爷的时候断了大拇指。沈墨希望用此假线索迷惑警方，给傅卫军洗清嫌疑。王阳根据纸条在桥上等到沈墨，沈墨为了自保，又骗王阳一起吞药自杀。最后，沈墨吐出了安眠药，将王阳推下河，伪造成王阳自杀的假象。她和傅卫军逃走，此后以傅卫军的身份生活。沈墨为了获利，不断行凶，纵火烧了房东的家，以便让房东低价转让店铺房产的使用权。在南方的这些年，沈墨逐渐将脸整成傅卫军的模样。

  书中的沈墨阴暗恐怖，并且全是主动行凶。剧中则淡化了沈墨的阴暗色彩，将沈墨犯案的原因改为遭沈栋梁、殷红伤害后的复仇，但事态逐渐失控，沈墨为了自保在犯罪的道路上越走越远。剧集将书中的殷虹改为殷红，更有与沈墨相形对写的意味。殷红的童年与沈墨一样，都很悲惨。殷红自称是单亲家庭长大，母亲卖煎粉，为了省钱买最便宜的煤气罐而被炸死。她从小打了很多份工，在按摩店干过，会一点手语。殷红初次登场形象还比较正面：帮李巧云挡酒解围，结果自己烂醉如泥。沈墨偶遇殷红，并让殷红在录像厅留宿。随着故事发展，她的性格缺陷逐渐暴露。殷红本以为港商卢文仲是真心待她，没想到卢文仲只是见色起意，并且想通过她接近沈墨。殷红看似仗义，但只是出于优越感，她的优越感又出于强烈的自卑，见不得他人的好。她觉得自己比不上沈墨，没文化没才艺，而沈墨的大学生身份居然能使风月场所的人高看她一等。另一方面，殷红又觉得沈墨只是假清高，她卖艺和自己卖色没有什么不同。为了钱，也为了自己被践踏过的尊严，她决定给沈墨下药，以怨报德，满足卢文仲的兽欲。因此，剧中的沈墨为了报仇才绑架卢文仲，并不是一开始就为财。沈墨原本也没想报复殷红，是殷红以为沈墨要随卢文仲私奔，自己找上门来，勒索沈墨给她那份帮沈墨和卢文仲牵线应得的报酬。沈墨见殷红厚颜无耻地接受了卢文仲的五十万元汇票，大受刺激，激情杀人，并针对殷红想取沈墨代之的心理，想出凭借殷红尸体金蝉脱壳的计划。

剧集也删改了沈墨自身较为扭曲的人物关系。剧中沈墨与傅卫军是亲姐弟，但沈墨父母死于工厂事故，大爷大娘不愿意抚养聋哑的傅卫军，便只抚养沈墨，将傅卫军转交给别人家收养，因此两人姓氏不同。沈墨也不是诱惑、利用王阳，两人确实有感情。剧中王阳死亡的真相用了沈墨本人自述的不可靠叙事，做了模糊化处理。据沈墨自述，王阳想劝沈墨和他一起自首，但沈墨不肯，王阳不愿和沈墨潜逃，沈墨绝望之下跳河自杀，王阳为了救沈墨而失去了自己的生命。后续，沈墨在出租车爆炸时用自己的身体掩护了王响，似乎能佐证沈墨所言非虚。

以上改动让沈墨在剧中的形象有了善良的底色，并且容易让观众共情。但仍有些情节难以自圆其说。"君子不立危墙之下"，书中沈墨的经历本就不简单，在维多利亚娱乐城打工对她来说游刃有余，并且有一些"富贵险中求"的动机。但在剧中，这一举动便有些不可思议。

书中的马德胜是正常退休。当年碎尸案未破只是让他失去了晋升的机会，他和李群也没有矛盾。书中崔国栋没有去当交警，而是升为局长，李群升为刑警队队长，两人对老领导马德胜都很尊敬。因此，王响在书中并不十分费力就获得了警方的支持。在剧中，警察局局长要求警察将工作重心从碎尸案转移到港商汇票案上。马德胜执意要查命案，根据沈墨裸照的线索独自前往松河市沈栋梁家。在带沈栋梁回桦林的路上，沈栋梁的恶魔本性暴露，马德胜义愤填膺、怒不可遏痛打沈栋梁。同时，李群盯着银行，抓捕傅卫军。李群为了立功，草草结案，不让受处分的马德胜看案件卷宗，两人结仇，马德胜一气之下辞职。2016年，李群以规定为理由，拒绝马德胜看卷宗的请求，并且认为马德胜、王响等人是在给警察工作添麻烦，直到残存于沈栋梁体内的人体组织基因鉴定结果出来后，李群才开始相信马德胜的推理。马德胜中风以后，向李群解释了沈栋梁和沈墨的情况，分析出了连环案的作案动机，李群这才真正佩服马德胜，两人冰释前嫌。

小说中，黄丽茹利用完龚彪后，两人便离婚，黄丽茹在龚彪死后前来看望，于当下时间线中只露过这一面。而剧中，龚彪并不嫌弃黄丽茹曾欺骗他，也不在乎黄丽茹流产后不能生育，两人的婚姻从1998年一直维持到2016年。虽然黄丽茹已有出轨的倾向，但龚彪也与胡雪露暧昧，还私自挪用黄丽茹原本要开美容院的本钱买了辆残次的出租车。两人互相亏欠。龚彪在看到黄丽茹与生意合伙人郝哥在一起时的快乐后决定净身出户，两人和平离婚。龚彪意外死亡后，黄丽茹到龚彪遗体前真诚表达了她对龚彪确实有过感情，但两人不合适，希望下辈子能重新开始。

二、剧集对小说的超越

与一般改编情况相反的是，剧集的气质更偏向于常言所说的"文学化"色彩，小说则更像经典类型片。此外，尽管小说已经很接近剧本，与影视符号媒介的气质相合，但剧集没有止步于此，而是进一步提高，发挥影视媒介特有的内容优势，把对诸多优秀作品的戏仿与致敬巧妙融入情节。

（一）更完善的非线性叙事结构

剧集和小说都是非线性叙事，但剧集时间线切换更自然。

其一，因为剧集本身不说明，只呈现内容，创作者也有意不大动干戈地区分1997年和1998年的两条时间线。单从镜头来看，差别很微妙，从而让大多数观众首次观看时往往会先沉浸在观看与欣赏之中，感知以及思考区分过去两条时间线是后于欣赏的。而小说的阅读体验则不像观剧这般自然流畅。小说切换时间线的转场多有妙笔，但太像剧本，把时间地点直接交代清楚并特意强调，读者少有遐想回味的空间。

其二，小说中非线性叙事有些过于自由，剧集则用得比较克制。小说中三条主要时间线的切换基本都有画面感较强的外物触发。但严格来说，小说中的时间线并不止三条，也有些发生在其他时间的零碎情节，这些是通过人物的回忆或复述引出来的，有一些混乱和随意。剧集为了让时间线更为整齐，几乎不用闪回，为数不多的闪回就有中年沈墨在王响出租车上讲述王阳遇害的"真相"。为此，创作者采用了两种对策。一是现实手法。例如，书中龚彪大闹职工大会是因为他临时回想起了黄丽茹与宋玉坤的一些可疑之处。剧中则改为历时情节，龚彪亲眼见到两人谈论意外怀孕的事情。二是梦幻的、超现实的手法。一些关键信息不得不交代，相关人物无法在场但又不便让人物开口或用闪回打乱叙事，创作者便用超现实手法把人物的主观思绪、感受外化出来以替代闪回。例如，王响做了一桌子王阳爱吃的饭菜，与桌对面想象中的王阳对话。王阳浑身湿透，神色痛苦且委屈，用颤抖的手抓紧王响。王响的执念与王阳的悬念便以不闪回的形式表现出来。之后，创作者还在叙事中加入了超现实的声音，如王响趴在桌上睡觉，窗外传来火车鸣笛声，暗示过去的谜团等。

其三，剧集使非线性叙事的形式升华，形式本身创造了意义。导演辛爽期待的效果是：在很短的时间里把剧拉成一个很永恒的感受。更希望从一个案件延展出人和世界的关系、人和人之间的关系。最希望看到这个戏的观众能忘掉时间，虽然这个戏是关于时间的。希望观众越往后看越能形成一个整体的故事，因为它不是一个被时间切割开的故事。不想给观众造成一种错觉，即这个作品是个年代戏。因此，他没有刻意区分那个年代。一般年代戏会把东西做旧，他们则弄得比较新，因为那个时候是王响的"此时此刻"，一切东西都是朝气蓬勃的，希望观众看到的也是那个"此时此刻"。制片人卢静比较关心当下，关心人们是怎么变成今天这个样子的，它一定是从过去来的，最后一定会回到现在的落点。

小说中的非线性叙事多为营造并保持悬念的叙事诡计。王响坚持自己被劫持的那晚听到枪响，但与其他人记忆不吻合，是书中少有的不可靠叙事的非线性叙事运用。书中的悬念只来自过去的时间线，关键信息一直在隐藏，非要待当下时间线的人物有了新发现，才会揭晓与之相对的在过去发生的信息，这便导致小说给人的阅读感只是主人公在调查一桩历时已久的无头悬案。剧则不然，剧中也有来自当前时间线的悬念，要在过去的时间线揭开。比如，邢建春与王响、龚彪之间的矛盾，以及马德胜与李群的矛盾。叙事底本的原因与结果被颠倒了，系此前电视剧中少有的悬念设置形式，同时这更接近讲故事时该有的补充，符合人的思维习惯。这也让剧集传达了剧中人的记忆、情感等主观感受对人物的影响，从而让观众感受到了"物是人非"，获得了别致的审美体验。

（二）更丰满的圆形人物

在叙事作品中，扁平人物的艺术价值和功能价值未必就逊色于圆形人物。然而现实中的人是多面复杂的，因此，圆形人物的数量与质量通常会成为衡量现实主义作品优秀与否的参考标准。小说中有圆形人物但不多，较为遗憾的一点是主人公的人物形象略显单薄，没有变化，且不甚讨喜。在剧中，创作者用丰富的生活细节、流动的性格变化和细腻的情感波动使主人公乃至部分次要人物的形象更加立体可爱，更趋近现实中的人。

1. 利用丰富的生活细节塑造现实感人物

书中，主人公的生命只有完成事件的行动，事件和行动任务外的生活几乎是一片空白。诚然，戏剧性要求集中，人物身上与情节无关的部分大可以统统砍去，剧中的生活细节也并不承担推动情节的作用。但正是这些细节的存在使人物形象立了起来，增加了故事的趣味性。

剧中，王响、龚彪、马德胜三人各有自己的喜好、缺点。中年王响能不厌其烦地对妻子、孩子炫耀曾经员工食堂早上的大肥肉片子，还能做得一手好菜，亲自做锅包肉招待龚彪。王响当了半辈子的火车司机，又开出租车，有腰疼、前列腺不好的毛病。龚彪有糖尿病，每天都要注射胰岛素控制，血糖一升高就犯困，却最喜欢糖分高的饮食，爱喝酒，爱吃土豆、炝锅面。龚彪还在天台上养了几笼不孕不育的鸽子，鸽子粪落在手机上都毫不在意，只关心苞米好像喂多了。看球赛、买彩票是他最喜欢的娱乐活动，他自诩年轻时在桦工大以迪斯科闻名。从过去到现在他一直爱闻消毒水的味道，他曾经住过的员工宿舍号为"222"，被黄丽茹欺骗后收到了黄丽茹送给他的绿围巾，一只鞋还被邢建春打坏，成了"破鞋"。龚彪还会用木板挡住自己爱车的轮胎以防狗尿破坏橡胶。中年马德胜有戒烟的自我约束，但他情绪激动时也会破戒。马德胜年轻时喝茶，年老后喝上了咖啡，总是对能提神的饮料青睐有加，自称年轻时盯梢曾两天两夜没有合眼。他的心脑血管疾病兴许也是这样落下的病根，以至于喝完五粮液后中风。年老的马德胜在老年大学跳拉丁舞，自称"马龙德兰胜"（原型马龙·白兰度）。老马德胜还养了一只狗，取名叫"小李"，不时对"小李"说"还想不想立功了"，以此阴阳怪气李群。

一些次要人物也有类似的生活细节表现。年老的邢建春患上尿毒症，他开着独座的"老头乐"代步车，挂上了尿袋，每周都要去做透析。维多利亚娱乐城的葛总对锅包肉的做法如数家珍，在硬蹭王阳吃锅包肉时特意强调用醋精而非白醋。李巧云爱吃甜食，不吃香菜，会因为材料缺公章而不能顺利办理退休手续。

小说中，王响等人鲜有中老年人的诸多特征，个人生活的其他方面也没有具体的塑造和表现。

2. 在时间跨度中赋予人物性格变化

小说中，主要人物的性格在二十年间几乎没有变化。书中 2018 年的王响与中年王响的差异不大，在经历接二连三的人生悲剧之后，加上较长的时间跨度，人物理应有一些性格变化。龚彪、马德胜也有类似的问题。

剧中，年老的王响变得更沉着、冷静、睿智，不像中年时那样爱出风头、打肿脸充胖子。他判断力老辣、精准，一语中的、不再啰唆，一眼就看出龚彪买的新车是泡过水的残次品。在面对问题时，处理方法也变得多样灵活，尽管也会放低姿态，但不会像中年时那样拙劣别扭地掩饰自己的骄傲，也不像中年时那般格外卑微。因为一无所有、了无牵挂，除了儿子王阳死亡的真相，对很多事情都能放下。

龚彪和马德胜与小说差异更大，性格变化也更明显。年轻的龚彪刚刚大学毕业被分配到厂里坐办公室，那时他更有礼貌，讲究知识分子的体面，待人接物都比较谦逊、圆滑和腼腆。剧中 2016 年的龚彪和年轻时比像是换了个人，变得粗俗、说话大嗓门、爱吹牛，更加靠不住，也不注意自己的形象，什么事情都跟人讨价还价，一言不合就要动手吓唬别人。尽管也会替别人着想，但这是建立在不亏待自己的基础之上的，并且嘴上不饶人。中年马德胜做事低调，有些不苟言笑，只说有把握的话，年老后性格更外向、张扬、活泼，变得爱开玩笑，也爱吹牛、瞎指挥别人，似乎在用这种方式逃避过去。小说中的龚彪和马德胜全无这般鲜活的性格变化，龚彪无变化主要是角色定位的原因，马德胜则是因为没有剧中的人物命运。

3. 让人物的情感波动更加自然丰富

小说中人物形象较为单薄的另一重要原因是人物情感不充沛，且比较机械与程式化。人物情感的变化更注重结果，即推动情节发展，而让人物情感变化的条件则塑造得不是很充分。书中人物的情感说变就变，该有细微变化时又不变,与剧中细腻的情感波动相比粗疏了不少。小说里的人物似乎有一种明确的"阵营"归属,只要从属于某个看不见的"阵营",就一定会不约而同地为同一个目标行动,即使有争执也是意见不同,而缺少源自价值观与性格的矛盾冲突,结果就表现为人物的情感不够真实生动。此问题较为明显地体现在王响、龚彪、马德胜三人身上。

小说中的王响有好几处情绪情感状态都比较怪异,且有些违背人情常理。王阳被邢建春诬陷偷钱,王响得知后,身着儿子送的红毛衣跟邢建春对峙。三个人物间两两有矛盾,王响和邢建春有旧仇,邢建春陷害王阳,王响为了儿子不留下污点认栽服软但王阳不愿服软。王阳没对邢建春道歉而是骂脏话,王响当众扇儿子耳光。到此处,剧和小说还较为一致,但小说后续中王响的表现便有些奇怪。书中第8章,王响回家后,罗美素说:"打人不打脸。"王响第一句话是"我脸还掉地上了呢!"之后又说:"这么大点儿孩子,有啥心啊……"王响明知这是一次赤裸裸的诬陷,他当众扇儿子耳光不是对王阳"罪行"的惩罚,而是一种情急之下希望儿子暂时妥协的无奈之举,且动机还是出自他对儿子前途的关心,最终的源头情感是他对儿子的爱。但小说中王响的人物反应却只有自己的脸面。王响可以不向孩子道歉,因为不知该如何沟通,但唯独不应忽视王阳的情绪。一旦如此,也就是书中所呈现,那么王响就不再是爱但方式错、不知如何表达的形象,而是一个看不见人伦的失真形象。

小说中王响在王阳葬礼的宴席上考虑的是"该如何收场"。诚然,人在乍逢重大打击后会触发自我保护机制,可能不会十分悲伤,但王响也不宜像书中这般好像只是犯了一个寻常错误。

书中王响奇怪的情感状态还延续到了对待养子王将(剧中叫王北)的情节上。历经丧子之痛的王响在与养子沟通时与当年对王阳如出一辙,都是态度强硬的父亲半胁迫式地威逼不愿读书的儿子继续读书。此处王响的情绪当然也受另一方人物的影响。小说里的王将是不想读书所以去打工,剧中的王北是勤工俭学,准备美术艺考。即便不考虑这一方人物，书中王响如此生硬的态度就像是从未在王阳离世的意外中吸取任何教训，也没有任何悔意。剧中改得更符合人之常情：王北问王响现在忙的事是否和他哥（王阳）有关。王响懊悔当时没让王阳出去看看，便称王北不是他亲生，劝王北不要留在自己身边消耗青春。王北回屋后，对着他准备好的新红毛衣哭泣。此处，养父子的诉求恰与此前王响和王阳调换，王响改正了之前的错误，但事与愿违，结果还是和以前一样伤了儿子的心。

龚彪在小说的当前时间线中是个唯王响马首是瞻的助手和跟班，无条件地听从王响，但这种绝对的、过分的信任在书中只有简单的解释：下岗后，王响教龚彪开出租车，教会了龚彪谋生的技能，于是龚彪不再叫王响"王师傅"而是更为亲切的"师傅"。作者似乎也不太满足这种仅停留于设定而缺少动作呈现的解释。所以，可以看到，小说开头，胡雪露帮王响、龚彪刺探神秘人情况却遇害，龚彪在现场附近与神秘凶手擦身而过，凶手还向龚彪借火点烟，颇具挑衅意味。龚彪事后才反应过来，誓要为胡雪露报仇，此后就任劳任怨地与王响一同调查。剧中删去了龚彪得知自己曾接触真凶的桥段，因此龚彪的第一反应是胡雪露为了王响的事情惨遭横祸，进而埋怨王响。待王响回到现场找到胡雪露丢失的手术钳后，加上他承担了大部分胡雪露的医疗费和一番因势利导的说服工作，龚彪这才继续跟王响一同调查，中间也没少打退堂鼓。

另外，剧集没有回避主要人物的负面情绪。主要人物间的情感成分较为复杂，有依赖、信任和欣赏，也有嫌弃、厌恶等负面情绪。王响和龚彪互相说对方"只有嘴厉害，遇上事儿啥也不是"。龚彪常对王响和身边人说王响"克"自己。龚彪嫌弃马德胜严于律人，在马德胜离开盯梢点去上厕所前嘲讽："多大屁股用那么多纸？"马德胜也不甘示弱地回击："耽误你擦嘴了？"马德胜在王阳葬礼后来问候王响，两人情绪越来越激动，马德胜质问王响有事为什么不找警察，处在丧子之痛中的王响埋怨马德胜没有回应他的通信，两人不欢而散。

4. 精简对白，演绎精彩

小说中人物对白大幅更改。书中很多关键信息与人物心理都是从人物口中讲出来的，有些情节交代不得不从人物之口说出。这说明小说的情节设计还有待打磨。并且，书中的人物对白在交代关键信息时总有些不自然，长篇大论暂且不提，主要是人物的措辞不像是对故事中其他人物说话，而像是在对读者介绍。还有些人物的语言风格与人物自身设定的错位略大，形成一种与创作预期不符的滑稽怪异感。

王响一角与演员范伟此前饰演的角色有诸多相似之处，是个"爱管闲事的小老头"，但本剧的人物又比以往相似角色更厚重。曾饰演范德彪的范伟又勾起了观众对《马大帅》的记忆。秦昊继《隐秘的角落》中张东升的秃头形象后又实现了形象的新突破，塑造了幽默又可爱的龚彪，网友戏称"秦昊是不是有什么把柄在辛爽手里"。除了男主角，其他主要人物如罗美素、王将（王北）、马德胜、沈墨、傅卫军的演员均为剧组公开招募，以是否贴合角色为标准选定演员，演员均贡献了精湛出色的表演。

剧集尽量用画面去讲故事，能用画面表现就绝不用人物对白讲述，也没有画面足以交代信息却还要让人物复述的赘余情况。同时浓缩精炼人物对白，用贴合日常自然的对话方式，在众多依赖人物对白叙事但台词又庸俗烦琐的电视剧中显得难能可贵。

（三）对影像作品的戏仿与致敬

剧集中对经典影视作品的戏仿化用与致敬比比皆是。例如，导演辛爽自我致敬前作《隐秘的角落》：厂长宋玉坤去医院探望王响时，慷慨陈词，说到"在隐秘角落里瑟瑟发抖的犯罪分子"时，镜头转向秦昊饰演的龚彪。秦昊曾在《隐秘的角落》中饰演反派张东升。另外，王响、龚彪因涉嫌赌博被捕，龚彪旁边的人物是从广东流窜来作案的王立，角色名字、籍贯与演员均与《隐秘的角落》里的王立一致。还有，李巧云和追求者吴老师，两位演员在《隐秘的角落》中也饰演过情侣。

再如，龚彪与黄丽茹约会看电影，剧中暗示电影为秦昊主演的电影作品《春风沉醉的夜晚》。虽然电影年代与故事不符，却能让观众会心一笑。此外，还有男主人公与王阳人物命运相似的《泰坦尼克号》；龚彪对着镜子比画能看出是对电影《出租车司机》的致敬；傅卫军挨打时录像厅里放映的是电影《疤面煞星》……凡此种种不胜枚举。

剧集对电视剧《马大帅》的戏仿与致敬更是数不胜数。辛爽导演承认他是《马大帅》的剧迷，尤其喜爱范伟饰演的范德彪。剧中王响由范伟饰演，秦昊饰演的彪子也叫王响为姐夫；剧中的夜总会也叫维多利亚娱乐城，《马大帅》中的门童再次饰演门童，并觉得王响眼熟；范伟又在KTV中以独特的节奏唱了范德彪唱过的《在那桃花盛开的地方》。

小　结

阅读文字时的想象与直观接收视听的冲击完全不同。不难想象，小说中的部分内容若不加改动，直接用影像表现，则易让接受者不适。小说的出现及其与剧集的不同，在传播中参与了故事世界的进一步创作。观众/读者通过小说，获得了剧中模糊交代之内容的其他补充信息，并能大致捕捉到在影视作品之外的创作者思路。

剧集营造了温馨的诗意，并广受观众认同。小说将当下的时间线设置在冬天，而剧中将三条时间线的季节更改到秋天。导演辛爽称，他想要表现温暖、漂亮的东北。制片人卢静称，冷、大雪、肃杀、冷峻，这些东西制作团队都不能要，他们是想做东北的秋天，这个季节可能是四季里面最短的，很珍贵，比较独特少见。雪最终在结局处落下，配合着每一个人物的喜怒哀乐，意味着漫长的季节已经过去。意象的改动也是契合情节表达侧重的，本剧的情节亦庄亦谐、悲喜交加，创作者把这样的属性放在犯罪题材里，实现了对此前表现东北的文艺作品的超越。

后　记

在本书的编撰过程中，各位编者和作者都付出了很多的努力，各篇的作者列表如下：

篇名	作者
2023年度文学改编影视作品综述	陆嘉宁，曲祎茹，薛英秀，孙安琪，杨瑞熙，黄山，张晓夏，杜煊伟，张笑瑞
《人生之路》：从中篇反思小说到长篇进取史诗	李梦菲，陆嘉宁
《三大队》：从短篇纪实文学到长篇网络剧集	薛英秀
《显微镜下的大明之丝绢案》：从历史到历史剧	崔嘉美
《三体》：从硬科幻小说到真人版剧集	张笑瑞
《偷偷藏不住》：青春初恋情绪的影像化呈现	张晓夏
《三分野》：行业爱情题材改编的平衡之道	宁夏柯
《装腔启示录》：从职场生活流到强情节剧集	王婧，苏也菲
《以爱为营》："古早"公式的当下翻新	周琪
《我的人间烟火》：消防行业剧与虐恋故事的调性错位	余笑贤
《西出玉门》：灵异传奇与浪漫爱情的兼容尝试	王艺璇
《曾少年》：青春怀旧文学的戏剧化演绎	黄山
《莲花楼》："悬疑武侠风"的忠实遵循与创新改写	李易蔚
《云襄传》改编分析：赋热血冒险以人间情长	张薇
《九义人》：以古说今，书写女性社会议题	张晓夏

续表

篇名	作者
《长相思》：从诉诸想象的言情故事到生动细腻的女性传奇	张薇
《长月烬明》：以文化深度提升传奇品位	毕健蓝，陆嘉宁
《长风渡》：以家国意识升华儿女情长	王艺璇
《田耕纪》：得人得意留主线	吴阳
《异人之下》：打破次元的东方玄幻	周思慧
《漫长的季节》：先剧后书	薛英秀

　　这些作者中，有些是高校的教师，多数是在读的学生（有不少人具有创作经历）。我们之所以用这种方式来组织撰写，是想把学术研究与教学活动、学习活动有机结合起来，教学相长，理论与实践结合，为中国故事的影视化改编提供及时、细致的反馈。

　　但是，由于第一次组织这样的案例分析项目，经验不足，导致最终的成果中还存在诸多不尽如人意之处。只要条件许可，我们计划年复一年做下去。在下一年度影视剧改编作品的研究中，我们将尽可能地消除遗憾，努力提供水平更高的学术成果。

编　者

图书在版编目（CIP）数据

从IP到影视：年度综述与案例分析. 2023 / 储小毛，陆嘉宁主编. --北京：中国国际广播出版社，2025.1. （跨媒介叙事研究丛书）. --ISBN 978-7-5078-5750-4

I. I053.5

中国国家版本馆CIP数据核字第2025GR6623号

从IP到影视：年度综述与案例分析（2023）

主　　编	储小毛　陆嘉宁
副 主 编	陈庆予　崔嘉美
责任编辑	尹　航
校　　对	张　娜
版式设计	邢秀娟
封面设计	李修权

出版发行	中国国际广播出版社有限公司　［010-89508207（传真）］
社　　址	北京市丰台区榴乡路88号石榴中心1号楼2001 邮编：100079
印　　刷	天津市新科印刷有限公司

开　　本	710×1000　1/16
字　　数	370千字
印　　张	24.75
版　　次	2025年1月　北京第一版
印　　次	2025年1月　第一次印刷
定　　价	68.00元

版权所有　盗版必究